THEATER

THEATER

Odyssee Europa

Aktuelle Stücke

20/10

Herausgegeben
von RUHR.2010,
Uwe B. Carstensen
und Stefanie von Lieven

Fischer Taschenbuch Verlag

Theater
Eine Reihe des Fischer Taschenbuch Verlags

Originalausgabe
Veröffentlicht im Fischer Taschenbuch Verlag,
einem Unternehmen der S. Fischer Verlag GmbH,
Frankfurt am Main, Februar 2010

Redaktion (RUHR.2010): Julia Vogt
Mitarbeit Buchlektorat (S. Fischer): Daniel Dierich
Satz: Pinkuin Satz und Datentechnik, Berlin
Druck und Bindung: Druckerei C. H. Beck, Nördlingen
Printed in Germany
ISBN 978-3-596-18540-5

Odyssee Europa ist ein gemeinsames Projekt von Schauspielhaus Bochum, Schauspiel Dortmund, Schauspiel Essen, Schlosstheater Moers, Theater an der Ruhr, Theater Oberhausen, raumlaborberlin und der Kulturhauptstadt Europas RUHR.2010.

RUHR.2010
Kulturhauptstadt Europas

RUHR.2010 GmbH
»Essen für das Ruhrgebiet«
Geschäftsführer: Dr. h. c. Fritz Pleitgen (Vorsitz),
Prof. Dr. Oliver Scheytt

Brunnenstr. 8
Postfach 10 30 11
45128 Essen

Tel.: 0201 / 888 20 10
info@ruhr2010.de
www.ruhr2010.de

Künstlerischer Direktor Stadt der Künste: Steven Sloane

Programmleitung Stadt der Künste: Marietta Piekenbrock

www.odyssee-europa.de

Odysseus kommt nach Hause und erkennt seine Insel Ithaka nicht mehr. Die sechs Theater der Metropole Ruhr und die Kulturhauptstadt Europas RUHR.2010 haben sechs europäische Autoren eingeladen, Homers berühmte Heldendichtung neu zu erzählen. In ihren Episoden summieren sich die Fragen zum Zukunftsprojekt Europa. Kulturen neigen zur Abgrenzung nach außen, wie kann das Theater der Gegenwart zur Öffnung einer Gesellschaft beitragen? Der Abenteurer und Heimkehrer Odysseus wird zur Chiffre des modernen Europäers, für den sich durch die Begegnung mit dem Fremden die Frage nach der Identität mit neuer Schärfe stellt.

An fünf Wochenenden werden die einzelnen Episoden zu einer großen Gesamterzählung verknüpft. Das Publikum begibt sich auf eine Reise von Theater zu Theater, die einer Irrfahrt gleich durch die Licht- und Schattenwelt einer europäischen Stadtlandschaft führt. Die Metropole Ruhr ist wie geschaffen als Ort für eine zeitgenössische Neuerzählung der *Odyssee*.

Wenn dieses Buch erscheint, blicken die Initiatoren auf einen langen gemeinsamen Arbeitsprozess zurück: Vier Jahre liegen zwischen der Idee zu dem Projekt, den ersten Gesprächen und der Uraufführung. Wir danken allen, die in dieser Zeit intensiv an der Verwirklichung der *Odyssee Europa* mitgearbeitet haben. Besonders den Intendanten der sechs Theater Peter Carp, Roberto Ciulli, Elmar Goerden, Ulrich Greb, Michael Gruner und Anselm Weber. Wir danken ihren Ensembles und Teams – hier vor allem den Dramaturgen Erpho Bell, Rüdiger Bering, Petra Biederbeck, Thomas Laue, Fabian Lettow, Felix Mannheim, Tilman Raabke, Sabine Reich, Helmut Schäfer, Sven Schlötcke, Holger Weimar und Barbara Winzer – und den beteiligten Autoren, Übersetzern, Regisseuren, Bühnenbildnern, Architekten, Künstlern, Publizisten, Wissenschaftlern, Philosophen, Verlegern, Gastgebern und Mentoren. Außerdem danken wir Uwe B. Carstensen und Stefanie von Lieven für ihr Vertrauen und die gute Zusammenarbeit.

Steven Sloane
Künstlerischer Direktor Stadt der Künste

Odyssee Europa
Sechs Schauspiele und eine Irrfahrt
durch die Zwischenwelt

OHNE MITTE Bochum rechts, Dortmund links, Oberhausen geradeaus. Als Fremder fühlt man sich im Ruhrgebiet schnell wie ein unmündiger Analphabet. Immer, wenn man sich seinem Ziel nahe glaubt, wird man von Schildern mit neuen Pfeilen bestürmt. Die Richtungen bleiben immer vielfach, welchen Ausgangspunkt man auch nimmt. Diese Schilder können einen neuen Bewohner blass ins Nichts stürzen lassen. Sie lotsen ihn durch ein Millionengebilde ohne Mitte, ohne Ort, von wo aus sich alle Straßen, Brücken und Flüsse, all die Ortseinfahrten und Ausfahrten zu einem großen Ganzen verfugen.

Wo bin ich? Woher kommt mein Nachbar? Hat die Stadt ein Zentrum oder sieht sie aus wie ein zerlaufenes Spiegelei? Bin ich in einer guten Gegend, oder einer schlechten? Welche Sprache sprechen die Bauten? Welche die Menschen? *Die Stadt als Text* heißt ein kurzer, inspirierender Essay von Michel Butor. Er handelt von der Lesbarkeit der Städte und von der Vielfalt ihrer Schriften und Zeichen. »Wenn der Roman«, heißt es darin, »wie er in den letzten Jahrhunderten entwickelt wurde, der Ausdruck par excellence der großen klassischen Stadt war, dann sind es die neuen, mobilen und offenen Formen – Ringe und Netze –, die wir heute vervollkommnen müssen, um aktiver an der Verwandlung unserer Welt der Zerrissenheit in einen Garten von universaler Urbanität teilzunehmen.«

U WIE UMNUTZUNG 2006 wurde die Metropolregion Ruhr zur Kulturhauptstadt Europas 2010 ernannt. »Das Ruhrgebiet atmet nicht mehr Staub, sondern Zukunft« – so der Schriftsteller Adolf Muschg. Doch so wie die Dinge hier liegen, ist der Titel nicht als Prämie zu verstehen, sondern als Arbeitsstipendium für eines der größten Identitätsprojekte Europas. Eine Stadt kann man eben nicht so einfach schließen wie eine Fabrik.

In Oberhausen der Gasometer, in Moers ein kleines Schloss, in Mülheim das romantische Ruhrtal, im Essener Süden der Baldeneysee mit der Villa Hügel, im Norden das ehemalige Zechengelände Zollverein, in Bochum die Jahrhunderthalle und das Opel-Werk, in Dortmund das große U wie Unionsbrauerei oder Umnutzung. Andreas Gursky, einer der großen Globalisierer der zeitgenössischen Fotografie, hat Ende der 80er Jahre ein Bild aufgenommen, in dem sich all das bereits ankündigt: das irrtumsgewohnte Prinzip Hoffnung und der rasende Stillstand, die Möglichkeiten und die verpassten Chancen, die Narben der Geschichte, der Elan der Gegenwart und die Vorboten der Krise. Zu sehen ist eine Baustelle. Aufgeworfene Erde, roter Bagger, Betonmischmaschine. Eine schmale, kurvige Straße umspannt großzügig das Grundstück eines türkisfarbenen Plattenbaus, streift ein Gehöft, um schließlich hinter dem Wohnhaus des Gehöfts zu verschwinden. Das groteske Missverhältnis von gesichtsloser Tristesse und verkehrsplanerischer Grandezza entspricht allen Klischees, die das Ruhrgebiet als ewige Strukturwandelsteppe in Verruf gebracht haben. Wenn man Mensch wäre, würde man sich davonmachen. Die Fotografie trägt den Titel *Essen*. Das Bild fasst zusammen, womit die eingeladenen Autoren der *Odyssee Europa* auf ihren Reisen durch die Städte zu rechnen hatten: mit einer auf den ersten Blick prosaischen, durchschnittlichen Übergangslandschaft. Von Ithaka hatten sie vermutlich eine dezidiert andere Vorstellung.

EIN TRIP DURCH ZEIT UND RAUM Was suchen wir eigentlich, wenn wir in alten Heldengeschichten lesen. Wahrheit? Trost? Oder die Gewissheit, dass es auch Odysseus und Penelope nicht leicht miteinander hatten? Die *Odyssee* ist einer der ältesten überlieferten Texte der abendländischen Kultur. Sie ist Abenteuerroman, Liebesgeschichte und Familiendrama in einem. Für die sechs Autoren aus Polen, Deutschland, Irland, Ungarn, der Türkei und Österreich stellte sich die alte Frage neu: War Homer eine geschichtliche Person oder etwa doch ein Autorenkollektiv? So wie er in den genialischen Gesängen über den Abenteurer Odysseus frei nach fremden Stoffen griff, lassen sie in ihren Heim-, Traum- und Satyrspielen die Homerschen Figuren aus ihren Geschichten ungewohnt aktuell heraustreten. En passant verwandeln sie so ein lang kursierendes Gerücht in ein Faktum: Homer, das sind viele! Die *Odyssee Europa* lebt von den starken Positionen der Autoren. Sie integriert völlig unterschiedliche Handschriften, ganz so, wie der Stil einer Großstadt von einer Vielfalt an Unter-Stilen geprägt ist. Man kann in einem Universum lesen, in dem sich die Geister streiten. Gestritten wird über die Präsenz der Vergangenheit, die Intensität der Gegenwart und die Geräumigkeit der Zukunft. Vor uns liegt ein großer Entwurf des 21. Jahrhunderts, ein Trip durch Raum und Zeit, ein modernes Mythenfeld mit Verlustängsten und Gewinnphantasien aller Art. Es ist, als wollten die Autoren eine Welt beschreiben, die bis hierher gehalten hat, ein Bündnis aus allerlei Versprechungen – auf Freiheit, auf Sicherheit und immer mehr Fortschritt –, das nun zerbricht, um neue, andere Formen anzunehmen.

Grzegorz Jarzyna entwirft eine Szenenfolge, in der sich Anfang und Ende der *Odyssee* überblenden. So als regierten im Theater immer beide gleichzeitig, der Augenblick des Eintauchens und des Schreckens der Endlichkeit.
Die Jenseitsfahrt als den inneren Kern einer Abenteuerreihe – das ist Thema von Roland Schimmelpfennig. Menschen treten darin in einem unverzauberten Alltag auf: Der Mann vom Tabak- und Lotto-Laden, Frauen mit Koffern, Soldaten in Kampfausrüstung. In ihre Gestalten lässt er O-Ton Homer fahren, als wären ihre Körper bewohnt von alten Seelen.
Enda Walsh rückt die verlassene Ehefrau Penelope aus einer historischen Randlage ins Zentrum. Er widmet ihr ein eigenes, tragikomisches Stück. In ihrer Gästevilla auf einer Insel im Ionischen Meer bettelt eine Truppe gealterter Draufgänger um Penelopes Liebe. Ihre Tricks sind so alt wie Homer: Tigermusterbadehose, gefärbtes Haar und schlechte Lyrik. Wo sind wir? In dem Filmset einer Soap-Opera, gewidmet dem Zeitvertreib einer gelangweilten Lady oder einem würdelosen Rache-Universum, inszeniert von Odysseus?
Péter Nádas' *Sirenengesang* greift dem Ende vor. Es ist, als wollte er in seinem Endzeitszenario mit unserem Zeitalter noch mal abrechnen, bevor das Abendland untergeht. Ein Ich (der Autor selbst? Homer? ein Zuschauer?) blickt in einen Schlund, aus dem nur Unheil kommt: leergefischte Meere, bankrotte Banken, überfüllte Flüchtlingslager.
»Nach Europa. Alle gehen nach Europa, ich will nach Europa.« Diesen Sehnsuchtssatz legt Emine Sevgi Özdamar ihrer Titelfigur Perikızı in den Mund, bevor sie die junge türkische Schauspielerin von Istanbul aus auf eine Irrfahrt schickt durch ein Deutschland, das nicht ihren Träumen entspricht. In Heines und Hölderlins Land geben Schuldgefühlchöre und Assimilationsdiskursintellektuelle den Ton an. Ein Fotoautomat wird zum surrealen Spiegelkabinett ihrer Einsamkeit.

»Willkommen in Ithaka« heißt es in Christoph Ransmayrs Schauspiel einer Heimkehr. Zynisch begrüßt Athene den Städteverwüster und Schiffsbrüchigen Odysseus, der seine Insel nicht mehr erkennt. Die Zeichen stehen auf Umbruch. Eine Clique intriganter, ehrgeiziger Reformer und Spekulanten bereitet fieberhaft einen Machtwechsel vor. Ihr Programm ist auf Fortschritt gepolt. Bis Odysseus strandet und mit ihm die Gespenster der Vergangenheit.
Was finden wir noch in dieser *Odyssee Europa*?
Viel Wahrheit, kaum Trost und großen Raum für Möglichkeiten.

FÜR EINE NÄCHSTE GESELLSCHAFT Wenn wir davon ausgehen, dass die Künste Mitgestalter von Zukunft sind, dass sie die Veränderung der Städte, die öffentlichen und privaten Räume beeinflussen und prägen, dann müssen wir Formate entwickeln für Strukturen, die noch nicht vorhanden sind, die wir aber haben wollen.
Die Kulturhauptstadt Europas RUHR.2010 hat internationale Künstler und Kuratoren eingeladen, gemeinsam mit den Festivals, Theatern, Produktionshäusern und Akademien der Region innovative Projekte und neue Perspektiven für die Darstellenden Künste zu entwickeln. Die gemeinsamen Suchbewegungen konzentrierten sich vor allem auf zwei Fragen: Was wird in Zukunft auf unseren Bühnen zur Kunst? Und wie können Theater und Tanz in einer modernen Stadtgesellschaft die traditionellen Trennlinien zwischen Milieus, Generationen, Sprachen und Kulturen überspielen?

In *Odyssee Europa* haben sich die Veränderungen einer Welt, die durch Migration, wechselnde Zugehörigkeiten und wandelnde Bindungen geprägt ist, einen großen Raum geschaffen. Das Motiv der Irrfahrt wird hier zu einer Art Elementarform dieser Erfahrungen. Die beteiligten Autoren, Regisseure, Bühnenbildner, Architekten, Philosophen und Soziologen nutzen die klassischen Formen des Theaters, um sie in Skulptur, Video, Diskurs, Happening und Alltag expandieren zu lassen. Das ist nicht neu – doch der Übergang zwischen dem Literarischen und Soziologischen ist sublimer geworden. Ort und Autorenschaft lassen sich nicht mehr traditionell zuordnen. Die Handlungsräume von Künstlern und Bürgern überlagern sich. Die *Odyssee Europa* gibt so einen Ausblick auf die Möglichkeiten, die entstehen, wenn Zuschauer als Akteure in den künstlerischen Prozess miteinbezogen werden.

ZWISCHENWELTEN Für die Fahrt von Essen nach Bochum braucht man zum Beispiel zwanzig, fünfundzwanzig Minuten – wenn man den Ruhrschnellweg nimmt. Morgens so zwischen acht und neun, wenn auf dieser Strecke mal wieder die Hölle los ist – und eigentlich ist hier häufig die Hölle los –, tut man gut daran, sich nicht für die Autobahnvariante zu entscheiden oder sie zumindest abzukürzen, das heißt die Ausfahrt »Gelsenkirchen Süd« zu nehmen, über Land zu tuckern, vorbei an der Zeche Holland und durch Wattenscheid-Ost, wo ein ehemaliger Drei-Sternekoch eine inzwischen weltberühmte Currywurst brät. Das Schauspielhaus erreicht man dann über die breite Königsallee. Um weniger im Stau zu stehen und sich im Auto nicht zu langweilen, ist es nur natürlich, dass man irgendwann beginnt, die Routen zu variieren. Jeder, der länger im Ruhrgebiet lebt, würde vermutlich einen passablen Taxifahrer abgeben.

Für die Gruppe raumlaborberlin hatte diese Vermutung das Zeug zur Tatsache. Vorab luden sie die Theaterzuschauer der jeweiligen Städte zu Gastgeberversammlungen ein, wo sie sich überlegen konnten, ob sie die Rolle eines Mitreisenden oder lieber die des Gastgebers einnehmen wollten. Die Gastgeber begleiten die reisenden Zuschauer auf Passagen der Irrfahrt, führen die Fremden an vertraute Plätze und Orte und öffnen ihnen abends ihr Haus als Nachtquartier. Dabei geht es nicht darum, eine möglichst ereignishafte Inszenierung zu schaffen, sondern um die Gestaltung neuer sozialer Räume – das kann ein institutioneller sein (die Vernetzung der Theater), ein literarischer (Heimat und Fremde des Odysseus), ein politischer (Europa und seine Grenzen) oder auch ein urbaner Raum (das Ruhrgebiet als Metropole im Werden). Im Innern dieser Konstellationen aus stabilen Einheiten und temporären Strukturen, aus fixen Verabredungen und spontanen Handlungen können sich überraschende Verbindungen ergeben, die die Wandlungsfähigkeit des Ortes ausmachen werden. Ist das schon die Gegenwart oder noch die Zukunft einer Großstadt?

BÜHNENWERDUNG DER WELT Da sich eine Stadt nicht von allein verändert, müssen wir zuerst unsere Vorstellungen und Bilder von ihr ändern. Ohne die Maßlosigkeit eines Experiments wie der *Odyssee Europa* kann es keine Veränderung geben. Manchmal kann Überforderung eben auch eine gute Lösung sein. Die Zusammenarbeit der sechs Schauspielhäuser der Metropole Ruhr, Schauspielhaus Bochum, Schauspiel Dortmund, Schauspiel Essen, Schlosstheater Moers, Theater an der Ruhr, Mülheim, Theater Oberhausen und der Gruppe raumlaborberlin gibt eine andere Vorstellung und vor allem eine neue Dimension von Stadt und Theater: Die Rede ist von nichts Geringerem als der »Bühnenwerdung der Welt«, so wie Niklas Maak sie in seinem szenischen Essay *Schnitt ins Offene* ab S. 429 beschreibt.

Marietta Piekenbrock
Programmleitung Stadt der Künste

Odyssee Europa

real,-
T··Punkt··
ALDI
ASKANIA
dm
Gelsenkirchen
Herne
Herne-Eickel
Bremse
Reifen

POCO
ProMarkt
Adler
IHR MODEMARKT
Takko
FASHION
RENO
Route
Industriekultur
Textile Autowäsche mit Poliereffekt
100%

Grzegorz Jarzyna

Areteia
(Arbeitsfassung)

Ein Szenarium

Deutsch von Olaf Kühl

Fassung vom 13. 8. 2009

Dieser Text ist Ausgangspunkt für die schöpferische Arbeit des ganzen Ensembles. Die Szenen sind in chronologischer Folge angeordnet. Tatsächlich werden sie gleichzeitig gespielt, auf drei Ebenen verteilt. Jede von ihnen hat ihren eigenen Rhythmus und ihre eigene Dimension von Wirklichkeit. Ihre Aufgabe ist es, assoziative Konstellationen zu schaffen. Die Dialoge sind Basis für die Improvisation. Bei diesem Szenarium habe ich mich außer auf Homer auch auf Stanisław Wyspiański und Zbigniew Herbert gestützt.

Ich wünsche eine angenehme Lektüre!

Personen

ODYSSEUS
LAERTES
TELEMACH
PENELOPE

EUMAIOS
MELANTHIOS
ANTINOOS
AMPHINOMOS
MELANTHO
ZEUS
ATHENE
HERMES
HUND

Erster Akt

Gelangweilte Götter

Undefinierter Raum. Ein kosmischer, hypnotischer Wind. Die Sonne im Zenit. Die Götter sinnen über die Zeit nach.

ATHENE Vater, ich möchte dich an Odysseus erinnern.

ZEUS Du langweilst mich. Du plapperst wie eine gewöhnliche Sterbliche.

ATHENE Hast du vergessen, wie viele Opfer er dir vor Troja gebracht hat?

ZEUS Er ist listig. Er wusste, wie er unsere Gunst erringen kann.

ATHENE Rührt dich sein Schicksal nicht?

ZEUS Ich weiß nicht, was du in diesen Menschen siehst. Sie beneiden uns und halten sich für Götter. Erst im Augenblick des Todes machen sie sich klar, dass sie in Wirklichkeit Teil des großen NICHTS sind.

ATHENE Es tut mir im Herzen weh, wenn ich daran denke, wie viele Jahre er sich in Sehnsucht nach seinem Zuhause verzehrt.

HERMES Zehn, davon zwei bei Kirke im Bett und sieben bei der schönhaarigen Nymphe Kalypso.

Bei den letzten Worten werden im Proszenium die Umrisse eines Menschen sichtbar. Ein Meeresufer… Der Mann rührt sich nicht, er liegt mit dem Gesicht auf der Erde.

*

Erwachen

Meeresufer. Zwischen Meer und Haus. Kosmischer Wind, im Hintergrund der Gesang der Sirenen. Der Mann erwacht, öffnet die Augen. Das harte Sonnenlicht blendet ihn. Neben ihm sitzt Athene.

ODYSSEUS Wer bist du?

ATHENE Seltsam, dass gerade du mich das fragst.

ODYSSEUS Wo bin ich?
ATHENE Bei dir zu Hause.
ODYSSEUS Bei mir zu Hause? Das heißt wo?
ATHENE Das weißt du nicht?
Odysseus wird nachdenklich. Er lässt den Kopf wieder auf die Erde sinken. Kosmischer Wind. Er schläft ein.

*

Die Ehefrau

Ein Zimmer: Penelope und Telemach blättern in einem Familienalbum. Im Hintergrund, im Schatten sitzt Odysseus und beobachtet Telemach. Er sieht aus wie ein Bettler. Hinter ihm das erleuchtete Haus. Die Schatten der Freier.
Niemand schenkt ihm Beachtung, außer einer schlanken Frau, die nicht von ihm lassen kann. Mit liebendem Blick verfolgt sie jede seiner Bewegungen, jeden Seufzer.

TELEMACH *reicht seiner Mutter ein Foto* Und dieser Schnauzbart, wer ist das?
PENELOPE Das, das ist dein Urgroßvater.
TELEMACH Autolykos.
PENELOPE Der göttliche Pferdedieb…
Sie lachen. Telemach entziffert die verblichene Unterschrift unter dem Foto.
TELEMACH *mit Mühe* »Der göttliche Autolykos, Sohn des Hermes«. Heißt das, dass wir göttliches Blut in den Adern haben?
PENELOPE Das ist eher eine fixe Idee deines Vaters.
TELEMACH Und hier?
Zeigt ihr ein Foto.
Mit diesem Bauch? Bist du das?
PENELOPE Ja. Am Strand von Korinth…
Sie gerät in Gedanken. Telemach dreht das Foto um, wird plötzlich ernst, Tränen treten ihm in die Augen.
TELEMACH *liest* »… Werde groß, mein Telemach, werde groß und stark…

Von all meinen Schwächen bleibe frei.
Und deine Träume, Telemach, sie seien rein.«
Beide verstummen für einen Augenblick. Athene verschwindet im Sonnenglanz. Ganz im Hintergrund Bewegung unter den Freiern – Schatten.
Jag deine Freier fort. Ich kann sie nicht mehr sehen.

PENELOPE Darüber haben wir schon gesprochen, hör auf.
TELEMACH Und wenn er zurückkommt?
PENELOPE Zehn Jahre sind seit dem Ende des Krieges vergangen.
TELEMACH Ich spüre, dass er immer noch am Leben ist.
PENELOPE Ja. Aber nur in dir.
Dunkel.

*

Der Vater

Telemach kommt zu seinem Großvater. Laertes im Smoking vor dem Spiegel, er kleidet sich zum Empfang. Ein gutaussehender und selbstsicherer Mann von sechzig Jahren. Er strahlt Autorität aus.

TELEMACH Du gehst zum Empfang?
LAERTES Du etwa nicht?
TELEMACH Ich bin nicht in Partystimmung.
LAERTES Dann bring dich in Stimmung.
TELEMACH Ich begreife nicht, wie du mit denen feiern kannst.
LAERTES Sei ein Mann, schluck die bittere Pille und zieh dich hübsch an.
TELEMACH Rauswerfen solltest du sie.
LAERTES *amüsiert* Warum?
TELEMACH Weil das dein Haus ist.
LAERTES Du bist stur wie dein Vater.
TELEMACH Er war klug und listig.
LAERTES Klugheit und List passen nicht zusammen.
TELEMACH Die List hat er von den Göttern.
LAERTES Hast du jemals Götter gesehen?
TELEMACH Das hast du immer gesagt.

LAERTES Glaubst du an Märchen?
TELEMACH Ich bin dumm und naiv.
LAERTES Mach dir keine Vorwürfe, mein Junge.
TELEMACH Mein Vater war anders.
LAERTES Dein Vater war ganz genauso wie du.
Unsicher, voller Widersprüche, und naiv.
TELEMACH Das ist nicht wahr. Du lügst. Er war anders.
LAERTES Du sprichst von einem, den du nicht kanntest.
TELEMACH Die Leute sagen…
LAERTES Die Leute sagen das, was sie hören wollen…
TELEMACH Die Leute sagen, du hast ihn aus dem Haus geworfen.
LAERTES Bla bla bla. Immer die gleiche Leier.
Er geht zum Empfang. Am Eingang begrüßt ihn eine junge, attraktive Frau, Melantho. Stimmloser Dialog. Die Frau lacht klirrend, schmiegt sich an Laertes. Odysseus, als Bettler verkleidet, beobachtet ihn. Die Schatten der Freier werden zu Silhouetten.
Telemach bleibt allein, blickt ins Leere.

*

Odysseus ist zurück. Eumaios.

Im Hintergrund der Empfang. Eleganz. Noble Gäste. Laertes tanzt mit Melantho. Odysseus folgt jeder Bewegung seines Vaters mit dem Blick. Der alte Hund bellt: Argos hat seinen Herrn erkannt. Zwei Diener, der alte Eumaios und der junge Melanthios, bemerken den Unbekannten. Eumaios tritt auf Odysseus zu.

EUMAIOS Was suchst du hier?
Odysseus antwortet nicht. Er blickt weiter zu dem Haus hin.
Hast du meine Frage gehört?
Der alte Hund kommt angelaufen und spielt um Odysseus' Beine.
Argos!
Eumaios ruft den Hund. Der hört nicht.
MELANTHIOS Ich sehe zum ersten Mal, dass dieser Hund so zutraulich zu einem Fremden ist.
Eumaios dreht Odysseus' Gesicht mit dem Stockende zu sich.

EUMAIOS Es ist nicht fein, andere heimlich zu beobachten. Weißt du das?

Odysseus gedankenverloren, nickt.

Was glotzt du so?

MELANTHIOS In diesem Haus hast du nichts zu erwarten.

Geht ins Haus. Odysseus knuddelt den Hund. Eumaios setzt sich zu ihm.

EUMAIOS Ich habe dich schon gestern hier gesehen.

Odysseus schweigt.

Ich habe gesehen, dass du mit meinen Schweinen geredet hast.

Und, was haben sie dir gesagt? *Lacht.*

Lautes Gelächter der Freier.

*

ODYSSEUS *blickt auf das Haus* Wer sind diese Leute?

EUMAIOS Die Freier unserer Herrin. Sie füttert sie schon zwei Wochen.

Im Hintergrund: Melanthios streitet mit Laertes.

Die Menschen sind Schweine…

Das sage ich.

Melanthios sagt, die Menschen sind keine Schweine, sondern Ziegenböcke.

Er hütet nämlich Ziegenböcke.

Lacht.

Und ich hüte Schweine.

Lacht.

Laertes blickt vom Empfang einen Moment zu ihnen herüber.

ODYSSEUS Wo bin ich?

EUMAIOS Das weißt du nicht?

ODYSSEUS Nein. Ich schwöre bei den Göttern.

EUMAIOS Das ist Odysseus' Haus.

ODYSSEUS Odysseus?

EUMAIOS Hast du von ihm gehört?

Odysseus nickt.

Natürlich, alle kennen ihn.

Und hast du von Troja gehört?

ODYSSEUS Ich war dort.

EUMAIOS Du warst vor Troja?

ODYSSEUS Ich habe mit Odysseus gesprochen.

Eumaios lacht.

EUMAIOS Du bist ein lustiger Kerl.

Geh zu Penelope und erzähl ihr dein Märchen, vielleicht glaubt sie es dir. Jeder Landstreicher, der nach Ithaka kommt, läuft sofort zu ihr. Sie hört jeden geduldig an, fragt nach Einzelheiten und weint, wie Ehefrauen weinen, deren Mann in der Ferne gefallen ist. Doch halt dich ran, die Warteschlange ist lang.

Er bietet ihm Wein an. Odysseus lehnt ab.

ODYSSEUS Sag lieber nichts mehr.

EUMAIOS Ei, ei! Was bist du so verkrampft?

Schämst du dich nicht, auf deine alten Tage so zu lügen.

ODYSSEUS *scharf* Halt's Maul!

Eumaios sieht ihn genauer an.

Odysseus hebt den Kopf. Sein Gesicht ist jetzt gut erkennbar.

Erkennst du mich nicht?

EUMAIOS *unwillkürlich* Odysseus?

Starrt Odysseus fassungslos an… um gleich darauf in Gelächter auszubrechen.

Odysseus…?! Leute, Odysseus ist zurück…

Eumaios lacht ihn lauthals aus. Odysseus versucht, ihn ruhig zu stellen. Eumaios' Hund bellt.

ODYSSEUS Sei still, sonst stopf ich dir hiermit das Maul. *Zieht ein Messer.*

EUMAIOS Leute!

ODYSSEUS Halt's Maul!

Odysseus rast vor Wut.

EUMAIOS Odysseus ist zurück…

Odysseus »stopft« Eumaios das Maul – mit einem präzisen Stich in den Bauch… Ersticktes Stöhnen. Eumaios wird gar nicht mehr bewusst, was passiert ist… Stille. Er starrt verwundert seinen Herrn an, den er in diesem Moment erkannt zu haben scheint. Blut rinnt ihm über das Gesicht. Er fasst sich an den Kopf. Dickflüssiges Rot an seiner Hand. Er fällt langsam zusammen, sinkt zu Boden. Stille… Odysseus steht reglos. Er macht sich langsam klar, was geschehen ist. Sein Gesicht verrät weder Angst noch Entsetzen, nur kühle Berechnung. Ein hochfrequenter Laut.

ODYSSEUS Ich wittere meines Vaters Blut.

Der Hund steht mit gesenktem Kopf da. Einen Augenblick lang will er sich Eumaios nähern, seinen Körper beschnuppern und prüfen, ob er noch lebt, doch der sich ausbreitende Geruch gerinnenden Blutes macht ihm seine Herrenlosigkeit bewusst. Einsam zieht er hinaus in die Welt.

*

Zweiter Akt

Hund und Hermes

Hermes zieht durch die Welt und begegnet dem Hund. Der Hund beschnuppert seine Füße.

HERMES Weißt du, wer ich bin?
HUND *bellt* Ein Gott. Ein Gott. Ein Gott.
Hermes ist verblüfft von der Intelligenz des Hundes.
HERMES Ich fühle mich einsam und alt und will sterben.
HUND *bellt* Warum? Warum? Warum?
HERMES Die Menschen verraten die Götter.
Der Hund winselt vor Mitgefühl.
Setzen wir uns hier, ich werde dir eine Geschichte erzählen.
Sie setzen sich.
Aber ich will, dass du mir erst die Füße leckst.
Der Hund leckt Hermes' wundgelaufene Füße.
HUND *bellt* Sie sind kühl und riechen seltsam.
HERMES Ich werde dir erzählen, wie der Mensch entstand. Willst du die Geschichte hören?
HUND *bellt* Ja. Ja. Ja.
HERMES Dieser erste Mensch war, ähnlich wie die Götter, ganz frei von Sorgen. Er brauchte nicht zu arbeiten oder für seine Nahrung zu sorgen. Er kannte kein Leid, wusste nichts vom Tod. Er lebte sorglos, so sorglos, dass er seine Pflicht zur Opfergabe vergaß. Die Götter brachten ihn ums Leben. Auf der Erde blieben nur sie und die Tiere. Jetzt herrschten kosmische Harmonie und Ordnung. Mit der Zeit begannen die Götter, sich mit sich selbst zu langweilen, und sehnten sich nach menschlicher Gesellschaft. Prometheus formte aus der Asche der Titanen nach seinem Ebenbild einen neuen, aber sterblichen Menschen. Gegen den Willen des Zeus schenkte er ihm das Feuer, das Privileg der Götter gewesen war. Er lehrte ihn das Eisen schmelzen und die Felder bestellen. Doch der Mensch war dennoch nicht glücklich, denn er kannte Tag und Stunde seines Todes. Als

er das sah, schenkte Prometheus den Menschen die Gabe des Vergessens. Seither wussten sie, dass sie sterben müssen, doch kannten sie weder den Tag noch die Stunde. Sie begriffen den Sinn des Wortes Hoffnung. Sie gewannen Lebenslust und Freude an der Arbeit in der Illusion, sie würden etwas Unwiederholbares und Unvergängliches schaffen. Sie fühlten sich stark und schlau und so selbstsicher, dass sie Zeus selbst überlisten wollten.

Hermes sieht den Hund an, doch der ist während der Erzählung eingeschlafen.

*

Die Hände waren meine

Während der Szene:
Telemach betreibt in seinem Zimmer Muskeltraining. Nach der dritten Serie legt er die Hanteln weg. Kurz danach steht er auf, zieht ein Hemd über und geht in die Richtung des Salons, aus dem immer deutlichere Geräusche des Empfangs zu hören sind.

LAERTES Wer ist hier?!

ODYSSEUS *sehr leise* Vater, ich bin zurück.

LAERTES *nach langem Schweigen* Ich dachte, du würdest erst nach meinem Tod zurückkehren.

Odysseus antwortet nicht.

Also hast du nicht Wort gehalten…

ODYSSEUS Es waren nicht meine Worte, sondern die der Furie.

LAERTES Doch es war dein Mund.

ODYSSEUS Ja.

LAERTES Und die Hände…

ODYSSEUS … waren meine.

LAERTES *nach langem Schweigen* Du bist berühmt geworden.

ODYSSEUS Ich bin der Liebling der Götter./Die Götter haben mich liebgewonnen.

LAERTES Es gab keine Götter.

ODYSSEUS Du fürchtest also den Fluch nicht?

LAERTES Ich fürchte dich.

Sie schweigen.

ODYSSEUS Hat Mama vor dem Tod etwas gesagt?
LAERTES Nein. Sie starb im Schlaf.
ODYSSEUS Und meine Brüder?
LAERTES Du hattest keine Brüder.

*

Dein Vater ist zurück

Er kommt aus seinem Zimmer. Melanthios ruft ihn.

MELANTHIOS He, mein Freund!
Telemach bleibt nicht stehen. Melanthios holt ihn laufend ein.
He! Wohin so eilig?
TELEMACH Geht dich nichts an.
MELANTHIOS Ich will dir etwas sagen.
TELEMACH Du bist betrunken, lass mich in Ruhe!
MELANTHIOS Bist du böse auf mich?
Telemach antwortet nicht.
Ich habe gehört, dein Vater ist zurück.
Telemach bleibt stehen.
TELEMACH Mach dich nicht über mich lustig.
MELANTHIOS Das mache ich nicht. Ich mag dich doch. Ich sage nur, was die Leute erzählen.
TELEMACH Die Leute erzählen das, was sie hören wollen.
Er geht weiter.

*

Empfang – raus hier

Abend. Fernes Stimmengewirr. Elegant gekleidete Männer tauchen einzeln aus der Dunkelheit auf. Im Zentrum des Interesses die Dame des Hauses, die schöne Penelope. Die Gäste umschwirren sie und erheischen Penelopes Aufmerksamkeit.

*

Eine tiefe, samtene Stimme aus dem Off begrüßt die Gäste herzlich und stellt das Orchester vor, das uns den ganzen Abend begleiten wird. Penelope sitzt gut gelaunt mit Antinoos und Amphinomos zusammen. Telemach ist nervös und weiß nicht, wohin. Hermes lässt sich sichtlich gelangweilt durch die Schar der Gäste treiben.

TELEMACH Wie kannst du so mit denen kokettieren?

PENELOPE Sei kein Kind!

TELEMACH Du bist widerlich.
Telemach schreit die Freier an.
Raus hier.

PENELOPE *erhebt sich* Was fällt dir ein?

TELEMACH Raus hier! Habt ihr keine bessere Mitfraßgelegenheit? Bald wird es hier keinen Krümel Brot, keinen Tropfen frischen Wassers mehr geben!

AMPHINOMOS Was hat dich so erzürnt? Gibt es Neues von deinem Vater?

TELEMACH Esst mich gleich mit auf!
Kurze Verstörung. Die Musik verstummt für einen Augenblick.

ANTINOOS Nur immer die Ruhe, mein Sohn! Geh wieder spielen.
Telemach stößt ihn fort.

TELEMACH *ohnmächtig schreiend* Nenn mich nicht »Sohn«!
Telemach rennt hinaus, Amphinomos gibt dem Orchester das Zeichen zum Einsatz.

*

Frag nicht, wo ich war

Telemach läuft, stürzt vor Erschöpfung, liegt mit dem Gesicht auf der Erde. Meeresufer, Menschenleere. Niemand ist zu sehen. Telemach wird vom Nebel verschluckt. Stille.
Zur gleichen Zeit. Der Empfang geht weiter…
Die Zeit vergeht. Telemach spürt, dass er beobachtet wird. Odysseus' Umrisse zeichnen sich im Nebel ab.

TELEMACH Wer bist du?
Odysseus antwortet nicht.

ODYSSEUS Frag nicht, wo ich war und wovor ich floh.
Frag mich nicht, wie ich diese Zeit überlebt habe.
Es lohnt nicht.

TELEMACH Wer bist du?

ODYSSEUS Süßer Telemach.
Stille.
Ich bin zurück.
Lange Stille.

TELEMACH Vor wem versteckst du dich?

ODYSSEUS Etwas Unerklärbares hat mich hierhergeführt.

TELEMACH Was?
Papa! Du bist hier, du bist zurück, wovor hast du Angst?

ODYSSEUS Lass uns fliehen.

TELEMACH Ich bleibe hier. Ich fahre nirgendwo hin.

*

Ich erkenne meinen Mann nicht in dir

Odysseus, Penelope, Telemach schweigen. Penelope mustert Odysseus, geht um ihn herum.

TELEMACH Warum sagst du nichts, Mama?

PENELOPE Seit wann bist du hier?

ODYSSEUS Seit gestern.

PENELOPE Warum bist du dann nicht gleich gestern gekommen?

ODYSSEUS Ich stand vor der Tür.
Je länger ich dort stand, desto fremder fühlte ich mich.
Penelope schaut ihm in die Augen.

PENELOPE Ich glaube dir nicht.

TELEMACH Mama!

ODYSSEUS Telemach, lass die Mama. Mein Aussehen bewirkt, dass sie mich nicht erkennt.

PENELOPE *zu Odysseus* Du hast ein ähnliches Gesicht und eine ähnliche Gestalt wie er.
Doch ich erkenne meinen Mann nicht in dir.

TELEMACH Mama!
ODYSSEUS Lass uns allein, Sohn.
TELEMACH *im Hinausgehen* Du hast ein Herz aus Stein.

*

Ich betrachte deine Hände

Penelope und Odysseus bleiben allein. Sie sehen einander an. Jemand von den Freiern ruft Penelope. Telemach geht in sein Zimmer und trainiert den Stoß mit dem Messer.
Solarische Szene, die vermutlich niemals stattgefunden hat.

PENELOPE Ich betrachte deine Hände.
ODYSSEUS Fass sie an.
PENELOPE Immer haben mich die Hände des Mannes gerührt, deine ganz besonders. Sie sind so schutzlos und unschuldig.
ODYSSEUS Niemand kommt von einer weiten Reise so zurück, wie er war.
Odysseus wendet sich ab. Mit der Hand schiebt er ihr Haar beiseite und streichelt ihr Gesicht. Er will sie küssen. Penelope wehrt sich. Am Ende gibt sie ihm nach. Langsames, schläfriges Dunkeln.

*

Der Sohn des Odysseus

Zur gleichen Zeit. Telemach stößt in seiner Wut mit aller Kraft das Messer in einen Holzpfosten. Er stößt dabei wilde, tierische Laute aus. Melanthios beobachtet ihn. Er ist gut gelaunt. Der Anblick des gereizten Telemach bereitet ihm Vergnügen und Genugtuung. Der Hund Argos bellt laut. Hermes stellt ihn ruhig.

TELEMACH *zu sich selbst* Weißt du, was der Grund ist, dass alles zugrunde geht?
MELANTHIOS *boshaft* Das Weib?
Im Hintergrund macht sich der Empfang immer deutlicher bemerkbar. Die gleiche Musik, die gleichen Situationen wie in der Szene

Odysseus ist zurück. *Laertes tanzt mit Melantho. Kurz darauf betritt Penelope den Empfang.*

TELEMACH Meine Mutter.
Und wenn ich –

MELANTHIOS Wenn du? *Lacht.*

TELEMACH Und wenn ich –

MELANTHIOS Was kannst du schon?! *Lacht.*

TELEMACH Und wenn ich mich mit einem von ihnen messen würde –

MELANTHIOS *nachäffend* Zum Beispiel mit Antinoos?

Telemach hört auf damit, das Messer ins Holz zu stoßen.

TELEMACH Ich bin jetzt Manns genug.

MELANTHIOS Ich werde ihn gleich rufen.

TELEMACH Lass das! *Lacht.*

MELANTHIOS Was bist du so wütend auf mich?
Scherzend. Nach der Hochzeit deiner Mama wirst du noch zu mir kommen!

TELEMACH Spuck das aus.
Du Hund!

MELANTHIOS Ich mag dich, du tust mir einfach leid.
Reißt sich zusammen.

TELEMACH *droht ihm mit dem Messer* Warum hast du das gesagt?

MELANTHIOS He, Kleiner, ich hab auch ein Messer!

TELEMACH Beruhige dich, bitte.

MELANTHIOS *fuchtelt ihm mit dem Messer unter der Nase* Willst du dich mit mir messen?

TELEMACH *in einem Anfall von Wut* Halt's Maul, du Hund!

Überraschend versetzt Telemach ihm einen präzisen Stoß in den Bauch.

MELANTHIOS Sohn des Odysseus!

Mit diesen letzten Worten sinkt er langsam zu Boden, so wie Eumaios zu Boden gesunken ist. Die gleiche Musik und das gleiche Bild wie mit Eumaios… Telemach steht wie gelähmt, sein Gesicht zu einer Schreckensgrimasse verzerrt. Langsam wird ihm klar, was geschehen ist. Vor Angst steht er wie angewurzelt. Melanthios liegt reglos auf dem Bauch. Unter seinem Körper fließt Blut hervor und sammelt sich in einer immer größeren Lache.

*

Dritter Akt

Die Opferung

Ein leerer, monochromer Tag. Die Sonne im Zenit. Die Erde aschtrocken. Massiver, eintöniger Wind. Die Götter durchmessen die Welt.

ZEUS Wir werden älter.

HERMES Zweifellos.

Nach kurzem Nachdenken Aber schließlich altern sogar die Steine.

ZEUS Wir altern schneller als die Steine. Und sie altern wenigstens mit Stil. Das Schlimmste ist, dass uns selbst das gar nicht klar ist. Ein Idiot aus Ionien hat vor sechs Jahrhunderten gesagt, wir existierten nicht – dabei waren wir damals in Höchstform. Ich war felsenfest überzeugt, dass ich Blitze schleudere, und ich vermochte tatsächlich einen Ungläubigen zu töten oder eine Stadt in Asche zu legen.

HERMES Alles fing damit an, dass Aphrodite die Grippe bekam. Wir konnten nicht verstehen, was das ist, Fieber, und warum sie hustet wie ein altes Marktweib.

ZEUS Egal, wie es angefangen hat. Wichtig ist eins: Die Menschen vergöttern uns nicht mehr.

HERMES Das ist unsere Schuld. Wir haben angefangen, die Menschen nachzuahmen.

ZEUS Du bist so langweilig und starrsinnig wie ein junger Absolvent der Sorbonne.

ATHENE Ich bin anderer Meinung. Da wir einmal am Krieg vor Troja teilgenommen haben, sehe ich keinen triftigen Grund, weshalb wir zum Beispiel die Stammeskämpfe zwischen Hutu und Tutsi tolerieren sollten.

ZEUS Fang nicht mit Politik an, sonst verliere ich die Geduld.

Sie spazieren eine lange Weile, sinnieren über die Zeit. Ihnen folgt mit gesenktem Kopf der Hund. Die Sonne steht schon tief über dem Horizont. Die Abenddämmerung setzt ein.

Jemand von uns muss sterben, damit der Rest weiterleben kann.

HERMES Ich verstehe nicht ganz, Vater…

ZEUS Es ist nötig, dass einer von uns sein Leben hingibt.

ATHENE Verzeih, Vater, aber…

ZEUS Mit einem Wort, wir müssen einen von uns opfern, als Opfertier. Dann wird die Menschheit verstehen, dass wir bereit sind, etwas für sie zu tun.

ATHENE Aber weshalb gerade wir?

ZEUS Wir beide wissen sehr gut, dass wir nicht unsterblich sind. Zwei- oder dreihundert Jahre früher oder später – das hat keine große Bedeutung.

Steinerne Stille.

*

Vater, ich habe getötet

Odysseus am Meeresufer. Im Hintergrund geht der Empfang weiter.

ODYSSEUS Wer ist hier?!

TELEMACH Vater? Ich habe getötet.

ODYSSEUS Davon sind wir gezeichnet.
Lass uns von hier fliehen!

TELEMACH Nein, Papa, ich bleibe hier.
Wir müssen zuerst Ordnung im Haus schaffen.

ODYSSEUS Mein Sohn, der Fluch der Götter lastet auf uns.

TELEMACH Ich fürchte keinen Fluch.
Auch den Geruch frischen Blutes nicht.

Odysseus bekommt sein Entsetzen in den Griff. Er sieht Telemach aufmerksam an.

Telemach entschlossen.

In unserem Haus machen sich Fremde breit.

Odysseus versteht die Absicht seines Sohnes. Einen Augenblick lang verharren sie still und sehen einander tief in die Augen.

ODYSSEUS Ich brauche den Bogen des Eurythos.

TELEMACH Er ist in Mutters Zimmer.

ODYSSEUS Tu nichts. Halt dich abseits.

TELEMACH Ich will so sein wie du.

ODYSSEUS Tu nichts.
Ich werde alles auf mich nehmen.

TELEMACH Ich will dir helfen.
ODYSSEUS Gott wird mir helfen.
Immer hat er mir geholfen.
Die Götter lieben den Geruch frischen Blutes.
Dunkel.

*

Der Fluch

Furien. Schrei. Blutiges Schlachten. Odysseus in Trance! Odysseus metzelt die wehrlosen Gäste auf dem Empfang nieder. Brutal wirft er Melantho hinaus. Laertes kommt ihr zur Hilfe. Er verflucht seinen Sohn und will ihn aus dem Haus jagen. Odysseus stürzt sich auf seinen Vater. Sie kämpfen.

ODYSSEUS *schreit* Du solltest hier liegen, statt ihrer.
Du bist dieses Böse und die ganze Schuld.
Heftiger Wind. Geräuschkaskade.
Penelope schreit, doch man hört sie nicht. Odysseus verwundet Laertes. Blut.
Laertes stürzt zu Boden.
Ich wittere das Blut meines Vaters.
Ein hochfrequenter Ton. Gesang der Sirenen. Odysseus hält sich die Ohren zu. Entsetzlicher Kopfschmerz. Krise. Tobend wälzt er sich auf der Erde.
Odysseus schreit.
Ich habe meinen Vater nicht getötet. Nein!
Der entsetzliche Ton hört auf. Odysseus kommt zu sich.
Vater, Vater, Vater!
Vater, verzeih!
Die Götter sind es, Vater, die mich den Fluch erfüllen heißen!
Odysseus schüttelt Laertes' Leib, als wollte er ihn aus einem Albtraum wecken.
Ich bin mit einem Fluch geboren.
Hättest doch lieber du mich getötet! Vater, Vater, verzeih!
Damals wollte ich dich töten, deshalb bin ich von zu Hause weggerannt.

Und das Böse, das ich in mir trug, habe ich mit mir in die Welt gebracht.
Laertes hebt den Kopf, öffnet die Augen. Odysseus drückt ihn an sich. Glücklich. Der Gesang der Sirenen.
Nein. Nein, ich habe meinen Vater nicht getötet.
Obwohl mir der Fluch geschrieben stand.
Telemach im Blutdunst, in einer Art tierischem Rausch. Er steht regungslos, umklammert krampfhaft das Messer, schaut seinen Vater an, der des Laertes' Füße küsst.
Telemach geht auf ihn zu… Mit zwei Messerhieben tötet er seinen Vater. Er erstarrt einen Augenblick, dann zieht er das Messer aus dem Körper. Aufrechten Ganges schreitet er ins Proszenium und bleibt in der Pose des Siegers dort stehen, schaut ausdruckslos ins Publikum.

*

Vierter Akt

Zweites Erwachen

Starke, blendende Sonne. Meeresufer. Odysseus liegt mit dem Gesicht auf der Erde. Im Hintergrund (ähnlich wie am Anfang) die Schatten der Freier. Er erwacht. Neben ihm sitzt Athene. Der Wind schmirgelt die aseptisch weißen Tierskelette mit Sand.

ODYSSEUS Wer bist du?
ATHENE Seltsam, dass gerade du mich das fragst.
ODYSSEUS Wo bin ich?
ATHENE Bei dir zu Hause.
ODYSSEUS Bei mir zu Hause? Das heißt wo?
ATHENE Das weißt du nicht?
ODYSSEUS Nein.
Sie schweigen.
Was schaust du so, habe ich etwas Böses getan?
ATHENE Mein Vater hat mich verlassen, heute früh…
ODYSSEUS Ich habe meinen Vater nicht getötet.

*

Neue Reise

Er steht auf. Geht. Ganz im Hintergrund. Wechsel des Raumes. Ein Schiff. Die Endlosigkeit des Meeres. Nebel. Hypnotischer Wind.

ODYSSEUS Nichts, nichts außer mir; nichts vor mir:
Nichts als ein heller Tag und ewige Leere.

Ende

Roland Schimmelpfennig

Der elfte Gesang

nach Homer

Die im Stück verwendeten Originalpassagen aus der *Odyssee* folgen der Übersetzung von Johann Heinrich Voß.

Personen

DIE ÜBERGEWICHTIGE FRAU ENDE DREISSIG
AJAS
DER MANN VOM SOFORTDIENST, MITTE DREISSIG
DER MANN VOM TABAK- UND LOTTO-LADEN
DIE VIER MÄGDE
ACHILLEUS
DIE MÄNNER DES ODYSSEUS
KIRKE
EINE ALTE FRAU
DIE ASIATISCHE FRAU VOM GEMÜSELADEN
ODYSSEUS
EIN SOLDAT IN VOLLER KAMPFAUSRÜSTUNG
SEINE FREUNDIN
ELPENOR
EURYLOCHOS
AGAMEMNON
TEIRESIAS
EIN ARZT, ENDE FÜNFZIG
DIE KIMMERISCHEN MÄNNER
JÜNGLINGE UND MÄDCHEN
GREISE
ZERFETZTE SOLDATEN
EIN SOLDAT
POLYPHEM
FRAUEN MIT KOFFERN AM BAHNSTEIG
EPIKASTE, JENSEITS DER VIERZIG
KLYTÄMNESTRA

Erster Teil

1.

Vollkommene Dunkelheit.
Man sieht nicht die Hand vor Augen. Kein Licht.
Jemand kommt näher.
Zuerst ist die Person kaum wahrnehmbar, so dunkel ist es.
Eine Frau.
Sie will etwas sagen.
Eine Frau, zu schwer, sie trägt einen Kittel, und sie ist seit fünf Uhr auf den Beinen. Jetzt ist es acht Uhr früh, Montagmorgen. Supermarkt Kaiser's, Rochestraße. Fleischtheke.

DIE ÜBERGEWICHTIGE FRAU ENDE DREISSIG, SIE TRÄGT EINEN KITTEL Wer, wes Volkes bist du, und wo ist deine Geburtsstadt?
Bist du jener Odysseus, der, viele Küsten umirrend,
Wann er von Ilion kehrt im schnellen Schiffe, auch hierher
Kommen soll, wie der Gott mit goldenem Stabe mir saget?
Mein Name ist Kirke –
Lieber, stecke dein Schwert in die Scheide
und laß uns
zusammen
Unser Lager besteigen, damit wir, beide versöhnet
Durch die Freuden der Liebe, hinfort einander vertrauen!

Ich ließ ihn nicht gerne gehen.
Ich ließ ihn nicht gerne gehen,
weil ich nicht wußte, ob er überlebt.
Warum gehen, wenn alles so bleiben könnte,
wie es ist – wenn er nur bliebe.

2.

Unterwelt.

AJAS Ich habe mich
aus Wut und Verzweiflung
in mein eigenes Schwert gestürzt – so:

Ajas,
der dumme dicke Ajas
gräbt sein Schwert aufrecht stehend in den Sand des Strandes vor Troja,

beugt sich darüber
und läßt sich in die Klinge fallen.

Das bin ich,
und das ist mein Ende:

Aus Wut und Verzweiflung
und aus Haß
auf den Mann,
der mich um alles gebracht hat,
was ich vom Leben erhoffte –

und dieser Mann
hieß
und heißt
Odysseus,
ein Blender,
ein Betrüger,
angeblich klug,
kann sein –
aber

er macht eine hilflose Geste –

Aus Wut und Verzweiflung
und aus Haß
auf den Mann,
der mich um alles gebracht hat,
was ich vom Leben erhoffte –
habe ich,
Ajas,
dumm und dick,
mich umgebracht,
und es tat weh,
es tat weh,
als das Schwert,
als mein eigenes Schwert
mich durchschnitt,

es tat mehr weh
als alles zuvor,
aber es war auch
eine Befreiung,
ein Ende.

Und dann zog ich
in das Reich der Toten,
in den Hades,
vergaß alles,
ich vergaß alles,
oder fast alles,
denn auch
im Hades angekommen
am Ende der Reise

wußte ich,

ich bin tot,
und er lebt,
er lebt und atmet,

während ich
durch den lichtlosen Tag der Toten krieche,

schläft er
mit Kirke –

ich bin tot,
und er
schläft
mit einer Göttin.

3.

Sofortreparatur von Schuhen, vor allem Absätze und Sohlen.
Schlüsseldienst. Der Mann, der hier arbeitet, fern jedes Tageslichts,
steht hier seit Jahren.

EIN MANN, MITTE DREISSIG Lieber Odysseus,
so stecke dein Schwert in die Scheid und laß uns
zusammen
Unser Lager besteigen, damit wir, beide versöhnet
Durch die Freuden der Liebe, hinfort einander vertrauen!

Kirke und ich –

laß uns
zusammen
Unser Lager besteigen

Also sprach sie, und ich antwortete:
Kirke, wie kannst du begehren, daß ich dir freundlich begegne,
Da du meine Gefährten im Hause zu Schweinen gemacht hast –
sie hatte meine Männer
zu Schweinen gemacht.

Männer werden zu Schweinen.

Nein! Ich werde nimmer dein Lager besteigen, o Göttin,
Du willfahrest mir denn, mit hohem Schwur zu geloben,
Daß du bei dir nichts anders zu meinem Verderben beschließest!

Der Mann schlägt einen Nagel in einen Schuh.
Odysseus schüttelt den Kopf, reibt sich die Augen.

Mit ihr ins Bett –
Wohin jetzt.
Wir hatten keine Zukunft.

4.1.

Der Mann vom Lotto-Laden, selbst spielsüchtig.
Ein Kettenraucher mit Angst vor dem Tod. Heute ist Samstag.
Samstag, Samstag.

DER MANN VOM TABAK- UND LOTTO-LADEN
Also sprach ich, Odysseus;
und eilend beschwor sie, was ich verlangte.
Als sie es jetzo gelobt und vollendet den heiligen Eidschwur,
Da bestieg ich mit Kirke das köstlichbereitete Lager.

Ja –
er lächelt.
Ja – Schulterzucken.
Er ist von seinem eigenen Schicksal überrascht.
Was das Leben einem manchmal so zu bieten hat,
und es kostet nicht mal was –

Und in dem hohen Palaste der schönen Zauberin dienten
Vier holdselige Mägde, die alle Geschäfte besorgten.

4.2.

Die vier Mägde treten aus dem Dunkel ins Licht,
sie stehen da, und dann verschwinden sie wieder.
Kurz Musik, vielleicht, oder Gesang.
Herrliche Mädchen.

Aber keine war so herrlich wie Kirke.

4.3.

Er zündet sich eine an. Eiliges Rauchen.

5.

DER MANN, DER DEN NAGEL IN DEN ABSATZ GESCHLAGEN HATTE Diese Mägde –
das waren Töchter der Quellen
und der schattigen Haine
und der heiligen Ströme, die in das Meer sich ergießen.
Herrliche Mädchen.
Herrliche Geschöpfe.
Die Töchter der Quellen.

Er macht ein Bier auf.

In ihrer Schönheit schwer vorzustellen –
Und eine von diesen bedeckte die Throne mit zierlichen Polstern:
Oben legte sie Purpur und unten den leinenen Teppich.
Und die andere stellte die schönen Tische von Silber
Vor die Throne und setzte darauf die goldenen Körbe.
Und die dritte mischte in silberner Schale den süßen
Herzerfreuenden Wein und verteilte die goldenen Becher.
Aber die vierte Magd trug Wasser und zündete Feuer
Unter dem großen Dreifuß an, das Wasser zu wärmen.
Und nachdem das Wasser im blinkenden Erze gekochet,
Führte sie mich in das Bad und strömt' aus dem dampfenden Kessel
Lieblichgemischtes Wasser mir über das Haupt und die Schultern
Und entnahm den Gliedern die geistentkräftende Arbeit.

Mein erstes Bad seit –
ich weiß nicht wie viel Jahren –

Als sie mich jetzo gebadet und drauf mit Öle gesalbet,
Da umhüllte sie mir den prächtigen Mantel und Leibrock,
Und dann führte sie mich ins Gemach zum silberbeschlagnen

Schönen künstlichen Thron mit füßestützendem Schemel.
Eine Dienerin trug in der schönen goldenen Kanne
Über dem silbernen Becken das Wasser, beströmte zum Waschen
Mir die Händ' und stellte vor mich die geglättete Tafel.

Herrliche Mädchen.
Aber keine war so herrlich wie Kirke.
Nachdenken.
Kopfschütteln.

Und dann sollte ich essen,
Kirke und ich warteten auf das Essen,
schweigend,
sie und ich,
und Kirke sah mich die ganze Zeit an;
und ich dachte,
sie stellt sich vor,
was gleich geschehen wird –
und ich stellte es mir auch vor
und konnte es nicht glauben –

6.

Unterwelt.

ACHILLEUS In meinem Leben
galt ich
als unbesiegbar –
der unbesiegbare Achill,
eitel,
lüstern,
träge oder
schnell, je nachdem.

Und als ich starb –
starb ich
eitel,
lüstern,
träge,
schnell, je nachdem,
wie ein abgestochenes Schwein.

Paris
traf meinen Fuß, meine Sehne,
niemand
niemand
schießt auf Füße,
nur Paris,
aber so war es:
Sein Pfeil
durchbohrte meine Ferse
und nagelte mich fest,
und bevor ich den Pfeil herausreißen konnte
oder bevor ich mir den Fuß abschlagen konnte,
traf Paris noch einmal,

er traf meine Hand,
dann die andere Hand
und dann
den Hals.

Blut im Mund,
Blut in den Augen,

und als ich starb
und vor mir schon
den Acharon sah,
drehte ich mich noch einmal um,
und da sah ich
Odysseus,

Odysseus,
und ich begriff:
Ich sterbe, und dieser Mann,
Odysseus,
angeblich klug,
angeblich –
in Wahrheit ein Blender,
ein Geschichtenerzähler,
ein Blender –
der wird weiterleben,
der stirbt jetzt nicht,
der wird leben,
und atmen und schwitzen
und keuchen –
hhhh

7.

DER MANN VOM TABAK- UND LOTTO-LADEN Samstag, Samstag.
Und die ehrbare Schaffnerin kam und tischte das Brot auf
Und der Gerichte viel aus ihrem gesammelten Vorrat
Und befahl mir zu essen. Doch meinem Herzen gefiel's nicht,
Sondern ich saß zerstreut und ahndete Böses im Herzen.

Er wird gröber und gröber.

Kirke bemerkte mich jetzt, wie ich dasaß, ohne die Speise
Mit den Händen zu rühren, versunken in tiefe Schwermut;
Und sie nahte sich mir und sprach die geflügelten Worte:
Warum sitzest du so wie ein Stummer am Tische, Odysseus,
Und zerquälst dein Herz und rührest nicht Speise und Trank an?
Ist dir noch bange vor Hinterlist? Du mußt dich nicht fürchten!
Denn ich habe dir's ja mit hohem Eide geschworen!
Also sprach sie; und ich antwortete wieder und sagte:
Kirke, welcher Mann, dem Recht und Billigkeit obliegt,
Hätte das Herz, sich eher mit Trank und Speise zu laben,
Eh er die Freunde gerettet und selbst mit Augen gesehen?
Die Freunde – die Schweine –
grunzend, und kotend
Darum, wenn du aus Freundschaft zum Essen und Trinken mich nötigst,
Gib sie frei und zeige sie mir, die lieben Gefährten!
Also sprach ich.

Sie ging, in der Hand die magische Rute,
Aus dem Gemach und öffnete schnell die Türe des Kofens
Und trieb jene heraus, in Gestalt neunjähriger Eber.
Alle stellten sich jetzt vor die mächtige Kirke, und diese
Ging umher und bestrich jedweden mit heilendem Safte.

Die Schweine im Kreis.

Nichts war demütigender
in all den Jahren als das – aber
Siehe, da sanken herab von den Gliedern die scheußlichen Borsten
Jenes vergifteten Tranks, den ihnen die Zauberin eingab.
Männer wurden sie schnell und jüngere Männer denn vormals,
Auch weit schönerer Bildung und weit erhabneren Wuchses.
Und sie erkannten mich gleich und gaben mir alle die Hände;
Alle huben an, vor Freude zu weinen, daß ringsum
Laut die Wohnung erscholl.

Aus Schweinen werden Männer.

Und sie nahte sich mir, die hehre Göttin, und sagte:

Edler Laertiad, erfindungsreicher Odysseus,
Gehe nun hin zu dem rüstigen Schiff am Strande des Meeres;
und hol die noch fehlenden Gefährten
und dabei
küßte sie mein Ohr –
so –
Die Zunge.

Er zündet sich eine weitere Zigarette an und schweigt. Dann verschwindet er in der Dunkelheit.

8.

EINE ALTE FRAU Als ich starb,
dachte ich an meinen Sohn,
Odysseus –
ich dachte,
was tut er jetzt,
was tut er
in seinem Leben,
in diesem Moment,
und warum,
warum ist er nicht bei mir –
so eine einfache Frage –
und so bitter.

9.1.

Ein vietnamesischer Obst- und Gemüseladen.
In einer Ecke ein kleiner Altar mit Opfergaben, unter anderem eine Schachtel Zigaretten.
Die asiatische Frau vom Gemüseladen spart mit ihrem Mann auf ein Fertighaus.

DIE ASIATISCHE FRAU VOM GEMÜSELADEN IN EINER GRÜNEN SCHÜRZE Er war ja nicht allein.
Wenn er allein gewesen wäre –

Edler Laertiad, erfindungsreicher Odysseus,
Gehe nun hin zu dem rüstigen Schiff am Strande des Meeres;
und hol die noch fehlenden Gefährten
und dabei
küßte ich sein Ohr –
so –
Die Zunge.

Zieht vor allen Dingen das Schiff ans trockne Gestade
Und verwahrt in den Höhlen die Güter und alle Geräte.
Dann komm eilig zurück und bringe die lieben Gefährten.

9.2.

Sofortreparatur für Schuhe, Absätze, Sohlen, Schlüsseldienst.

DER MANN Und dann ging ich zurück zum Schiff
und fand die anderen –
und die hatten gedacht,
die sehen uns nie wieder.
Die freuten sich.

Die freuten sich so, mich lebendig zu sehen –
Die dachten, die sehen uns nie wieder.
Die freuten sich wie Kinder, und ich antwortete freundlich:
Laßt uns vor allem das Schiff ans trockne Gestade hinaufziehn
Und in den Höhlen die Güter und alle Geräte verwahren!
Und dann machet euch auf, mich allesamt zu begleiten,
Daß ihr unsere Freund' in Kirkes heiliger Wohnung
Essen und trinken seht; denn sie haben da volle Genüge!

Die Frau aus dem Supermarkt winkt ihm zu.

EINER Nein –

ODYSSEUS Nein?

EINER Nein – nein! Nein!

Nur Eurylochos suchte die übrigen Freunde zu halten,
Und er red'te sie an und sprach die geflügelten Worte:
Ihr Ahnungslosen, wo gehen wir hin? Welch heißes Verlangen nach Unglück
Treibt euch, in Kirkes Wohnung hinabzusteigen? Sie wird uns
Alle zusammen in Schweine, in Löwen und Wölfe verwandeln
Und uns Verwandelte zwingen, ihr großes Haus zu bewachen!
Ebenso ging es auch dort den Freunden, die des Kyklopen
Felsengrotte besuchten, geführt von dem kühnen Odysseus!
Denn durch dessen Torheit verloren auch jene das Leben!
Alle tot –
gefressen bei lebendigem Leib –
Odysseus,
du bist kein Anführer,
du bist ein Schlächter.

DER MANN VOM SOFORTDIENST Also sprach er; und ich erwog den wankenden Vorsatz,
Mein geschliffenes Schwert von der nervichten Hüfte zu reißen
Und sein Haupt, von dem Rumpfe getrennt, auf den Boden zu stürzen,
Ob er gleich nahe mit mir verwandt war.

10.

Unterwelt.

AJAS Immer
als erstes
gegen die eigenen Leute.
Immer
auf den eigenen Vorteil bedacht.
Und niemand
wird so einen aufhalten,
und wenn es jemand tut,
wird Odysseus eher
die Welt auf den Kopf stellen,
als das
zu ertragen.

11.

ODYSSEUS Ich hätte ihn fast umgebracht.
Aber die Freunde
Sprangen umher und hielten mich ab mit flehenden Worten:

– Hör auf, hör auf, hör auf –
– Ich bring dich um –
– Hör auf –
– Warum, warum denn, du bist doch, du –
– Ich? Ich? Ich? Ich bring dich um –
– Was? Was? Du bist doch –
– Ich bring dich um –

EURYLOCHOS Nein. Nein. Warum –

Ich wollte nicht. Und ich hatte recht.

– Hör auf, hör auf, hör auf –
– Ich bring dich um –
– Hör auf –
– Warum, warum denn, du bist doch, du –
– Ich? Ich? Ich? Ich bring dich um –
– Was? Was? Du bist doch –
– Ich bring dich um –

DIE FREUNDE Göttlicher Held, wir lassen ihn hier, wenn du es befiehlest,
er soll hier bleiben an dem Gestad, um unser Schiff zu bewahren.
Aber führe du uns zu Kirkes heiliger Wohnung.

EINER Kirkes Wohnung.
Ein riesiges Haus im Dschungel,
Wasser lief an den Wänden herunter und wurde zu einem Bach, der zu einem Fluß wurde und ins Meer floß.

Vögel.
Riesige Blätter.

ODYSSEUS Also sprachen die Freunde und gingen vom Strande des Meeres.
Auch Eurylochos blieb nicht bei dem gebogenen Schiffe,
Sondern folgte, geschreckt durch meine zürnende Drohung.
Und dann
gingen wir zu Kirkes Haus,
Ein riesiges Haus im Dschungel,
Wasser lief an den Wänden herunter und wurde zu einem Bach, der zu einem Fluß wurde und ins Meer floß.
Vögel.
Riesige Blätter.
Die anderen aßen und tranken schon im Saal,
die waren schon
vollkommen besoffen
und dann
großes Wiedersehen,
Tränen,
Tränen um all die toten Freunde,
und ich,
ich dachte
im Grunde
dabei immer an zwei Menschen,
nein, an drei, oder vier,
an meine Frau,
manchmal,
an meine Mutter,
an meinen Sohn,
öfter
und an Ajas,
viele habe ich getötet, abgeschlachtet,
aber nur einen Menschen habe ich
in den Tod getrieben,
Ajas,
Ajas
dick und dumm,

aber es heißt ja,
der Tod schenkt Vergessen,
also wird er mir nicht böse sein,
dachte ich,
und dann dachte ich an Achilleus,
und wie er starb, da
sah ich zu,
ein Pfeil traf seinen Fuß und steckte ihn fest,
wie eine Nadel einen Käfer feststeckt,
er ging,
war auch Zeit,
er mußte gehen,
in den Hades,
und ich nicht, und ich dachte,
wir sehen uns in diesem Leben niemals wieder –
und jetzt verrotten die
unter der Erde
oder irgendwo
und ich,
ich gehe mit Kirke ins Bett.
Von nun an
ein Jahr lang
dreimal am Tag.
So
ist das Leben.

12.

ACHILLEUS Der Pfeil
hätte mich
nur um einen Zentimeter verfehlen müssen,
um die Breite eines Fingers,
das hätte genügt –

13.1.

KIRKE AUS DEM SUPERMARKT Edler Laertiad, erfindungsreicher Odysseus!
Reget jetzo nicht mehr den unendlichen Jammer! Ich weiß ja,
Wieviel Elend ihr littet im fischdurchwimmelten Meere
Und wieviel ihr zu Lande von feindlichen Männern erduldet.
Aber wohlan! Eßt jetzo der Speis und trinket des Weines,
trinkt und eßt
und eßt und trinkt
den ganzen Tag,
die ganze Nacht,
trinkt, trinkt,
aber nur einer von euch, Odysseus,
wird mit mir schlafen,
gleich,
ihr alle
wollt mit mir schlafen,
das sehe ich euch an,
aber nur einer von euch
darf es tun –
die anderen –

ODYSSEUS Und so –
Und so verging ein Jahr.

Und wir saßen
ein ganzes Jahr, von Tage zu Tage
An der Fülle des Fleisches und süßen Weines uns labend.
Als nun endlich das Jahr von den kreisenden Horen erfüllt ward
Und mit dem wechselnden Mond viele Tage waren verschwunden,
Da beriefen mich heimlich die lieben Gefährten und sagten:
Unglückseliger, denke nun endlich des Vaterlandes.

13.2.

EINER Wir müssen weiter.
Wir wollen nach Hause.
Verstehst du?

ZWEI ODER DREI Wir konnten nicht mehr. Wir wollten heim.

14.

DER MANN MIT DER ZIGARETTE Also bewegten die Freunde mein edles Herz zum Gehorsam.
Und wir saßen den ganzen Tag, bis die Sonne sich neigte,
An der Fülle des Fleisches und süßen Weines uns labend.
Als die Sonne nun sank und Dunkel die Erde bedeckte,
Legten sich meine Genossen im schattigen Hause zum Schlummer.
Und ich bestieg mit Kirke das köstlichbereitete Lager,
wieder
wie immer
aber diesmal faßte ihr flehend die Knie; und die Göttin hörte mein Flehen.
Kirke, erfülle mir jetzt das Gelübde, so du gelobtest,
Mich nach Hause zu senden!

Er zieht an seiner Zigarette.
Jemand schlägt einen Nagel in einen Schuh.

Mein Herz verlanget zur Heimat
Und der übrigen Freunde, die rings mit Weinen und Klagen
Meine Seele bestürmen, sobald du den Rücken nur wendest.
Also sprach ich; mir gab die hehre Göttin zur Antwort:
Edler Laertiad, erfindungsreicher Odysseus,
Länger zwing ich euch nicht, in meinem Hause zu bleiben.

15.1.

12 Uhr, Mittagspause. Sie haßt die Mittagspause, vor allem den Aufenthaltsraum. Lieber steht sie allein draußen neben der Laderampe.

DIE ÜBERGEWICHTIGE FRAU VON DER FLEISCHTHEKE Edler
Laertiad, erfindungsreicher Odysseus,
Länger zwing ich euch nicht, in meinem Hause zu bleiben.
Aber ihr müßt zuvor noch eine Reise vollenden,
Hin zu Aides' Reich und der strengen Persephoneia,
Um des thebaiischen Greises Teiresias Seele zu fragen,
Jenes blinden Propheten mit ungeschwächtem Verstande.
Ihm gab Persephoneia im Tode selber Erkenntnis,
Und er allein ist weise; die andern sind flatternde Schatten.

Die Kante der Rampe ist markiert. Schwarze und gelbe diagonale Streifen. Achtung.

15.2.

DIE ASIATISCHE FRAU VOM GEMÜSELADEN Zieht euer Schiff
wieder vom Strand ins Wasser,
und fahrt ans Ende der Welt,
denn bevor ihr nach Hause könnt,
müßt ihr in den Hades,
in das Reich der Persephone,
und dort findest du
den blinden Propheten, Teiresias,
er ist der einzige unter den Lebenden und den Toten,
der dir sagen kann, wie du nach Hause kommen kannst.

16.1.

EIN SOLDAT IN VOLLER KAMPFAUSRÜSTUNG Ich weinte.
Ich saß auf der Bettkante und weinte.
Ich bekam das Weinen nicht unter Kontrolle.
Ich schrie und wälzte mich auf dem Fußboden.
Ich konnte nicht mehr.
Ich konnte nicht mehr.

Wer soll mich denn auf dieser Reise geleiten?
Noch kein Sterblicher fuhr über das Meer in den Hades
Und kehrte zurück.

Seine Freundin, sehr hübsch und sehr jung. Wenn er aus dem Krieg zurückkommt, wollen sie heiraten. Sie nimmt seine Hand.

16.2.

KIRKE Richtet einfach den Mast auf und hißt das Segel,
und dann
brauchst du nur noch zu warten,
der Wind treibt dich nach Norden,
er wird euch nach Norden bringen.
Am Rand des Hades ist es dunkel,
da wachsen Weiden, Erlen, Pappeln.
Da legt ihr an und zieht das Schiff an Land.
Und dann
in einer grauen Welt
wirst du zu Fuß weitergehen,
bis du an die Stelle kommst,
wo sich der Pyriphlegethon und der Kokytos
tosend in den Acharon stürzen.

Hier wohnt der Tod,
und hier sollst du,
Odysseus,
eine Grube graben von einer Ell ins Gevierte.
Rings um die Grube geuß Sühnopfer für alle Toten,
Erst von Honig und Milch, von süßem Weine das zweite,
Und das dritte von Wasser, mit weißem Mehle bestreuet.
Dann gelobe flehend den Luftgebilden der Toten:
Wenn du gen Ithaka kommst, eine Kuh, unfruchtbar und fehllos,
In dem Palaste zu opfern und köstliches Gut zu verbrennen
Und für Teiresias noch besonders den stattlichsten Widder
Eurer ganzen Herde, von schwarzer Farbe, zu schlachten.
Hast du den herrlichen Scharen der Toten geflehet, dann opfre
Einen Bock und ein Schaf von ungezeichneter Schwärze,
Ihre Häupter gekehrt zum Erebos; aber du selber
Wende dein Antlitz zurück nach den Fluten des Stromes. Dann werden
Viele Seelen kommen der abgeschiedenen Toten.
Jetzo ermahn und treib aufs äußerste deine Gefährten,
Beide liegenden Schafe, vom grausamen Erze getötet,
Abzuziehn und ins Feuer zu werfen und anzubeten
Aides' schreckliche Macht und die strenge Persephoneia.
Aber du reiße schnell das geschliffene Schwert von der Hüfte,
Setze, dich hin und laß die Luftgebilde der Toten
Sich dem Blute nicht nahn, bevor du Teiresias ratfragst.
Und bald wird der Prophet herwandeln, o Führer der Völker,
Daß er dir weissage den Weg und die Mittel der Reise,
Und wie du heimgelangst auf dem fischdurchwimmelten Meere.

16.3.

DER SOLDAT Und dann ging die Sonne auf –
Und ich zog die Sachen an, die Stiefel –
und sie trug ein Kleid aus Silber
und nichts drunter
und einen Gürtel aus Gold.

Das sah aus wie –
sie sah aus wie eine –

Und dann rannte ich los
Und weckte alle und sagte:
Wir brechen auf,
heute ist der Tag,
es geht los –

Kurze Pause.

Und dann verloren wir einen Mann.

Denn der jüngste der Schar, Elpenor, nicht eben besonders
Tapfer gegen den Feind noch mit Verstande gesegnet,
Hatte sich heimlich beiseit' auf Kirkes heilige Wohnung,
Von der Hitze des Weins sich abzukühlen, gelagert.
Elpenor
hatte vollkommen betrunken
auf dem Dach des Hauses gelegen und geschlafen,
und dann hörte er den Lärm und sprang auf,
immer noch völlig betrunken,
und er hatte vergessen, wo er war,
und dann machte er einen falschen Schritt
und stürzte vom Dach.
Der Nacken
Brach aus seinem Gelenk, und die Seele fuhr in die Tiefe.

17.1.

ELPENOR Der Moment, in dem der Fuß ins Leere tritt.
Einatmen.
Es ist zu spät. Niemand hält dich.
Es ist vorbei.

17.2.

EURYLOCHOS Plötzlich sprang Elpenor empor und vergaß in seiner Betäubung,
Wieder hinab die Stufen der langen Treppe zu steigen,
Sondern er stürzte sich grade vom Dache hinunter; der Nacken
Brach aus seinem Gelenk, und die Seele fuhr in die Tiefe.

17.3.

ELPENOR Und dann das Bersten des Nackenwirbels.
Eine Explosion.
Und dann:
Dunkel.
Der Acharon. Der Styx.
Fluß des Vergessens.

Vergeßt mich nicht.
Vergeßt mich nicht.

17.4.

ODYSSEUS Und zu der versammelten Schar der übrigen sprach ich
Auf dem Weg zum Strand:
Freunde, ihr freut euch, ihr glaubt,
wir fahren heim, zur lieben heimischen Insel
Ithaka;
aber Kirke schickt uns auf eine andere Reise,
wir fahren in das Reich
des Hades und der strengen Persephoneia,
Um die Seele des Greises Teiresias aus Theben nach dem Weg nach
Hause zu fragen.

Und als sie das hörten,

wir fahren in das Reich
des Hades und der strengen Persephoneia,

da verschlug es ihnen den Atem,
sie setzten sich weinend in den Sand
und rauften sich die Haare –
und dann sahen wir
festgebunden beim Schiff
die beiden Opfertiere,
ein Schaf und ein Bock,
von ungezeichneter Schwärze.

Fahren wir, Freunde,
was bleibt uns übrig.

18.

KIRKE Ich ließ ihn nicht gerne gehen,
weil ich nicht wußte, ob er überlebt.

Zweiter Teil

1.

ACHILLEUS Ein Segel
am Horizont
in vollkommen schwarzer Nacht.
Das sah ich schon von weitem.

Und ich fragte,
Ajas, Ajas,
wer kommt da,
sieh mal,
ein Segel –

AJAS Wer soll da schon kommen,
ich sehe kein Segel, Achill,
und ich hab aufgehört, nach Segeln zu schauen,
niemand fährt mit einem Schiff in den Hades,
du täuschst dich,
die Nacht ist schwarz,
so schwarz wie der Tag,
wie immer –

ACHILLEUS Siehst du es nicht?
Agamemnon,
sieh mal –
und Agamemnon
sagte:
Niemand fährt mit einem Schiff in den Hades,
du täuschst dich,
die Nacht ist schwarz,
wie immer –

AGAMEMNON Niemand fährt mit einem Schiff in den Hades,
du täuschst dich,
die Nacht ist schwarz,
wie immer –

ACHILLEUS Und dann fragte ich
Teiresias,
den Blinden,
Teiresias, wer kommt da?
Und Teiresias sagte:
Niemand. Da kommt niemand.

TEIRESIAS Da kommt niemand.
Doch – da kommt einer,
und wenn er kommt,
bringt er Blut.

2.

EURYLOCHOS Ein Schiff auf hoher See
in vollkommener Dunkelheit.
Man sieht nicht die Hand vor Augen.
Aber um das Schiff herum
in völliger Finsternis
bewegen sich
ungeheure Massen,
unvorstellbare Massen
und Gewichte
und Kräfte.
Eurylochos:
Dunkel. Völliges Dunkel.
Warum bringst du uns
Hierher –

EIN ANDERER Wir ließen uns treiben, Tag und Nacht.
Wir saßen einfach
nur da, auf dem Boden des Schiffs.

EIN DRITTER Das Meer in der Finsternis.
Wir bewegen uns in völliger Dunkelheit,
eingesperrt in der Finsternis wie der Höhle des Zyklopen.

Ein Segel in der Nacht auf dem offenen Meer.
Der Wind.
Die hohen Wellen ohne Dünung.
Wie die Rücken von riesigen Tieren.

3.

DIE MUTTER Wer tot ist,
träumt nicht.
So heißt es.
Aber das stimmt nicht.
Ich bin tot,
aber ich träume
jede Nacht
aber Tag und Nacht
sind hier gleich,
also träume ich immer,
und wenn ich immer träume,
ist das so,
als ob ich lebte:
Ich träume davon,
wie wir miteinander schliefen,
damals,
und dann wurde ich schwanger,
und das wußte ich schon
in dem Moment,
als wir –

4.

ODYSSEUS Das Meer in der Finsternis.
Du siehst nichts,
aber du spürst,
daß sich eine unvorstellbare Masse
um dich herum
bewegt,
eine lebendige, atmende Masse.

Jetzo erreichten wir des tiefen Ozeans Ende.
Allda liegt das Land und die Stadt der kimmerischen Männer.
Diese tappen beständig in Nacht und Nebel, und niemals
Schauet strahlend auf sie der Gott der leuchtenden Sonne –

5.1.

EIN ARZT, ENDE FÜNFZIG, ER HATTE NACHTDIENST. NOTOPERATION UM 4 UHR DREISSIG, DER PATIENT IST IHM UNTER DEN HÄNDEN WEGGESTORBEN.

Die kimmerischen Männer –
die tappen beständig in Nacht und Nebel,
und niemals
Schauet strahlend auf sie der Gott
der leuchtenden Sonne,
Weder wenn er die Bahn
des sternichten Himmels hinansteigt,
Noch wenn er wieder hinab
vom Himmel zur Erde sich wendet:
Sondern schreckliche Nacht umhüllt die elenden Menschen.

5.2.

Die kimmerischen Männer treten schweigend aus dem Dunkel hervor,
stehen einen Moment so da und verschwinden dann wieder.
Bleiche Gesichter.
Wie Grubenarbeiter.

6.

ODYSSEUS Und wir zogen das Schiff an den Strand und nahmen die Schafe
Schnell aus dem Raum; dann gingen wir längs des Ozeans Ufer,
Bis wir den Ort erreichten, wovon uns Kirke gesaget.
Allda hielten die Opfer Eurylochos und Perimedes.

Die Nerven. Er kann nicht mehr.

7.

TEIRESIAS Doch – doch –

Achill, Ajas, Agamamnon –

Riecht ihr das?
Es riecht nach Angst.

8.

AJAS Ich träume jede Nacht
und jeden Tag,
und wenn ich aufwache, kann ich
mich an nichts erinnern,
aber da ich nie schlafe
und nie aufwache,
weiß ich nicht mehr,
was stimmt
und was nicht stimmt,
ich
und Odysseus
am Strand,
er sagt,
leg das Schwert weg,
und ich sage, nein,
und dann
stoße ich Odysseus das Eisen in den Bauch,
und er hustet Blut
und geht in die Unterwelt,
und dann wache ich auf,
mein Körper
ist eine klaffende Wunde,
und dann
schlafe ich ein und träume,
ich hätte geträumt,
mein Körper sei
eine klaffende Wunde,
bis ich merke,
in Wahrheit
habe ich Odysseus,
dem Blender,

dem Betrüger
das Schwert durch den Körper
gestoßen –
das war schön –

9.

TEIRESIAS Ich sehe
im Schlaf,
aber ich weiß,
ich bin blind.
Ich sehe im Schlaf
den Mund einer Frau.
Aber wenn ich sehen kann,
kann ich nicht blind sein.
Niemand schläft hier.
Also kann ich auch nicht schlafen.
Aber niemand ist wach.
Wen soll ich fragen,
was stimmt?
Mich selbst,
den blinden Seher?
Ich weiß
keine Antwort.

10.

ACHILL Ich schlafe,
und dann kommt eine Frau,
und die Frau sagt zu mir –

ich fahre schwarz
in einem Bus,
und eine Frau in einem silbernen Kleid sagt,
komm, schlaf mit mir,
du bist nicht tot,
und dann –

und der Bus ist aus Zement –

11.

ODYSSEUS, EIN SOLDAT, ANFANG VIERZIG, STAUBBEDECKT
Dann gingen wir längs des Ozeans Ufer,
Bis wir den Ort erreichten, wovon uns Kirke gesaget.
Allda hielten die Opfer Eurylochos und Perimedes.
Aber nun eilt ich und zog das geschliffene Schwert von der Hüfte,
Eine Grube zu graben, von einer Ell ins Gevierte.

Er gräbt eine Grube so gut es geht mit dem Schwert.

Hierum gossen wir rings Sühnopfer für alle Toten:
Erst von Honig und Milch,

Er gießt Honig und Milch in die Grube –

von süßem Weine das zweite,

Er gießt Wein in die Grube –

Und das dritte von Wasser, mit weißem Mehle bestreuet.

Wasser – Mehl –

Dann gelobt ich flehend den Luftgebilden der Toten,
Wann ich gen Ithaka käm, eine Kuh, unfruchtbar und fehllos,
In dem Palaste zu opfern und köstliches Gut zu verbrennen
Und für Teiresias noch besonders den stattlichsten Widder
Unserer ganzen Herde, von schwarzer Farbe, zu schlachten.

Wenn ich nach Ithaka komme,
werde ich im Palast eine Kuh opfern,
und für Teiresias
den stattlichsten, kostbarsten Widder –

und von dem Rauch in der Luft
und dem Blut,
das die Erde tränken wird,
so wie es jetzt das Blut tut, und der Honig
und die Milch und der Wein
und das Wasser –
und davon könnt ihr dann
im Tod leben,
davon könnt ihr Toten zehren
für ein paar Stunden,
bis der Rauch sich verzogen hat und der Wein und das Blut und die Milch und der Honig und das Wasser getrocknet sind –

Und nachdem ich flehend die Schar der Toten gesühnet,
Nahm ich die Schaf' und zerschnitt die Gurgeln über der Grube;
Schwarz entströmte das Blut, und aus dem Erebos kamen
Viele Seelen herauf der abgeschiedenen Toten.

Leises Echo:

EURYLOCHOS Aber nun eilt ich und zog das geschliffene Schwert von der
Hüfte,
Eine Grube zu graben, von einer Ell ins Gevierte.
Hierum gossen wir rings Sühnopfer für alle Toten:
Und nachdem ich flehend die Schar der Toten gesühnet,
Nahm ich die Schaf' und zerschnitt die Gurgeln über der Grube;
Schwarz entströmte das Blut, und aus dem Erebos kamen
Viele Seelen herauf der abgeschiedenen Toten.

Jüngling' und Bräute kamen und kummerbeladene Greise
Und aufblühende Mädchen, im jungen Grame verloren.

Eine Gruppe von neugierigen Jünglingen und Mädchen, alle blaß.
Die Greise.
Die zerfetzten Soldaten.

Viele kamen auch, von ehernen Lanzen verwundet,
Kriegerschlagene Männer mit blutbesudelter Rüstung.
Dicht umdrängten sie alle von allen Seiten die Grube
Mit grauenvollem Geschrei, und bleiches Entsetzen ergriff mich.

12.

EIN SOLDAT Bleiches Entsetzen:
ein Entsetzen,
das einem das Blut aus den Adern treibt –
weil es schwer mit anzusehen ist:
das verlorene Leben –
die ausgebluteten Körper,
bleibt, wo ihr seid,
bleibt, wo ihr seid –

13.

Die Toten. Sie sind still.
Dann schreien sie plötzlich durcheinander,
sie schreien die Namen derer, die sie im Leben zurücklassen mußten,
die Orte, die sie nie mehr wiedersehen werden,
– und dann sind sie wieder still.

14.

ODYSSEUS, EIN PILOT Zieht die Schafe ab
und werft die Häute ins Feuer
und betet,
betet den Tod an,
betet ihn an,
betet ihn an,
werft euch auf die Knie
vor Hades und Persephone,
oder vor
dem Lastwagen,
der beim Rechtsabbiegen
das Kind auf dem Fahrrad übersieht –

Ich ziehe das Schwert –

und lege es auf meine Knie,
während ich auf Teiresias warte,
kommst du,
kommst du,
mit dir kommen
die Antworten,
wenn du kommst,
kommst du?

Die Häute im Feuer
stinken, dichter Qualm,
und aus dem Qualm kommt
unser Jüngster,
unser Kleiner,
Elpenor, Elpeneor,
nicht Teiresias,
was, wenn Teiresias

das Blut nicht wittert, wenn er
nicht kommt,
wie kommen wir dann
je wieder hier weg –
Elpenor, bist du es?

Denn er ruhte noch nicht in der weitumwanderten Erde,
Sondern wir hatten den Leichnam in Kirkes Wohnung verlassen,
Weder beweint noch begraben;
uns drängten andere Sorgen.
Weinend erblickt ich ihn
und fühlete herzliches Mitleid,
Und ich redet ihn an und sprach die geflügelten Worte:
Sag, Elpenor, wie kamst du hinab ins nächtliche Dunkel?
Gingst du schneller zu Fuß als ich im schwärzlichen Schiffe?
Und er, weinend,
schluchzend,
er sah entsetzlich aus,
den Kopf verdreht
und das Gesicht ganz fahl,
nur ein dünner Strich Blut
war ihm noch geblieben.
Der lief ihm aus der Nase,
aber auch der würde bald versiegen,
das war sicher:
Edler Laertiad, erfindungsreicher Odysseus,
Ach, ein feindlicher Geist und der Weinrausch waren mein
Verderben!

15.

ELPENOR Edler Laertiad, erfindungsreicher Odysseus,
Ach, ein feindlicher Geist und der Weinrausch waren mein Verderben!
Ich saß auf dem Dach vom Kirkes Palast,
völlig betrunken,
wie jeden Abend seit bald mehr als einem Jahr,
oder wie lange waren wir überhaupt dort, ich weiß es nicht mehr,
waren wir dort ein Jahr oder viele Jahre,
jeder Tag war doch gleich,
und jeden Abend stieg ich hoch auf das Dach,
völlig betrunken,
und da bin ich eingeschlafen, das war ja mein Platz,
ich fand es schön, da oben
unter den Sternen,
wenn ich nicht immer betrunken gewesen wäre, hätte ich da
an die Heimat gedacht, an Zuhause,
oder an Frauen,
aber stattdessen dachte ich an gar nichts,
und dann schlief ich ein,
und dann –
und dann
hörte ich eines Morgens deine Stimme,
du riefst uns
zum Aufbruch –
zum Aufbruch – wohin?
Läßt sie uns endlich gehen,
deine Freundin?

Und statt wieder die Stufen der langen Treppe hinab vom Dach zu steigen,
stürzte ich grade vom Dach hinunter;

der Nacken brach aus seinem Gelenk,
dieses Geräusch werde ich auf ewig in Erinnerung behalten,
und meine Seele fuhr in die Tiefe.
Doch nun fleh ich dich an bei deinen verlassenen Lieben,
Deiner Gemahlin, dem Vater, der dich als Knaben gepfleget,
Und bei dem einzigen Sohne Telemachos, welcher daheim blieb –

Mein König –
laß mich nicht unbeweint und unbegraben liegen,
wenn du zurückkehrst,
verbrenn meinen Körper
und mach aus einem Haufen Steinen am Strand
so etwas wie ein Grab für mich
und stell das Ruder daneben,
das ich immer führte, solang ich noch lebte.

16.

EIN SOLDAT Und pflanz auf den Hügel das Ruder,
Welches ich lebend geführt in meiner Freunde Gesellschaft.
Bring mich unter die Erde.
Überlaß mich nicht den Vögeln,
falls es nicht schon zu spät ist.
Doch, es ist zu spät. Ich spür's schon.
Ein Vogel hackt mir die toten Augen aus.

ODYSSEUS Das sagte er, und ich antwortete:
Dies, unglücklicher Freund, will ich dir alles vollenden.
Und so saßen wir da
und sprachen traurige Dinge,
um ehrlich zu sein,
kannte ich ihn ja gar nicht so gut,
er war einer von denen,
die man auch nach zehn Jahren
nicht wirklich kennt –
und weil ich ihn nicht gut kannte,
konnte ich keinen Moment die Augen von ihm lassen,
das Schwert in der Hand –
ich sah doch, wie er immer auf das Blut in der Grube schaute,
gierig, ja,
er war gierig.

Pause.

Und dann stand plötzlich meine Mutter vor mir,
die Seele meiner gestorbenen Mutter,
Antikleia, des großgesinnten Autolykos Tochter,
die war noch am Leben,
als wir uns damals auf den Weg nach Troja gemacht hatten.
Mutter –

Aber sie erkannte mich nicht.

Und dann
kam des alten Thebaiers Teiresias Seele,
einen goldenen Stab in der Hand;
er erkannte mich gleich –
und dabei war er schon lange tot, bevor ich
überhaupt auf die Welt kam,
er begann so:

Edler Laertiad, erfindungsreicher Odysseus,
bist du das?

TEIRESIAS Edler Laertiad, erfindungsreicher Odysseus,
bist du das?

Bist du das wirklich?

Warum verließest du doch das Licht der Sonne, du Armer,
Und kamst hier, die Toten zu schaun und den Ort des
Entsetzens?

ODYSSEUS Teiresias –
liest du in der Zukunft der Welt
wie in einem offenen Buch?

17.1.

TEIRESIAS Edler Laertiad, erfindungsreicher Odysseus,
warum hast du das Licht der Sonne
hinter dir gelassen,
du armer Mensch,
warum kommst du hierher
zu diesem Ort
des Entsetzens –
zu dem Ort der Toten,
sieh dir uns an,
uns wächst Unkraut aus den Augen,
in unseren hohlen Schädeln
werfen Mäuse.
Nimm das Schwert weg –
laß mich trinken,
damit ich dir die Zukunft sagen kann.

Laß mich trinken.
Laß mich trinken,
ich bin durstig.

Er trinkt. Odysseus steckt das Schwert in die Scheide.

17.2.

TRINKEN DES BLUTS

17.3.

ODYSSEUS Und sobald er des schwarzen Blutes
getrunken,
Da begann er und sprach, der hoch erleuchtete Seher:

TEIRESIAS Glückliche Heimfahrt suchst du, o weitberühmter
Odysseus:
Aber sie wird dir ein Gott schwer machen; denn nimmer
entrinnen
Wirst du dem Erderschüttrer!

Zürnend, weil du den Sohn des Augenlichtes beraubt hast.

17.4.

Die Männer des Odysseus rammen dem Zyklop Polyphem einen spitzen Baumstamm ins Auge.

17.5.

TEIRESIAS Dennoch kämet ihr einst, obzwar unglücklich,
zur Heimat,
Möchtest du nur dein Herz und deiner Freunde bezähmen,
Wann du jetzo, den Schrecken des dunkeln Meeres entfliehend,
Mit dem rüstigen Schiff an der Insel Thrinakia landest
Und die weidenden Rinder und feisten Schafe da findest,
Heilig dem Sonnengotte, der alles siehet und höret.
Denn so du, eingedenk der Heimkunft, diese verschonest,
Könntet ihr einst, obzwar unglücklich, gen Ithaka kommen.
Aber verletzest du sie, alsdann weissag ich Verderben
Deinem Schiff und den Freunden.

17.6.

Ein Rind wird geschlachtet.
Dann noch eines.

17.7.

TEIRESIAS Und wenn du selber
entrinnest,
Wirst du doch spät, unglücklich,
und ohne Gefährten zur Heimat
Kommen, auf fremdem Schiff, und Elend finden im Hause,
Übermütige Männer, die deine Habe verschlingen
Und dein göttliches Weib mit Brautgeschenken umwerben:
Aber kommen wirst du und strafen den Trotz der Verräter.
Hast du jetzo die Freier, mit Klugheit oder gewaltsam
Mit der Schärfe des Schwerts, in deinem Palaste getötet,
Siehe, dann nimm in die Hand ein geglättetes Ruder und gehe
Fort in die Welt, bis du kommst zu Menschen, welche das Meer
nicht
Kennen und keine Speise gewürzt mit Salze genießen,
Welchen auch Kenntnis fehlt von rotgeschnäbelten Schiffen
Und von geglätteten Rudern, den Fittichen eilender Schiffe.
Deutlich will ich sie dir bezeichnen, daß du nicht irrest.

Ein wandernder Mann mit einem Ruder.

Wenn ein Wanderer einst, der dir in der Fremde begegnet,
Sagt, du tragst eine Schaufel auf deiner rüstigen Schulter,
Siehe, dann steck in die Erde das schöngeglättete Ruder,
Bringe stattliche Opfer dem Meerbeherrscher Poseidon,
Einen Widder und Stier und einen mutigen Eber.
Und nun kehre zurück und opfere heilige Gaben
Allen unsterblichen Göttern, des weiten Himmels Bewohnern,
Nach der Reihe herum.

Nun hab ich dein Schicksal
verkündet.

Er trinkt noch mehr Blut.
Und jetzt:
Verkünde du mir meines:
Sag du es mir:
Wer sagt, ob hier nicht alles vollkommen durcheinander gerät:
Vielleicht ist der Blick eines Toten in die Zukunft nichts als die verzweifelte Wiederkehr einer verlorenen Vergangenheit.
Woher sollte ich –
verstehst du –
wenn ich einschlafe,
sehe ich ihn vor mir,
den Mund einer Frau,
den Mund Kirkes,
den ich nie sah –
oder doch?
Was heißt das –

18.

ACHILLEUS Ein Segel.
Ein Aufbruch.
Eine Idee.

AJAX Was für ein Segel?
Was für ein Aufbruch?
Was für eine Idee?

19.

DIE MUTTER, SIE TRINKT HASTIG DAS BLUT Lieber Sohn,
wie kamst du hinab ins nächtliche Dunkel,
da du noch lebst?
Du kannst
gar nicht hier sein,
denn du lebst,
große Ströme und furchtbare Fluten
trennen das Reich der Lebenden von den Toten,
was tust du hier,
du hast die Küste Trojas verlassen,
aber du bist nicht auf dem Weg nach Hause,
warst du noch nicht zu Hause,
hast du noch nicht deine Frau wiedergesehen,
warum nicht?

ODYSSEUS Nein. Nein, Mutter, nein, ich war nicht zu Hause, ich war nicht –
es ging nicht, es ist mir nicht gelungen –

DIE MUTTER Aber Sohn, was ist passiert, lieber Sohn, was hast du getan, was?
Hast du einen Gott beleidigt, gekränkt, verletzt?
Ist es so?
Lieber Sohn –

ODYSSEUS Liebe Mutter –

DIE MUTTER Lieber Sohn, sag – sag es mir, mir kannst du es sagen, ich bin deine Mutter, und ich bin vor Gram gestorben, daß du nicht heimkehrtest, all die Jahre, und dein Vater würde gerne sterben und kann nicht sterben, weil er auf dich wartet, und dein Sohn wartet auf dich, und deine Frau –

ODYSSEUS Ich kann nicht!

DIE MUTTER Er brüllt.

ODYSSEUS Ich kann nicht zurück, deshalb bin ich hier, ein Lebender unter Toten, um den Weg zu finden –

DIE MUTTER Aber glaubst du, hier findest du den Weg, wer soll ihn dir sagen, glaubst du,
der blinde Seher wüßte den Weg? Warum?
Warum soll der Weg nach Hause durch das Reich der Toten führen,
kein Sterblicher hat je diesen Weg gehen müssen –
und jetzt du?
Was hast du getan?

ODYSSEUS Ich? Ich habe Hunderte von Menschen getötet, Tausende.

DIE MUTTER Ich weiß. Sie sind ja alle hier, all die –
die durch dich starben.
Überall wartet man auf dich,
hier und zu Hause.

Kurze Pause.

Weißt du, bleibt doch gleich hier,
früher oder später finden wir uns hier alle,
sie werden alle herkommen,
dein Vater, deine Frau, dein Sohn –
wir sehen uns wieder,
nur –

das wird ein besseres Wiedersehen, denn dann
stehen wir einfach da,
im Dunkel,
kein Blut, keine Milch, kein Honig, kein
Erinnern,
dann sehen wir uns wieder,
und wir wissen von nichts mehr.

20.1.

Mutter und Sohn. Er versucht, sie zu umarmen, aber es gelingt nicht.

20.2.

ODYSSEUS Und ich red'te sie an und sprach die geflügelten Worte:
Meine Mutter, warum entfliehst du meiner Umarmung?
Wollen wir nicht in der Tiefe, mit liebenden Händen umschlungen,
Unser trauriges Herz durch Tränen einander erleichtern?
Oder welches Gebild hat die furchtbare Persephoneia
Mir gesandt, damit ich noch mehr mein Elend beseufze?

DIE MUTTER Mein geliebtester Sohn, Unglücklichster aller, die leben!
Ach, sie täuschet dich nicht, Zeus' Tochter Persephoneia!
Sondern dies ist das Los der Menschen, wann sie gestorben.
Denn nicht Fleisch und Gebein wird mehr durch Nerven verbunden,
Sondern die große Gewalt der brennenden Flamme verzehret
Alles, sobald der Geist die weißen Gebeine verlassen.
Und die Seele entfliegt wie ein Traum zu den Schatten der Tiefe.

Aber weißt du,
was ich geträumt habe?
Ich habe geträumt,
ich wäre eine Göttin
in einem silbernen Kleid,
und
ich wäre wieder jung,
und dann war da dein Vater –

oder warst es du,
ich konnte es nicht genau sagen –
und da waren junge Männer,
die sollten nicht zugucken,
und deshalb machte ich sie zu Schweinen,
ich verwandelte sie in Schweine –
was für ein Traum.

Geh zurück.
Fahr zurück ins Licht,
solang du kannst.

Sprich mit denen,
die noch leben,
und erzähle,
erzähle ihnen:

Ich bin
nicht tot.
Ich trage ein silbernes Kleid.
Ich lebe
in einem Palast,
durch den
ein Fluß fließt.

Da schwoll mein Herz vor inniger Sehnsucht,
Sie zu umarmen, die Seele von meiner gestorbenen Mutter.
Dreimal sprang ich hinzu, an mein Herz die Geliebte zu drücken,
Dreimal entschwebte sie leicht wie ein Schatten oder ein Traumbild
Meinen umschlingenden Armen.

Dritter Teil

Ein schriller Pfiff oder eine Sirene:
Eine Frau mit einem in aller Eile gepackten Koffer, dann weitere: immer mehr Menschen mit Koffern,
sie stellen sich an der Rampe in einer Reihe nebeneinander.

ALLE Siehe, da kamen
Viele Seelen, gesandt von der furchtbaren Persephoneia,
Alle Gemahlinnen einst und Töchter der edelsten Helden.
Jetzo erblickt ich zuerst die edelentsprossene Tyro,
Welche sich Tochter nannte des tadellosen Salmoneus
Und die Ehegenossin von Kretheus, Aiolos' Sohne.
Diese liebte vordem den göttlichen Strom Enipeus,
Der durch seine Gefilde, der Ströme schönster, einherwallt.
Einst lustwandelte sie an Enipeus' schönen Gewässern,
Siehe, da nahm der Erderschütterer seine Gestalt an
Und beschlief sie im Sand, an der Mündung des wirbelnden Stromes.
Rings um die Liebenden stand wie ein Berg die purpurne Woge,
Hochgewölbt, und verbarg den Gott und die sterbliche Jungfrau.
Schmeichelnd löst' er den Gürtel der Keuschheit und ließ sie entschlummern.
Und da jetzo der Gott das Werk der Liebe vollendet,
Drückt' er des Mädchens Hand und sagte mit freundlicher Stimme:
Freue dich, Mädchen, der Liebe! Du wirst im Laufe des Jahres
Herrliche Söhne gebären. Denn nicht unfruchtbaren Samen
Streut ein unsterblicher Gott. Du pfleg und nähre sie sorgsam.
Jetzo gehe zu Haus und schweig und sage dies niemand:
Ich, dein Geliebter, bin der Erderschüttrer Poseidon.
Also sprach er und sprang in des Meers hochwallende Woge.
Tyro ward schwanger und kam mit Pelias nieder und Neleus,
Welche beide des großen Zeus gewaltige Diener

Wurden: Pelias einst, der iaolkischen Fluren
Herdenreicher Beherrscher, und Neleus der sandigen Pylos.
Andere Söhne gebar dem Kretheus die Fürstin der Weiber,
Aison und Pheres und drauf Amythaon, den Tummler der Rosse.
Auch Antiope kam, die schöne Tochter Asopos',
Rühmend, sie habe geruht in Zeus' des Kroniden Umarmung.
Und sie gebar dem Gott zween Söhne, Amphion und Zethos.
Diese bauten zuerst die siebentorichte Thebai
Und befestigten sie; denn unbefestigt konnten
Beide, wie stark sie auch waren, die große Thebai nicht schützen.
Hierauf kam Alkmene, Amphitryons Ehegenossin,
Welche den Allbesieger, den löwenbeherzten Herakles
Hatte geboren, aus Zeus', des großen Kroniden, Umarmung.
Auch Megare, die Tochter des übermütigen Kreions
Und des nimmerbezwungnen Amphitryoniden Gemahlin.

Eine Frau schneidet sich selbst eine Glatze.

EPIKASTE, JENSEITS DER VIERZIG, DER KOFFER IST SO VOLL, ER GEHT KAUM ZU. MAN AHNT: HERRLICHE UNTERWÄSCHE Hierauf kam Epikaste, die schöne, Ödipus' Mutter,
Welche die schrecklichste Tat mit geblendeter Seele verübet:
Ihren leiblichen Sohn, der seinen Vater ermordet,
Nahm sie zum Mann! Allein bald rügten die Götter die Schandtat.
Ödipus herrschte, mit Kummer behäuft, in der lieblichen Thebai
Über Kadmos' Geschlecht, durch der Götter verderblichen Ratschluß.
Aber sie fuhr hinab zu den festen Toren des Todes,
Denn sie knüpft' an das hohe Gebälk, in der Wut der Verzweiflung,
Selbst das erdrosselnde Seil und ließ unnennbares Elend
Jenem zurück, den Fluch der blutgeschändeten Mutter.

Sie zieht einen Schleier über ihren Kopf.

EINER DER SEEFAHRER Jetzo erblickt ich Leda, Tyndareos' Ehegenossin,
Welche ihrem Gemahl zween mutige Söhne geboren:
Kastor, durch Rosse berühmt, und Polydeikes im Faustkampf.
Diese leben noch beid in der allernährenden Erde.
Denn auch unter der Erde beehrte sie Zeus mit dem Vorrecht,
Daß sie beid abwechselnd den einen Tag um den andern
Leben und wieder sterben und göttlicher Ehre genießen.

ALLE Drauf kam Iphimedeia, die Ehegenossin Aloeus',
Rühmend, sie habe geruht in Poseidaons Umarmung.
Und sie gebar zween Söhne, wiewohl ihr Leben nur kurz war:
Otos, voll göttlicher Kraft, und den ruchbaren Ephialtes.
Diese waren die längsten von allen Erdebewohnern
Und bei weitem die schönsten nach jenem berühmten Orion.
Denn im neunten Jahre, da maß neun Ellen die Breite
Ihres Rumpfes, da maß neun Klafter die Höhe des Hauptes.
Und sie drohten sogar den Unsterblichen, ihren Olympos
Mit verheerendem Sturm und Schlachtengetümmel zu füllen.
Ossa mühten sie sich auf Olympos zu setzen, auf Ossa
Pelions Waldgebirg, um hinauf in den Himmel zu steigen.
Und sie hätten's vollbracht, wär ihre Jugend gereifet.
Aber sie traf Zeus' Sohn, den die reizende Leto geboren,
Beide mit Todesgeschoß, eh unter den Schläfen des Bartes
Blume wuchs und dem Kinn die zarten Sprößlinge bräunten.

Zwei Jünglinge, von Pfeilen durchbohrt.

Drauf kam Phaidra und Prokris und Ariadne die schöne,
Jene Tochter Minos' des allerfahrnen, die Theseus
Einst aus Kreta entführte zur heiligen Flur von Athenai.
Aber er brachte sie nicht; denn in der umflossenen Dia
Hielt sie Artemis an, auf Dionysos' Verkündung.
Maira und Klymene kam und das schändliche Weib Eriphyle,
Welche den teuren Gemahl um ein goldenes Kleinod verkaufte.

Ein Pfiff. Der Zug fährt ab.

Vierter Teil

1.

ODYSSEUS *Er zündet sich eine Zigarette an.*

Ich stand am Eingang
des Reichs der Toten
über einer Grube
voll Blut und Honig und Milch und Wasser

Und dann kam
Agamemnon,
Agamemnon,
mächtiger Heerführer
der Griechen,
als er noch lebte,
und ich wußte nicht,
daß er hier sein würde,
ich dachte,
er lebt
oben
im Licht.

Er trat auf mich zu
oder das,
was von ihm übrig war –
seine Seele,
aber er sah so aus, wie er aussah,
als ich ihn das letzte Mal sah,
nur, daß er blutig war,
verletzt,
verstümmelt,
zerhackt,

und ich dachte,
ich täusche mich,

und er zitterte,
er war so, wie ich ihn nie zuvor gesehen hatte,
und dann fing ich an,
mich über mich selbst zu wundern,
ist er so
wie immer
oder ist er es nicht,
was, was jetzt, was gilt,

und dann schrien ja immer alle,
und er,
Agamemnon,
so wie immer und gleichzeitig
völlig anders,
er weinte, und
geweint hatte er nie,
solang ich ihn kannte,
nie,
nicht einmal, als er sein Kind opferte, damals,
Agamemnon, was – was –
aber er hörte mich gar nicht,
er sah mich gar nicht,
er sah mich nicht,
er sah nur
das Blut, das Blut vor mir,
und das trank er dann –
kein schöner Anblick –
er trank, gierig,
er füllte seinen leeren Schatten auf mit dem Blut eines Tieres,
und dann erkannte er mich.

Und nun weint' er laut und vergoß die bittersten Tränen,
Streckte die Hände nach mir und strebte mich zu umarmen.

Aber ihm mangelte jetzo die spannende Kraft und die Schnelle,
Welche die biegsamen Glieder des Helden vormals belebte.
Und ich sagte
Atreus' rühmlicher Sohn, weitherrschender Held
Agamemnon,

Welches Schicksal bezwang dich des schlummergebenden Todes?
Tötete dich auf der Fahrt der Erderschüttrer Poseidon,
Da er den wilden Orkan lautbrausender Winde dir sandte?
Oder ermordeten dich auf dem Lande feindliche Männer,
Als du die schönen Herden der Rinder und Schafe hinwegtriebst
Oder im Kampf
um irgendeine Stadt,
nachdem wir schon zehn Jahre
um eine andere Stadt gekämpft hatten?
War es so?

AGAMEMNON Weißt du nicht,
weißt du nicht, was mir passiert ist?
Muß man so sterben wie ich,
und dann weiß es nicht einmal die Welt,
niemand erfährt es –

und die, die es wissen,
die Toten,
die werden es keinem erzählen,
das ist
das Schicksal der Welt –
daß die Toten nicht sprechen können:
Was wäre,
wenn sie es könnten –

Nein, mich tötete nicht der Erderschüttrer Poseidon,
Da er den wilden Orkan lautbrausender Winde mir sandte,
Noch ermordeten mich auf dem Lande feindliche Männer,
nein, Aigisthos brachte mich um –
und meine Frau, Klytaimnestra,
mich hat meine eigene Frau umgebracht – stell dir das vor –

Beim Essen:
So erschlägt man den Stier an der
Krippe!

Wir waren gerade beim Essen,
so, ich und die Männer,
hungrig,

nach langer Fahrt,
ich beugte mich gerade über den Teller,
so –

Er beugt sich über das Blut –

und dann –

Die Frau schlägt mit einem Beil in Agamemnons Nacken.
Blut schießt an die Wände.

DIE FRAU Weil du das Kind geopfert hast.
Weil du dein eigenes Kind geopfert hast.
Du bist kein Mensch.
Du bist ein Tier.

AGAMEMNON Sag mir, Odysseus,
bin ich ein Tier?

Kann das sein?
Alles voll Blut,
der Tisch,
der Fußboden,

ja, kann sein,
ich habe mein eigenes Kind geopfert,
aber weißt du was,
ich tat es doch für alle!

Bin ich ein Tier?
Ich habe geträumt,
eine Frau habe mich in ein Schwein verwandelt,
ich will nicht in ein Schwein verwandelt sein,
aber weißt du was,
in dem Traum ist es so,
es ist immer so,
denn der Traum kommt immer wieder,
dabei gibt es hier gar keinen Schlaf,
es ist so:
Es ist schön,
in ein Schwein verwandelt zu sein,

du frißt den ganzen Tag im Koben,
und du kackst,
wohin du willst,
und am besten wäre es,
die junge Kassandra,
Kriegsbeute,
die wäre auch ein Schwein,
eine Sau,
eine noch junge, aber schon üppige Sau,
ja!
Und so ist es dann auch in dem Traum,
genau so,
ich und die Sau,
und du weißt es zwar,
irgendwann ist vermutlich Schluß,
aber du weißt es auch nicht,
eigentlich weißt du es nicht.

Und statt dessen:
Sag mir, welche Vorteile
es hat, ein Mensch zu sein,
sieh mich an,
ich habe meine eigene Tochter geopfert –

Wir wurden
nach unser glücklichen Rückkehr
abgeschlachtet,
Und
Jämmerlich hört ich vor allen Kassandra, Priamos' Tochter,
winseln vor Schmerz,
es tötete sie die tückische Klytaimnestra
Über mir;
Kassandras junger, abgestochener Körper fiel auf meinen,
da erhob ich die Hände noch von der Erde
Und griff sterbend ins Schwert der Mörderin.
Und die
Ging von mir weg,
ohne einmal die Augen des sterbenden Mannes
Zuzudrücken, noch ihm die kalten Lippen zu schließen.

Und sie schrie immer,
für dich ist der Krieg vorbei,
aber in Wahrheit hat er gerade erst begonnen.

ODYSSEUS Also standen wir beide mit trauervollen Gesprächen
Herzlich bekümmert da, und viele Tränen vergießend.

Pause.

Siehe, da kam die Seele des Peleiden Achilleus
Und die Seele Patroklos',
Und des gewaltigen Ajas, des ersten an Wuchs und Bildung
In dem achaiischen Heer nach Achilleus.

Auftritt der drei: Achilleus. Patroklos und Ajas.
Wie sehen die aus? Nicht gut.
Heruntergekommen, aus der Form geraten.
Sie halten sich aneinander, oder sie sind zumindest eine Gruppe,
auch wenn sie sich im Tod fremd sind.
Flaschen klimpern in einer Tüte.

ACHILLEUS Edler Laertiad, erfindungsreicher Odysseus,
was tust du – du bist es doch, du –
Welche noch größere Tat, Unglücklicher, wagst du jetzt?
Welche Kühnheit, herab in die Tiefe zu steigen, wo Tote
Nichtig und sinnlos wohnen, die Schatten gestorbener
Menschen!

Pause. Klimpernde Tüte.

Auf den Gedanken wäre ich nie gekommen.
Ich habe dein Segel gesehen –
Ajas,
ich habe doch gesagt,
da ist ein Segel –

AJAS Ajas sagt nichts. Er kann nichts sagen. Er ist sprachlos vor Zorn.

ODYSSEUS Peleus' Sohn, o Achilleus, du trefflichster aller Achaier,
Wegen Teiresias mußt ich herab,
niemand sonst kann mir sagen,
wie ich heimkomme,
der Krieg ist vorbei, aber ich komme nicht heim –

Schulterzucken. Trinken aus einer Flasche.
In das Schweigen:

Doch keiner, Achilleus,
keiner,
Glich an Seligkeit dir, und keiner wird jemals dir gleichen.

Achilleus sieht an sich herunter.

ACHILLEUS Warum sagst du das?
Warum sagst du das?

ODYSSEUS Vormals im Leben ehrten wir dich wie einen der Götter,
Wir Achaier, und nun, da du hier bist, herrschest du mächtig
Unter den Geistern; drum laß dich den Tod nicht reuen,
Achilleus!

Also sprach ich; und drauf antwortete jener und sagte:

ACHILLEUS Preise mir jetzt nicht tröstend den Tod, ruhmvoller Odysseus.
Preise mir jetzt nicht tröstend den Tod, ruhmvoller Odysseus.

Bitte nicht.

Lieber möcht ich fürwahr dem letzten Ackerbauern,
der nur kümmerlich lebt, als Tagelöhner das Feld baun,
Als die ganze Schar vermoderter Toten beherrschen.
Lieber in einer kalten feuchten Hütte
ohne Schuhe und nur mit dreckigem Wasser
und schimmligem Mehl – als das –

Preise mir jetzt nicht tröstend den Tod, ruhmvoller Odysseus.

Lieber möcht ich fürwahr dem letzten Ackerbauern,
Der nur kümmerlich lebt, als Tagelöhner das Feld baun,
Als die ganze Schar vermoderter Toten beherrschen.

Pause.

Weißt du,
was ich geträumt habe?
Ich habe geträumt,
der Pfeil habe meinen Fuß
um einen Zentimeter
verfehlt.

Und dann haben wir
den Krieg gewonnen,
und auf dem Heimweg
hielten wir
auf einer Insel,
und da war eine Göttin,
und mit der schlief ich ein Jahr lang
dreimal am Tag.
Hhhhhh.

Und immer, wenn ich aufwache,
weiß ich, daß ich wieder einschlafen werde,
und dann werde ich wieder bei der Frau sein,
auf der Insel,
und wir machen es und machen es.

Nur sag mir:
Wenn ich das immer wieder träume:
Ist es dann nicht wirklich?
Langsam
verliere ich
den Überblick.
Hilfe.
Oder hilf mir lieber nicht.

Achilleus lächelt. Er ist tot.

ODYSSEUS Und neben Achill stand Ajas, betrübt, schweigend, zornig.

AJAS Aus Wut und Verzweiflung
und aus Haß
auf den Mann,
der mich um alles gebracht hat,
was ich vom Leben erhoffte –

und dieser Mann
hieß
und heißt
Odysseus,
ein Blender,
ein Betrüger,
angeblich klug,
kann sein –
aber

er macht eine hilflose Geste –

Aus Wut und Verzweiflung
und aus Haß
auf den Mann,
der mich um alles gebracht hat,
was ich vom Leben erhoffte –
habe ich,
Ajas,
dumm und dick
mich umgebracht,
Ausatmen,
ohne daß da noch etwas auszuatmen wäre,
dieser Blick,
der bedeutete,
ich bin für dich unerreichbar,
was tust du hier,
komm erst wieder,
wenn du tot bist!

ODYSSEUS Betrübt, schweigend, zornig.
Er sagte kein Wort, sah mich nur an.

Und ich:
Ja – ja, ich weiß –
aber –
Ajas, mußt du
Selbst in dem Tode den Groll forttragen –

was solltest du tun –
und was sollte ich tun –

Er schwieg
und ging in des Erebos Dunkel
zu den übrigen Seelen der abgeschiedenen Toten.

2.

DER MANN VOM TABAK- UND LOTTO-LADEN Der Mann vom Lotto-Laden, selbst spielsüchtig.
Ein Kettenraucher mit Angst vor dem Tod. Heute ist Samstag.
Samstag, Samstag.

Er zündet sich eine an.
Pause.
Er braucht einen Moment,
um zu begreifen, was er gerade gesehen hat.

Und dann sah ich
den ungeheuren Orion.
Auf einer Wiese verfolgte er dieselben Tiere,
die er im Leben einst auf wüsten Gebirgen getötet hatte –

In den Händen hielt er die eherne, nie zerbrechliche Keule –
Wie er den toten Tieren hinterherrannte!
Er rannte und rannte.
Ich weiß nicht –
vielleicht war er nicht glücklich, daß er nun
im Tod nichts mehr töten konnte,

Kurze Pause.

aber vielleicht war es auch herrlich!

Auch den Tantalos sah ich,
schwere Qualen mußte er aushalten –
Mitten im Wasser stand er,
und das Wasser ging ihm bis zum Kinn,
und er lechzte hinab vor Durst und konnte zum Trinken nicht kommen.

Denn sooft sich der Greis hinbückte, die Zunge zu kühlen,
Schwand das versiegende Wasser hinweg, und rings um die Füße
Zeigte sich schwarzer Sand, getrocknet vom feindlichen Dämon.

Er nimmt einen Schluck.

Fruchtbare Bäume neigten um den Kopf des Tantalos
die Zweige,
Voll balsamischer Birnen, Granaten und grüner Oliven
Oder voll süßer Feigen und rötlich gesprenkelter Äpfel.
Aber sobald sich der Greis aufreckte,
der Früchte zu pflücken,
Wirbelte plötzlich der Sturm sie empor
zu den schattigen Wolken.

Und
auch den Sisyphos sah ich,
von schrecklicher Mühe gefoltert.

Er trinkt und raucht.

Einen schweren Marmor mit großer Gewalt fortheben.
Angestemmt, arbeitet' er stark mit Händen und Füßen,
Ihn von der Au aufwälzend zum Berge. Doch glaubt' er ihn
jetzo
Auf den Gipfel zu drehn, da mit einmal stürzte die Last um;
Hurtig mit Donnergepolter entrollte der tückische Marmor.
Und von vorn arbeitet' er, angestemmt, daß der Angstschweiß
Seinen Gliedern entfloß und Staub sein Antlitz umwölkte.

Samstag, Samstag.

3.1.

TEIRESIAS Schön war die Zeit.
Wann waren wir wirklich lebendig, wirklich wirklich lebendig.
Als ich mit der die Straße langgelaufen bin, Hand in Hand,
hoffnungslos verliebt.
Laß uns tanzen.

3.2.

MUSIK IM KOPF DES TOTEN TEIRESIAS.

4.

DER MANN VON DER SOFORTREPARATUR, DEN GANZEN TAG OHNE TAGESLICHT Aber es sammelten sich unzählige Scharen von Geistern
Mit graunvollem Getös, und bleiches Entsetzen ergriff mich.

Alle schreien.
Alle verstummen.

Fürchtend, es sende mir jetzo die strenge Persephoneia
Tief aus der Nacht die Schreckengestalt des gorgonischen Unholds,
Floh ich zum Schiff,
ich befahl den Gefährten,
schnell die Seile vom Ufer zu lösen.
Und sie stiegen hinein
und setzten sich hin auf die Bänke.
Nur:
Wohin von hier noch aufbrechen?
Also durchschifften wir die Flut des Ozeanstromes,

Ein Schiff auf hoher See
in vollkommener Dunkelheit.
Man sieht nicht die Hand vor Augen.
Aber um das Schiff herum
in völliger Finsternis
bewegen sich
ungeheure Massen,
unvorstellbare Massen
und Gewichte
und Kräfte.

Die dicke Frau von der Fleischtheke neben ihm, sie nimmt seine Hand. Mit der anderen raucht sie. Es war ein langer Tag.

ENDE

GER&SCHMIDT

Enda Walsh

Penelope

Einakter

Deutsch von Martin Michael Driessen

Personen

BURNS
QUINN
DUNNE
FITZ
PENELOPE

Nach einer Weile begreifen wir, dass wir einen heruntergekommenen Swimmingpool sehen, in dem kein Wasser steht. An der Rückwand des Pools befinden sich zwei Treppen, von den Schauspielern zum Auftritt benutzt.
Hinter und über dem Swimmingpool befindet sich eine große gläserne Schiebetür, die Zugang zu einer Villa gibt. Davor ein Schleier, der es je nach Beleuchtung erlaubt, in den Innenraum hineinzusehen.
Der Pool wird offensichtlich schon jahrelang als Wohnraum benutzt.
Die Einrichtung besteht aus: fünf abgenutzten Liegen, von unterschiedlichem Modell und Format, einem kleinen Snooker-Tisch, einem Tapeziertisch mit Bier, Wein, Spirituosen und Snacks. Es gibt einen tragbaren CD-Player. Unter dem Tisch: ein Haufen Gerümpel, der sich im Laufe der Jahre angesammelt hat.
In einer Ecke steht ein Paravent, groß genug, um sich dahinter unbeobachtet umziehen zu können.
Ferner, erhöht auf einer Palette, ein großer, glänzender Taunton-Deluxe-Grill.
Und, als Wichtigstes, beobachtet eine CCTV-Kamera über dem Pool die Männer.
Während das Spiellicht aufblendet, haben wir genügend Zeit, das alles aufzunehmen, da die zwei Männer auf der Bühne sich sehr ruhig verhalten.
Einer von ihnen steht bei einer Treppe, einen Schwamm mit rosa Seifenschaum in der Hand. Er war damit beschäftigt, einen langen Blutstreifen von der gefliesten Wand daneben zu entfernen.
Das ist Burns.
Ein junger Mann, etwa Mitte dreißig. Er trägt einen kurzen Frotteebademantel und schmuddelige Joggingschuhe. Er macht einen kraftvollen und fähigen Eindruck, aber seine Haltung ist unterwürfig.
Er beobachtet den anderen Mann, der regungslos und sehr intensiv den Grill betrachtet.

Das ist Quinn.
Ein Fünfzigjähriger, von imposanter Statur. Mit seinem schwarzgetönten, perfekt frisierten Haar vermittelt er sofort den Eindruck eines eitlen Mannes. Er trägt eine knappe rote Speedo-Badehose und elegante braune Mokassins.
Es gibt Bewegung, wenn Quinn näher an den Grill herantritt. Er streckt langsam seine Hand aus, um die Temperatur zu prüfen. Wie immer ist der Grill kalt. Ein rohes Würstchen liegt auf dem Grill. Er hebt es auf und betrachtet es. Er legt es zurück.
Er geht, zügig, zurück zu dem Tapeziertisch. Er bleibt stehen und schaut Burns an.
Burns zögert. Er war kurz davor, etwas zu sagen, aber überlegt es sich anders. Quinn will wissen, was er sagen wollte.

QUINN Na?
Kurze Pause.
Was gibt's?
Pause. Burns sammelt Mut.
BURNS Ich muss mit dir über Murray sprechen.
Quinn schaltet die Stereoanlage ein, und Herb Alpert and the Tijuana Brass spielen Spanish Flea.
Zwischen den Snacks entdeckt Quinn einen Gasbrenner. Er dreht sich um und fixiert den nicht funktionierenden Grill mit entschlossenem Blick. Der Gasbrenner zündet in seiner Hand. Er geht zurück zu dem Grill und richtet die Flamme auf das Würstchen. Er bereitet es sich als Frühstück zu.
Burns lässt seinen Schwamm in den Eimer fallen. Die letzten Blutspuren an der Wand hat er nicht entfernen können. Er stellt den Eimer zurück unter den Tapeziertisch. Er beginnt, nach etwas auf dem Tisch zu suchen. Er findet es und setzt es sich auf den Kopf. Es ist ein kegelförmiger Party-Hut aus Pappe mit einem elastischen Band unter dem Kinn.
Gleichzeitig treten zwei weitere Männer auf und klettern die Treppen im Hintergrund herunter. Auch sie tragen Frotteebademäntel und Schuhe.
Wenn sie sich nach vorne drehen, sehen wir Dunne, einen Mittfünfziger.
Er hat das Auftreten eines altmodischen Theater-Troubadours. Er

geht direkt zum Tisch und mischt sich einen Cocktail, ohne Burns auch nur im Geringsten zu beachten. Er tanzt ein wenig zu der Musik, ganz für sich.

Der andere Mann ist Fitz.

Er ist ein fitter, zappeliger Mann, etwa 65 Jahre alt. Er breitet sein Handtuch mit großer Sorgfalt auf der Sonnenliege aus. Alles muss genau an seinem Platz sein. Er hat ein altes Buch mitgebracht und vergewissert sich umständlich, dass das Lesezeichen auch an seinem Platz ist. Er hat ein Röhrchen mit Tabletten dabei. Er schüttet den Inhalt aus. Es sind nur drei Tabletten drin. Die reichen aus. Er wirft sie sich in den Mund und leert in einem Zug eine Flasche Tomatensaft. Er bekreuzigt sich. Er hat das Kreuzzeichen falsch herum gemacht. Er versucht es wieder und wieder, aber er hat vergessen, wie man sich bekreuzigt. Er gibt es auf. Er benimmt sich irgendwie seltsam, geisterhaft.

Dunne hat seinen Cocktail inzwischen fertig gemischt. Es ist ein sehr exotischer Margarita, mit Obststückchen und winzigen Papierschirmen garniert. Er geht hinüber zu Quinn und beobachtet, wie der mit seinem Gasbrenner das Würstchen abfackelt.

Burns hält sich nach wie vor am Tisch auf, wo er verschiedene Snacks auf verschiedene Schälchen verteilt. Er verhält sich durchweg wie ein unwilliger Diener.

Fitz nimmt ihn mit einem kurzen Nicken zur Kenntnis. Fitz dreht sich um und betrachtet das Blut an der Wand. Burns tut dasselbe.

Dann schauen beide auf Quinn.

Quinn dreht den Gasbrenner herunter und gibt ihn Dunne.

Er fasst in den Grill und nimmt das Würstchen, verbrennt sich aber die Hand.

QUINN Scheiße!

Burns braucht keinen weiteren Befehl. Er kommt zum Grill, packt das glühend heiße Würstchen und bläst darauf, um es für Quinn ab zukühlen.

Jetzt ist es genau richtig, und Quinn nimmt es schließlich in die Hand, während Spanish Flea *zu Ende geht.*

Die Konversation dieser Männer zeigt durchaus Bildung. Sie mögen aus unterschiedlichen Gesellschaftsschichten stammen (Quinn ist mit Sicherheit aus gröberem Holz geschnitzt), aber sie alle hören sich selbst gerne sprechen. An ihrem Akzent erkennt man, dass sie aus *der Provinz stammen, jeder von ihnen aus einem anderen Teil des Landes.**

Quinn beißt in das Würstchen.

DUNNE Wie schmeckt's?

Eine Pause, während Quinn sorgfältig das richtige Wort wählt.

QUINN »Wurstig«.

DUNNE Also, gut.

FITZ Die meisten sind es oft nicht. Manche sind es. Manche haben diese Wurstigkeit, aber in den meisten Fällen schmecken sie nur nach Hitze.

DUNNE Und Hitze ist nicht einmal ein Geschmack.

FITZ Nicht?

DUNNE Normalerweise nennt man Hitze eine Sinneswahrnehmung, weißt du … Im Allgemeinen …

QUINN In der Regel.

DUNNE Genau, Quinn… In der Regel… Weil das Wort nun mal etwas bezeichnet, Fitz… und mit bestimmten Eigenschaften in Verbindung gebracht wird. »Welche Eigenschaft hat Hitze?« Da wäre »Geschmack« nicht gerade das Erste, das mir in den Sinn kommt.

QUINN »Das schmeckt heiß«. Das würde ich sofort sagen, viel eher als: Es schmeckt nach Wurst.

DUNNE Aber als ich fragte: »Wie schmeckt's?«, hast du gesagt, »wurstig.« Warum hast du nicht gesagt, es schmeckt heiß, wenn heiß das Erste war, das dir in den Sinn kam?

QUINN Heiß war das Erste, das mir in den Sinn kam. Aber ich sagte »wurstig« aus Boshaftigkeit.

DUNNE Verstehe.

QUINN Das hier ist das allerletzte Würstchen, Leute, und ich wollte, dass ihr alle wisst, dass es ein spitzenmäßiges Würstchen ist. Nicht so ein mit Sägemehl gefülltes, zigarrenförmiges Stück Scheiße… Sondern ein echtes Würstchen! Das Würstchen eurer Kindheit. Wenn ich einfach nur gesagt hätte: »Das ist aber ein heißes Würstchen«… das hätte eher negative Assoziationen hervorgerufen…

* *In einem irischen Kontext würde ich vorschlagen, dass Quinn aus Limerick stammt. Dunne kommt aus Cork, Fitz aus dem Norden und Burns aus dem Westen. Ihr Tonfall ist zwar erkennbar provinziell, aber nur dezent, denn es handelt sich um Männer von Stand.*

FITZ Nicht, wenn uns kalt wäre. Dann wäre ein heißes Würstchen schon was Feines.

QUINN Offensichtlich nicht, wenn uns kalt wäre, Fitz. Wenn wir in einer Jurte in der Mongolei sitzen und uns den Arsch abfrieren würden inmitten einer Herde von Yaks, und ich hätte dieses Würstchen zwischen den Fingern… dann würde ich euch alle anschauen und lächelnd sagen: »Meine Herren, das hier ist ein heißes Würstchen! Das letzte heiße Würstchen! Das endgültig allerletzte Würstchen, und sehr heiß!« Wie würdet ihr euch dann dabei fühlen?

FITZ Neidisch. Und kalt.

DUNNE Wir würden uns zu dir herüberlehnen, um wenigstens ein bisschen Wärme abzukriegen von dieser köstlich aussehenden Wurst, das ist wohl klar.

QUINN Aber das hier ist nicht die Mongolei…

FITZ & DUNNE O Gott, nein…!

QUINN … das hier ist… Burns!

BURNS Wie?

QUINN Was ist das hier?

BURNS Ein Würstchen.

QUINN Klar ist das ein gottverdammtes Würstchen. Und was haben wir hier noch?

BURNS 11.30 vormittags?

QUINN Was Wichtigeres!

BURNS 33 Grad Celsius.

FITZ Das ist heiß.

DUNNE Heiß und sehr früh.

BURNS Es ist immer heiß.

DUNNE Und ausnahmslos früh!… wenn es nicht gerade spät ist…

QUINN Und das hier… meine werten Rivalen… das hier ist wurstig.

Quinn fängt an, das Würstchen zu verspeisen, während die andern zuschauen.

Der frühe Vogel, Leute… der frühe Vogel…

Quinn beginnt, das Würstchen anzuknabbern, wobei er einen Vogel mimt, bis es in seinen Mund verschwindet. Er schluckt.

Weg ist es.

Quinn sperrt seinen Mund auf, um zu zeigen, dass es weg ist. Dunne sieht genau nach. Quinn schließt seinen Mund und lächelt.

DUNNE Nach so langer Zeit, immer noch diese Rivalität.

QUINN Was haben wir sonst?

DUNNE Du hast recht.

QUINN Wir haben sonst nichts.

DUNNE Ich muss jeden Tag daran erinnert werden, damit ich scharf bleibe!

QUINN Das stimmt, ja.

DUNNE Als ich jünger war, da brauchte ich das nicht, wie wir alle wissen! In meinem Körper fühle ich noch, was für ein Draufgänger ich in meiner Jugend war, aber der Verstand ist unentschlossen. Er ist ein Feigling!

FITZ Der Verstand ist der Feind!

DUNNE Der Verstand ist ein Eimer voller Aale, Jungs! Das gilt auf jeden Fall für uns vier, in Anbetracht unserer, äh… Wie würdet ihr das nennen?

FITZ Situation.

DUNNE In Anbetracht unserer besonderen Situation. Mein Hirn ist kurz davor, sich in Gelee zu verwandeln… Und deshalb ist es wichtig, sich zu erinnern, dass der Kampf immer noch andauert, Jungs!

QUINN Das tut er, ganz bestimmt.

DUNNE Gut!

Quinn starrt hinüber zu Burns. Burns starrt auf das Blut an der Rückwand.

FITZ Ich muss allerdings sagen: An manchen Tagen wäre mir der Verfall nicht unwillkommen. Ein Leben in Gelee, so schlecht hört sich das gar nicht an. Ich würde das Lesen vermissen, natürlich. Reden kann man immer noch. Worte sind billig, Dunne…

DUNNE Billig und ekelhaft.

Er spuckt aus.

FITZ … aber lesen… insbesondere die Klassiker… die Gesellschaft von Homer…

DUNNE Ich habe kein einziges Buch gelesen, seit ich erwachsen bin.

FITZ Das überrascht mich!

QUINN Ich auch nicht!

FITZ Na ja, das überrascht mich weniger…

Diese Beleidigung kommt nicht gut an bei Quinn.

DUNNE Es gab nur ein Buch, das mir wirklich etwas bedeutete.

FITZ Und das war?

DUNNE *Der süße Brei.*

QUINN Das einzige Buch, das zählt.

FITZ Es gibt schon noch andere, weißt du.

QUINN Keine, die Begriffe wie Investition und Wachstum oder die Instabilität einer sich schnell entwickelnden Ökonomie so klarmachen.

DUNNE Ach, tatsächlich?

QUINN Es geht da um eine ganze Stadt, die zum Stillstand kommt, Fitz, weil sie mit Hirsebrei überschwemmt wird…

DUNNE Stimmt!

QUINN … um einen unerschöpflichen Topf und um eine Gemeinschaft, die sich daraus bedient, ohne Verantwortungssinn, ohne an die Zukunft zu denken.

FITZ Ich dachte immer, der Topf mit Brei hätte die Leute aus ihrer Armut befreit.

DUNNE Fettsucht hat er ihnen gebracht, diesen verfressenen Schweinen!

QUINN Kannst du dir vorstellen, dich durch Hirsebrei durchfressen zu müssen, weil du sonst nicht vom Fleck kommst? Oder stell dir mal vor, wie ein Herz aussieht, bei einer Diät von süßem, pappigem Brei.

FITZ Herrje.

QUINN Der Topf musste kontrolliert werden, Fitz. Das kleine Mädchen musste zu Hause bleiben, nur um zu sagen: »Töpfchen, koch« und »Töpfchen, steh«. Abgesehen davon, brauchte sie keine anderen Wörter zu kennen.

FITZ Wäre bestimmt geistig zurückgeblieben, mit der Zeit.

QUINN Mit der Zeit wäre sie eine mächtige Frau geworden.

DUNNE Die Hüterin des Topfes.

QUINN Genau! Die Hüterin des Topfes.

DUNNE Herrliches Buch!

QUINN Wunderbar illustriert!

FITZ Das ist genau, weshalb ich das Lesen so vermissen würde! Diese geistige Stimulanz, dieser Zugang zu Ideen, Farben und Figuren! Ohne dieses Buch, ohne dieses eindeutige Band zwischen ihm und mir…

Er küsst das Buch.

… stelle ich es mir höllisch vor, ein Hirn aus Gelee! Absolut höllisch! Aber, trotz all dem: Die Senilität hat auch eine Menge Vorzüge, vor allem weil es eine so gewaltige Anstrengung ist, den Kampf fortzusetzen – stimmt's oder nicht, Jungs?

DUNNE Du vergisst den Preis.

FITZ Ja, man vergisst den Preis. Du auch, Burns? Vergisst du ihn?

BURNS Ob ich was vergesse?

QUINN Den Preis!

BURNS Nein.

DUNNE Ich auch nicht.

QUINN Gilt auch für mich.

FITZ Und für mich! Ich wollte, es wäre so. Ich rede mir ein, ich könnte es, aber natürlich kann ich es nicht. Ich mag mich foppen mit dem Gedanken an die Senilität, ich mag mich mit Homer ablenken, aber in Wirklichkeit… kann ich den Preis natürlich nicht vergessen. Penelope ist unvergesslich.

Quinn streckt seine Hand aus und zeigt Dunne eine große Münze. Er schließt seine Hand und bläst darauf. Die Münze ist aus seiner Hand verschwunden.

DUNNE Ich habe es gesehen.

FITZ *sich auf den Party-Hut beziehend, den Burns auf dem Kopf trägt* Schon wieder Wochenende?

BURNS Muss wohl, wenn ich den Hut aufhabe.

FITZ Wo bleibt die Zeit!?

BURNS Verwandelt sich in Krebs, scheint es.

DUNNE Kommt einem wie gestern vor, dass es gestern war.

BURNS Es war gestern.

DUNNE Dachte ich mir doch.

QUINN Die Zeit ist eine Tragödie.

FITZ Hey, das sagte meine Mama auch immer! Genau denselben Spruch: »Die Zeit ist eine Tragödie.«

QUINN *sarkastisch* Stell dir mal vor! Meine Mutter auch!

FITZ Vielleicht hatten wir dieselbe Mutter, Quinn!

QUINN Das ist durchaus möglich, denke ich.

FITZ Natürlich müssten wir uns dann als Kinder begegnet sein, oder?

QUINN Nicht zwangsläufig. Ich hatte keinen Umgang mit meiner Familie.

FITZ Oh, das finde ich, psychologisch gesehen, sehr interessant!

QUINN Das war ein Witz.

FITZ *lachend* Ach so! Sehr gut. Sehr witzig.

DUNNE Ein guter Witz, Quinn. Saukomisch!

QUINN *eisig* Schön.

FITZ Tja, sie war keine Frau, die viel redete, meine Mutter. Sie wusste sich schon auszudrücken, aber ich hatte immer den Eindruck, dass sie den Schutt, den jedes Gespräch zurücklässt, verabscheute. Sie fand einfach nicht, dass es sich lohnte, über irgendetwas eine Meinung zu äußern!

QUINN Deine Mutter war eine Frau, stimmt's?

FITZ O ja, absolut. Und ich finde, dass sie nicht im Geringsten einfältig war, ich sehe sie als eine Revolutionärin! Wenn ihre Ansichten über vokale Abstinenz Anklang gefunden hätten, Jungs, dann könnte man sich eine Welt vorstellen, in der es keine Kriege mehr gibt. Und falls es doch einen Krieg gegeben hätte, dann wäre der rein pantomimisch…

BURNS *der sich beherrscht, aber den die Konversation irritiert* Töpfchen, steh…!

FITZ Eine ruhige, karge, nachdenkliche Welt… ohne Gequassel, aber leider wimmelnd vor Trikotanzügen und weiß geschminkten Pantomimen.

DUNNE Eine wunderbare Illusion, die Pantomime!

Dunne beginnt ein pantomimisches Spiel aufzuführen, während die anderen zuschauen. Er spielt einen Mann, der in einem Kasten gefangen ist.

QUINN Jede neue Weltordnung hat ihren Preis, nicht wahr, Fitz.

FITZ Ja, da hast du völlig recht. »Die Zeit ist eine Tragödie« entwich dem Unterbewussten meiner Mama wie ein wunderbarer, stummer Schrei.

BURNS Tragisch.

QUINN Und langweilig.

Dunne ist immer noch eingesperrt in seinem »unsichtbaren Kasten«. Quinn öffnet eine unsichtbare Tür.

Raus mit dir.

Dunne kommt heraus.

FITZ War deine Mutter irgendwie brillant, Dunne?

DUNNE »Brillant« – nein. Gott, nein! Sie hat wenig Eindruck hinterlassen, meine Mutter, außer durch ihren Umfang. Sie war ein dickes Frauenzimmer und dazu noch sehr unangenehm. Ich habe noch als Teenager ins Bett genässt, und das schreibe ich dem totalen Mangel an körperlicher Nähe zu. Wenn ich mal in den Arm genommen werden wollte, musste ich meinen Nacken mit etwas Bratensoße parfümieren.

FITZ Mutter und Söhne… Werden wir ihrem Einfluss jemals entrinnen!

DUNNE *grandios* Bücher werden geschrieben werden! Dramen werden entstehen… und nie wird das Mysterium von Mutter und Sohn aufhören, uns zu erstaunen, so wie das Mysterium der Bierhefe!

QUINN Was machen wir bloß mit diesem verdammten Grill?

Fitz und Dunne gehen zu Quinn herüber, und die drei Männer betrachten den Grill, wie wenn dieser ein Raumschiff wäre.

Schließlich:

BURNS Man könnte ihn zerstören.

Quinn dreht sich um und schaut Burns an.

QUINN Er birgt noch ein Versprechen in sich. Es steckt noch Hoffnung in ihm.

DUNNE Was hat ein Mensch schon, außer »Hoffnung«, Burns.

BURNS Ein wenig Brennstoff hilft auch.

FITZ Ich habe ihn angezündet, das allererste Mal… wann war das?

QUINN Vor ein paar Jahren.

DUNNE Wisst ihr noch, wie er hier ankam, ganz verpackt und an uns adressiert, mit unseren Namen drauf?

FITZ O ja, das war ein großer Tag!

QUINN Das war's, ja.

FITZ Ich sehne mich zurück nach diesen Tag.

DUNNE Der Karton stand in der Mitte, genau hier… oder vielleicht auch dort… und wir hatten keine Ahnung, wie er hier unten angelangt war, wisst ihr noch? Ein Kran. Die Hand Gottes. Ein Team von märchenhaften Feen, das sich dem Kochen im Freien widmet. Es war rätselhaft und ganz außergewöhnlich, wisst ihr noch, Jungs?! Und dann erwachten wir aus unserer Fata Morgana und untersuchten den Karton und besprachen bis in alle Einzelheiten, wie wir ihn öffnen sollten. Zu guter Letzt wurden wir uns über ein Verfahren einig, und dann hoben wir alle zusammen den Karton hoch und enthüllten diesen phantastischen Grill… etwa wie der historische Moment, als

Howard Carter das Siegel an der Tür zu Tutenchamuns Grabkammer brach. Wunderbar.

Kurze Pause.

Und dann haben wir Burns ein bisschen in den Karton gesteckt.

BURNS Einen Tag lang.

DUNNE Einen Tag! So lange war das?!

QUINN Es war ein Tag und eine Nacht.

BURNS Ihr habt den Karton wieder zugeklebt und mich 24 Stunden lang da drin gelassen.

FITZ Das war ein wenig grausam. Bist du sicher?

BURNS Ja, ich bin mir sicher.

FITZ Und warum sollten wir das getan haben, frage ich mich?

BURNS Aus Langeweile, vielleicht. Ich weiß es nicht, ich konnte euer Gespräch nicht verfolgen. Ich saß zugeschüttet unter einem Berg von Styroporflocken, wie ein Plastikspielzeug in einer Packung Kellogg's.

QUINN Wir waren halt etwas aufgekratzt, okay?!

DUNNE Mehr als aufgekratzt!

QUINN Wir haben dich am nächsten Morgen rausgelassen und uns entschuldigt.

DUNNE Und du hast unsere Entschuldigung akzeptiert.

BURNS Stimmt, das habe ich.

FITZ Das war gut von dir.

Er lobt Burns.

Sehr liebenswürdig.

DUNNE Aber es war rätselhaft, nicht wahr? Absender unbekannt… Und ich und Fitz und Murray saßen herum und spekulierten darüber, wer es wohl sein könnte, während Quinn den Grill anzündete. Oh, große Träume hatten wir damals, Jungs! Gewaltige! Ich sah uns schon dastehen wie eine Gruppe von Freunden und warme Mahlzeiten essen und kaltes Bier trinken und unsere Angelegenheiten besprechen, bis tief in die Nacht.

QUINN Aber das Ding hat nur ein winziges Feuerchen ausgefurzt, und seitdem – nichts mehr. Scheißgerät.

DUNNE Eine Gartentragödie, das ist es! Ein echtes Scheißgerät!

FITZ Wir hätten es schon lange entsorgen sollen. Das Ding verspottet uns, indem es da rumsteht! Es ruft Bilder im Kopf hervor, die zu nichts führen. Das ist wie Pornographie!

DUNNE Ich hasse diesen verdammten Grill!

FITZ Können wir ihn nicht loswerden, Quinn?

QUINN Wir würden ihn nie die Leiter hochkriegen.

DUNNE Haben wir es schon mal versucht?

BURNS Ihr habt mich es mal versuchen lassen.

DUNNE Und mit welchen Ergebnis?

BURNS Ein Bandscheibenvorfall.

QUINN Heute Nacht habe ich von dem Ding geträumt. Träumte, dass es brannte.

Lange Pause. Die anderen drei sind plötzlich wie im Schock. Quinn dreht sich um und sieht es.

Quinn behutsam.

Wie?

DUNNE Das habe ich auch geträumt.

Quinn ist jetzt sehr angespannt.

FITZ Und ich auch.

Es herrscht angstvolle Spannung auf der Bühne. Quinn, Fitz und Dunne schauen Burns an.

QUINN Und du?

BURNS Wie?!

QUINN Du hast letzte Nacht geträumt. Hast du den brennenden Grill gesehen?

FITZ Du weißt, was es bedeutet, wenn es so war…?!

BURNS O Jesus…

DUNNE Sag's schon, wenn es so war!

QUINN Hattest du diesen Traum! Spuck's aus, verdammt nochmal!

BURNS Ja!

Kurze Pause.

Er brannte, als der Traum begann.

Pause. Alle sind geschockt und erschrocken.

FITZ Also, was war der Traum, Quinn?

Pause.

QUINN Dass das Feuer unter dem Grill beginnt. Es beginnt in dem Augenblick, da er aus seinem Boot steigt und das Ufer betritt und zu dem Haus hier hochschaut. Das Feuer greift über auf das ganze Gerüst, während er anfängt, den steilen Fels hochzuklettern. Er wirft einen Blick auf unsere weißen Häuschen, die dicht zusammengedrängt an der Bucht stehen, klapprig und verlassen. Er könnte sie in einem

Atemzug in Schutt legen, aber die Mühe macht er sich nicht; er hat es auf uns und unser Blut abgesehen. Er weiß, was wir aus seinem Haus gemacht haben und wie wir unsere Tage hier in seinem Pool verbringen. Weiß, dass Penelope in diesem Zimmer sitzt und uns beobachtet... und vielleicht bezweifelt, dass er noch am Leben ist... und vielleicht einen von uns auswählt, um ihn zu lieben. Das ist unser Glaube, unsere Religion... aber heute kommt er zurück.

Kurze Pause.

Er muss uns den Grill geschickt haben, um uns zu verhöhnen... und jetzt brennt er, und er ist hier.

Kurze Pause.

Er rennt den Pfad hoch, die Zypressen und Hyazinthen duften in der Mittagshitze, der Geruch erfüllt ihn ganz und vertreibt im Nu die Erinnerung an die langen Jahre im Exil, an den Krieg, an die Heimreise... an seine endlose Sehnsucht nach Penelope. Jetzt geht er über den verdorrten Rasen und riecht den giftigen Geruch, der sich vom Grill in die Luft schlängelt, und er hört unsere Stimmen im Pool. Sie steht da, mit Tränen des Glückes in ihren Augen, aber er geht nicht zu ihr, sondern zu uns und greift sein Messer. Wenn es bloß schnell vorbei wäre – aber er geht zwischen uns und schlitzt unsere Beine auf, und wir kriechen wie jammernde, blutende Schnecken am Boden. Er zerrt Fitz beiseite, und wir müssen zuschauen. Er filetiert ihn, und die Klinge zerlegt ihn mühelos. Er zertrümmert seine alten Knochen mit den Händen. Er macht weiter... Gliedmaßen zerhackend und Eingeweide beiseite werfend, als ob er nach etwas suchen würde. Fleisch landet auf den Grill, es scheint, als ob der Grill uns ein letztes Mal verspottet. Und Fitz ist abwechselnd bei Bewusstsein und bewusstlos, aber er schlägt ihn, um ihn wach zu halten, spuckt Bier in sein Gesicht: Er will seine Augen sehen, will, dass Fitz sieht, was er sieht. Er bricht ihm den Brustkorb auf, steckt seine Hand hinein und packt das Herz.

Kurze Pause.

Sie sind jetzt Auge in Auge... und er kneift langsam sein Herz zusammen. Ganz, ganz langsam.

Pause.

Er schaut einen von uns dreien an. Er lächelt. Und wir sind als Nächstes dran.

Pause.

Haben wir das alle so gesehen?
Fitz und Dunne nicken.

BURNS Ja.

QUINN Dann war es eine Prophezeiung. Das ist klar.

DUNNE Richtig.
Kurze Pause. Dann kaum hörbar:
Mein Gott.
Pause.

FITZ Ich dachte immer, ich hätte nicht genug Rückgrat für einen Selbstmord, aber jetzt, konfrontiert mit der Wahrscheinlichkeit, dass mein Rückgrat mir entfernt und auf diesen Grill geschleudert wird, komme ich vielleicht doch noch zum Schuss.

DUNNE Schießen wird nicht gehen… aber wir haben Messer.

FITZ *gerät in Panik* Warum kamen diese Messer in unserem Traum nicht vor als Verteidigungswaffen?!

DUNNE Mut, Fitz, Mut!

FITZ Ich bin ziemlich geschickt mit einem Messer! Ich habe mal eine Kinderflöte geschnitzt, aus Buchenholz. Buchenholz ist, wie wir alle wissen, ein sehr hartes Holz, und das verdammte Ding hat mich den größten Teil meiner Sommerferien gekostet. Und als ich dann darauf spielen wollte… pfiff es wie mein letzter Atemzug… und danach roch es auch. Aber mit Messern kann ich umgehen, Quinn!

BURNS Ich will nicht so qualvoll sterben! Nicht durch ihn, nicht hier!

QUINN Du wirst nicht sterben!

BURNS Gar nichts können wir tun, Quinn!

DUNNE Wir bewaffnen uns, das ist, was wir tun können!

QUINN Wir bewaffnen uns nicht! Wir kennen den Mann, mit dem wir es zu tun haben! Dieser Mann ist ein Riese! Das ist ein Mann, der Tausende abgeschlachtet hat, ohne auch nur ins Schwitzen zu geraten.

BURNS *würgend* O Gott…

QUINN Wir kriegen ja schon Herzklopfen beim Stuhlgang! Und er ist eine Legende, ein Mann, der Auge in Auge mit Ungeheuern stand, ohne mit der Wimper zu zucken, völlig furchtlos, bis er sie erniedrigt und unterworfen hatte. Dunne hat eine Herbstphobie.

DUNNE Du sagst »Phobie« – ich nenne es »eine berechtigte Angst«!

QUINN Es ist eine Jahreszeit!

DUNNE Es ist eine Verwesung, ein Verwelken, ein langsamer Gang in die Finsternis des Winters – das ist es!

QUINN Hör jetzt auf damit!

DUNNE Mit dem Tod kann ich umgehen, aber die Reise zum Tod hin, dieser lange Weg… Wenn der Herbst uns bestiehlt und uns den Sonnenschein des Sommers raubt und wir tiefer und tiefer in die Traurigkeit eines sterbenden Jahres gezogen werden…

BURNS Scheiße, ich brauche einen Drink!

Burns geht zum Tisch und trinkt zügig vom Hochprozentigen.

FITZ So habe ich noch nie an den Herbst gedacht! Du sprichst mit der Klarheit eines großen Dichters. Bis jetzt habe ich den Stab über dich gebrochen und dich als Ewigen Epigonen gesehen, aber jetzt sehe ich ein, dass es gar keinen Stab gibt, den ich brechen könnte. Für den Rest unseres Lebens wirst du unbeschreiblich für mich sein, Dunne.

DUNNE Ich danke dir.

FITZ Natürlich ist es möglich, dass wir dabei eher an Minuten als an Tage denken müssen…

DUNNE Wohl wahr.

FITZ Aber trotzdem – in diesen Minuten wirst du der gefeierte Dichter unserer Zeit sein!

DUNNE Meine Mutter wäre stolz auf mich… wenn sie keine fette, herzlose Kuh gewesen wäre.

FITZ Mach mir einen großen Gin Tonic, Dunne!

DUNNE Mit Vergnügen. *Ruft:* Burns, mach ihm mal einen Drink!

BURNS Wenn wir hier weggehen, führt es uns nirgendwohin! Diese Insel ist winzig! Wenn wir uns in unseren Häusern verstecken, spürt er uns auf. Wir könnten wegrudern, aber wir haben unsere Boote verkauft, für Bier.

DUNNE *empört* Nicht für Gin?!

BURNS Wir könnten ein Floß zusammenbasteln aus unseren Liegestühlen… und dann am Riff zerschellen. Keiner von uns kann schwimmen!

FITZ Wobei die Ironie ist, dass wir den größten Teil unseres Lebens in einem Swimmingpool verbracht haben.

BURNS Wir sind am Arsch, und daran ändert deine Komik gar nichts, Fitz!

FITZ Ich setze Leichtsinn als Tonikum ein, junger Mann, um uns über die nächsten Momente hinwegzuhelfen, bis Quinn uns einen Aktionsplan vorlegt!

DUNNE Vergiss nicht, dass er Fitz als Ersten filetieren wird. Es wird Fitz sein, den er ausschlachtet für den Grill!

FITZ Richtig!

DUNNE Und trotzdem – ist es Fitz, der durch den Morast seines Unterbewusstseins watet?! Ist es Fitz, der ziellos durch den Wald der Enttäuschung wandert… der ein trostloses Meer besegelt… Nein, Burns, das ist nicht Fitz, denn er ist ein Optimist…!

BURNS Ein schielender Optimist.

FITZ Mag ja sein, dass ich ein wenig schiele…

DUNNE In einem bestimmten Licht…

FITZ In einem bestimmten Licht, sicher… Aber ich bin glücklich!

DUNNE Du bist auch ein wenig high.

BURNS Bist du medikamentiert?

FITZ Ja. Extrem medikamentiert.

BURNS Hast du noch davon?

FITZ Leider erreichten nur drei Pillen meinen verrotteten Bauch. »Der Vater, der Sohn und der Heilige Geist«.

BURNS SCHEISSE!

FITZ Du sagst es. Quinn?

QUINN Wir bleiben hier.

Quinn dreht sich zu ihnen um.

Wir machen weiter wie immer. Alles wird anders, wenn Penelope damit einverstanden ist, einen von uns zu heiraten. Wenn sie das tut… kann er als Treibgut auf dem Ozean herumschwimmen. Nur wir haben den Traum geträumt, sie nicht. Also ist dies ein Tag wie jeder andere. Wir werden versuchen, ihr unsere Liebe zu verkaufen, wie wir es immer tun… aber heute tun wir es, indem wir einander helfen. Es ist in unser aller Interesse, dass einer von uns sie herumkriegt… also, Männer, lasst uns zusammenarbeiten.

Kurze Pause.

BURNS »Zusammen«? Wir?! *Angewidert*: So eine Scheiße…!

Burns kippt Schnaps herunter, direkt aus der Flasche. Er wird Probleme machen, so viel ist klar. Quinn würde ihn am liebsten erwürgen für das, was er gerade außer der Reihe gesagt hat, aber er starrt ihn nur zornig an.

Dunne und Fitz beziehen Stellung zu dem Plan von Quinn.

DUNNE Nicht gerade berauschend… aber trotzdem, ein guter Vorschlag.

FITZ So ist es… ein wenig mehr Schneid wäre angesagt, Quinn. Mehr Schneid!

QUINN Meinen Schneid hebe ich mir auf für später.

Er zeigt auf die CCTV-Kamera. Die schwenkt herunter, bis sie direkt auf die Männer gerichtet ist.

Es geht um euer Leben, Männer. Seid verführerisch… und mögen die Götter uns gnädig sein!

Die rote Lampe an der Kamera leuchtet auf.

Im selben Augenblick sehen wir durch den Vorhang hindurch die schöne Penelope. Sie sitzt in einem Sessel in der Villa und schaut sich auf dem Bildschirm die Live-Übertragung vom Geschehen an.

Quinn ist in diesem Moment seiner Aufgabe nicht gewachsen; er schiebt Dunne vor. Dunne ist »auf Sendung«.

Als Verführer ist Dunne noch absonderlicher und theatralischer als sonst.

DUNNE Du erwachst! Und den Hügel hinunter über die Bucht und durch meine kleine blaue Tür und in mein kleines Knusperhäuschen… Und ich erwache auch, meine Penel…ope. Irgendwie hat der verräterische Wind deinen ersten Atemzug des Tages erfasst und ihn direkt meiner eigenen Nase zugeführt, und dadurch bin ich aufgewacht!

Er schnuppert.

Und was für ein herrlicher Duft ist das! Nicht der dumpfe, säuerliche Geruch eines Organismus, der gerade aus einem langen Schlaf erwacht… die Art von Geruch, die die Schale eines hartgekochten Eis ablöst… zum Teufel, nein! Sondern ein Atem, um den Parfümeure sich prügeln würden. Ein Atem, der schwanger geht von Pheromonen! Kein Wunder, dass dieser Atem eine mächtige Säule in meiner Unterhose bewirkt. Eine Säule, die ich vor mir her in die Duschkabine trage und mit Olivenseife einseife…!

QUINN *verzweifelt* Oh, mein Gott…!

DUNNE Die Dusche rauscht auf mich herab wie…? … wie Schmetterlingsküsse, und ich denke an Sie, unter Ihrer eigenen Dusche, Madame.

QUINN Wie glücklich sind diese Tropfen…

DUNNE O ja! Wenn man bedenkt, wie sinnlos manches Wasser den

Bach runtergeht. Das dunkle Dasein der Klospülung zum Beispiel. Wasser, das nur benutzt wird, um einen Spülkasten zu füllen, damit es ein stinkendes Stück Scheiße wegspült…

QUINN *packt ihn, zerrt ihn beiseite und flüstert ihm zu* Konzentriere dich auf sie, verdammt nochmal!

DUNNE Das alles sage ich für sie, Quinn! Diese ganze Poesie ist ihr gewidmet…! Du störst meine Inspiration, Quinn! Von einem zweitrangigen Talent wie dir lasse ich mir gar nichts vorschreiben!

Burns ignoriert offensichtlich den Plan von Quinn.

QUINN *verärgert* Bring du ihn zur Vernunft, Fitz!

DUNNE Was, den kreativen Prozess zur Vernunft bringen?! Ich lasse mich nicht zur Vernunft bringen!

QUINN Du bist kein Schauspieler, Dunne!

DUNNE Lass ab von mir, Sir!

QUINN *rastet aus* Oh, Jesus! Burns, tu endlich was!

Burns wendet sich ihm zu und hebt seine Flasche.

BURNS Ich tue etwas.

Kurze Pause.

Ich bin auf der Flucht.

Burns trinkt. Fitz kommt heran und legt eine neue CD ein.

Quinn ist wütend, aber er hat jetzt keine Zeit, sich mit Burns auseinanderzusetzen. Dunne ist immer noch »auf Sendung«.

Fitz schaltet den CD-Player ein, und es beginnt Morgenstimmung *aus* Peer Gynt.

FITZ *zu Quinn* Schaden kann es nicht.

Dunne setzt seinen Verführungsversuch fort, während die idyllische Musik seinen schwülstigen Gefühlsüberschwang begleitet.

Dunne öffnet seinen Bademantel und lässt ihn zu Boden gleiten. Er trägt eine Speedo-Badehose mit Tigermuster.

DUNNE Ich stehe, Penelope, auf den steinernen Fliesen und trockne meinen Körper ab in Gottes Morgensonnenschein, und die Ionische Brise trocknet die Tröpfchen, die tränengleich an meinen haarigen Schultern glänzen.

FITZ Oh, das ist sehr hübsch.

DUNNE Ein Vogel? Ich höre einen Vogel und drehe mich um zum geöffneten Fenster… da sitzt ein schwarzes Vögelchen auf dem Sims, und was für ein niedliches Kerlchen das ist, wie er da singt… es wird mir warm ums bittere Herz.

QUINN Und je länger er singt, umso mehr erzählt er von dir, Penelope.

DUNNE Du meinst, es ist eine Botschaft, Quinn?

QUINN *den dies jetzt schon langweilt* Ja, eine gottverdammte Botschaft, ja…

DUNNE Wieso denn…?

FITZ Sie ruft dich, Dunne!!

DUNNE Ja, es ist bestimmt eine Sirene, Fitz! Denn schon hat dieser Vogel mich bezaubert. Sein Gesang lässt meinen Verstand im Kreis drehen wie ein Karussell! Er wühlt mich auf, er macht mich neu, er formt mich um, er baut mich aus zu einem noch größeren Dunne, einem göttlicheren Dunne, einem vollendeten Dunne!

QUINN Du gehst nach draußen, und der Vogel fliegt über dir und führt dich hin zu ihrer Schönheit, ihrer Anmut, geradewegs in Penelopes Arme.

DUNNE Oh, ja!

QUINN Die steilen Felsen verbünden sich, um dich gefangenzuhalten in dieser einsamen Bucht, in diesem winzigen Häuschen…

DUNNE Elende Felsen!

QUINN … aber du, Dunne, du bist wie neugeboren! Die Macht ihrer Liebe hat dich zu einem anderen Mann gemacht!

FITZ Und wie die Zypressen und Hyazinthen ihn willkommen heißen, Quinn.

QUINN Heute wie nie zuvor, denn sie sehen, was für ein Mann aus ihm geworden ist. Sie sehen, welche Wunder die Liebe bewirkt… sogar bei…
Er kann nicht widerstehen.
… dem allerletzten Arschloch.

DUNNE Und dennoch… liebe Gefährten… überfällt mich ein tödlicher Zweifel.
Kurze Pause.
Wie könnte ich auch nur in Penelopes Schatten stehen? Wie könnte ich mir schmeicheln mit der Hoffnung auf eine Berührung … nein, nicht einmal auf eine Berührung; auf einen freundlichen Blick? Sie ist über jede Sprache erhaben – unbeschreiblich. Sogar ein Meister des Wortes wie ich kann ihre Schönheit nicht heraufbeschwören in winzigen Buchstaben, in ausgereizten Phrasen.
Quinn reißt sich die Haare vom Kopf vor Verzweiflung.

Ich gehe über den verdorrten Rasen, die Millionen von summenden Bienen im Lavendel beobachten mein neues Ich, spüren aber meine übliche Nervosität. Ihr Summen überlagert meinen Zweifel mit neuen Schichten des Zweifels… Zweifel über Zweifel lastet auf mir, krümmt meine Schultern und runzelt meine Stirn und lässt meine Knie knicken…

Er bricht auf dem Boden zusammen.

… bis ich auf allen vieren krieche wie ein verletzter Hund und wünschte, ich wäre tot, und man würde mich in einen Kübel legen und hinaustreiben lassen aufs stille Ionische Meer.

Kurze Pause. Dann, flüsternd:

Ich bedeute ihr… nichts.

Dunne jammert und schluchzt ein wenig.

Quinn und Fitz schauen sich an. Sie würden den alten Schmierenkomödianten am liebsten liegen lassen, aber sie müssen ihn wieder aufbauen.

QUINN Aber immerhin… ruft sie dich.

Pause.

DUNNE *Schwäche vortäuschend* Ruft mich? Tut sie das, Quinn?

QUINN Und wieder singt der Vogel… und diesmal an Penelopes offener Tür. Der Wohllaut des Vogelgesangs und das, was er bedeutet, helfen dir wieder auf die Beine, Dunne. Jede Angst fällt von dir ab und verflüchtigt sich.

Kurze Pause.

DUNNE Ich spüre eine große Kraft in mir.

QUINN *gibt ihm eine deutliche Anweisung* Dann steh schon auf.

Dunne richtet seinen schwerfälligen Körper auf.

DUNNE Das Blut wogt durch meinen mächtigen Körper, es rötet meine Wangen, macht mein Haar dicker, meine Arme muskulöser, Jungs!

Plötzlich brüllt er:

DU WILLST MICH!

Kurze Pause.

Mit jedem Schritt auf die offene Tür zu gehe ich über die Scherben der Vergangenheit deines Gatten, Penelope! Ich zertrample seine Heldentaten! Ich reklamiere sie für mich!

QUINN Gut so, Dunne…

DUNNE Schnell gehe ich durch die Tür und betrete dein Haus und deine Erinnerungen an ihn, Penelope!

Er verliert den Faden.

Ich greife diese Erinnerungen und verschlinge sie…

Er verschlingt sie.

… und augenblicklich bin *ich* deine Erinnerungen geworden! Ich fordere dieses Haus – für die Jahre des Schmachtens… des Wartens… für das ewige »Was, wenn« und die vielen »Vielleichts«. Kennst du meine Vergangenheit nicht!?

QUINN Aufhören…!

DUNNE Was für ein Mann war ich! Alle hatten sie Respekt vor mir! Siehst du denn… meine KLASSE nicht?!

Das rote Licht am CCTV geht aus, Penelope verschwindet, und die Kamera schwenkt weg von Dunne.

Das macht Dunne noch rasender.

Ich habe mein Leben der Chance gewidmet, deine Liebe zu gewinnen!… Aber du hast mich zu… zu dieser BETTELNDEN Karikatur eines Mannes gemacht! Ich bin dieses Hauses und dieser Ehre würdig, aber du, Penelope, hast aus mir… einen fetten Mann in einer SPEEDO-BADEHOSE gemacht, VERDAMMT NOCHMAL!

Nachdem er seine ganze Verbitterung herausgeschleudert hat, steht Dunne zitternd da.

Morgenstimmung *geht sanft ihrem Ende zu. Sie wirkt jetzt noch grotesker.*

Dunne zieht langsam seinen Bademantel wieder an.

Burns geht auf ihn zu und gibt ihm seinen Margarita, während Morgenstimmung *endet.*

BURNS *flüsternd zu Dunne* Ich liebe… deine… Show.

Dunne ist wütend. Quinn packt Burns resolut an den Arm und führt ihn von der anderen beiden weg, um ihm etwas zu sagen. Sie bleiben stehen und schauen sich an.

Plötzlich schlägt Quinn ihm ins Gesicht.

QUINN Was soll das?

BURNS Ich bringe meine Unzufriedenheit zum Ausdruck.

QUINN Über was?

BURNS ÜBER DAS HIER, QUINN!

QUINN Hol mir einen Drink, Fitz!

BURNS Oh, und übrigens habe ich Murrays Blut nicht von der Wand gekriegt!

QUINN Verstehe.

BURNS Man würde meinen, von den Fliesen, das müsste leicht sein. Ganz schön schwierig… und dann gibt es die Fugen, natürlich…!

QUINN Du hast also nicht vor, uns zu helfen?

BURNS Es hat keinen Sinn. Wir reden, aber wir sind tote Männer. Jetzt möchte ich über meinen Freund Murray sprechen…

QUINN Schon gut, leg los…

BURNS … und über das, was passiert ist.

QUINN Eine Überraschung war das doch wohl nicht, oder?!

BURNS Er war das Einzige, das ich hier hatte…

QUINN Warst du in Murray verliebt?!

BURNS Ich liebte ihn, als Freund…

QUINN Du machst Witze!

BURNS Es kann zwischen zwei Männern eine platonische Liebe entstehen… sogar in einem leeren Swimmingpool, sogar nachdem man zwanzig Jahre lang den Gestank des anderen ausgehalten hat…!

QUINN Na ja, wenn du sagst, dass so was möglich ist, dann wird es wohl so sein, aber mir ist das fremd. Du und Murray!? Im Ernst?!

BURNS Wir standen einander nahe…!

QUINN Das habe ich nie bemerkt!

BURNS Es war der Beginn einer Freundschaft!

QUINN Die tragischerweise im Keim erstickt wurde! Mein Gott! Was für ein nettes Gespräch!

BURNS Du hast ihn umgebracht…

QUINN Ich dachte, er hätte sich die Pulsadern aufgeschlitzt! Hat er sich nicht die Pulsadern aufgeschlitzt, Fitz?

FITZ Wie ein Profi!

BURNS Du hast ihn mit deinem Gerede in die Ecke getrieben, hast ihm eingeredet, dass er keinerlei Chance hat! Wir alle haben gesehen, dass du das gemacht hast, und wir haben nichts getan, um dich zu stoppen! Er war unser Freund, Quinn…!

QUINN Er war Konkurrenz! Mein Gott!

Kurze Pause.

Ich saß da und hörte zu, wie er zu Penelope sprach – was er für Worte zu benutzen verstand und wie er sie einsetzte. Dann ging ich wieder nach Hause, zu dem beschissenen kleinen Haus an der Bucht. Ich nahm mir meine neue Liebeswerbung noch einmal vor, redigierte, formulierte anders, änderte den Aufbau. Und die ganze Zeit fühle ich, wie der Gedanke an Murray nagt. Immer verkaufte er sich besser als ich, immer hatte er die klarere Botschaft! Er war der Beste von uns allen, stimmt's?

BURNS Sie mochte ihn am meisten, wie es schien.

QUINN Genau, und also habe ich auf ihn eingewirkt – klar habe ich das gemacht!

BURNS Ich habe es gesehen.

QUINN Ich habe seine Nähe gesucht. Er glaubt irrtümlicherweise, dass wir plötzlich Freunde geworden sind. Und ich entdecke kleine Unsicherheiten, und wir reden von dem, was uns beide bewegt… davon, dass wir hier alle in dieser Hölle leben und dass die Götter uns vergessen haben und dass es überhaupt keine Penelope gibt… dass es nur uns gibt, in unseren kleinen Häuschen, nur uns, die sich auf den Weg nach oben machen, zu dieser leeren Villa, die in diesem Pool sitzen und sich neue Wege ausdenken, um eine Liebe zu erobern – wo eine gottverdammte Eroberung völlig unmöglich ist! »Sie ist nicht einmal hier, Murray!«, sage ich. »Es gibt keine Götter mehr! Dieser Wahnsinn frisst uns auf!« Ich rede auf ihn ein, so dass er keine Zeit hat, sich selbst zu befragen. Ich nutze Murray ab wie einen alten Putzlappen! Für mich ist er nicht länger Murray, er ist nicht einmal mehr menschlich. Morgens tauschen wir kleine Freundlichkeiten aus, aber ich lenke seine Stimmungen, ich zähle seine Worte, ich baue meine kleinen Fallen auf und locke das kleine Arschloch hinein! Ich hätte ihm auch einfach die Kehle durchschneiden können, aber wo bliebe da die Raffinesse, Burns? Das wäre ordinär! Hast du das alles richtig verstanden?! Wir haben noch eine Menge Zeit vor uns! Wir sind alle hier, um zu gewinnen, und jede Sekunde zählt in diesem Spiel! Also, spielen wir das verdammte Spiel! Wir alle sind Geschäftsleute! Was wir in unserem früheren Leben waren, das bringen wir hier ein! Wir alle gehören zum gleichen Menschenschlag! Murray hätte seine tote Großmutter verkauft, um einen Schnitt zu machen. Dafür hätte er ihr Grab freilich erst mal finden müssen, denn, seien wir mal ehrlich, bei ihrer Beerdigung war er bestimmt nicht anwesend. Er hätte sich einen Spaten gekauft, wäre zu diesem Grab gegangen, hätte sie ausgebuddelt, den Sarg aufgeknackt, sie in den Kofferraum von seinem Lotus geworfen, und dann hätte er ihre verweste, faulende Leiche verkauft, so geil auf Geld war er! Und so sind wir alle, Burns!

BURNS Ich will nicht länger so sein…

QUINN Fühlst du dich mir, Fitz und Dunne irgendwie verbunden?

BURNS Bis zu einem gewissen Grade, ja…

QUINN Dann sollte es dir nicht schwerfallen, dich aus dem Abseits zu bewegen und mitzuhelfen, damit einer von uns Penelope gewinnt! Wenn du dran bist, dann helfe ich dir auch, nicht wahr!? Es gibt eine neue Spielauffassung, jetzt ist »Zusammengehörigkeit« angesagt! Und jetzt halt's Maul, hör mit dem Saufen auf und spiel mit!

Er wendet sich den andern zu.

Also, Männer, ich bin als Nächster dran! Quinn, der Große! Wie konnte das passieren, Dunne… verdammt nochmal!?

DUNNE War wohl meine Tagesform, Quinn…

QUINN Aha.

DUNNE Wollte es auf die altmodische Art versuchen, indem ich ihr literarisches Gefühl anspreche, aber dann kam mir die Galle hoch.

QUINN Ich finde immer, es hilft, wenn man sich morgens Zeit nimmt, um ausführlich zu scheißen.

DUNNE Ich hoffe, dafür lebe ich noch lange genug.

QUINN Das gilt auch für mich.

Burns betrachtet das Blut auf der Rückwand.

DUNNE Wie immer es auch endet, ob es durch meine Ermordung ist oder weil ich Penelope an einen von euch dreien verliere – es war mein letzter poetischer Erguss, so traurig das ist.

QUINN Wie tragisch.

DUNNE Wenn ich es bis in ihr Haus und ihre Arme geschafft hätte, dann hätte ich sicher eine Bühnenkarriere in Betracht gezogen. Ich verfüge über eine ganz eigene Musikalität und Subtilität. Was ich vor zehn Minuten dargeboten habe und wie ich es tat, ist mir selbst ein Rätsel.

QUINN Das zeichnet dich als großen Künstler aus, dass du an deine wunderbare Wahnvorstellung glauben konntest.

DUNNE Ich danke dir, Quinn. Das ist ein Trost.

QUINN Du siehst ein bisschen angespannt aus, Mr. Fitz!

FITZ *während er versucht, sein Buch zu lesen* Ich fühle mich etwas überansprucht… Ich versuche gerade, diese Bilder von meinem eigenen gegrillten Fleisch zu verscheuchen und mich zu verlieren in der Gesellschaft dieser epischen Dichtung.

QUINN Mach ruhig weiter und lass es dir gutgehen, Fitzy!

FITZ Abgemacht.

QUINN Ich habe etwas ganz Neues erarbeitet, das sehr wohl meine bislang größte Darbietung werden könnte! Jetzt, wo Dunne sein Ei gelegt hat und Murray tot ist, habe ich von uns allen eindeutig die besten Aussichten, stimmt's, Männer?

FITZ Ja, gewiss doch, Quinn.

DUNNE Absolut.

QUINN Burns ist so leidenschaftlich wie eine Leiche, und wenn er getrunken hat, ist er etwa so brauchbar wie ein Schwanz in einer Klosterzelle… und du, Fitz, um offen zu reden…

FITZ Nur zu, ich bitte darum.

QUINN Du bist etwa so geschickt im Verführen, wie ein fingerloser Hirni im Filetieren von Fisch.

FITZ Das ist wahr.

QUINN Was ihr von mir kennt, meine Herren, das ist: Konsistenz. Bereitet euch jetzt vor auf den Augenblick, da diese Konsistenz sich paart mit Innovation…

BURNS Darf ich deine Scheiße mal unterbrechen und dir in aller Ruhe etwas sagen?

QUINN Mach schon. Ich muss mich umziehen.

Pause.

BURNS Ich bin nicht länger dein Juniorpartner. Wir sind alle gleichrangig, seit wir unsere Prophezeiung hatten, oder nicht?

QUINN Wenn es dir etwas gibt, das so zu sehen… meinetwegen.

Burns nimmt seinen Party-Hut ab und schleudert ihn beiseite.

BURNS Ich werde es sehr deutlich sagen, damit du begreifst, worum es heute geht und wie dieser Tag womöglich endet.

QUINN Beeile dich.

BURNS Solange der kurze Rest unseres Lebens noch dauert… wirst du damit weitermachen, unsere Begriffe über Liebe zu benutzen, um diese verzweifelte Frau zu verführen. Je mehr du redest, umso mehr stiehlst du uns die Wahrheit. Heute… sehe ich das endlich klarer als je zuvor.

Kurze Pause.

Ich habe jetzt keine Hoffnungen mehr, Quinn, außer dieser einen Hoffnung.

QUINN So, und welche wäre das, Tigerchen?

BURNS Dass er sich, nachdem er Fitz das Herz zerquetscht hat… dich packt… dich nach vorne beugt… seine Hand in dein Arschloch steckt und dein giftiges Hirn herauszerrt. Das möchte ich noch erleben.

Burns hebt die Schnapsflasche hoch und bringt einen Toast aus.

Möge die wahre Liebe sprechen!

Burns trinkt.

Im selben Augenblick schwenkt die Kamera auf Fitz herunter, und man sieht Penelope, die ihren Bildschirm beobachtet.

Fitz sieht, wie das rote Licht auf der Kamera aufleuchtet. Er ist »auf Sendung« und sofort wie versteinert.

FITZ Oh, Scheiße…

DUNNE *flüstert heftig* Quinn!?

Quinn dreht sich um und sieht, wie Fitz auf die Kamera über ihm starrt.

QUINN OH, VERDAMMTE SCHEISSE!

Fitz legt seinen Homer ab auf seine Liege und spricht – sehr schlecht.

FITZ *in großer Angst* Jetzt, wo ich… nicht wahr?… derjenige… wie kann ich das in Worten?… es gibt… sagt man, wenigstens… wie auch ich… unbedingt… beim Sprechen…

Quinn und Dunne gehen an den Tapeziertisch und machen sich Drinks, während Fitz vor ihren Augen weiter zerbröselt.

… und das auch oft… Höre mir unvoreingenommen… Penelope. Bin ich nicht…? Ich schließe mich an beim vorigen… Mit aufrichtigem… abgesehen von. Zwischen bestimmten… *Fleht.* Quinn, hilf mir bitte!

Quinn dreht sich um, aber gibt ihm gar nichts. Er geht hinter den Paravent in der Ecke.

Fitz begreift, dass er ganz auf sich gestellt ist. Er versucht, seinem von Medikamenten verwirrten Hirn irgendetwas abzuringen.

Und wenn ich könnte… und wenn das ginge, dann würde ich.

Kurze Pause.

Denn tief hier drinnen…

Kurze Pause.

… dort, wo keiner hineinschauen kann…

Kurze Pause.

… da gibt es kleine Stillen, kleine Seen des Nichts.

Kurze Pause.

Und da kann ich sein. Tiefer als im tiefsten Schlaf, ohne jeden Gedanken, ohne dass irgendwelche zwingende Bedürfnisse mich von einem Ding zum nächsten treiben, zur nächsten Buchseite, zur nächsten Abwechslung. Da kann ich sein.
Kurze Pause.
Und vielleicht kann ich dieses Nichts weiter ausdehnen, vielleicht kann ich aus diesen Seen des Nichts eine neue Welt gestalten? Wer kann mich daran hindern, außer ich selbst? Also fange ich an, aus diesem Material ein Haus zu bauen, und dieses Nicht-Haus stelle ich auf eine Nicht-Insel, an eine Nicht-Bucht, in eine Nicht-Atmosphäre. Und ich stelle mein glorreiches Nicht-Ich in dieses Nicht-Haus hinein und genieße mein Nichts. In jener anderen Welt werden die Menschen kreuz und quer durcheinandergescheucht und schleppen bloß halbe Erkenntnisse, halbe Wahrheiten mit sich herum! Was für eine Welt ist das geworden! Wo gibt es da noch Wahrheit, wie kann man da noch atmen? Wieso öffnen sich überhaupt noch Türen und kommen Leute aus ihren Häusern heraus? Weshalb haben sie eigentlich noch Lust zu reden, weshalb müssen sie einander zuhören, weshalb fühlen sie sich genötigt, Erfahrungen zu machen? Ist es nicht unbegreiflich, dass wir einschlafen können und wieder aufstehen und einen neuen Tag beginnen und diesen Tag wieder abhaken, dass wir schlafen und wachen und leben können in einer so unzuverlässigen Welt? Und das nennt man Leben, wie es scheint! Aber ich sitze in meinem Nicht-Haus; und in der Ferne sehe ich diese Menschen »leben«. Es ist wie ein winziges, lärmendes Geschwür am Horizont. Ich betrachte es gleichgültig, ohne Schuldbewusstsein, ohne Mitleid; es bedeutet mir nichts, denn ich bin eine Welt für mich. Ein Körper, ein Haus, eine Atmosphäre, alleine und wunderbar gleichgültig, glückselig gefühllos. Mein Herz, meine Lungen, sie pumpen ganz von alleine, und meine Gedanken habe ich schon vor langer Zeit geordnet, so dass ich wahrscheinlich nur wenige Gedanken habe; vielleicht auch gar keine. Und warum sollte das nicht auch Leben sein?! Weil es zu nichts führt, scheinbar! Aber wenn ich an meine Jugend denke und daran, was ich verkauft und was ich erworben habe, und daran, was ich verloren und was ich gewonnen habe, und bedenke, wie wenig ich aus meiner Jugend gemacht habe! Ich bin ein Schandfleck, Penelope! Ein pedantischer Schwachkopf, der sein Leben verbraucht hat und weggeworfen, der es zwischen seinen Fingern hin und her gerollt hat,

es in einen Aschenbecher ablegte, es zwischen den Sofakissen wegstopfte – der sein Leben wie von einer Tischplatte weggeschnipst hat! Ich werde meine Vergangenheit vergessen, werde jede andere Welt vergessen, ich werde hier in meinem Nichts sitzen und mit einer ganz neuen Idee anfangen… und diese Idee… ist… bist…
Seine Gedanken werden jetzt klarer, und das Wort bildet sich.
… du.
Fitz atmet durch.
Wir sehen, wie Penelope aufsteht. Durch den Vorhang hindurch schaut sie in den Pool.
Burns und Dunne sehen dies nicht, während Quinn hinter dem Paravent bleibt, wo er sich umzieht.
Ich vergesse alle Geschichten, die ich über dich erfunden habe, alle Träume, die ich von dir träumte, und das müssen Abertausende sein… Wozu sind die gut, wenn sie in Wirklichkeit nicht von dir handeln. Aber irgendwie muss ich ja mit irgendeiner Idee von dir anfangen. Und das tue ich auch.
Kurze Pause.
Die Idee beginnt nicht mit körperlicher Schönheit, nicht mit diesem oder jenem Geruch oder Duft, sie beginnt mit einer kleinen, fast unmerklichen Gefühlsregung. Und die beginnt in meinem Bauch, weil es ein Bauchgefühl ist, und von da strömt sie mit meinem Blut in mein Herz und ist in jedem Pochen.
Penelope lüpft den Vorhang und schaut herab auf Fitz. Zum ersten Mal sehen wir, wie schön sie ist. Sie ist nicht gealtert. Sie ist eine Frau von etwa zwanzig Jahren.
Und dieses Gefühl wächst heran, da wo keiner es kennen kann, aber in meiner Nicht-Welt ist es alles, was ich habe, und ich lasse es größer und größer werden, und ich lasse zu, dass es meine kleine Welt, mein ganzes Ich beherrscht. Es überwältigt alles, was ich bin und was ich jemals sein werde, und zu guter Letzt wird es mich zu dir führen.
Quinn erscheint wieder, in einem schwarzen Anzug. Er starrt Penelope an und begreift, dass Fitz einen Draht zu ihr gefunden hat. Er gerät in Panik.
Führe du mich über diese öde Insel, die ich mit meinen Worten und Träumen vernichtet habe. Führe du mich zu der Tür, die ich öffnen muss, und gebe mir meine Chance. Ich verlange nach Liebe! Nach

derselben allesverzehrenden Liebe, nach der auch du verlangst. Und in Wirklichkeit geht es gar nicht um dich, um deine körperliche Existenz – es geht um dieses Gefühl und darum, was es bedeutet! Verstehst du mich, Penelope?!

Quinn sieht sich um und sucht etwas. Seine Auge fällt auf das Buch, das Fitz so sehr liebt; er nimmt es und geht damit zum Grill. Er legt es auf den Rost. Fitz hat es noch nicht bemerkt, weil er von Penelope hypnotisiert ist.

Sie pocht in meinem Herzen, und ich weiß nur allzugut, dass es dir nach dem langen Schmachten nach deinem Ehemann genauso geht…! Erkennst du in mir eine Chance? Eine Chance, die Liebe gesichtslos sein zu lassen… und nur die Liebe selbst zu lieben, Penelope!?

Quinn geht zum Tapeziertisch, nimmt den Gasbrenner, zündet ihn an und geht zurück zum Grill.

Wir sind zwei Seelen, die beide hoffen, dass aus dem herrlichen Nichts eine Liebe entsteht! Öffne deine Tür und lass uns anfangen, ganz behutsam…!

Quinn fackelt Homer ab. Plötzlich sieht Fitz, was er macht, und rast verzweifelt zum Grill.

MEIN GOTT, NEIN! NEI-EI-EI-EI-EI-NNN!

Er stößt Quinn beiseite und rettet sein Buch. Fitz fällt auf die Knie und versucht, außer sich, die Flammen zu löschen.

Der Vorhang fällt vor Penelope, und sie verschwindet. Die Kamera schaltet sich aus.

Quinn dreht den Gasbrenner aus, geht zurück zum Tapeziertisch und stellt den Gasbrenner zurück.

Plötzlich spuckt Burns ihm ein Mundvoll Whiskey ins Gesicht. Quinn fährt sich mit den Händen an die Augen, und Burns gibt ihm einen Schlag vor den Kopf.

Es beginnt ein heftiger Kampf.

Dunne geht zu Fitz, der schluchzend versucht, das Buch wieder herzustellen.

DUNNE *zu Fitz* Darf ich eine Bemerkung machen?

FITZ Was denn?

DUNNE Energischer sein. Und keine Angst haben, auch mal witzig zu sein.

Kurze Pause.

FITZ Das waren zwei Bemerkungen.

DUNNE Die zweite war ganz umsonst.

Fitz blättert die angesengten Seiten um und weint ein wenig.

Was ist mit dem Buch?

FITZ *am Boden zerstört* Es ist tot.

DUNNE Na ja. Ich mochte sein Frühwerk sowieso lieber.

Burns, der auf Quinns Brust sitzt, brüllt vor Wut und Frustration. Er hält eine BiFi Wurst hoch über seinem Kopf, wie wenn er vorhat, Quinn zu erstechen.

QUINN Ist das eine BiFi da in deiner Hand?

BURNS Kann sein. Vielleicht. Mal sehen.

Er guckt.

Ja.

Burns hält Quinn die Wurst an die Kehle.

QUINN Sag schon, was hast du vor?

BURNS Das weiß ich noch nicht.

Kurze Pause.

QUINN Damit kannst du mich nicht töten, falls du das vorhaben solltest.

BURNS Ich stelle eine Liste zusammen von den verschiedenen Möglichkeiten, dich umzubringen. Zwangsernährung mit rekonstituierten Fleischwaren füge ich mit Vergnügen dieser Liste hinzu.

QUINN Dafür braucht es eine Menge Geduld.

BURNS Ich habe eine Menge Geduld.

QUINN Geduld, vielleicht – aber was du nicht hast, sind Zeit und BiFis. Er kommt!

Burns geht runter von Quinn.

Er kommt, Leute!

BURNS Die ganze Zeit hat sie nie ihren Vorhang geöffnet und sich gezeigt, aber durch Fitz' Worte… die ersten ehrlichen Worte…!

FITZ Und ich kann unmöglich sagen, wo sie herkommt, diese Ehrlichkeit!

DUNNE *in erhabenem Ton* Aus einem winzigen Lichtchen in deiner düsteren Seele.

FITZ *voller Ehrfurcht* Heiliger Gott!

DUNNE Es kann natürlich auch sein, dass sie noch benommen war von meiner Lyrik…

QUINN *zu Dunne* Oh, halt's Maul!

BURNS Wir hatten eine Chance, Quinn!

DUNNE … und gerade aufwachte aus ihrer Träumerei und sehen wollte, woher diese melodische Stimme kam! Sie hat mich vorhin angeschaut, Fitz! Es war zwar nur ein flüchtiger Blick, aber wir schauten einander ins Herz. Hingabe sah ich in dem ihrigen; und weißt du, was sie in dem meinigen sah?

FITZ Stenose?

DUNNE Ja, natürlich… Aber aus meinen verfetteten Herzkammern sah sie etwas sickern… »Ehre«.

FITZ Jesus.

BURNS War da je so was wie Ehre, Dunne?

DUNNE Wovon redest du!? Wir sind Ehrenmänner, Burns! Was unehrenhaft ist, darauf scheiße ich!

BURNS Wirst du jemals in die Realität zurückkehren?

DUNNE Welche Realität?

BURNS *Irgendeine!*

DUNNE Ich befinde mich in einer!

BURNS Ich meine eine Realität, die für die Menschen draußen in der Welt IRGENDWIE ERKENNBAR IST!

DUNNE Komme mir bloß nicht mit der Welt! Ich habe mein Leben lang versucht, vor der Welt zu flüchten! Was zum Teufel hat die Welt mir jemals gegeben?!

FITZ Gegeben hat sie dir nichts, aber genommen hast du jede Menge!

DUNNE Das habe ich, ganz sicher! Und ich habe Lebensläufe gestaltet und den Menschen Träume geschenkt! Ich habe ein Recht auf Penelopes Liebe!

BURNS Aber deine Worte haben nicht den mindesten Eindruck auf sie gemacht! Für dich ist sie ein Ding, ein Mittel zum Zweck, ein Geschäft! Du bist so aufrichtig wie eine Schlange! Sieh doch, wie sie auf Fitz reagiert hat. Er hat gesprochen, nicht um sie hereinzulegen und sich bei ihr einzuschleichen – er hat einfach die Wahrheit gesprochen!

FITZ Angesichts der Tatsache, dass ich in Kürze gegrillt werde, habe ich doch glatt eine Moral entwickelt, Burns! Heiliger Strohsack!

QUINN Es hatte nichts mit dem zu tun, was du gesagt hast! Ihr Gatte naht, und das spürt sie in ihrem Herzen… jetzt ist sie empfänglicher für Verführung, als je zuvor!

FITZ Aber – ich hätte es sein können, Quinn!

QUINN Und wie hätte ich damit leben sollen – mit dem Wissen, dass du in diesem Haus bist?!

BURNS Aber es hätte dich gerettet!

QUINN Von *ihm* geschlagen, ja! Ich hätte überlebt, aber mit dem Wissen, dass sie mir gestohlen wurde! Hey, wir reden hier von Fitz! Schau ihn dir doch mal an, Hergottnochmal! Ist nicht böse gemeint, Fitz…

FITZ Aber nein, so was brauchen wir doch nicht…

QUINN … aber das ist ein Mann, der am Verenden ist; ein inkontinenter halber Idiot; ein Mann, dessen Männlichkeit zusammengeschrumpft ist zu der eines kleinen Buben… könnte man ihr diesen senilen Pflegefall frohen Herzens vor die Tür legen!? Das ist wohl nicht euer Ernst!

BURNS Also setzen wir den Kampf fort.

QUINN Natürlich setzen wir den Kampf fort!

DUNNE Und wir sind wieder Gegner?

BURNS Das werden wir immer sein.

FITZ Und diese Zusammengehörigkeit?

QUINN War ein Irrtum.

FITZ Ausgezeichnet!

DUNNE Wenn es so ist, möchte ich hinzufügen, dass Fitz ein Junkie ist!

FITZ Ja. Und ich begebe mich heiter und erwartungsvoll in diese Wahnwelt hinein, Dunne, wie ein Plankton-Partikelchen, das in den Weltmeeren hin- und herschwimmt. Und du bist ein eifersüchtiges Arschloch!

DUNNE Und du bist ein riesiges Arschloch!

FITZ Du bist etwa so kultiviert wie ein Schwein, das in seinen eigenen Futtertrog scheißt!

DUNNE Dein Hirn und deine Phantasie sind genauso beschaffen wie diese Schweinescheiße!

FITZ Blödmann!

DUNNE Deine geistig zurückgebliebene Mutti wusste schon, warum sie dich so nannte.

Fitz schlägt Dunne ins Gesicht. Dunne haut ihm in den Bauch.

BURNS *zu Quinn* Keiner von uns ist ihrer würdig!

QUINN Ich bin ihrer würdig!

BURNS Vor vielen Jahren, als du noch einigermaßen in Form warst, hättest du vielleicht davon träumen können. Aber du hast gerade gesehen, wie schön sie ist! Nach zwanzig Jahren ist sie immer noch dieselbe Frau, und sogar, wenn sie auf deine Lügen hereinfiele – wie kannst du auch nur einen Moment glauben, dass sie Gefallen finden könnte daran, wie du ausschaust – an diesem Horror, den du Haar nennst!

DUNNE Ich mag sein Haar!

FITZ Sein Haar ist sein größter Pluspunkt!

BURNS Sein Haar ist fake!

FITZ Eine Perücke?!

BURNS Es ist gefärbt!

DUNNE Eine gefärbte Perücke?

BURNS Nein, nur gefärbt.

FITZ Mein Gott!

DUNNE Ein Mann, der seine vorgetäuschte Potenz auf dem Kopf herumträgt, ist Penelope nicht würdig! Du betrügerischer Lustmolch!

QUINN Was mich würdig macht, ist die Tatsache, dass ich der Stärkste von uns bin. Stärker als ihr alle zusammen! Ich bin stark geboren!

FITZ Dein Pigment aber nicht…

QUINN Ich sehe, dass ich dabei bin, sie zu verlieren, und sofort ist mir klar: lieber tot… und in Stücke zerlegt von ihm… als von Fitz besiegt zu werden! Da seht ihr, was ich mit Kraft meine! Ausgelöscht werden oder in Schande weiterleben…? Für mich stellt sich die Frage erst gar nicht!

FITZ Es hat in der Tat einen eigenartigen Glanz…

QUINN Schnauze jetzt, über mein Haar!! Ich teile euch gerade etwas mit!

BURNS Und was gibt dir das Recht dazu?

QUINN Dass ich hier der Boss bin, du Idiot! Das weißt du genau!

BURNS Wie kannst du von Liebe reden, wenn du dich nicht einmal um dein eigenes Leben scherst? Ich… ich habe etwas für einen anderen Menschen empfunden!

QUINN Für Murray, richtig?

BURNS Es war der Beginn einer Freundschaft!

QUINN Hattest du ein Gefühl von Bruderschaft für diesen Mann?

BURNS Ja.

QUINN Warum?

BURNS Warum ich ihn mochte?

QUINN Warum hattest du das Gefühl, dass du ihn mögen solltest?

BURNS Ich habe mir nie bewusst überlegt: »Ich sollte diesen Mann mögen…«

QUINN Nicht?

BURNS Er war mein Freund!

QUINN Was wolltest du von ihm?

BURNS Nichts!

QUINN Gar nichts?

BURNS Kameradschaft, Vertrauen…

QUINN Ich kenne dich, und ich weiß, was Männer tun… und was wir nicht tun, ist »vertrauen«! Du sitzt Murray gegenüber – und willst mir erzählen, dass du dir nicht überlegst, wie du dieses Arschloch fertigmachen kannst!?

BURNS Das tue ich nicht!

QUINN Es ist bloß unschuldiges Geplaudere, ein kleines Geplänkel, das dich und Murray näher zusammenbringt.

BURNS Das nennt man Freundschaft, Quinn!

QUINN Du würdest Murray in den Boden stampfen! Was mich würdig macht, Burns, ist, dass ich es offen und ehrlich sage! Ich werde Murray zerquetschen, ich werde mich gegen jeden von euch kehren, denn ich muss! Stell dich mir in den Weg, und ich haue dich um, denn so war ich, und so bin ich immer noch! Wie viele Männer waren hier? Am Anfang? Wie viele, Dunne?

DUNNE Hundert oder so.

QUINN Hundert Männer, auf diesem Felsen, ja, und alle kämpfen sie um ihre Liebe. Die Schwächeren sind schon nach dem ersten Sommer weg. Es vergehen Jahre, und immer mehr von ihnen werden verrückt, erinnert ihr euch? Wir stehen Schlange, um Penelope zu verführen, aber es passiert nichts, und es rollen Köpfe. Jede zweite Nacht bringen Männer sich um. Hast du etwa Mitleid gehabt mit irgendeinem von denen?!

BURNS Nein.

QUINN Natürlich nicht. Du hast sie gehasst, genau so wie ich, stimmt's?!

BURNS Manche habe ich gehasst…

QUINN Und jetzt hast du plötzlich entdeckt, wie menschlich du bist?!

Fühlst du dich jetzt besser, weil du etwas für einen andern empfinden kannst? Macht dich das kompletter, menschlicher als mich?

BURNS Also ja – das tut es!

QUINN Du bist ein Lügner…

BURNS Ich weiß, was ich empfinde! Wie wir gelebt haben… das schamlose Leben, das wir hier gelebt haben…!

QUINN Wir sind die letzten Männer! Wir haben hier überlebt, weil wir unsere eigene Natur erkannten, Burns. Männer gehen in die Welt hinaus, beginnen einen Tag, überzeugt von Begriffen wie Ehrlichkeit, Gesetz, Gemeinschaftssinn… aber glaubst du, diese Überzeugungen setzen sich durch!?

BURNS Wenn wir sie nur durchsetzen wollten…!

QUINN Dann stellen wir uns mal vor, unser erster Impuls des Tages wäre es, unser Leben harmonisch zu leben, ja? Das Leben hegt und pflegt dich, und im Gegenzug zeigst du dem Leben Freundlichkeit und Respekt, und all so was? Du nimmst die kleinen Missgeschicke des Lebens in Kauf, hältst die Wange hin, begegnest Böswilligkeit mit einem kleinen Lächeln und einem Achselzucken. Irgendein Arschloch redet zu laut oder erzählt dummes Zeug oder lügt offensichtlich wie gedruckt, aber du nimmst sein Lärmen, seine Blödheit, seine hinterhältigen Schurkereien hin – denn heute, Burns, heute bist du in Harmonie mit dem Leben! Du bist ein anständiger Mann, ein gefühlvolles menschliches Wesen, ein progressiver Umarmer der Menschheit! Für den wiedergeborenen Burns hört sich das doch gut an, nicht wahr?! So hätte Gott es auch gewollt, ja? Der Planet der Barmherzigen! Überzeugt dich diese Idee, Burns?

BURNS Ja!

QUINN Diese neu entdeckte Ehrlichkeit, die so plötzlich aufgeflammt ist in deiner schwarzen… in deiner pechschwarzen, gottverdammten Seele, Burns… die ist so völlig neu für dich, dass du natürlich nicht anders kannst, als die Trommel zu rühren für diese neue Weltordnung und dieser herrlichen Utopie entgegenzumarschieren…

FITZ Es hört sich nicht schlecht an…

QUINN Es ist ein Regenbogen, nichts weiter, Fitz! Und er weiß es! Wir fressen das Leben auf! Wir vernichten alles, aber auch alles, was unserem Geschmack oder unserem Rechtsempfinden oder unserem Schönheitssinn nicht entspricht. Jede Sekunde des Tages fordert uns heraus, zu beherrschen, zu siegen, zu gestalten, so ist es doch, nicht wahr, Burns?! Jede kleine Freude ist da, um vermiest zu werden, jawohl. Jeder, dem wir begegnen, muss niedergekämpft und zurechtgestutzt werden. Das geht man ganz subtil an, denn sonst ist es allzu aggressiv und ein wenig zu durchschaubar für uns Männer von Welt. Aber aus jeder harmlosen Plauderei will man als Sieger hervorgehen, Freundschaft ist ein Mittel zum Zweck, Liebe ist eine gottverdammte Waffe. Dieser Antrieb ist es, Jungs, der das Leben bestimmt! Darin liegt unsere Kraft! Deshalb sind wir die vier Männer, die als Letzte übriggeblieben sind! Ich arbeite daran, Murray, den großen Murray, kaputtzumachen, bis er nur noch ein stammelndes Wrack ist, jawohl! Ich mache ihn langsam fertig, drücke ihm dieses Messer in die Hand, lege dieses Messer an seine Pulsadern, und keiner von euch Ärschen ist dazwischengegangen! Du auch nicht, Burns! Und warum nicht? Weil du deinen »Freund« tot haben wolltest! So war das, oder etwa nicht?!

BURNS Nein…

QUINN Weil das dich einen Schritt näher an Penelope heranbringt! Du hegst so ein kleines Gefühl im Bauch, dass es gut wäre, Gutes zu tun, aber alles, was du getan hast – jede Faser von Burns –, besteht nur aus Hass! Hass ist unser Freund! Durch Hass entfalten sich unser Geist, unsere Träume, unsere Gesellschaft! Wir kamen auf diese Insel, um die Insel zu erobern, und wir werden jedes Mittel einsetzen, um sie zu erobern, um unsere Freiheit zu erobern, um Macht zu erobern! Was weißt denn du von Liebe, Burns?! Du willst, wie auch immer, triumphieren und vernichten… das ist der einzige gottverdammte Glaube, den du kennst! Und wenn du den verlierst, was ist dein Leben dann gewesen? Nichts!

Schweigen, während Burns, Dunne und Fitz den allesbeherrschenden Quinn anstarren.

Quinn hebt den Party-Hut auf und setzt ihn Burns wieder auf den Kopf.

Also, wenn ich mich nicht irre… bin ich jetzt an der Reihe, stimmt's? Wir gehen genauso vor wie immer, aber diesmal mit einer extra Dosis Bühnenzauber. Verstehst du mich?

Burns antwortet nicht. Quinn geht auf eine sanftere Tour.

Ich lasse mich nicht aufhalten. Ich schwöre bei Gott – wenn du nicht parierst, werde ich dich in Stücke schneiden, wie ein amoklaufender Pfadfinder, der ein Huhn massakriert. Hast du das verstanden?

BURNS Ja.

QUINN Guter Junge.

Burns steht mit hängendem Kopf da, während Quinn, Fitz und Dunne ihn anschauen.

Sein Schiff ist in der Nähe… ich spüre es. Er kann die Insel sehen.

Kurze Pause.

Und jetzt unterstützt ihr mich.

Quinn geht hinter den Paravent.

Burns, Dunne und Fitz stehen geschlagen da.

Fitz guckt voll Verlangen in das leere Tablettenröhrchen. Er dreht es um, aber er kann nichts mehr herausschütteln. Er seufzt.

FITZ Es gibt nichts, wofür ich noch kämpfen sollte. So habe ich mir meinen Tod immer vorgestellt. Ich habe mein Leben lang gekämpft, und jetzt verabschiede ich mich mit völliger Gleichgültigkeit. Ich habe… nichts beigetragen. Ich bin etwa so nützlich wie ein Blinder mit Platzangst bei einer Schnitzeljagd. Scheiße.

BURNS Wir sind alle tot.

Pause.

DUNNE Zum Teil ist die Schwerkraft schuld. Menschen müssen immer irgendwie tätig sein, die Natur verursacht fortwährend Verwesung und schafft Neues… die Erdoberfläche wimmelt nur so vor Aktivität. Es fällt mir schwer, mich zu erinnern, wo ich herkomme. Wenn ich meine Augen schließe, liegen Bruchstücke von Vergangenheit und halb Erinnertes durcheinander, und ich kann unmöglich sagen, ob ich eine Rolle gespielt habe in meinem eigenen Leben oder was davon erhaltenswert ist oder was es von dem Jetzt zu erhalten gilt. Ich schalte die Schwerkraft aus und stehe da und sehe, wie die Ozeane in das Weltall taumeln, sehe, wie die Tiere und Fische wegstürzen von der Erde, sehe, wie die kleinen Vögelchen ins Nichts gepustet werden wie Staub. Menschen halten sich aneinander und an ihren Maschinen fest, und schon bald ist das Weltall vollgemullt mit den Trümmern der Jahrhunderte. Von da oben besehen, aus dem grauen Himmel, macht die Erde nicht viel her, aber hier unten ist es sehr friedlich, solange nur ich da bin.

Pause.

Ich liege auf meinem Bauch im Gras. Liege in unserem Hintergarten, irgendwo halbwegs zwischen Schlafen und Wachen, und die Sonne scheint mir auf den Rücken. Ich könnte ganz einfach einschlafen, aber das Innere des Hauses ruft mich. Ich stehe auf und sehe mein Spiegelbild im Küchenfenster, und ich sehe mich selbst, wie ich als Zehnjähriger war. Ich werfe einen Blick auf meine jungen Hände, bewege meinen zehn Jahre alten Körper Richtung Haus. Schon während ich gehe, wird mein Herz leichter, mein Kopf aufgeschlossener für neue Möglichkeiten, werden die Farben um mich herum satter. Es gibt keine Last der Vergangenheit, nichts wird von schlechten Erinnerungen verdorben, es gibt gar keine Erinnerungen, die mich beeinflussen, keine quälende Zukunft, über die ich mir Gedanken machen muss… nur mich selbst gibt es, zehn Jahre alt, und ich gehe, begleitet von der warmen Sonne und im Vertrauen, dass mich etwas Gutes erwartet. Ich betrete das Haus, es ist ruhig im Haus und etwas kühler, angenehm. Ich gehe zur Küche und bleibe in der Tür stehen. Ich beobachte, wie meine Mutter ein Glas vom Regal nimmt und es mit Milch füllt. Sie macht den Schrank auf und nimmt eine Schachtel Kekse heraus und legt zwei Kekse auf einen kleinen Teller. Ich weiß, die Milch und die Kekse sind für mich. Sie spürt meinen Blick, und dann dreht sie sich um. Und ich lächele ihr von der Tür aus zu. Und dieser Augenblick hält an, wie aufgehoben in einer eigenen Dimension, ohne Vergangenheit oder Zukunft, ohne dass sich darunter eine quälende, nagende Geschichte versteckt. Nur wir sind da, ich mit einem Lächeln auf den Lippen und meine Mutter mit dem Anfang eines Lächelns in ihren Augen. Und dann lasse ich mich von meinem Herzen leiten und gehe zu ihr hin und umarme sie. Ich vergrabe mein Gesicht in ihren großen Busen, und sie nimmt mich auf und küsst meinen Kopf. Sie atmet mich ein, ich atme sie ein… und beide wollen wir uns verlieren in… in was…? … in Liebe.

Kurze Pause.

Die Welt ist von der Schwerkraft befreit, und ich und meine Mutter beginnen ein neues Leben. Von unserer kleinen Küche aus hauchen wir diese Liebe in die ganze Welt.

Kurze Pause.

So viel Glück.

Pause.

FITZ Wir müssen unsere Verderbtheit begraben. Die Liebe muss diesen Swimmingpool überleben. Sage, dass das möglich ist, Burns.

Die Kamera geht an, und wieder sieht man Penelope. Burns steht bereit, um die Stereoanlage einzuschalten.

BURNS Wir haben so viel Schreckliches getan… und jetzt weiß jeder von uns, was gleich passieren muss.

Kurze Pause.

Aber, Jungs, ich schwöre euch bei dem letzten Quäntchen Anstand, das ich vielleicht noch in mir habe…

Kurze Pause.

… wenn wir dafür kämpfen, dass die Liebe siegt… dann würden wir drei sogar im Tod unsere Freiheit finden.

Kurze Pause.

DUNNE Gut. Wir machen mit.

Burns bedient die Stereoanlage, und Spanish Flea *von Herb Alpert and the Tijuana Brass setzt dröhnend ein.*

Burns, Dunne und Fitz drehen sich um und beobachten den Paravent.

Die französische Trikolore entfaltet sich über dem Paravent, und Quinn stürmt auf die »Bühne«, verkleidet als winziger Napoleon Bonaparte in Marineuniform, geschmückt mit einem übergroßen zweispitzigen Admiralshut. Quinn beginnt, ein kurzes Szenario durchzuspielen, in dem Napoleon imaginäre Feinde massakriert mit seinem Schwert. Er zieht eine Landkarte hervor und betrachtet das sich ausdehnende französische Kaiserreich. Er dreht die Landkarte um und mimt, wie er mit einem Federkiel einen Liebesbrief darauf schreibt. Er küsst ihn, faltet ihn einige Male zusammen und überreicht ihn Burns. Burns, ganz der pflichtgetreue Assistent, entfaltet ihn wieder und verwandelt ihn auf magische Weise in eine Papiertaube.

Quinn verschwindet kurz hinter dem Paravent, während Burns die Taube über die Bühne »fliegen« lässt.

Quinn tritt wieder auf, als weinende Joséphine de Beauharnais, Napoleons Gattin. Erst jetzt wird uns klar, dass wir eine hochkarätige Kabarettnummer mit Zaubertricks geboten bekommen. Quinn trägt ein langes Seidenkleid, eine lockige braune Perucke umrahmt sein gepudertes Gesicht. Joséphine sieht die Taube und versucht, sie zu fangen; aber sie bleibt immer außer Reichweite. Sie zieht eine Pistole aus ihrer Handtasche und erschießt die Taube. Sie fällt in ihre Hände. Joséphine öffnet die Taube und liest Napoleons Liebesbrief. Sie beginnt zu lächeln und zeigt dabei ihr verrottetes Gebiss. Sie steckt eine Hand in ihr Kleid und zieht ein leuchtendes rotes Herz hervor, worauf sie wieder hinter dem Paravent verschwindet.

Man sieht, wie Penelope aufsteht und auf den Pool schaut.
Spanish Flea *geht über in* A Taste of Honey *von Herb Alpert and the Tijuana Brass.*
Burns hält einen Spazierstock für Quinn bereit, wenn der erneut auftritt, kostümiert als Rhett Butler in Vom Winde verweht, *mit Schnurrbart, Pomade im nach hinten gekämmten Haar und Zigarre. Er trägt denselben schwarzen Anzug wie zuvor. Er nimmt den Stock und stolziert umher, ganz im Clark Gable-Stil, und entfernt die französische Trikolore, die sich plötzlich in die amerikanische Südstaatenflagge verwandelt. Sein Spazierstock verwandelt sich in einen großen Blumenstrauß. Er wirft Burns die Blumen zu, und dieser fängt sie auf.*
Quinn verschwindet wieder hinter den Paravent.
Penelope öffnet die Schiebetüren und steht da, Quinns Verführungsdarbietung von oben betrachtend.
Quinn tritt plötzlich wieder auf als Scarlett O'Hara, in Unterhosen und Korsett, mit einem Häubchen auf dem Kopf. Sie reißt Burns die Blumen aus der Hand und riecht daran. Wenn sie ihren Kopf hebt, hat sie eine Zigarre im Mund. Sie spuckt die Zigarre aus. Plötzlich verwelkt der Blumenstrauß in ihren Händen. Sie fällt auf die Knie, weint und hebt ihre Hände hoch zu Gott, um Gnade flehend.
Quinn geht zurück hinter den Paravent und erscheint sofort wieder oberhalb des Paravents, als Shakespeares Julia auf ihrem Balkon.
A Taste of Honey *geht über in* I'll Never Fall in Love Again *von Herb Alpert and the Tijuana Brass.*
Ein neues Tuch fällt vor dem Paravent herunter. Es zeigt Blumen auf einem Gitterzaun. Ein winziger Sperling landet auf Julias Hand. Julia streichelt ihn, und plötzlich verwandelt er sich in ein Fläschchen mit Gift. Sie schleudert es in die Luft, und Burns fängt es noch gerade rechtzeitig auf. Während Quinn verschwindet, legt Burns das Fläschchen auf ein winziges Seidenkissen.
Quinn tritt als verzweifelter Romeo wieder auf. Sein Spiel gilt immer offensichtlicher Penelope, die von seiner Darbietung fasziniert zu sein scheint.
Romeo sieht die Giftphiole, schreit auf und legt seinen Kopf auf das Kissen. Er trinkt sein eigenes Gift und stirbt. Burns nimmt das Tuch vom Paravent und breitet es über Romeos Leichnam aus. Julia

kriecht drunter hervor, verzweifelt. Sie nimmt Romeos Dolch und ersticht sich. Sie stirbt.

Burns packt Quinn an den Füßen und schleift ihn zum Paravent.

Mit einer Kopfbewegung bedeutet er Fitz und Dunne, dass sie sich bereit halten sollen zum Angriff.

I'll Never Fall in Love Again *geht über in* America *von Herb Alpert and the Tijuana Brass.*

Burns und Quinn sind hinter dem Paravent verschwunden. Fitz und Dunne durchwühlen den Schrott auf dem Tisch auf der Suche nach irgendetwas, womit sie Quinn umbringen könnten. Sie finden allerlei unbrauchbare Gegenstände und fuchteln mit einem Korkenzieher, einem Billardstock, einem Tennisschläger etc. herum. Letztendlich findet Dunne ein Messer. Fitz entwendet es ihm. Fitz will es selber machen. Sie stellen sich vor dem Paravent auf.

Quinn tritt wieder auf, kostümiert als Jackie Kennedy, die den toten Körper ihres Präsidentengatten – gespielt von Burns – hereinschleift. Sie hält den Leichnam in ihren Armen wie eine Pietà und weint. Dann steht Quinn auf und zieht sein Jackiekostüm aus. Jetzt ist er Eros, der griechische Liebesgott, ausstaffiert mit wunderbaren Schwingen.

America *geht über in* Zorba the Greek *von Herb Alpert and the Tijuana Brass.*

Quinn legt seine Hand auf die Brust von Burns und zaubert daraus ein leuchtendes rotes Herz hervor (größer als das von vorhin).

Quinn hält es empor, so dass Penelope es sehen kann. Er lässt es los, und es schwebt nach oben, direkt in Penelopes Hände.

Damit ist seine Verführung abgeschlossen, und er lächelt.

Plötzlich ist Fitz zur Stelle. Er sticht Quinn in die Seite.

Quinn greift nach der Wunde und dreht sich nach Fitz um.

QUINN *keuchend* Und du hast eine Kinderflöte geschnitzt…? Du gottverdammter Lügner!

Dunne packt Quinn und hält seine Arme fest.

DUNNE *brüllt* Mach ihn fertig!

FITZ Ich kann nicht…

Burns rennt hin, nimmt das Messer und sticht es Quinn in den Bauch.

Burns zieht das Messer heraus, und Quinn stürzt zu Boden.

Penelope dreht sich schnell ab, um wieder in das Haus zu gehen, aber –

BURNS *ruft* Warte!

Fitz haut auf die Off-Taste der Stereoanlage. Penelope bleibt stehen, aber sie dreht sich vorerst nicht um.

Ich versuche, das Gute zu tun!

Er lässt das blutige Messer auf den Boden fallen.

Penelope verharrt, regungslos. Burns will unbedingt sprechen, bringt aber nichts über die Lippen.

Pause. Dann, anfangs sehr leise:

Es muss, außerhalb von hier, eine Welt geben.

Kurze Pause.

Es gibt andere Orte und Farben – und Großstädte und Städte und Dörfer mit Menschen darin, so ist es doch? Da spielen sich Geschichten ab und werden plötzlich beendet oder fangen wieder von vorne an, und sie dauern einen Moment oder vielleicht ein paar Tage. Und diese Geschichten, die sind formlos und frei und drehen sich in immer neue Richtungen und entwickeln sich neu. Und die Menschen, die diese Geschichten erleben, werden deshalb manchmal enttäuscht sein und sich Sorgen machen… sie werden sich über diese Geschichten ärgern und Angst davor haben, wie sie enden könnten, oder vielleicht warten sie auch freudig erregt auf den möglichen Ausgang… ich weiß es nicht. Und die Menschen gehen von der einen Geschichte zur nächsten, und eine kurze Plauderei wird vielleicht zu einem Gespräch, das ein Leben lang dauert. Da draußen gibt es das alles, und alle Menschen können teilhaben an diesem formlosen, unglaublichen… Abenteuer! Und es sind nicht nur die Worte, denn das Leben da draußen besteht größtenteils daraus, dass man die Welt einfach nur wahrnimmt und nichts als ein Teil von ihr ist. Hinter jeder Ecke erwartet dich eine neue Welt; du schaust dich um, nach hier und nach dort, und du staunst, dass der Mensch sich Häuser bauen kann, aus Wasser und Lehm. Städte gehen auf in Landschaften, Landschaften werden zu Meeren, und die Meere werden wieder neue Länder – Menschen können ihr Leben leben, in dem Möglichkeiten und Freiheit geboren werden durch einfaches Aufwachen, Sich-im-Bett-Aufsetzen und Auf-der-Welt-Sein. Kannst du es dir vorstellen? Ist es da ein Wunder, dass Menschen Träume brauchen? In einer solchen Welt zu leben, überwältigt von diesem ganzen Gerede, von dieser andauernd wechselnden Geographie! Natürlich braucht der Kopf seine Zeit, um zu lernen, und das Hirn arbeitet weiter, auch wenn man schläft! Wenn das Hirn also morgens aufwacht, ist es so überfordert von der Verarbeitung der Welt, dass es sich nach Ordnung sehnt. Und was das Hirn will, das bekommt es auch! Die Geschichten werden reglementiert, jedes Gespräch verschleiert fortan irgendwelche Lügen, Worte werden rationiert, und jedermann trägt sein Söckelchen mit sich herum, dieser ein größeres, jener ein kleineres, und sie sagen einander nur die halbe Wahrheit und belügen sich selbst, dass sie Teil einer Gemeinschaft, womöglich sogar einer Zivilisation sind. Aber so muss es nicht sein, Penelope! Es geht auch anders! Warum sollten Menschen nicht ihre Augen öffnen können und in Bett sitzen, wie wenn es das allererste Mal wäre – und dann tun, was das Herz ihnen eingibt?

Kurze Pause.

Heute war ich näher dran denn je.

Kurze Pause.

Ich wurde zur gleichen Zeit wach wie immer, starrte die gleiche Decke an, die ich schon tausendmal angestarrt habe, drehte mich um in meinem Bett und blickte hinaus auf das Ionische Meer, das sich wie eine Postkarte vor mir ausstreckte. Und sofort ist jede Sekunde, jeder Atemzug, alles, was ich sehe, neu wie nie zuvor. Es ist, als ob mein Herz angeknipst wurde und der Alltag plötzlich sehr viel heller ist. All das, was mir bislang elend und fahl erschien, die Dinge, die mich gefangen hielten in ihrer Ödheit und Langeweile – jetzt leben sie. Und, verstehst du – das kommt durch Murray. Es schien gar nicht möglich, dass es auf dieser Insel Vertrauen geben könnte, dass man hier Freundschaft schließen könnte, aber wir reden offen und ehrlich miteinander, wir sprechen auch über andere Dinge als über dieses Spiel, das wir spielen. Und wenn ich diesen einen Menschen mögen und lieben kann, dann bin ich vielleicht auch fähig, noch mehr zu lieben. Mit diesem Gefühl wache ich auf, und mein Herz setzt es in die Tat um; die ganze Welt öffnet sich, wie neu; es gibt so etwas wie Freiheit in dieser Welt, und nur unsere eigene Feigheit kann uns daran hindern, auszubrechen aus diesem beschissenen Dasein, das wir uns hier aufgebaut haben. Von diesem Gedanken beseelt, gehe ich zum Pool, und dann sehe ich Murrays ausgebluteten Körper; sein Geist ist fort, aber sein zusammengesackter Körper liegt da und verhöhnt all die Hoffnungen auf ein neues Leben, die ich heute Morgen mitbrachte. Verdammte Scheiße! Scheiße!

Seine Augen füllen sich mit Tränen. Er starrt auf Quinns Leiche. Lange Pause.

Und trotzdem… wird all das, woran ich mit schuldig bin, mich nicht unterkriegen.

Kurze Pause.

Ich kann die Liebe nicht sterben lassen.

Pause.

Ich schaue aus diesem Pool nach oben und sehe, weit über mir, wie die Welt sich selbst verzehrt. Es ist ein verschwommenes, gräuliches Bild, mit verzerrten Geräuschen und Wortfetzen, Zeugnisse eines schrecklichen Schmerzes.

Kurze Pause.

Und die Erde dreht sich weiter in ihrer strahlenden Gleichgültigkeit, während wir fünf hier unten festsitzen und die Zeit uns abnutzt und wir dem Schicksal ins Gesicht starren und ab und zu eine Grimasse schneiden. Nur die Liebe kann uns retten. Und ich sehe diese Welt, wie sie sich da oben dreht, und ich hoffe darauf, und ich bete dafür.

Pause.

Es regnet.

Kurze Pause.

Sie fallen wie kleine Lichter aus dem Grau auf den Pool hinab, und vielleicht habe ich Glück und kann einen Tropfen auffangen mit meiner Hand. Es fallen immer mehr Tropfen, und wo sie fallen, da zerfällt die Welt da oben wieder ein wenig mehr.

Pause.

Und es ist Hoffnung, die da fällt… und Freiheit… und Vertrauen… und Güte… und schöne Träume… und Verliebtheit… und Verheißung… und Fürsorge… und Glück… und Sonne… und Zuneigung… und Freundschaft… und Murray… und Zärtlichkeit… und Liebe. Natürlich, Liebe. Die Welt da oben verflüchtigt sich in ihrer eigenen Finsternis, und der Pool füllt sich mit diesem ganzen wunderbaren Regen… und jetzt ist alles in ihm, was möglich ist, alles, was gut sein kann, Penelope.

Kurze Pause.

Dein Anfang… ist jetzt.

Pause. Penelope dreht sich langsam um und schaut auf Burns, Fitz und Dunne herab, während ihre Augen sich mit Tränen füllen.

Die Liebe ist gerettet.

Plötzlich geht der Grill in Flammen auf. Das Feuer beginnt an den Beinen des Untergestells und breitet sich schnell aus und ergreift den ganzen Rahmen, und dann den ganzen Grill. Es ist ein schönes, rot/orangenes Feuer, und Burns, Fitz und Dunne schauen hinein, ihrem Tod ins Auge sehend.

Sie sind gelassen und bereit.

Das Feuer lodert eine volle Minute und dann…

Blackout.

Ende

Trink Fanta
FANTA
PETER POMM'S
Pusztetten®-Stube
Bei Peter Pomm schmeckt's immer.

Péter Nádas

Sirenengesang

(Szirénének)

Ein Satyrspiel

Aus dem Ungarischen
von Ilma Rakusa

Personen in der Reihenfolge ihres Auftritts

PERSEPHONE

HADES

SCHOSSHUNDGROSSE SCHMEISSFLIEGEN

NEREIDEN

IRRE SEELEN ZU DRITT

ZUR HINRICHTUNG VERURTEILTER ZUSCHAUER

PLATZANWEISENDE TANTCHEN

MÜTTER

SÖHNE

VERWUNDETE IM STERBEN

KRIEGER

KRIEGSHERREN

MÄDCHEN

REVOLUTIONÄRE ONKELCHEN

VERSCHWÖRER

FISCHER

NIKE

Nereiden

Wenn die rosenfingrige Eos langsamer als langsam,
von bloßem Auge kaum sichtbar, aus den Nebeln steigt,
während die dunkle und stille Nacht sich davonstiehlt, davonschleicht,
erfüllen ihre Schritte mit süßem Plätschern und sattem Gluckern
die hinter den behaglich hingebreiteten Senken und Hügeln der Uferdünen
weit offene Bühne, wo vermummte und maskierte Gestalten,
gepeinigte Seelen, zweibeinige Nachtgespenster rastlos umherirren,
bis zum Knöchel im Sand versinken, herumstolpern
oder in Dreiergruppen wartend am Horizont verharren,
auch die beiden dämmrigen, von windgeriffeltem Sand bedeckten
Seitenbühnen sind an diesem Kriegsmorgen weit offen,
vom Horizont her weht die Meeresbrise weiteren Sand herbei,
Boreas atmet zahm durch das ausgebrannte,
halb von Sand zugeschüttete Kirchenschiff,
durch dessen gotische Bogen und zerbrochene Fenster
schoßhundgroße satte Schmeißfliegen schwirren –

PERSEPHONE

Wo einst meine Mutter, die strenge Demeter,
mit zwei brennenden Fackeln neun Tage umherstreifte,
gibt es keine Behausung, die nicht Hades gehörte,
jede Tür sperrangelweit offen, ein Spiel des Winds, der die losen Scharniere
zum Quietschen bringt, das ganze Universum ist offen, ein offenes Buch,
eine offene Wunde, ein offener Brunnen, die offene
Vergangenheit gluckert in seiner Tiefe,
auch das gotische Brunnenhaus mit seinen gotischen Bogen ist zerstört,
auch hier diese fürchterlichen Schmeißfliegen, überall Schmeißfliegen,
und wo meine besonnene liebe Mutter, die böser als böse Demeter –
meine süße, meine einzige, wo bist du, Mutter, komm zu mir –
die wasserholenden schwatzenden Jungfrauen ausfragte, um
meine Spur zu entdecken –

ich vertraue nur ihr, aber sie kommt nicht, umsonst meine Rufe, mein Warten,
solang sie sich nicht der Hand des Hades
entwindet,
und sie gibt ihn nicht auf, ich weiß es –
da ist nur eine Aasgrube, Brutstätte von Wundfieber, Ruhr, Pest und Pocken,
verlorene Menschenseelen irren für alle Zeiten umher,
dürsten nach einem einzigen Glas sauberen Wassers
oder einem einzigen Augenblick der Verliebtheit.

Man sieht, sage ich zum Regisseur, die von der nächtlichen Kühle
noch steifen Gestalten und wie sich die eine oder andere mit Mühe
aus der Dreiergruppe löst, fliehend, obwohl die beiden andern
sie hysterisch zurückhalten,
geh nicht –
schreien sie,
jedes einzelne Wort erklingt mehrfach aus ihren Mündern,
verdreifacht, jede kleinste Handlung muss mehrfach
geschehen, einmal, zweimal, fünfmal, das Jüngste Gericht ist nicht
bildlich, sondern wirklich,
die Nadel ist in der Rille hängen geblieben, erkläre ich,
obwohl jede der sprechenden Personen versucht, etwas
Anderes, Neues, Besonderes zu sagen oder die anderen wenigstens zu
überschreien, versuchen die drei doch, die andern beiden
festzuhalten,
keiner soll ausscheren.
Geh nicht,
die kursivierten Textstellen erklingen mehrmals im Chor, erkläre ich
dem Dramaturgen im Dunkel,
sie wollen sich aus der qualvollen Dreiheit befreien,
geh nicht, bleibe bei uns, wie kannst du schon ohne uns sein,
aber was immer mit diesen getriebenen, zerrissenen Unglücklichen geschieht,
je nach Temperament gehen sie oder bleiben sie,
gehen ängstlich, um feige wiederzukommen, oder umgekehrt,
wollen nie mehr in ihr verfluchtes Zudrittsein zurückkehren,
doch die zwei andern verfolgen sie hartnäckig, um sie einzufangen,
um sie am Kragen zu packen, nur das, denn sie dürfen
einander nicht berühren, auch das gehört zum Jüngsten Gericht.

PERSEPHONE

Verdammte Seelen, sind sie wach, denken und reden sie gemeinsam,
doch in ihren Träumen betreten sie getrennte Welten,
zwar beteuern sie dies und das, geben sich Mühe, ringen, flattern
zwischen Traum und Wachen,
abgefallen ist der trickreiche Schein ihrer Individualität, in der
Hoffnung auf einen kleinen persönlichen Gewinn haben sie freiwillig und trällernd
ihre letzten göttlichen Eigenschaften abgelegt,
sie fühlen im Dreierchor, sie denken im Dreierchor,
sie weinen im Dreierchor, sie machen Geschäfte im Dreierchor,
sie holen Luft im Dreierchor,
auch wenn sie reden, reden sie
zu dritt und sagen ein und dasselbe, immer im Chor,
im Chor schmachten und dürsten sie, so leben sie
und vermehren sich in ihrem von törichten Meinungen geschwängerten gemeinsamen Logos.
Viele sind sie, ihre Dreizahl vervielfältigt sich täglich um sich selbst,
bis sie, einer nach dem andern, der eigenen Schwerkraft folgend vom Rand der Erde fallen.

Wir erwarten dich zurück
schreit
der, der gegangen, wie auch der, der an seinem gottbefohlenen Platz
geblieben ist, doch nicht einmal mit dem kleinen Finger ist Berührung möglich –
selbst vor Fehltritten können wir einander nicht bewahren,
selbst mit dem kleinen Finger können wir einander nicht berühren,
das ist das uralte Gesetz,
denn die gütigen und sorgenden Götter
entmannen und blenden den,
der das uralte gerechte Gesetz missachtet.
Zwar gibt es Anzeichen,
dass sie einander heimlich berühren,
dann stoßen sie zwischen den Dünen kleine Schreie aus, oder einer
stöhnt vor einsamem Schmerz im hallenden Raum
der ausgebrannten Kirche, wo die Verwundeten ihrem Schicksal überlassen sind.
Ihre Äußerungen von Freude und Schmerz lassen sich oft kaum
unterscheiden,
vielleicht wollen sie den andern auch nur übertönen, um endlich
ihre eigene Stimme zu hören, doch umsonst –
das geht nicht, geht nicht, kann nicht gehen,

gemeinsam haben sie sich ins Denken verheddert,
schreien sich ihre kollektiven Gefühle aus dem Leib,
warum denke ich, was ein anderer denkt,
warum hab ich keine eigenen Worte für mein eigenes Empfinden,
wie kann ich ohne eigene Worte mich laut vergewissern
flüstern, vor sich hin starrend, die drei,
warum muss ich, gerade ich sagen, was der andere mir sagt,
warum bin ich das andere Ich,
ich –
während sie doch am liebsten, ihrer persönlichen Natur folgend,
dem Meerwind trotzend, das Uferschilf und das schüttere
struppige Dünengras zerteilend,
in die weite Welt hinausgehen
und auf die anderen in großem Bogen spucken würden.

PERSEPHONE

Am liebsten würden sie bis ans äußerste bekannte Ende der Welt rennen,
um sich über den Rand zu beugen und in die Unterwelt zu spähen,
wo Hades mich an einem roten Faden gnadenlos
gefangen hält und viermal in der Nacht vergewaltigt,
da könnten sie offenen Auges meine letzte Zuflucht sehen,
wo ich in meiner unendlichen Traurigkeit
aufgehört habe, an der roten Schnur zu ziehen, die um mein Handgelenk gewickelt ist.
Ich verstehe sie gut. Auch ich nehme, was ich weiß, nicht zur Kenntnis, auch ich
war eine irre Seele und bin es noch immer.
Unter ihrem Kampfgewand verstecken sie eine Laute.
Oder ein Messer.
Sie suchen etwas, und wissen selbst nicht, was,
Liebe, Balsam, eine einzige Metapher, Rhythmus,
Weltanschauung,
schnell die Lücken füllen, den Mangel beheben, nicht weinen, nicht
schreien, denn obwohl sie bewundernswert diszipliniert sind
in ihrer Verneinung,
treffen sie statt des gesuchten Einen, leider, leider, immer
und überall auf zwei, auf die ekligen Nebenbuhler an der Seite
des einzigen Einen,
auf Neider und neue Widersacher,
und müssen den Schwefelgestank der Konkurrenz einatmen –

vielleicht stehen sie dort als überflüssige Vierte in tödlicher Scham
und läppisch herum,
ganz zu schweigen davon, dass sie über Knochen gehen,
dass die Rippen Lebender unter ihren Sohlen knirschen,
sie müssen in die Spuren verhasster oder verehrter Vorfahren treten, die auch
nicht allein sind, denn alles wiederholt sich bei ihnen in Dreierkreisen,
wie blinde Grubenpferde gehen sie seit Jahrtausenden im Kreis,
metzeln und morden auf ausgetretenen Pfaden, all ihr Tun
ist nur Abklatsch anderer oder früherer Taten,
bis sie ihr Geschick endlich begreifen und zur Ruhe kommen.

Der Bühnenhimmel donnert
oder ferner Kanonendonner ertönt am Bühnenhimmel,
wenn ich nur allein sein könnte,
flüstern die verdammten Seelen zu sich, aber auch die beiden
andern flüstern es von weitem und mit Inbrunst,
wenn ich nur allein sein könnte, allein gehen könnte,
wenn ich nur auf mein eigenes Heim stoßen würde,
bevor der Winter hereinbricht
und wilde Winde die abgefallenen Blätter
zwischen den nackten Bäumen jagen.
Diese letzten zwei Zeilen sagen alle zu dritt,
um dann einzeln das eigene Los zu beweinen.

PERSEPHONE
Nie können sie allein sein und nie zu zweit.
Außer vielleicht hinter dem Rücken des andern, im Dunkel, am Fuß einer Düne,
für einen kürzer als kurzen, aufblitzenden Moment.
Sie haben kaum Zeit, ihr Geschlechtsteil zu verdecken oder des andern
Speichel, Sperma oder Sekret von den Lippen zu wischen.
In ihrer Qual und damit die anderen es nicht sehen,
tragen sie ihr Gesicht als heroisch heitere Maske zur Schau.

Manchmal entfernen sie sich, wie um Luft zu schnappen,
es ist etwas schwül,
während sie das wahre Gesicht jemand anderem zeigen,
vielleicht,
oder sie machen wagemutig ihren Mantel auf

vor dem anderen,
vielleicht,
soll er sehen,
hier ist ein naturgeschaffener Körper,
so war ich einst und bin es noch immer,
doch umsonst – sage ich vertraulich zum Inspizienten,
Bühnenbildner, Beleuchter, Tontechniker, Regisseur –
denn der andere erwidert es nicht, gibt sich nicht preis,
nie,
nie gibt dieser sich preis,
nie der andere, sondern der unerwünschte Dritte.
Ein blöder Dritter. Für ein Paar immer überflüssig.
Nie finden sie
den von ihnen auserkorenen anderen.

PERSEPHONE
Als hätten die Götter ihnen keine freie Hand gewährt,
ist Gegenseitigkeit für sie unerreichbar.
Weder können sie allein sein noch zu zweit.
Sie jammern vor Schmerz, aber sie schaffen es nicht, nein.
Sind immer Verlierer.
Ich habe so viel gegeben und so viel zurückerhalten.
Doch die ganze Rechnerei und Buchführung ist vergeblich. Und vergeblich, dass
alle ausgebildete Bilanzbuchhalter sind. Umsonst zählen und
inventarisieren sie ihre kleinen Vermögen zweimal im Jahr. Umsonst verfolgen sie
den finanziellen Ertrag ihrer Gefühlsprodukte täglich, ja stündlich an der Börse.
Umsonst jagen sie wie toll nach ewigem Wandel, sie geraten nur außer Atem.
Und bemerken nicht, dass sie weit voraus geeilt sind,
der Wandel aber zurückbleibt.
Immer sind sie Verlierer. Immer ist der Aufwand größer als der Nutzen.
Weder können sie ihre Schulden bezahlen noch ihre Forderungen
eintreiben. Jeder haut den andern tüchtig übers Ohr, dennoch
fährt jeder schlecht. Überall nur Mangel. Vielleicht entsteht irgendwo
großer Gewinn, doch kann ihn keiner nach Hause tragen.
Herodot ist mein Zeuge, sie verstehen nicht, wie etwas so beschaffen sein kann,
dass es sich widerspricht und doch in Einklang mit sich steht:
biegsame Anpassung, wie beim Bogen und bei der Laute.
Der Laute Stimme erklingt in der Stille, und die Stille wird noch größer.

Leben ihr Name, Tod ihr Werk.
Das aber schmerzt. Auch wenn es ohne Sinn und Wirkung ist,
schmerzt es sie. Und gerade weil der Schmerz zu nichts führt,
tut er doppelt weh. Schrecklich weh. Verletzt ihre Eitelkeit. Sie möchten
höllische Rache üben. Denn nach menschlichem Kalkül
steht ihnen Gegenseitigkeit in Paaren zu,
doch das wird ihnen verweigert. Und aus schmerzlichem Mangel
sind sie bereit zu morden,
ohne sich für den Mord
zu schämen –
denn nur so kommen sie zueinander.

Ihr düsteres Kampfgewand – à la Beuys avec du coyote – ist ihr
einziges Zuhause,
darunter sind sie splitternackt –
sage ich leise zum Kostümbildner, oder sie tragen ein langes
weißes Hemd, das unter der Hose, ausgewaschenen Jeans, hervorschaut;
an ihren meisterhaften göttlichen Füßen
goldene Sandalen
oder sie sind barfuß
und schreiten so auf ihren gewölbten,
Schönheit verheißenden Sohlen einher,
versinken bis zu den Knöcheln im trockenen Ufersand,
wie Geister, in ihren eigenen Träumen fremd.

PERSEPHONE
Schwer zu sagen, ob aus der Klanggestalt Bedeutung entspringt, oder
umgekehrt aus der Bedeutung Wortklang,
ihre Grammatik ist jedenfalls unumstößlich.
Nachtseelen sind sie, von männlichen und weiblichen Erziehern geprägt, die sich
den lieben langen Tag wegen ihrer Unterschiede necken,
tüchtig hereinlegen, um nicht zu sagen, aufs Kreuz legen,
und die übereinander herfallen, sobald Helios in seinem Kriegswagen
vom Sonnenhimmel verschwindet.
Vielleicht sind sie nicht von dieser Welt. Vielleicht sind sie die Boten
der Bewohner eines fernen Planeten, deren farbige Schatten.
Und wissen nicht, was sie tun, was sie getan haben, wie sie es getan haben und
was sie suchen, zwölf Welten von ihrer ewigen Heimat entfernt.

Was habe ich in diesem kurzen Leben gesucht, warum habe ich
nichts gefunden oder nur das leere Nichts.
Sie sehnen sich zurück, sie verzehren sich.
Könnte nicht alles anders sein, und wenn es anders nicht sein kann, warum
denke ich darüber nach. Ihre Rachsucht ist tückisch.

Während Persephone so gesetzt über sie spricht,
schrecken sie die im Zuschauerraum versammelte ehrbare
Menge,
ihre eigenen Doppelgänger bei Tag, machen ihrer
Rachsucht Luft, nicht aufdringlich,
eher sanft, zeigen keine Aufregung, keine Eile,
als die Schmeißfliegen kommen und gehen, dann brummend
über einem Punkt kreisen –
sie freuen sich sichtlich über den Ärger der anderen.
Das ist nicht schön von uns.
Persephone bezeuge, dass wir das sittlich
nicht billigen.
Den ganzen Tag tun wir Dinge, die wir nicht billigen können.
In ihren bedrohlichen Kampfgewändern schreiten sie in Dreierformation aus,
kommen, gehen, entfernen sich, zu dritt. Jederzeit bereit, jemand
in Gewahrsam zu nehmen, zu vergewaltigen,
aus seiner Geburtsstadt zu verbannen
oder hinterm Theater, am See, niederzumetzeln.
An diesem schönen Weltkriegsmorgen aber überrascht
ihre ungewohnte Milde und
aggressive Nachsicht.
Von innerer Suche getrieben, dringen sie langsam in die
Seitengänge des Zuschauerraums, so springt man in
Laufgräben, aber sie tun es mehrmals, dreimal, fünfmal.
Lauschen, horchen, bücken sich, suchen Deckung.
Dann folgt ein langer Moment, da bis auf zwei einsame Gestalten
keiner am Ufergelände zu sehen ist, doch sie lassen nicht nach,
versuchen unter den an ihre Sitze gefesselten einsamen Seelen
ein Opfer zu finden. Zu dritt treten sie bedrohlich
auf, mögen sie einzeln noch so verführerisch freundlich, verspielt,
liebeshungrig und liebenswert sein. Manchmal finden sie
jemand,

vielleicht,
sagen sie laut und züchtig.

PERSEPHONE
Jedes Wort sprechen sie zu dritt aus, gleichzeitig. Auch wenn sie
in der ersten Person Einzahl reden, reden sie im Chor.
Auch wenn sie räumlich voneinander entfernt sind,
äußern sie sich im Chor. Auch wenn sie
anders denken, sagen sie es der anderen wegen nicht.
Damit nicht, damit ja nicht.
Sie kämpfen, sie kämpfen für sich selbst, indem sie gegen sich kämpfen,
aber umsonst, denn es gibt kein Selbst. Sie sagen,
gegen ihr eigenes Denken verstoßend, was die andern beiden sagen,
auch eine Einzelmeinung ist keine persönliche Meinung.
Noch sind sie nicht auf ein von den anderen unabhängiges
Selbst gestoßen, und so hat auch ihr virtuelles Selbst
keine eigene Stimme, nur den beängstigenden Tonfall
massenhaft lispelnder Lippen.

Jahrtausende vergehen, wir haben dieser Sache wegen
viele Morde verübt, wir gehen über Knochen, jeden Frühling
erblühen unter unsern Füßen die Seelen der Verstorbenen
und
ich, ich, ihr armen Verlorenen,
an Stelle der Idee des Ichs
finden wir noch immer nicht das Ich –
sie suchen es vor unserer Nase, unter uns, unter sich.
Manchmal finden sie jemand,
Mutter,
sagen sie laut, doch stellt sich heraus, das ist nicht ihre Mutter,
Verzeihung,
sagen sie laut,
es war ein Versehen,
sagen sie laut,
meine Mutter hat mich nämlich als Kind
wegen eines andern Mannes verlassen, der sein Kind ebenfalls
verlassen hat, sie überließ uns
unserm hilflosen Vater,

drei Kleinkinder, nachmittags um fünf
hat sie uns im Kindergarten nicht abgeholt, wir saßen angezogen,
in Mantel und Mütze, und schämten uns,
vielleicht kommt sie morgen,
eure verhurte Mutter kommt wohl erst nächste Woche,
bis dahin müssen wir euretwegen hier bleiben, obwohl unsere
Arbeitszeit längst zu Ende ist,
ja, ja, dann fällt ihr ein, dass sie uns abholen muss,
dass sie sich aufopfern muss, nachmittags um fünf
muss sie ihre große Liebe, ihr Leben uns opfern. Ja, uns.
Aber sie hat es nicht getan. Auch um sechs war sie nicht da.
Seither suche ich sie und erwarte sie.
Mutter,
liebste Mutter, wir sind viele, die dich erwarten. Als müsste man
zwischen Bierpfandflaschen zwei unterschiedliche suchen. Unter den vielen
Mehrwegmüttern und Wegwerfvätern können
wir uns die Eine nicht mehr vorstellen.
Sicher hat sie sich verändert. Ihre Nase ist spitz geworden,
ihr Haar grau und schütter, strähnig hängt es ihr
in Hals und Stirn, sie ist ausgetrocknet wie ein Flussbett,
hat ihren ganzen geraubten Schmuck verkauft, weil sie verarmt ist,
sie lebt im Straßengraben, da gibt es ein großes Rohr, mit etwas
Reisig macht sie ein Feuer, das schützt sie vor Regen, Schnee
und dem Kältetod.
Eine lila Federboa duftet noch nach ihrem Parfüm.
Aber ich weiß gar nicht, ob sie noch lebt. Als Tote, selbst
als geschändete Tote, würde ich sie wiedererkennen. Es kann nicht sein, dass
ich meine tote Mutter nicht wiedererkennen würde.
Vater,
sagen andere ebenso laut, doch stellt sich heraus, das ist nicht ihr Vater,
Verzeihung,
sagen sie verlegen zu dritt, *ich habe den Herrn*
mit meinem Vater verwechselt. So gern würde ich meinen
lieben, netten, gewiss listenreichen und
schändlichen, aber einzigen Vater und Erzeuger sehen, den seine
Kriegskameraden zuletzt am Brückenkopf von Uriv am Don gesehen haben,
kaum zu glauben, aber es war an einem Dienstag, nachmittags um fünf,
er sagte noch, es sei nachmittags um fünf, diesen Sturmangriff

haben alle überstanden,
haben wir alle überstanden,
wenn er wirklich umgekommen ist und ich ihn umsonst erwarte, dann müssen
dies seine letzten Worte gewesen sein,
wir haben es alle überstanden,
sagen die drei im Chor,
seither zeigt jede Uhr fünf,
nachmittags um fünf blieben die beiden Zeiger für immer stehen –
sagen drei in einer entfernteren Gruppe,
Mutter hat ihn siebzehn Jahre lang nachmittags um fünf zurückerwartet,
ist Vater zurück?
Sag, ist er da?
Nur ein einziges Mal hat ein Mann sie nach Hause begleitet, an einem
Winternachmittag, es war schon fünf Uhr vorbei,
sie saßen bei Lampenschein in der Küche, auf den Küchenstühlen, zu beiden
Seiten des Tisches, und sprachen sehr leise, sprachen nur, mal sprach der
eine, mal der andere, jeder erzählte sein Leben
in jeder Einzelheit,
ich horchte starr,
der Mann schlenkerte mit den Beinen und klopfte mit den Fingern aufs Eternit,
sie konnten nicht aufhören, ich habe gegessen, getrunken, habe
sie absichtlich gestört, habe das Brotbrett hingeworfen,
habe mit dem Küchenmesser gefuchtelt, nur damit er aufhört,
mit den Beinen zu schlenkern, mit seiner Kordhose zu knistern,
mit seinen Fingern aufs rote Eternit zu klopfen,
nur damit er sein trostloses Leben nicht zu Ende erzählen kann,
sie haben es nicht bemerkt, bis
die samtene Sommernacht kam, da hat er heimlich
mit ihr geschlafen,
ich weiß es,
denn ich habe mich aufgesetzt und gehorcht,
lange knarrte und quietschte das Bett, dann
ist er weggeblieben, dieser schreckliche, betterschütternde Riese,
wäre er wiedergekommen, ich hätte ihn mit dem Messer
mit der langen Klinge umgebracht, ich prüfte es von Zeit zu Zeit genau,
es lag gut versteckt unter meiner Matratze, für den Fall,
dass er wiederkäme.
Ich sah ihn an, und mein Blick sagte: Komm nicht, meine Gedanken sagten: Komm nicht.

In jedem vierten Haus war so ein männlicher Jemand, der erwartet wurde,
damit er ein guter Vater oder guter Ersatzvater, ein guter Ehemann oder guter Ersatzmann sei,
er soll nicht trinken, soll sein Geld nicht für Kartenspiel oder für Huren ausgeben,
soll nur einmal im Monat mit andern Männern zum Match gehen –
für meine Mutter standen die Chancen nicht besonders gut,
dass gerade sie sich einen so vollkommenen Ersatzmann
ergattern könnte.
Also gab sie es auf. Ich bleibe bei deinem Vater. Sie hatte keine
andere Wahl. Ich aber gebe noch immer nicht auf, weil
es mir nicht in den Kopf will,
dass mein unbekannter Vater zwei Tage vor meiner Geburt
an einem unbekannten Ort aus meiner Lebensgeschichte verschwand,
um für mich, mich, fortan ein schändlicher toter Held zu sein.
Mir konnte er dies nicht antun.
Mir nicht.
Einmal wird er wiederkommen, er ist nicht tot. Vielleicht gibt es
irgendwo ein vergessenes Kriegsgefangenenlager, ich muss ihn suchen
gehen. Ein Held war er. Dort verwahren sie für immer die größten
Helden, all jene, die auf den Kampfplätzen Bleibendes geleistet
und die trunksüchtigen, kartenspielenden, verhurten Väter von anderen
umgebracht haben.
Er fehlt mir,
schreien sie, brüllen sie, kreischen sie beleidigend und laut,
ach, du fehlst uns sehr, lieber Kriegsvater,
du bist aus unserer Lebensgeschichte verschwunden und hast ein schwarzes Loch hinterlassen, das stinkt und eitert,
darin Ersatzväter wie Maden wimmeln,
wir erwarten dich, unsere geflügelte Rede stockt
vom unterdrückten Schluchzen,
die feinen Wortknochen zerbrechen am Zaun unserer Zähne.
Seither zeigt jede Uhr fünf Uhr nachmittags.
Am Donnerstag sind wir zur Welt gekommen, doch gibt es keinen Tag,
der nicht Dienstag wäre.
Mein Gott, mein Gott, warum hast du mich verlassen, mich, mich,
rufen sie, wenn großer Zweifel sie überkommt,
mich.
Klagende Echolaute, denn sie wissen nicht,

ob es einen allmächtigen Gott überhaupt gibt,
der zu solchen Untaten fähig ist, vielleicht ist dieser unser verfluchter Gott
seit je neugierig, was wir mit den Jahrtausenden und Millionen
von Lichtjahren ohne ihn anfangen –
vielleicht hat er uns darum auf uns selbst gestellt,
und daraus ist dieses mich, mich geworden.
Es gibt welche, die dasselbe unterm leeren Himmel auf aramäisch rufen,
Eli, Eli, lama sabachthani –
doch sie ruhen nicht, sie gehen und suchen,
selber neugierig auf die Zerstörung, die sie täglich
anrichten,
auf die Zerstörung, die in ihren Zellen stattfindet.
Sie sind neugierig wie ihr krankhaft neugieriger, fremder und unbekannter
Gott.
Ihr dreifacher Ruf widerhallt lange und furchterregend,
sabachthani,
bis nur noch *thani, thani* übrigbleibt,
der leere Doppelschlag des letzten Wortglieds;
die Nereiden schnappen es an der Meeresoberfläche auf,
wie sich der Goldfisch einen getrockneten Wasserfloh schnappt,
mit kleinem Hohngelächter; von ihren Glasharfen begleitet
lassen sie die irren Worte unter Wasser widerhallen.
Doch der Helden schweifende Seelen und irren Nachfahren sind nicht minder
listenreich, mit gewählten Worten neigen sie sich zum Ohr der geliebten
Person, die sie nach eigenem Geschmack unter den Zuschauern ausgesucht haben,
neigen sich ganz nah,
damit es außer ihr niemand hören kann,
nur sie allein,
von jetzt an flöten sie zu dritt ins auserwählte Ohr
for you,
dein,
only for you,
nimm, nimm,
you are my destiny,
sei mein Schicksal, mein Herzallerliebstes,
nur soll das verwirrende Hohngelächter der Nereiden ihre
sehnsüchtigen und schmerzvollen Melodien nicht zersetzen.
Fast pressen sie das geliebte Ohr zwischen ihre Lippen,

fast beißen sie zu,
um ihre Worte durch die mit feinen Membranen versehene Tuba
geradewegs in den geradlinigen Verstand der Geliebten zu tuten,
dort bleibt dann jeder Dreck haften.
Indes nimmt der weite Raum langsamer als langsam den
Rhythmus des Wellenschlags und der Meeresbrandung auf und
vermischt sich gleichsam unbemerkt mit dem Gemurmel
der leise verklingenden Worte, während das Gebrumm der
Schmeißfliegen nicht nachlässt oder gerade innehält,
sage ich zum Tonmeister.
Geplätscher und Gegurgel, Wellenschlag und Brandung.
In der Klangkulisse von Eden, inmitten von Möwengekreisch,
bahnen sich die grazilen Nereiden ihren Weg, erhaschen geheimes
Flüstern und geben dieses schnatternd, begleitet von
Glasharfenklängen, weiter, womit sie das
geheime Getuschel der irren Seelen
besser hörbar machen.
Stellen wir es uns so vor:
die fünfzig Töchter von Doris und Nereus, auf Tritons Rücken
reitend, wiederholen die Worte in der Tiefe des Meeres,
heben das eine und andere heraus, wie eine Perle
aus einem Perlenhaufen, stoßen es lachend hervor,
zusammen mit dem Artikel, stoßen mitunter den ganzen Satz lachend hervor,
in ihrem Schlund drehen sie die zu banaler als banalen Sätzen
gedrechselten banalen Gefühle kunstvoll um,
streiten, eifern, kreischen –
improvisieren aufgrund der vorgegebenen, zum Flüstern vorgesehenen
Sätze, sage ich zum Regisseur und zum Dramaturgen.
Ihrem Spieltrieb entgehen wohl
nur die Punkte und Kommas.
Persephone steht schreckensstumm neben der Ruine.
Wenn jedes geheime Gefühl und Geständnis auf den Lippen
der Nereiden zum Gegenstand des Spiels werden kann, dann bleibt
einzig der Wunsch, dass die Befreierin-Mutter kommt.
Doch sie kommt nicht.
Lautenklang ertönt zu den Worten und Sätzen.
Immerhin gibt es eine ernstzunehmende, einsame Gestalt
auf dieser – ach – nur langsam sich erhellenden

und immer lauter und trubeliger sich gebärdenden Bühne.
Sie steht vom ersten Moment an mit dem Rücken zum Publikum,
was heißen soll, dass sie immer und bis zum
letzten Moment allen den Rücken kehrt,
sie allein in dieser hehren Gesellschaft
trägt keine Maske, bedeckt ihr Gesicht nicht mit einer Larve,
am ehesten gleicht sie einem Vagabunden oder Clochard,
einem Penner oder Loser,
sie hat kein Lächeln und keinen Ernst,
keine Wirklichkeit und keine Idee, niemand hat
je gesehen, ob sie etwas zu verbergen oder nicht zu
verbergen hat, und wird es auch nicht sehen,
weil das Hades ist, Zeus' Bruder und nächtlich dunkles Ebenbild,
der Persephone als Mädchen raubte und entehrte
und jetzt an einem um ihr Handgelenk gewickelten roten Faden
gefangen hält, die mutlose Persephone.
Mehr werden wir über ihn
kaum erfahren.

Zum Liebesgeflüster empfohlene Sätze, die in der Wiedergabe der Nereiden nur bruchstückhaft hörbar werden

Töten ist gut, gut. Es wäre ein großer Fehler, das Töten zu verbieten.

Du spürst deinen zurückgehaltenen Atem. Du erstickst, bohrst
aber dein Messer in ihn, während dir Boreas entgegen pfeift.

Ich habe mich verirrt, ich weiß nicht, wo ich bin. Wahrscheinlich
bin ich blind, ich sehe keine Umrisse. Wie jemand, der über ein
endloses russisches Schneefeld irrt. Ich finde nicht mehr heim. Ich habe keinen
Kompass, habe kein Geld für die Straßenbahn, habe keine Machete, keinen Speer,
keine ordentliche Maschinenpistole, mit der ich eine Garbe abfeuern könnte.
Ich kann mich nicht verteidigen.
Umbringen.
Ich weiß nicht, wo ich bin. Ich dürste. Ich weiß nicht, ob die Burg noch steht,
mein Zuhause. Haben Sie bitte Erbarmen mit mir.
Im Namen von Jesus Christus und Rainer Maria Rilke bitte ich Sie:
Gewähren Sie mir Obdach, geben Sie mir Wasser, stillen Sie meinen Hunger,
teilen Sie Ihr warmes Bett, Ihr Kissen
und Ihre Leibesdecke mit mir.

Das Bettler-Ich spricht so, das Wanderer-Ich spricht so.
Es geht weg und kehrt zurück, geht weg und kehrt zurück.
Sein Puls folgt dem Rhythmus des Ozeans.

Hab keine Angst und Bange, es wird alles gut,
und so weiter.
Vertrau wenigstens deiner Zukunft, und so weiter. Du brauchst
nicht zu bangen, so weiterzumachen sei sinnlos. Mit deinen Klagen
machst du das Unglück nur schlimmer, und so weiter.

Das Ich vergisst, und das Wir nährt eitle Hoffnung.

Ich beiß dir den Kopf ab, zerbeiße dir
den Mund, du Liebes, ich zerreiße dich und saug dir das Rückenmark
und den letzten Tropfen Speichel aus, ich beiß dir in die Brustwarze,
beiß dir den kleinen Pimmel ab, ham-ham,
ich fress dich auf, so sehr liebe ich dich, ich schlag mir den Ranzen
mit dir voll, durch dich übersteh ich den bedrohlichen Winter.

So ist das hungrige verliebte Ich.

Allein bist du nie, du Dummkopf. Vergeblich suchst du es,
1 gibt es nicht. Oder 1 ist der Name 1 Gottes.
Die ersehnte Zahl unter den irren Seelen ist 2,
die gerade. Doch wird ihnen ständig die geheiligte
3 zuteil, vor der es kein Entrinnen gibt.
Es sei denn, sie klammern sich an die 4.
Die 4 aber ist zu groß, zu unübersichtlich,
sie geht weit über die ersehnte 2 hinaus, ist Menge
und Haufen, darin wildfremde Ideen und Dinge
wahllos zusammengewürfelt sind,
so dass dich nichts und niemand etwas angeht –
bei 5, 6, 7, 8
gehst du spurlos in der Menge fremder Gefühle unter.

So töte denn, die einzige wahre Freude besteht darin,
die Klinge in Lebendes zu bohren. In Fleisch, in das
muskulöse Herz zwischen den Rippen,
in die spitzengleiche Lunge.

Wo die örtlichen Anstandsregeln dies einstweilig verhindern
oder geradezu verbieten, stiehl wenigstens ordentlich
in Supermärkten.
Irgendwas. Zahnpasta, Paniermehl.
Kommt ein Lahmer des Weges, stoß ihn wie zufällig um.
Du brauchst nicht zu fürchten, die Zeit der Massenmorde
komme nie. Sie kommt, doch bis dahin sind kleine
Missetaten und große Versäumnisse mindestens ebenso wichtig.
Das Freibeutertum wird für die vergeudeten Jahre entschädigen.
Bis dahin zahl keine Steuern, sollen andere zahlen. Fürchte auch nicht,

es gäbe irgendeine Tat,
die dein einziger grausamer Gott nicht gutheißen würde.
Seit Anbeginn ist unser Gott so beschaffen, dass
er die Tat für wichtiger hält als das Wissen.
Mehr noch, unser Gott – gelobt sei sein Name jetzt und
in alle Ewigkeit –
übt gründlich Zensur an unsern nörgelnden Fragen und Einwänden,
in unser Interesse.
Stimmt die Dividende, dann frage nicht,
wie die Bank das bewerkstelligt hat, auch die Vögel des Himmels
fragen nicht, was sie essen und trinken sollen, wenn der HERR es ihnen gibt.
Wüsstest du es, du würdest zur Salzsäule erstarren.

Trotz aller Zensur bleibt noch immer die Frage,
lieber Mitbruder, ob es das berühmte, zu allem bereite Ego gibt,
ob es mich gibt, womöglich ist das nicht mein
Gedanke, sondern jedes Wort und jede Bewegung sind von vornherein
in die Materie eingeschrieben,
das heißt, die Struktur der Materie offenbart sich
im Logos, weshalb auch
der freie Wille zum Gespött der Welt wird.
Als Endergebnis genetischer Programme und biochemischer Prozesse
bin ich multifunktional,
bin ich unendlich viele, ich bin nicht ich, da
jede meiner bekannten und unbekannten Eigenschaften ein mögliches
Ich hervorbringt, und so weiter.
Auf diese Weise erteilen die irren Seelen dem erdumspannenden
Opportunismus eine erdumspannende Absolution.
Sie werfen dir den Duft deiner Träume, das Waschpulver
deiner Zukunft nach, heutzutage herrscht überall Aktion, kauf
und noch eins drauf, eine einmalige Offerte, nur für dich, sei jeden
Tag des Jahres mein einziger Hunderttausendster.

Ehrlich gesagt kann ich nur glauben, dass ich an einen
Respirationsapparat, einen Fressapparat,
einen Fickapparat, einen Scheißapparat angeschlossen bin,
mit diesen Apparaten nutze ich meine Materie ab –
in der Materie realisiert sich mein biochemisches Muster, gestern

zum Beispiel habe ich in zwei biologisch nützlichen Furzpausen meiner Struktur
gemäß einem zufällig ausgewählten anderen Scheißapparat
ewige Treue geschworen.
Das Ich ist Vielheit von Funktionen, Schauplatz von Prozessen.
Jedes Gefühl ist eine funktionale Illusion, auch Hass und
Mord sind keine Ausnahmen.
Was hieße, dass der langersehnte paradiesische Zustand
erreicht ist. Wir sind einander keine Rechenschaft schuldig.
Und Menschenliebe gibt es nicht.

Du, du dreckiger Fremder, du schmutziger Jude, du Schwuchtel, du
Tunte, du Zigeuner, du, du Piefke, du Kanake, du Scheißtürke,
du Tschingge, du Tschusche, du Hundskerl, du Schuft, du Miststück, du verfickte
Hure, du Arschloch, du Schwanzlutscher, du Weibsbild, du Neger,
du bist kein Mensch, du Vieh, du Idiot, du Luder,
du verrücktes Huhn, du süßes kleines Biest, ich vergöttere dich.

Das ist unerhört, ich bin
einfach platt, ich bin total sauer, das gibt es
nicht. Ich hör nicht gut, das darf nicht wahr sein,
so was kann mir nicht passieren, ich kann es nicht glauben,
das dürfen Sie mir nicht sagen.

Mir, mir, mir, mir, mir sagen Sie das.

Wie schon nach dem Erdbeben von Lissabon tauchte auch
nach Auschwitz die Frage der Theodizee auf, noch viel früher
beschäftigte sie Epikur, der zweihundertzweiundsiebzig Jahre
auf die Geburt unseres Herrn Jesus Christus und zweitausendsiebenundzwanzig
Jahre auf das Erdbeben von Lissabon hätte warten müssen,
doch klugerweise nicht gewartet hat. Auch nicht auf Auschwitz.
Sofort
war ihm klar, dass es drei Möglichkeiten gibt.
Gott ist nicht allmächtig.
Gott ist nicht gut.
Gott gibt es nicht.
Sollte es aber doch Götter geben
und unter ihnen einen einzigen allmächtigen, dann müssten wir

nach zweitausendzweihundertzweiundsiebzig blutigen Jahren
eine Antwort auf die Frage bekommen, warum
dieser unser 1 Gott
so blutrünstig, habgierig, vor allem aber so unendlich
dumm ist.

Fragt das an deduktive Logik gewöhnte, berechnende Ich.

Eine andere Frage ist, ob du die Geldkästchen gut versteckt hast,
ob du sie tief genug vergraben hast, ob du die Eingangstür mit vier Schlössern,
mit Riegel und Kette versperrt hast,
wie es dein Bewusstsein und die Sicherheit der Rückversicherung deiner
Versicherung verlangen, ob im Keller alles dicht ist,
ob kein Gas, kein Blut, kein Wasser ausströmt,
ob du in Küche und Bad den verdammten
Wasserhahn, Bluthahn, Gashahn, Eiterhahn zugedreht hast,
ob du die Läden, die Tür, das Fenster zugemacht hast,
ob das Licht im Flur noch brennt,
mit anderen Worten: was in deinem Hirn, deinen Adern und Gedärmen geschieht,
wann du heimkehren kannst, ob die Burg, dein heiliges
Zuhause, noch steht, und ob nicht heute, wo du ungeschützt
bist, dein Blut vergossen wird.

Sagt das misstrauische, immer auf Probleme und Katastrophen
gefasste Ich. Es lässt seine dringlichen Fragen nicht zensieren.

Machen Sie bitte keinen Skandal. Benehmen Sie sich nicht
so skandalös. Sie führen sich mir gegenüber skandalös auf.

Die gewichtigsten Fragen, so Kant,
werden vom Verstand aufgeworfen. Vielleicht gibt der Verstand in Form
von Fragen das Wort des Schicksals wieder, vielleicht findet sich das
Konstruktionsprinzip des Verstandes in der Gehirnsubstanz, die den Schädelraum
füllt.

Wohin gehst du heim? Im Prinzip ist das eine kinderleichte Frage.

Dinge, Erscheinungen,
Menschen,
die in sich viele sind,
können auch in Freud und Leid nicht so tun,
als wären sie eins,
und mag das Schicksal sie noch so sehr durchschütteln,
oder sie können nicht so tun,
als wäre das Einzelne nicht wesentlich mehr als Eins.

Wo ist dein Zuhause, gibt es ein Zuhause?

Jetzt sitzen Sie mal nicht so steif da, Mann,
entspannen Sie sich. Ich sehe, etwas stört Sie. Hemmt Sie.
Vielleicht habe ich Sie beim schönen Kunstgenuss gestört. Ich verspreche,
es nicht wieder zu tun. Ehrlich gesagt habe ich Sie nur
darum gestört – Verzeihung, verzeihen Sie mir? –, weil ich es
jemandem sagen muss. Ich kann diese beklemmenden
Schicksalsfragen nicht für mich behalten. Es fällt mir viel leichter,
einem Unbekannten zu gestehen, dass mein Körper vor Beklemmung
Krämpfe bekommt. Der Magen, der Enddarm, der Ringmuskel
des Enddarms, tagelang habe ich keinen Stuhlgang. Dabei ist mir
der Körper, der Körper wirklich wichtig.
Seien Sie mir nicht böse, dass ich Sie mit solchen
Unterleibsproblemen belästige, belästige, belästige. Aber es geht nicht
an, dass unsereins seine leiblichen, unterleiblichen Sorgen
nicht teilen kann. Im Namen, Namen der
Menschlichkeit müssen, müssen, müssen
Sie es ertragen. Ich hoffe, wenigstens mein Mund riecht nicht,
riecht nicht so schlecht, dass Sie ihn nicht im Zeichen der Humanität ertragen könnten.

Ich muss mich entspannen.

Die Freude ist berauschend, das Leid unendlich. Trösten Sie mich,
bitte, bitte, nichts steht der Freude im Wege, Wege. Wenn Sie
noch Argumente vorrätig haben, ben. Ich kann Sie wirklich
nicht trösten. Mit meinem unendlichen Leid bin ich, ich, ich
hier bald die einzige Freudenkunde, kunde, kunde.

Kirke mit den anderen und Telegenos mit den anderen

Als vom Geflüster und Lautenspiel der irren Seelen,
vom Hohngelächter der Nereiden, vom Wassergegurgel und
Wellenschlag ein wildes Klanggewirr entsteht und
auch das Chaos seine Urgewalt nicht zu bändigen vermag,
erstrahlen am Himmel Mündungsfeuer,
gefolgt von raschen Maschinengewehrsalven.
Kein Zweifel, es ist nicht der Himmel, der donnert,
nicht Zeus, der seine göttlichen Hiebe verteilt –
vor den Einschlägen und Explosionen müssen auch die irren Seelen
sich bäuchlings-rücklings zwischen die Dünen retten,
eilig verlassen sie mit ihren geflüsterten Sätzen die
Seitengänge des Zuschauerraums,
fliehen zurück zum Strand,
zum übriggebliebenen Bühnenbild
des ausgebrannten gotischen Kirchenschiffs,
zum hoffnungslosen morgendlichen Horizont,
wo sie ohne Hilfe der Nereiden natürlich nicht aufs Wasser
können, sie sind Gefangene des glücklichen Zufalls, müssen
auf einer von Brandung umtosten
Landzunge stehen und warten,
es gibt kein Zurück,
auch ein Rettungsboot ist nicht in Sicht, doch auf den Glasharfen der
Nereiden erklingt feierlich die Ode an die Freude,
sie knistert und brutzelt,
als würde sie in den Kriegslautsprechern knusprig gebraten,
in Begleitung der brutzelnden Neunten sagen die Nereiden
die genaue Zeit an:
Wenn unser Zeiger auf Null steht, gibt es keine Stunde mehr
mit Minuten,
der kleine Zeiger der unter dem Turm begrabenen Turmuhr
ist am großen Zeiger hängen geblieben,

und damit die Zeit wieder ihren normalen Lauf nimmt,
holt das Dreierkommando während seiner Flucht jemanden
aus dem Parterre,
ohne zu fragen,
halt's Maul,
shut up,
schlägt und schreit,
zerrt ihn die Treppe hoch, tritt ihn und brüllt –
niemand hat dich gefragt, du Schuft,
in höchster Gefahr
hast du dein eigenes Nest beschmutzt, du Deserteur, du Brunnenvergifter,
du wurzelloser Rassenschänder,
du Heimatverräter,
raus mit dir, raus.
Hades regt sich, möchte sich flink davonschleichen, doch dazu müsste er
die entsetzte Persephone mit sich zerren.
Schon widerhallt das Foyer vom Gebrüll.
Ich bin unschuldig.
Du verdienst dein Leben nicht.
Péter, spiel dich nicht auf.
Ich hab keiner Fliege etwas zuleide getan.
Du Wurm, du würdest für einen Teller Linsen deinen eigenen Bruder verkaufen.
Péter, streite nicht mit ihm.
Ich habe gehandelt, wie mich Vater und Mutter gelehrt haben,
ich habe alles getan wie die anderen,
richtig.
Man hört Schläge, deren dumpfen Aufprall auf dem Körper.
Die Platzanweiser ergreifen die Flucht, ihr hysterisches Geschrei
geht in dreierlei Richtung.
Recht so, schlagen Sie zu, wo Sie nur können, ein Genuss.
Ich kenne ihn nicht, hab ihn nie gesehen, kenne auch seine Familie nicht.
Lieber Gott, hilf mir, hilf mir, ich bin doch nur
eine alte Platzanweiserin, eine arme Witwe und
Rentnerin, die auf diesen kleinen Zusatzverdienst
angewiesen ist, weil sonst keine Butter und Marmelade
aufs Frühstücksbrot kommt,
schlagen Sie bitte ihn, nicht mich.
Ein Schuss erdröhnt, dann folgt lange Stille.

In der Stille ist das nervenaufreibende Gekicher der Nereiden zu hören,
die in der Meerestiefe mit den letzten Worten des Opfers spielen.
Warum sollte er nicht schuldig sein. Unschuldige findet man kaum.
Er hatte zwei Fliegenklappen. Auch mit den Händen griff er leidenschaftlich nach ihnen.
Nach der Jagd wusch er sich nie die Hände.
Manchmal tauchen die schönen Nereiden – Arm in Arm, im Reigen – auf,
gleiten behend zwischen die Dünen, freuen sich über die frischen
Leichen, tänzeln langsam davon, ein andermal erhebt sich nur ihr
blumengeschmückter, anmutiger Renaissance-Kopf – à la Primavera –
über die Oberfläche des Wassers.
Neben der Lampe, unter der schön geschnitzten Decke, hing das
klebrige Fliegenpapier. Mit offenem Mund genoss seine ganze kleine
Familie, wie sie über der dampfenden Hühnersuppe kleben blieben.
In einer einzigen Woche waren es an einem einzigen Fliegenpapier dreihundertvier
Fliegenleichen. Er hatte eine hübsche kleine Familie, sie aßen fleißig,
mit ihren Gedärmen retteten sie die Volkswirtschaft vor der Rezession.
Jedes Jahr verzehrten sie zwei ganze Schweine mitsamt den Innereien.
Und bekamen Darmwinde.
Vor allem die Leber. Am liebsten hatten sie die Leber. Schwarte, Schwanz, Kopf
in die Sülze, mit Sauergurken aßen sie die borstigen Grieben.
Mit großen Löffeln das Fett.
Inzwischen schleppen andere irre Seelen den Leichnam herbei, sie
wissen nicht genau, was sie mit ihm anfangen sollen.
Stellt euch nicht so ungeschickt an. Beginnt, wie üblich, mit dem Sengen,
trennt den Kopf ab, zerstückelt den Rumpf, entbeint ihn,
dann auf den Haken mit ihm und schnell in die Räucherkammer.
Sie verzehrten auch ein halbes Rind. Als Suppe, als Braten,
den Lendenbraten schön blutig. Auch die Rindsleber aßen sie.
Schließlich schleppen sie den Leichnam zur gotischen Kirchenruine,
wo sie ihn an Händen und Füßen packen und mit großem Schwung ins Meer schleudern.
Zweiundvierzig Hühner verzehrten sie, die Leber mit Zwiebel gebraten.
Außerdem Wildschwein, Reh, Wachtel, Auerhahn. Mit allen Innereien.
Seit sie keine entbeinten Menschen mehr essen können, müssen sie
alles essen.
Kriechendes und schwimmendes Meeresgetier,
bis in den Gewässern nichts mehr übrigbleibt.
Siebzehn Störe mit Rogen verzehrten sie.
Doch den Göttern haben sie seit
Jahrtausenden keinen einzigen Bissen geopfert.

PERSEPHONE
Hades entführt die Seele, doch die gewöhnliche
Wasserleiche wird von der Brandung zurückgespült.
Sie erinnert ihn an den süßen Geschmack von Menschenfleisch, an den
himmlischen Duft von Menschenbraten.
Gibt es kein Fleischopfer, will er nichts wissen, nichts.

Die Speisereste warf er lieber Hunden und Katzen hin.
Er liebte die Qual der anderen, aller Lebewesen.
Zuverlässigen Chroniken zufolge gab es zwar ein Fliegenopfer,
das aber sofort ertrank. So hatte er nichts zu genießen.
Seinen Söhnen brachte er die Wollust des Blicks bei.
Schaut, zwischen zwei Prügelattacken
zittert im Innersten das winzige Wesen.
Sein Körper kämpft um das einzige Leben und fleht zum Herrn der Fliegen,
seinem Gott, der großen brummenden Schmeißfliege,
sie raffe ihn dahin,
befreie die Seele aus dem Kerker des Körpers,
befreie ihn vom Leiden, bis Hunger und Durst
die Energievorräte aufgezehrt haben,
bis der schleichende Mangel
ihn betäubt und besänftigt und er
langsam, ach, sehr langsam
sich hinüberträumt
ins hundertzweistöckige Jenseits,
wo die verdrossene Persephone und der bis ins Mark stumpfe
Hades regieren.
Als sie dies vernehmen, kommen die drei Jünglinge mit Namen
Telemachos, Telegonos und Hyakinthos
schreiend zu sich. Vom Alb richtet sich
ihr Körper mehrmals auf und sinkt in den Schoß der Dünen zurück.
Die Weltbühne wird mit einem Mal leer und still,
auch Hades und Persephone verziehen sich auf einen Nebenschauplatz.
Sie sind wirklich wach, die herrlichen Jünglinge, die drei Schufte,
das Kleeblatt, über ihnen kreisen brummend die grünen Schmeißfliegen,
und beim nüchternen Gekreisch der Möwen erwartet sie
ein ganz und gar echter Morgen.
Durch die Ritzen des ausgebrannten und eingestürzten Kirchenschiffs
pfeift der Wind.

Auf ihr Geschrei hin eilt das lichte Dreigespann ihrer göttlichen Mutter,
Penelope, Kirke und Kalypso, in goldenen Sandalen herbei,
so leise aus einer Windrichtung, als trüge sie der Rücken
des geflügelten Zephyros, und schon von weitem richten sie geflügelte Worte
an ihre süßen Sprösslinge.
Die Schmeißfliegen setzen sich auf den Rücken von Zephyros und fliehen.

MÜTTER
Was machst du da, mein Kleines?

SÖHNE
Ich träume meine Träume.

MÜTTER
Und warum so laut und heftig?

SÖHNE
Der stramme Mann erträgt die Kälte, erträgt jeden Schicksalsschlag,
gibt nicht auf, zerbeißt sich lieber die Lippen, wenn ihm die geschickten Chirurgen
im Lazarett den Arm ohne Narkose
amputieren,
doch einen Traum, liebe Mutter, gibt der stramme Mann aus Prinzip nicht preis.

MÜTTER
Du müsstest schon längst unterwegs sein.

SÖHNE
Durch die Zauberkreise von zwölf Welten dringe ich zu meiner geliebten Herrin,
der glanzlippigen Sophia.

MÜTTER
Was hast du gesagt, zu wem, wie?

SÖHNE
Die dämonischen Meilen meiner Träume lasse ich ungezählt zurück,
um an der Endstation den süßen Atem meines einzigen Gottes
zu atmen.

MÜTTER

Nicht nach dem Weg deiner Träume frage ich, sondern nach der Sechser
Straßenbahn, mein Schätzchen, mein Augenlicht, mein Herzchen, mein
nach süßem Schweiß riechender Junge.
Reden wir doch ein bisschen einfacher, wenn ich von dir
noch etwas erbitten und erhoffen darf.
Und wer ist diese Sophia, die dein kühles Herz so berückt hat.

SÖHNE

Meine liebe Witwenmutter, deren Herzallerliebstes ich bin und bleibe,
wird sich wundern, wenn ich's erzähle: Aus dem Schlaf schreckte mich der Traum,
dass ich als Fliege an einem Fliegenpapier klebe.
Das ist, finde ich, ein sehr sonderbarer Traum.
Der Rede wert.
Einen so erhabenen Traum träumt niemand, hoffentlich ist meine
Witwenmutter bereit, dies anzuerkennen.
Bei Zeus, mein Junge hat einzigartige Träume.
Denn wir waren dreihundertvier, die in einer einzigen Woche an einem einzigen
Fliegenpapier festklebten.

MÜTTER

Dein verstorbener Vater hatte so widerwärtige Träume. Er, den du träumend
zurückerwartest, den ich in schlaflosen Nächten auf meiner weichen Bettstatt,
zwischen duftenden Wolldecken liegend,
zurückerwarte,
den wir alle zurückerwarten.
Dessen Fehlen eine offene Wunde am Körper der Welt ist.
Du träumst die in Zauberkreisen wiederkehrenden Träume deines Vaters.
In seinen geheimsten Träumen,
die er nur mir anvertraute,
war dein Vater der König der Schmeißfliegen, und das bedeutet
im mythologischen Sinne, dass er
Hades und Persephone in einer Person war.
Dein Vater ist 1 Gott.

SÖHNE

Interessant war nur, dass ich hätte ausrechnen
müssen, wie viele von uns während eines ganzen Jahres

auf einem Fliegenpapier umkommen. Aber es ging nicht,
weil ich keine Anhaltspunkte, keine Angaben, keinen Bleistift und kein Papier hatte.
Noch jetzt quält mich, dass es nicht ging. Ich habe versagt, ohne Bleistift
bin ich eine einzige Konkursmasse.
Wir kommen nicht frei. Wir werden von hier nicht freikommen.
Es gibt keine zwölf Welten, durch die wir zu unserm fernen fremden Gott
gelangen könnten,
indem wir dem Drachen seine neun Köpfe abschlagen.
Es gibt keine Utopie, es gibt keine Neugier, die wir mit Fleißarbeit
befriedigen könnten.
Es gibt keine Sophia.
Ihnen, Mutter, kann ich doch wohl ungeniert klagen, was diese
geheimsten, infantilen, antimetaphysischen
Träume betrifft. Dabei habe ich in allen großen Datenbanken
und in den reichsten Bibliotheken nachgeforscht,
habe alles durchstöbert, ich hätte wissen müssen,
wie man multipliziert, wie viele Fliegenpapiere die Meuchelmörder
in einem Jahr aufhängen, aber ich fand den verdammten Multiplikator nicht.
Jetzt ist es schon egal, jetzt sitz ich fest, als strammer Mann weihe ich Sie
auch darin ein und breite mein großes infantiles
Elend vor Ihnen aus.
Ich müsste sein, wie ich nicht bin.
Immerhin hab ich noch so viel Kraft, dass ich mit einem Flügel schlagen kann,
der andere klebt fest.

MÜTTER

Du wolltest dich unbedingt befreien, du hast im Traum
geschrien. Wenn er sich betrank, kippte er mangels Utopie
ein Glas nach dem anderen, auch dein Vater hatte
diesen Traum, machte alles haargenau gleich. Ich bin zu dir geeilt,
bevor du nüchtern wurdest. Komm zu dir, mein Sohn,
komm zu dir. Mit geflügelten Worten bat ich die flinkfüßige Athene,
dir zum Fliegen zu verhelfen, nachdem sie deinen armen, unglücklichen Vater
nicht geschont hat und ich seinen Todesschrei nun zwanzig Jahre später
aus deinem Mund vernehmen muss. Auf fremdem Boden hat sie ihn
in Kriege verwickelt, auf fremden Wassern ins Verderben gestürzt, und wenn sie
dir jetzt solch dämonische Träume hinter die Lider scheucht, soll sie
wenigstens auf mich hören, ich bat sie, dein Leben nicht an Hades zu verschachern,

der an jeder Ecke lauert.
Nicht an ihn.

SÖHNE

Nicht vor dem gefräßigen Tod hatte ich Angst, machen Sie sich deswegen
keine Sorgen, Mutter. Wie sollten Sie sich wegen etwas sorgen, das
Sie nicht kennen. Die Sache ist viel einfacher.
Ich hatte Angst, diese verdammte Zahl nicht
herauszufinden, denn finde ich sie nicht heraus, müssen auch
die anderen sterben
Alle.
Die Zahl muss ich rauskriegen.
Gebt mir die Zahl bekannt, und ich stelle die Welt auf den Kopf.
Drehe sie um. Ich habe Hacker angeheuert,
habe sie die Datenbanken der wichtigsten Geheimdienste knacken lassen –
ohne Erfolg. Meine Inserate wurden von den großen Zeitungen
nicht gedruckt. Da dachte ich mir, ich stelle eine verschlüsselte
Kleinanzeige
ins Netz, um meine Kameraden auf
meine missliche Lage aufmerksam zu machen, doch die im Dienst der Meuchelmörder
stehenden listigen Internetprovider haben es abgelehnt.
Ich wollte mich befreien, um berichten zu können.
Es steht schlimm um mich. Mit geflügelten Worten
habe ich Athene angefleht, dass sie meinen armen kleinen Flügel
aus dieser süßklebrigen Scheiße befreit.

MÜTTER

Nicht Scheiße, mein Sohn, sondern Baumharz. Seien wir auch
dann genau, wenn der kleine Zeiger der Uhr Punkt Mitternacht
am großen hängen bleibt.

SÖHNE

Wenn ich nur einmal noch fliegen könnte,
und sei es mit dieser Schreckensnachricht.

MÜTTER

Mich wundert nicht, mein Sohn, dass dich die Götter
nächtens überraschen und mit harter Hand quälen.

Auch gestern Nacht bist du betrunken nach Hause gekommen. Unter uns,
du hast mich ganz schön zusammengeschlagen.
Jede Nacht sturzbetrunken. Auch dein Vater schlug mich
so. Noch bevor ich den Mund aufmachen kann, schlagt ihr
mit harter Faust zu,
dass ich am Morgen ein blaues Auge habe.
Wenn ich deinen Traum richtig deute.

SÖHNE

Ich erinnere mich an nichts, Mutter. Es sei denn an meine
Siebenmeilenträume: dass ich zwölf Welten überwinden muss oder
wenigstens Stellen finden, um auszubrechen. Ihr platter
spießbürgerlicher Realitätssinn interessiert mich nicht, Mutter, obwohl ich gerne
zugebe, dass ich genauso bin, wie ich
nicht sein sollte.

MÜTTER

Du zechst zu lange mit deinen Freunden, mein lieber Sohn,
und strafst mich, oder die Götter strafen mich deinetwegen, was
aufs selbe hinausläuft. Ich werde ausgeraubt, ruiniert, um meine
ganzen Ersparnisse gebracht. Ich mache mir Sorgen um dich, du bist in schlechter
Gesellschaft. Von der Plackerei ist meine Haut schon ganz rissig. Ich versteh
nicht, versteh nicht, warum du gerade den übelsten
Geistern nacheiferst,
deinem Vater.
Pass auf,
sobald ich ihn erwähne, kehren mit Zephyros' Hilfe die grünen
Schmeißfliegen zurück,
voller Hohn.

SÖHNE

Kann sein, dass ich Sie wirklich geschlagen habe, Mutter, aber glauben Sie mir:
Ich gleiche nicht nur meinem despotischen Vater. Mir ist, als
gliche ich allem und jedem. Sie werden es nicht glauben, doch sobald
ich jemanden oder etwas anschaue, gleiche ich ihm schon:
Diktatoren, Heiligen, Löwenzahnblumen, Tyrannen,
obwohl ich niemandem und nichts gleichen will,
glauben Sie mir.

MÜTTER

Ich glaube, dass euch der Sinn nur nach Gelagen steht, das glaube ich,
nach Gezeche und Schwelgerei, nach Vergnügen und Prasserei. Alles andere
ist nur leeres Geschwätz, Phrasendrescherei. Ihr seid Lumpe.
Lebt auf Pump. Auf der Welt gab, gibt und wird es nie so viel
Genuss geben, wie ihr ihm in einer einzigen Nacht frönt. Ich selber habe von
deinem Vater keine Befriedigung gehabt, von diesem erfinderischsten Meuchelmörder
unter allen verhurten und verluderten Vätern, dennoch gibt es mich,
dennoch habe ich dich empfangen und zur Welt gebracht.
Glaub ihnen nicht.
Der Genuss ist keine Voraussetzung fürs Leben.
Einmal in der Woche zu zechen wäre genug. Und auch dann
solltest du nicht ihre Getränkerechnung bezahlen.
Sechs Nächte lang auf die rosenfingrige Eos warten.
Und wenn sie aus den Nebeln steigt, zur Arbeit gehen. So sollten sie es halten.
Auch du solltest zu früher Stunde mit der Sechs in die Werkstatt,
in die Schule. Noch einmal unentschuldigt – und sie werfen dich raus.
Wenn sie dich aus der Schule schmeißen, ist es auch mit der Werkstatt vorbei.
So ist die Verkettung von Ursache und Wirkung, mein Sohn, wir springen
vom einen zum anderen, das kann dir deine proletarische Mutter
besser beibringen als der berühmteste Philosoph. Mit deinen noblen
Freunden hast du dich ganz schön in was verstrickt.
Vielleicht klebt ihr wirklich an einem großen Fliegenfänger fest.
Rede mir nicht drein, jetzt rede ich! Dann wird die ganze
Sauf- und Rasselbande an diesem Fliegenfänger krepieren.
In der Straßenbahn solltest du stehen, anderen auf die Füße treten und mit den
Ellbogen drängeln. Oder an der Straßenecke betteln:
Gebt dem armen Kriegswaisen einen Groschen,
euer Gott wird es euch reichlich lohnen.
Die wahren Götter mögen dich beschützen, dass du nicht auf Abwege gerätst.
Deinen Platz musst du selber behaupten, da du keinen Vater
und keine zwölf Ersatzväter hast. Höre auch nicht
auf deinen Onkel.
Rede mir nicht drein, denn ich rede noch immer.
Dein Onkel wetzt den ganzen Tag seine böse Zunge,
geht mit Worten übel um. Geschlagene zwanzig Jahre verfolgt
er mich mit seinen widerlichen Anträgen. Denkt nur an seinen eigenen Nutzen.
Jeden Sonntag isst er mein Essen, fischt sich sogar die für den Montag

vorgesehenen Grießklößchen aus der Hühnersuppe.
Mal bohrt er in der Nase, mal greift er mit seiner schmutzigen Hand in
meinen Teller, um sich Herz, Leber und Magen des Hühnchens
zu sichern. Vor deinen Augen, vor meinen isst er sie auf.
Alles gehört ihm, auch das Wenige, ihm.
Wie soll man da Vertrauen haben.
Ehrlich gesagt war mir schon dein Vater eine Last, und da
soll ich neben den schlechten Erinnerungen auch noch seinen bösen
Bruder lebenslänglich ertragen. Also nein.
Ich hab ihm gesagt, pass auf, mein Lieber, ich brauche keinen Mann.
Mein mütterliches Herz bittet nur darum, dass du
jemanden, irgendwen
kennenlernst und liebgewinnst
und bald heiratest, von mir aus diese gewisse Sophia,
deren bloßer Name mir den Magen umdreht,
bring sie weit weg,
denn außer dir ertrage ich niemanden.

SÖHNE
Sie hoffen umsonst, Mutter, denn mein Herz
vermag niemanden zu lieben.
Und kommt mir jemand körperlich nah, irgendwer, es
interessiert mich nicht. Ich habe Ihr eiskaltes Herz geerbt, Mutter.

MÜTTER
Dann finde wenigstens einen netten Freund,
einen älteren Mann mit Geld, warmherzig,
beschützend, der im Guten wie im Schlechten zur dir hält,
solange dein Geschlecht stark, dein Fleisch jung ist,
sorgt er wenigstens für leibliche Freuden.

SÖHNE
Mir soll keiner helfen.
Bevor ich nicht zwölf Welten überwunden und eine am Wegrand
liegende leere Utopie gefunden habe, verkaufe ich meine Ehre
um keinen Preis. Erst danach.
Vielleicht.
Lieber bleibe ich für immer eine irre Seele.

MÜTTER

Du Lump. Hast schon alles verspielt.
Spielst deine heroischen Spielchen auf mein Konto,
drischst Phrasen, dein Gestank verpestet mir die Luft.

SÖHNE

Mehr als einen Hahn kann ich von niemandem annehmen.

MÜTTER

Was man dir gibt, musst du annehmen. Es gibt niemand,
der sich nicht bezahlen ließe. Warum sollst gerade du die Ausnahme sein,
mein Sohn. Jeder plündert, füllt sich die Taschen, nur du nicht,
herrje.

SÖHNE

Einer muss aus der Reihe tanzen.

MÜTTER

Dein Frühstück steht auf dem gedeckten Tisch.

SÖHNE

Ich bin weder hungrig noch durstig, weder Speise noch Trank
können meinen Hunger stillen, meinen Durst löschen,
weil Sie, Mutter, mich mit Ihren besorgten Worten
jeden Morgen und jeden Abend quälen.
Eine Mutter
darf nicht so grausam sein.
Meine Zukunft darf nicht so hoffnungslos sein.

MÜTTER

Genug, ich gehe, ich kann hier nicht ewig über deine Zukunft
palavern,
wie dein erzdummer Onkel. Kann dich nicht ewig mit schönen
Worten bei Laune halten, wie deine gaunerischen Freunde, denn ich
lebe nicht von Phrasendrescherei und Verschwörung, ich muss
dich noch immer aushalten.
Jeden Monat zahle ich Gas, Strom, Heizung, Wasser,
Müllabfuhr, koche für dich und kleide dich ein,

und dann soll ich auch noch für die Getränke deines pädophilen
Onkels und deiner großkotzigen Freunde aufkommen.
Acht Stunden lang stehe ich auf meinen krampfaderigen Beinen
und soll euretwegen noch Überstunden machen,
damit ihr auf üppigen Gelagen herumfaulenzen und von eurer
lichten Zukunft faseln könnt. Aber was rede ich da, ich gehe jetzt,
jeden Tag, wenn die rosenfingrige Eos
aus den Nebeln steigt, erwarten mich meine schön geschnitzten
Webstühle, die Schönen und Reichen warten auf meine Stoffe.
Erhebe dich von deinem Lager. Vielleicht wagst du wegen deiner
morgendlichen Steifheit nicht, in meiner Gegenwart aufzustehen.
Wäre dein Vater noch am Leben, er wäre nicht stolz auf dich.

SÖHNE
Ich bitte Sie, Mutter, ihn nie mehr zu erwähnen.
Auch seine Träume nicht. Auch sein Königreich nicht.

MÜTTER
Nicht einmal die Götter ehrst du, mein Tadel nimmt kein Ende.
Doch tadle ich zu deinem Vorteil, nicht zu deinem Nachteil.
Nicht nur hast du ihnen keine Hekatomben geopfert, du hast
auf ihren Altären keine einzige Lammkeule
mit Talg bedeckt, schön schwarz gebraten, wie es sich gehört, wie es die
Himmelsbewohner verlangen. Ich habe dich geboren, an meiner Brust genährt,
mit fetter Milch gestillt, habe dich zwanzig Jahre lang ausgehalten,
wasche deine schmutzige Wäsche,
Apollon sage mir, was ich noch für dich tun kann, du gottlose Kreatur.
Antworte mir verständig. Dein Mittagessen steht schon auf
dem warmen Familienherd bereit. Ich habe, wie du's magst,
Bratkartoffeln gemacht, die Erbsen hab ich bei Tagesanbruch im
taufeuchten Garten gepflückt, habe reichlich grob gemahlenen Pfeffer
draufgestreut, und damit die Schmeißfliegen es nicht riechen,
hab ich das Aasfleisch mit Ingwer und Knoblauch gespickt.
Setz dich zu Mittag, ich bitte dich inständig, auf den glattgehobelten
Stuhl, den ich sorgfältig abgewischt habe,
und wenn du deine schönen Hände nach den Speisen ausstreckst,
setz dich an den abgehobelten Tisch, iss schön und schlinge nicht stehend
alles in dich hinein, wie die blökenden Tiere und dein Onkel, dieser Ziegenbock.

SÖHNE

Sie wissen nicht, Mutter, was für weltverändernde Gedanken ich
in meinem einfältigen Proletarierhirn wälze. Darum bitte ich Sie,
urteilen Sie nicht so vorschnell.
Sie wissen nicht, was meine noblen Freunde
im Schilde führen und in welch heiligen Angelegenheiten mein
tierischer Onkel, dieser unersättliche Ziegenbock, zugange ist.
Wer sonst würde mich sponsern, würde meine jugendliche Schönheit
vergöttern, würde mir ein Darlehen für ein flinkes, mit frischem Proviant
beladenes Schiff geben, damit ich auf den großen Wassern heimlich,
Ihnen zu Gefallen, mit meinen guten Kameraden nach meinem
verschollenen Vater suche und wenigstens seine vergrabenen Schätze finde.
Das können Sie nicht wissen, Mutter, auch wenn Sie mich geboren und
Ihre schönen Brüste meinetwegen verunstaltet haben.
Sie sind eine unwissende und ungebildete Weberin.
Frau.
Haben nicht einmal von Ihren eigenen Träumen Ahnung, doch dafür
können Sie nichts. So haben die Götter Sie geschaffen.
Sie weben die femininen Träume der schönheitsbedürftigen Reichen,
wie sollten Sie da meine vertrackten maskulinen Träume verstehen.

MÜTTER

Schreckliche Worte dringen durch den Zaun deiner Zähne, mein Sohn.

SÖHNE

Sie jammern umsonst, Mutter, werfen sich umsonst zu Boden,
klagen an, erziehen, hätscheln, schimpfen, Sie werden nie verstehen,
dass ich mit meinem infantilen Hirn nachträglich alles an Vaters Statt
verstehen muss, anstelle dieses Massenmörders.
Sie wissen nicht, Mutter, was es heißt, tagaus tagein, jahraus jahrein,
in seinem Kopf, mit seiner Phantasie zu leben.
Woher sollten Sie es auch wissen, meine unglückliche Witwenmutter,
die Sie aus Angst, Demut, Dienstfertigkeit, Mitleid,
Fleiß und Krampfadern bestehen, diesem Los der Frauen.
Ihr Leben ist von weiblicher Erziehung geprägt.
Sollten Sie dennoch neugierig sein, dann stellen Sie sich vor, Mutter, wie es
einem zumute ist, der dreihundertfünfundsechzig Tage im Jahr mit der Phantasie
eines listenreichen, von männlicher Erziehung geprägten Wesens lebt,

das mit seiner Pfiffigkeit zweimal täglich in selbstgestellte Fallen
tappt. Denn das tue ich, im Angedenken an meinen seligen
Vater. Obwohl ich weiß, dass das
nicht ich bin. Mein Geschlecht treibt mich dazu.
Doch fangen Sie nicht bei meiner Geburt an, sondern bei der
Empfängnis. Als Ihre Eizelle sich mit der Geschlechtszelle meines Vaters
vereinigte.
Niemand kümmerte sich darum, ob ich werde oder nicht, und wenn doch,
wie es mir im Leben
mit dieser schwierigen Mitgift ergehen und ob sie mir
Glück bringen würde.
Meine lieben Eltern rammelten im Bett, das ist alles.
Aber Sie müssen Ihre eigene geflügelte Phantasie so zur geflügelten
Phantasie meines Vaters addieren, dass meine
nicht mehr als hundert Prozent ausmacht.
Vielleicht hoffen Sie, Mutter, dass ich mich an meine Empfängnis
genetisch nicht mehr erinnere. An die elterliche Unaufmerksamkeit,
Nachlässigkeit, schreckliche Selbstsucht.
Fifty-fifty, Sie haben's ganz gut hingekriegt.
Und da wundern Sie sich noch, Mutter,
was für ein großer Mischmasch aus meiner
hundertprozentigen geflügelten Phantasie geworden ist.
Haben den Mumm, die Frechheit.
Was kann ich dafür, dass es so gekommen ist. Sie haben in jener Nacht
nur ein paar blasse Augenblicke mit meinem Vater
geteilt,
etwas von seinem Atem, Speichel, Gewicht,
Gebrüll aufgenommen, was soll ich noch hinzufügen,
aber Sie haben den gemeinen Akt der Fortpflanzung gut
hingekriegt, bis hin zum finalen Doppelschrei,
ich aber schaffe es nicht so leicht, muss seither mein ganzes Leben
mit meinen Eltern teilen, mal redet mir der eine,
mal der andere drein,
oder redet aus mir.
Sophia ist kein Püppchen, Mutter, sondern die große Frage,
ob ich das Chaos, in das ich fahrlässig hineingeworfen wurde,
durch lebenslängliche Arbeit begreifen werde.
Die Wahrheit ist, dass meine wählerische Witwenmutter mich

nicht gewollt hat, sowenig sie meinen Vater mochte, und noch heute verübelt sie
diesem Massenmörder, was er mir in der genetischen Lotterie vererbte.
Aber da Sie mir damals den väterlichen Wurm eingepflanzt haben,
müssen Sie heute wohl oder übel damit vorliebnehmen, Mutter.
Nachträglich lässt sich nichts entfernen.
Obwohl Sie es mit meiner Hilfe ständig versuchen.
Wie soll ich denn Ihren Wurm herausklauben, Verehrte?
Das, was mein Vater an Ihnen nicht ausstehen konnte.
Mit meinem verschollenen Massenmörder-Vater lässt sich dieses Spielchen
nicht mehr treiben. Leider, ich hätte es sehr genossen. Wir säßen abends, im
Schein der Lampe, gemütlich beisammen und würden Sie, Mutter,
im warmen Familiennest fertigmachen. Dass Sie schon wieder vorn statt hinten
auf die Zahnpastatube gedrückt haben. Und ein Glück, dass sich im
daunenbedeckten Ehebett nur ein nasses Küchentuch und nicht
die Socke des Nachbarn fand. Die Genetik, Mutter,
ist nicht ein Puppenkleid,
das man nach Lust und Laune wechseln kann,
heute so, und morgen tauschen wir es gegen ein
hübscheres ein.
Die Wahrheit ist, dass Sie in Ihrer jungfräulichen Mädchenzeit jeden
schiffbrüchigen Mann bezirzt haben, Mutter,
jeden, der auf Ihrer Insel, übersät mit Leichen, Narzissen und Hyazinthen,
strandete,
dort woben Sie singend die Träume der Schönen und Reichen,
dort lockten Sie die Männer in Ihre geräumige Höhle,
doch behalten konnten Sie keinen. Nicht, dass Sie es nicht gewollt hätten,
es ging nicht. Jene erschraken, suchten Hals über Kopf das Weite, retteten,
was zu retten war. Zu stark stank die Insel nach Leichen.
Dröhnte vom Gebrumm der grünen Schmeißfliegen.
Und jetzt, Mutter, möchten Sie ausgerechnet mich für die ganze verpfuschte
göttliche Anthropologie zur Rechenschaft ziehen.
Warum haben Sie Vater nicht in die Höhle gesperrt,
damit er nicht nach Ithaka segelt oder nach Woronesch zieht,
das Vaterland zu verteidigen. Und wenn Sie eine so große Zauberin sind
und alles voraussehen, warum haben Sie nicht Penelope gebeten,
dass sie ihn am Weggehen von Ithaka hindert, oder warum haben Sie es
zugelassen, dass er auch noch Kalypso schwängert.
Jetzt aber warten Sie alle drei, an den drei Weltecken, wie Strabon sie beschrieb,

mit schmachtendem Herzen auf ihn und treiben mit Ihrem
weitschallenden Gejammer mich, mich hinaus auf die
wütenden Weltmeere,
damit ich inmitten des globalen metereologischen Notstands
Kälte, Wind, Überschwemmung und Sonnenhitze erdulde.
Ich soll ihn suchen, doch warum haben Sie Ihre famosen weiblichen
Gehirne nicht früher betätigt, warum haben Sie ihn zum Kampf
angefeuert: Die Familie ist dir einen Dreck wert, du Maulheld, du
Feigling, nimm deine von Blut verrostete Streitaxt und geh.
Und warum haben Sie ihn angefeuert
statt besänftigt, als Vater sich mit dem kampferprobten
blonden Menelaos wegen der reichen Beute
in die Haare geriet.
Warum sagten Sie ihm: Hätten wir uns bloß nicht mit diesem
blöden Bigamisten liiert, der an jeder Straßenecke eine Frau
schwängert und auch gleich heiratet, als hätte er nicht schon drei,
der aber nicht fähig ist, seiner kleinen Familie ein einziges blutbesudeltes
Goldobjekt aus seiner reichen Kriegsbeute mitzubringen.
Immer nur reicht es zum Tafelsilber.
Was bist du für ein blöder Trottel.
Selbst die Götter lachen auf ihren wolkenverhangenen
olympischen Gipfeln.
Dieses ewige Silber, aber nie komplett.
Und warum haben Sie ihm in einem Brief mit gepressten Vergissmeinnicht
an die Front geschrieben, er solle Ihnen noch vier schöne
sibirische Fuchspelze
schicken, auch zwei große jüdische Perserteppiche wären willkommen,
in der letzten Sendung hätten zwei gräfliche Löffelchen
aus Feinsilber gefehlt,
die müsse er unbedingt nachliefern, wenigstens soll unser aus dem geraubten
Silbergerät der polnischen Grafen geraubtes Besteck komplett sein.
Warum glauben Sie, Mutter,
ich müsse diese schlampige, tollpatschige Zauberin, die seit zwanzig
Jahren niemanden mehr frotzeln und verzaubern kann, Tag für Tag
als Klotz in mir tragen.

MÜTTER

Jetzt merk dir, mein lieber Sohn, seit es Anstand auf dieser
Welt gibt, darf kein Sohn so mit seiner Mutter über seinen Vater sprechen, wie
du es gerade tust: mit seiner heldenhaften alleinerziehenden Mutter
über seinen für immer verschollenen Massenmörder-Vater, den
wir schluchzend zurückerwarten, über den Tod hinaus,
du und ich.
Oder es gibt keinen Anstand. Dann kommt es zu Dingen, von denen
wir behaupten, es gebe sie nicht.
Es gebe sie nicht, und es dürfe sie nicht geben,
so dass ich nicht gehört habe, was du mit geflügelten Worten
über unser altes Familiensilberbesteck gesagt hast. Es hätte schon darum
keinen Sinn, mir deinen Monolog anzuhören, den ich nicht gehört habe,
weil ich das mit unserem proletarischen Wappen verzierte Tafelsilber
deinetwegen längst verpfändet habe, deinetwegen, deinetwegen, deinetwegen –
deinetwegen bin ich mit geflügelten Schritten unterwegs,
trage auf verantwortungsvollen krampfaderigen Beinen mein
elendes proletarisches Los in die Seidenweberei.
Wie ein geschlagener Hund schleppe ich mich aus meinem warmen
Heim. Deinetwegen. Um nicht zu spät zu kommen. Deinetwegen.
Du hast mich erniedrigt. Alles bleibt beim Alten. Ich gehe.
Zieh ein Halstuch an. Mir zuliebe.
Ich lass dich nicht, ich behalte dich, du bist
mein Ein und Alles.
Leg den Schlüssel unter die Fußmatte.
Lebwohl.

Penelope, Kirke und Kalypso eilen geflügelten Schrittes,
mit ihren krampfaderigen Beinen zu ihren schönen Webstühlen,
während die verträumten, stinkfaulen Söhne,
der hübsche Telemachos, der bis ins Mark eitle Hyakinthos und
der stattliche Telegonos, den blassen Fußspuren ihrer göttlichen Väter folgen,
geführt von den süßen Gesängen der Nereiden –
Schlaft nur, von euren blumigen Lippen
fließe süßer Speichel, schlaft und träumt schön –
und schon sinken sie auf die weichen Sandkissen der Uferdünen.
Derweil umgibt sie das laute Gebrumm der väterlichen Schmeißfliegen,
und die Arme der Nereiden umtänzeln sie zauberisch.

Die kleinen Hände verdecken fächelnd ihre Augen.
In ihrem jahrtausendealten naiven Leben haben die Träumenden
noch nie dergleichen gesehen: den von Mündungsfeuer blutrot gefärbten Himmel
des Zweiten Weltkriegs.

Das Leben ist fürwahr ein Traum

In ihren süßen Träumen rötet den Himmel nicht die aus den Nebeln steigende Eos,
sondern der Widerschein brennender Wälder, brennender Dörfer, brennender Städte.
Das wird dem Tonmeister und dem Beleuchter einige Probleme aufgeben,
aber auf ihre Art ist auch diese Szenerie schön, und es geht darum,
wenigstens die Illusion von Schönheit ordentlich wiederzugeben.
Auf einer nahen Straße, unter dem Gedonner von Minenwerfern und
Maschinengewehren, fahren Panzerwagen, mit ihren Scheinwerfern
nervöse Striche in den Himmel zeichnend.
Entferntes Geschrei, Bruchstücke kurzer, scharfer Kommandos,
das ganze beliebte heeresgeschichtliche Potpourri
fährt mit farbig leuchtenden, zischenden Raketen auf.
Es macht sich gut.
Hinzukommt aus der Klangbox der ausgebrannten gotischen Kirche,
vom Wind herbeigetragen, der im zarten Rosettenfenster musiziert,
leises Klagen, Jammern, Stöhnen, Ächzen,
Flehen, Fluchen, Keuchen, Röcheln,
Heulen, Schreien,
es sind die Schwerverwundeten, die im Kirchenschiff,
das als Feldlazarett dient, daniederliegen.

STIMMEN DER VERWUNDETEN IM STERBEN
Der Meerwind zaust unsere unbedeckten Körper, seit drei Tagen
sind wir nass,
aber Wasser reicht uns keiner,
Wasser,
im brandigen Fleisch unserer toten Kameraden wühlen die Würmer,
die weißen,
gebt uns wenigstens Wasser.

PERSEPHONE
Sie spielen so leise, fein und einschmeichelnd

auf den Saiten ihres Leidens,
wie ein Lufthauch auf elektrischen Drähten.

STIMMEN DER VERWUNDETEN IM STERBEN

Ein Glück, dass der Schmerz des Seins so unendlich schön
sein kann, wahre Musik auf den Instrumenten der Götter.
Sie endet nicht, verhallt nicht, ganz im Gegenteil, langsamer
als langsam, vom menschlichen Ohr kaum nachvollziehbar, wird sie stärker.
Und erfüllt mählich die Welt.

Unbekümmert um die geschichtliche Symbolik
dieser schön klingenden Musik
kriechen nicht nur die strategisch meist unkundigen, schlaftrunkenen Söhne
bäuchlings zwischen den Dünen hervor, wurmgleich, von allen Seiten,
recken die Köpfe, lauschen, horchen,
auch die erwachsenen, selbstzufriedenen Krieger
kommen bäuchlings gekrochen,
keine Neulinge auf der Weltbühne,
als erster der findige Odysseus, als zweiter der schnellfüßige Achilles,
als dritter der goldlockige Menelaos,
dann in seinem rostenden Panzer und mit sämtlichen Feldzeichen
dekoriert der düstere Ares, der kühne Agamemnon und der von
seinen Kriegskünsten leicht bekloppte Nestor –
das hehre Dreigespann der höchsten Kriegsherren.
Mal nähern sie sich bußfertig auf den Knien, um mit ihren Feldstechern
in die Ferne zu spähen und gleichzeitig große Reden zu schwingen,
mal kriechen sie wie vierbeinige kriegerische Säuger herum, sofern
es die krachenden Schüsse erfordern und ihr klirrender Waffenschmuck es erlaubt.

SÖHNE

Strabon sei mein Zeuge, an jenem Morgen gelangten wir ans Ende
der bekannten Welten.
Bei milchweißem Nebel irrten wir irgendwo zwischen Mohrdorf und Phron
herum, lauter Kleinkumanen auf dieser blutbesudelten Weltbühne.
Stinkige Bauern. Flegel. Rüpel. Tölpel.
So geruhten die erlauchten Herren uns mit geflügelten Worten zu nennen,
um uns von jenen unglücklichen Heimatlosen zu unterscheiden, die
schon einmal über die Grenzen ihres Dorfes hinausgekommen waren und erzählten,

sie verrichteten ihr kleines und großes Geschäft unterm selben Dach, unter dem
sie auch essen, trinken, schlafen und Kinder zeugen, und wir
mistige Bauern verstünden das nicht, denn Modernität bedeute:
scheiße dort, wo du isst,
und die höchste Errungenschaft der schönen neuen Welt sei es, wenn jeder
mit Wasser spült.
Nie hätten wir unsere Heimat aus so großer Entfernung verteidigen können,
hätten wir am Ufer nicht ein flinkes Schiff gefunden
und abgelegt, um dem bösen Feind auszuweichen. Von dem wir nicht
wussten, wer er ist, welche Mutter ihn geboren hatte und wer ihm
in der Todesstunde die Augen schließen wird.
Nur hätten wir das flinke Schiff früher finden sollen,
hätten die zornigen Wasser von Tethys und Okeanos früher erblicken,
Boreas' Atem auf dem offenen Meer abwarten und ein stolzes Segel setzen sollen.
Leise riefen wir einander in dieser unendlich großen Fremde.
Von den brüderlichen Banden blieb nur die innige Anrufung des Namens.
Gábor, Jani, Géza, mein lieber Kamerad, mein halbtoter Péter.
Schau mich an, Kumpel.
Wie hätte unsereins je das Meer sehen können.
Wir wussten gar nicht, dass so was existiert.
Wir besaßen nur eine herausgerissene Seite aus einem Atlas, der Wind
hatte sie uns auf dem Hof einer zerschossenen Dorfschule zugeweht.
Wir suchten ein Meer,
blau wie der häusliche Wassereimer. Aber ich hätte nicht sagen können,
wo der Himmel aufhört und wo in dieser verfluchten Fremde das
Land anfängt. Es gab nur Sand, Sand, nichts als das.
Ich kroch
auf den Ellbogen voran. Ohne zu wissen, wo ich war.
Es gab viele Leichtverletzte, sie keuchten leise, sofort
nahmen wir uns ihrer an, wir konnten sie doch nicht ihrem Schicksal
überlassen. Unser findiger Meier erteilte den Befehl,
jeder müsse in die Richtung gehen, in die seine Nase zeigt.
Unsere Leichtverletzten träumten von einem großen roten Lazarett,
darin einem weißen Krankensaal, darin einem weißen Eisenbett,
darin einem weißen Leintuch und einer weichen warmen Decke,
und dass im grellen Vormittagslicht geflügelten Schrittes
die mondsüchtige Schwiegertochter unseres höchsten
Kriegsherrn

erscheint, Gräfin Ilona mit ihrem unversiegbaren
Lächeln. Ihr folgt die Kammerzofe, die in einem geflochtenen Körbchen
in Zellophan gewickelte Leckerbissen bringt.
Gräfin Ilona verteilt Lutscher.
Der eine bekommt ein rotes Hähnchen,
der andere einen gelben Stern,
inzwischen betrachtet die Gräfin zufrieden die vielen
glänzend vernarbten, unfallchirurgisch einwandfrei
amputierten jungen Gliedmaßen.
Sie kamen stöhnend und hatten nur einen Wunsch: unters Messer!
Und dann komme, was wolle, komme die chirurgisch
kundige Gräfin Ilona mit der süßen kleinen Kammerzofe,
komme das Körbchen mit den Schleckereien, und so weiter, bis ans
Ende der Zeiten. Was hätten sie schon tun sollen, diese guten Seelen,
sie stöhnten vor Schmerz, fluchten, beschimpften den
verdammten Gott und die verfickte Mutter unseres höchsten
Kriegsherrn und wünschten, unser höchster Kriegsherr und alle
seine wackeren Generäle wären auf dem Schoß des heißgeliebten Vaters
verblutet.
Weiße Blindheit erwartete uns in dieser verfluchten Fremde.
Und Sand. Unsere Kriegslist war am Ende, weiter reichten auch die
Kriegskünste unserer großen Kriegsherren nicht. Sand, so weit das
Auge sah. An deinem schmerzlichen Los ändert die Schmähung nichts, du Skythe.
Alle Kriegskünste versickerten im klebrigen Sand.
Du lieber Himmel, wie kann hier überhaupt etwas gedeihen. Sand auf Sand.
Mit meiner sandigen Hand kann ich mir nicht einmal den Sand aus den
Augen reiben. Zwischen meinen Zähnen knirscht Sand.

KRIEGER

Geh sparsamer mit deinen Kräften um, schwatz nicht so viel, Kamerad,
verfolge mit deinen entzündeten Augen lieber die
Route auf der erbeuteten Karte.

SÖHNE

Was nützt das, wenn mir ein Kompass fehlt.

KRIEGER

Nimm deinen beschissenen Finger, Péter, leck ihn ab,
dann merkst du, woher der Wind weht.

SÖHNE

Aus dieser Falle kommen wir nie mehr raus.

KRIEGER

Wenn der Wind vom Land bläst, hat er einen anderen Geruch
als vom Wasser her. Wo du Boreas' Kühle verspürst,
suche das Meer.

SÖHNE

Ich pfeife auf Boreas, ich pfeife auf dein Meer, ich will heim,
ich muss pflügen, säen, ernten, Nereus' fünfzig liebreizende Töchter
können mir gestohlen bleiben, wenn daheim siebenundfünfzig Lämmer warten.
Nichts wie raus hier. Ich muss sie scheren.

KRIEGER

Mit geflügelten Worten spreche ich zu dir, lieber Gefährte und Kamerad,
und du kannst mir guten Gewissens glauben, denn
ich war in Woronesch, in Orjol, bei Troja war ich,
in Uriv, in Jena, in Oran, war in Stalingrad
eingekesselt, war in Borodino und auf fackelroten und blutgetränkten
Meeren bei Kap Trafalgar,
war in Mohács und in Austerlitz, war, war, war
bei Al Almain, am Isonzo, in Sedan, auch in Verdun war ich,
war in Tunis und hundertzwei Tage lang im belagerten Budapest,
du wirst es nicht glauben, wirst lachen, ich bin durch die Straße
geflohen, durch die die Österreicher einfielen, um die Türken zu vertreiben,
aber außer mir blieb keiner von den Pfeilkreuzler-Kameraden am Leben –
und nach so reichlicher Erfahrung kann ich sagen,
dass unsereins in solchen Situationen nicht an Frau, Haus, Heimat und die eigene
Zwangslage denkt. Es geht ums Überleben. Wollen würden wir schon,
verdammt nochmal, aber wir denken an nichts. Wollen nur überleben.
Das ist nicht gut, verdammte Scheiße,
aber der Überlebende denkt an nichts. Spart sich für bessere Zeiten,
schließlich müssen auch die künftigen Jahrhunderte zugrunde gerichtet werden.
Wer nicht überlebt, kann nicht reden, ja nicht einmal schweigen.

SÖHNE

Vielleicht war das Meer irgendwo wirklich so blau wie der Wassereimer

daheim, aber was sollten wir mit all dem
Wasser.
Wir waren dort und haben doch kein Meer gesehen.
Sokrates sei mein Zeuge: Es lernt nur, wer schon weiß.
Der Stinkbauer sieht kein Meer, ihm reichen Felder
und Nebel.
Das Landesinnere war uns versperrt.
Denn sie bildeten eine endlose Kolonne – der unbekannte Gegner
und sein unbekanntes Kriegsgerät.

KRIEGSHERREN
Du glaubst, ich weiß nicht, woran der Stinkbauer denkt?
An seine Felder, ist doch klar.
Es gibt nichts Dümmeres und Listigeres als diese
mistigen Bauern.

KRIEGER
Doch keiner hätte sich zu sagen getraut,
wir sollten lieber kapitulieren als darauf warten,
dass der gottgesandte Nebel sich lichtet und der unbekannte Gegner
uns von oben mit gut gezieltem Geschützfeuer niedermäht.

KRIEGSHERREN
Wer es zuerst sagt, kommt vors Standgericht,
ich mach ihn nieder, pfähle ihn, rädere ihn,
lasse ihn auspeitschen, lasse aus dem Rücken des feigen
Bauern einen Riemen schneiden.
Bei Zeus, wie kann man mit diesem Pack einen Krieg gewinnen.
Verlieren liegt ihnen im Blut.
In Moskau ließen sie den großen Napoleon, in Stalingrad den
titanischen Paulus, in Buda den hünenhaften Szálasi im Stich,
was soll ich tun,
außer sie der Reihe nach wie verlauste Hunde abzuknallen.

SÖHNE
Wie Würmer kriechend, zogen wir die Leichtverwundeten hinter uns her,
flüsterten: Lieber verlauster Péter, Kamerad, verlauster Béla,
komm schon, lass dich nicht gehen, du willst mir das doch nicht antun,

so verlaust in meinen Armen zu verrecken, in dieser verdammten Fremde.
Keiner hätte sich zu sagen getraut,
was besser wäre. Nämlich kalte Kriegsgefangenschaft. Fauliges Wasser
trinken. Ein warmes Lazarett. Gräfin Ilonas Kammerzofe
am Arsch streicheln oder Möhrensuppe löffeln.
Keiner konnte frei zwischen Wort und Schimpfwort wählen,
aber manchmal wagte einer laut zu sagen:
Gebt uns wenigstens ein bisschen Wasser.

KRIEGSHERREN

Wenn der dreckige Bauer bloß seinen Mund halten und wenigstens jetzt nicht nach
Wasser schreien würde, am Ende entdeckt man uns hier wegen dieses Scheißwassers.
Mein Lieber, beim Arsch von Gräfin Ilonas Kammerzofe bitte ich dich, wenigstens auf
dieses ewige Wenigstens zu verzichten. Denn wenn du mit diesem Wenigstens nicht
aufhörst, lasse ich dir von der Militärzensur alle deine
Wenigstens aus dem Mund klauben und dir die Zunge abschneiden,
dann wirst du kein Wasser mehr haben wollen.

SÖHNE

Wir überließen es diesen tollwütigen Kriegsherren, sollen sie bellen,
heulen, denn ehrlich gesagt
quälte uns vor allem der Hunger. Doch so genau wussten wir auch nicht,
was zuerst kam und was danach gestillt werden sollte. Damals überlegte man
nicht, was aus ernährungswissenschaftlicher Sicht richtiger wäre,
vor dem Essen Flüssigkeit zu sich nehmen oder sich sofort
an den Kartoffeleintopf machen, mit Wurst darin.

KRIEGSHERREN

Ich weiß im voraus, was dieses Gesindel denkt. Ehrlich, diese verlausten
Bauern sind wie Vierbeiner. Ihretwegen verlieren wir jeden Eroberungskrieg.
Da wälzen sie im Kopf, wie es wäre, wenn sie hundert Säue hätten
und daraus so viel Würste, dass sie damit einen Zaun bauen könnten.
Und vermehren wollen sie sich auch. Ohne jeden höheren ästhetischen
Anspruch sich besaufen und dann verlaust auf dem verlausten
warmen Lager rumliegen. Sie sind kein bisschen besser als dieses lausige Judenpack.
Nie haben sie sich in durchwachten Nächten über die Karten gebeugt,
um die taktischen Geheimnisse und listigen Strategien unserer Kriegswissenschaft zu
analysieren. Wer von uns wäre nicht gern mit spitzfindigem Kriegsgerät

ein Leonardo des Tötens. Aber sie, sie schreien nach Wasser, obwohl sie von
Würsten träumen. Ihr Leben ist ein einziger Widerspruch. Bei Pallas Athene,
ihre Kriegslogik würde der von Clausewitz nicht standhalten.
Dort ist der Brunnen, schreien diese Blödmänner, obwohl sie wissen, dass
sie ihr Maul ohne Befehl nicht aufreißen dürfen. Und wenn es uns nicht gäbe,
kriegserfahren und weise, würden sie unbesehen jedes Wasser trinken,
auch wenn ein Kadaver obenauf schwimmt.
He, Meier!

KRIEGER
Zu Befehl.

KRIEGSHERREN
Du besetzt die Kirche, mein Lieber, und knallst alle ab. Dann schöpfst du
mit den anderen den Brunnen leer und reinigst ihn, aber so,
dass er glänzt wie ein Katzenarsch im Mondlicht.
Dafür geb ich dir zwanzig Minuten und zwanzig Mann.
Ich steh daneben, schaue zu, überwache das Ganze,
und wer es wagt, von dem kadaververseuchten Wasser zu trinken,
dem versetze ich einen Fußtritt und jag ihm eine Kugel in den Kopf.

KRIEGER
Verstanden.

KRIEGSHERREN
Eure Schwächen dürfen euch nicht dazu verleiten,
das Schicksal der Heimat
durch Seuchen aufs Spiel zu setzen.
Arbeitet mehr, vergnügt euch weniger.

KRIEGER
Verstanden.

KRIEGSHERREN
Amüsiert euch nicht über mich.

KRIEGER
Verstanden.

KRIEGSHERREN

Passt auf, denn die Würfel sind gefallen. Weniger
bildhaft gesprochen: Es lohnt sich nicht,
schlappzumachen, wenn der Endsieg bevorsteht.

KRIEGER

Verstanden.

KRIEGSHERREN

Nichts hast du verstanden, gar nichts.

KRIEGER

Verstanden.

KRIEGSHERREN

Auf was wartest du dann, mein Lieber, du blöder Meier.

KRIEGER

Ich melde gehorsamst, dass ich auf den Befehl des höchsten Kriegsherrn
betreffs Endsieg warte.

KRIEGSHERREN

Abtreten.

Der Zynismus der Nereiden kennt keine Grenzen. Begleitet von ihren Glasharfen
lachen sie im voraus über die ernsten Kriegshandlungen.
Menschenleben zählen nicht für sie. Sie singen, summen,
tänzeln Arm in Arm und verkünden über Kriegslautsprecher in weithallenden Liedern
das bevorstehende Wetter.

Lange wartet die Null ab.
Viele Leichen liegen herum.
Leben ist zu wenig, erfrieren zu viel, auch die Götter wollen es nicht so,
doch die Tagesdurchschnittstemperatur liegt bei Null.
Wind kommt auf, und zusammen mit dem Nebel lichtet sich auch der klangvolle Mittag
und die autistische Mitternacht.
Es gibt weder Uhr noch Stunde,
dennoch erlässt der großkotzige Kriegsherr täglich seine hirnverbrannten Befehle,
um seine Krieger mit überflüssigen Kriegshandlungen bei der Stange zu halten.

Nicht genug damit, er tritt sie in den Arsch, schießt sie in den Kopf.
Fick und Schuss und Würfel und Arsch und Kopf und Leiche.
Gehorsamst, verstanden.

PERSEPHONE

Schändlich, schändlich, wie kann jemand nur so schändlich sein.
Mutter Demeter, ich versteh's nicht, versteh's nicht, ich rufe dich um Hilfe an,
erklär's mir, warum darf ich's nicht endlich verstehen,
ehen.

Die schalkhaften Nereiden eilen den herumirrenden Kriegern zu Hilfe, stellen sich ihnen zur Seite. Singend nehmen sie die vollen Eimer entgegen und reichen sie weiter,
auch wenn ihnen das Wasser auf die Beine spritzt.
Nur unser Vater Nereus, der greise Meeresgott, vermag zu sagen,
wie töricht sie sind.
Sie wollen die irre Göttin, die schöne Agonia, besiegen.
Denn während andere irre Krieger das Tor der gotischen Kirchenruine
aufstoßen, um in Panik in das Raumgewölbe zu schießen, auf die Körper
und laut hallenden Klagelaute, trällern sie noch immer ihr Liedchen,
wie *töricht, töricht* die Sterblichen doch seien,
bis ihnen vom Gesehenen der Atem stockt, mit ihren Händchen
verdecken sie ihre winzigen Augen, stieben auseinander,
verdrücken sich,
worauf auch der Wind sich legt.
Da tauchen im offenen gotischen Tor
die unglücklichen Sterbenden auf, nackt,
verstümmelt, mit blutdurchtränkten Verbänden.
Die schoßhundgroßen Schmeißfliegen stürzen sich auf sie.

VERWUNDETE IM STERBEN

Wasser!
Den Gnadenstoß, ich flehe darum!
So spuckt mir wenigstens in den knochentrockenen Mund!
Ach, Leidensgenosse, opfere mir eine tüchtige Kugel!
Sie kümmert sich nicht darum, wen sie trifft, wo sie trifft, auch sie
sucht wie alle Kreatur den kürzesten Weg.
Kommt, was frommt.

KRIEGSHERREN
Meier, mach vorwärts, erfülle den letzten Wunsch deiner sterbenden Waffenbrüder, aus Nächstenliebe, mach schon.

KRIEGER
Abteilung, antreten!

Die Söhne, die auf den Feuerbefehl der Krieger gewartet hatten, kommen rückwärts aus dem gotischen Tor und treten, das Gewehr im Anschlag, in Reih und Glied an.

KRIEGER
Feuer!

Hades springt zur Seite,
Persephone würde ihm erschrocken folgen, doch steht sie wieder
wie angewurzelt da. Die Krieger aber wenden sich, wie auf geheimen Befehl,
mit ihren Gewehren zu den Kriegsherren, um sie auf Hades' Konto wonnevoll
abzuknallen, während die Söhne dasselbe
wonnevoll mit den Kriegern tun,
zuerst fällt Ares, dann Agamemnon und Nestor,
es folgen Odysseus mit seinem gedrechselten Verstand und der schnellfüßige Achilles
mit seinen gerissenen Bändern, der nun seinem geliebten Freund Patroklos
ins schöne Jenseits nachhinkt,
und auch der blondlockige Menelaos ist für immer dahin.

Wie konntet ihr solches tun.
Mit sieben Toden werdet ihr dafür büßen müssen.
Recht so, ihr Schlimmen, was habt ihr da schon wieder gemacht,
gemacht.
Vielleicht verdient ihr ganze zwölf Tode.
Von eurer Tat stürzt der Himmel ein, bricht der
Immobilienmarkt zusammen, kracht die Börse,
weder die göttlichen Himmelsbewohner noch
die tüchtigsten Dorfkindergärtnerinnen können euch
vor euren bösen Taten bewahren
wahr
en –
so jammern und jubeln
die Nereiden unter Wasser.

PERSEPHONE

Die aufgehende Sonne ist in den Ozean gestürzt, oje, ihr Unglückseligen,
es kommt nicht mehr die rosenfingrige Eos,
was habt ihr nur getan,
getan, ihr Unglücklichen,
die tüchtigsten Feldherren der blutrünstigen Himmelsbewohner,
wohner,
die Heroen, Halbgötter, wackeren Krieger
eures einzigen Gottes
habt ihr hingestreckt,
gestreckt.
Der Morgen grenzt an den Abend, ach.
Nichts mehr wird den Tag von der Nacht scheiden,
sie sind eins.
Von jetzt an müsstet ihr in der dunkelsten Unterwelt
wandern und wandern,
dern, dern.
Wenn nicht – seht mal – Odysseus' listenreiche Leiche sich plötzlich
regen und mit ihren tödlichen Wunden
durch den Sand kriechen würde.

Tatsächlich wird es ganz finster, freilich nicht für immer, sage ich
ermunternd zum Inspizienten, zum Beleuchter und zum außerordentlich freundlichen
Regisseur,
sseur,
die wie ich gerne bereit sind zu glauben,
dass der Mensch, dieses besondere Tier, wenigstens auf der Bühne
die Hoffnung nie aufgibt,
denn auf diese Weise kann er – und kann der allmächtige Hauptregisseur –
am bequemsten die nächsten Missetaten vorbereiten.

Frühstück im Freien

Und siehe da,
schon im nächsten Augenblick erstrahlt das Weltall in solchem Glanz,
als ob nichts geschehen wäre. Und was ist geschehen?
Nichts.
Der teilnahmslose Hades und die angstvolle Persephone stehen an ihrem Platz.
Kleinlaut und vorsichtig kehren auch die Nereiden an ihre Plätze zurück.
Aus allen Windrichtungen kommen sie herangeschlichen, um
alsbald über die Worte und Taten der unsterblichen Götter und der
törichten Sterblichen herzufallen.
Auch sie müssen wir verstehen, flüstere ich ins Ohr des Dramaturgen,
der mit Streichungen am Text befasst ist, mehr noch, wir müssen
sie anspornen, so lange in ihrem Lebenselement, der Improvisation,
herumzuplantschen,
bis Salz und Pfeffer, Schweiß und Säure ihrer Spielereien
all das zersetzen, was jahrhundertelang als
todernst galt,
doch von Sterblichen und Unsterblichen aus Geschäftssinn
mit ebensolchem Ernst vernachlässigt wurde.

PERSEPHONE
Glückliche künftige Jahrhunderte.
Nach dem totalen Krieg, den ihr wolltet oder
nicht
nicht wolltet,
sind Boreas und Zephyros endlich verstummt.
Und ruhen.
Zehnstöckige Feuersäulen jagen sie nicht mehr über Stadt und Land,
aus Rauchpilzen müssen sie keine Kathedralen mehr bauen.
Welche Erleichterung.
Eine Zeitlang kommen sie ohne verheerende Feuerstürme aus.
Müssen nicht im Zorn Asphalt schmelzen, kichernd

die Ernte versengen,
den Pulsschlag der Lebenden stoppen,
frohgemut Eisenbahnschienen verbiegen.
Eine Zeitlang verordnen die himmlischen Götter ihnen ein langsameres Tempo.
Etwas anderes können sie guten Gewissens nicht tun.
Jeden dritten geschlechtsreifen Mann brachten sie zur Strecke.
Das Meer wiegt sich langsamer.
Jede fünfte Frau haben sie geschändet, jeder zweiten von diesen
mit dem Bajonett die Gebärmutter durchstochen.
Jedes siebte Schulkind haben sie auf der Schwelle
ihres olympischen Palastes geopfert. Das viele Fleisch zerfällt.
Die Raubfische fressen leicht gelangweilt die Wasserleichen,
die vielen lieben Mütter
und die vielen lieben Massenmörder-Väter, schlucken die vielen
unschuldigen Knaben, die es dank ihren hysterischen
Müttern kaum erwarten konnten, selber gefürchtete Rassisten zu werden,
feinfühlige Schreibtischtäter, stinkige Trinker,
Selbstmordattentäter, seelenlose Prediger, flammende
Revolutionäre, skrupellose Geldsäcke
oder wenigstens
hauende, stechende, rasende Schlachtenbummler
und elende kleine Haustyrannen.
Aasgeier stürzen sich auf das Fleisch der ans Ufer gespülten Leichen.
Mit Himmelsgeduld streichen die wilden Hunde und flinken Hyänen
um die Überreste herum, wartend und pissend.
Die Schöpfung kann nicht unvollkommen sein.
Aaskäfer und Ameisen nagen an den Knorpeln,
geschickt zernagen sie die Kniescheiben, Gelenke, Knöchel,
die Ellbogen, die gallertigen Leckerbissen der Zehen.
Das Weltall gibt kein Pausenzeichen.
Rechnet ja nicht damit. Im Weltall ist jede Zeit
gut aufgehoben. Dem Weltall schmeckt jeder Bissen,
es ist nicht wählerisch.

Noch bevor Persephone zu Ende gesprochen hat, kommen mit Esskörbchen
und karierten englischen Decken ihre erwachsenen Töchter herbeigeeilt,
die zauberhafte Thelxiëpeia, die stimmächtige Aglaopheme,
die alle betörende Peisinoë.

Sie sind gar nicht nach ihrer Mutter geraten. Und scheren sich
einen Dreck, was die alte Schachtel daherredet.
Eher gleichen sie Hades. Brennen vor leerem Tatendrang.
Die Nereiden begleiten sie, doch diesmal nicht im Gänsemarsch,
nicht im Reigen, indem sie sich an den Händen oder Schultern fassen,
gleichsam im Raum zusammengeballt erzählen sie:
Alles ist schön und gut und bestimmt auch wahr,
nur muss man wissen, dass die schreckhafte Persephone
nach ärztlicher Vorschrift noch immer viel Galle und schwere
Antidepressiva schluckt,
seit langem schon wartet sie auf ihre allmächtige Mutter,
Demeter, dass diese ihr Osterkuchen und Weihnachtsgebäck bringt
und endlich tut, was sie dem pädophilen Hades
schon vor Jahrtausenden hätte antun müssen.
Er wäre nicht der erste göttliche Mann, dessen spermafeuchten Schwanz
man mit der Sichel abhaut und ins Meer wirft,
damit es für alle Ewigkeit reichlich
Frutti di Mare
zu den Tomatenspaghetti gibt.
Doch Demeter kennt in ihrem gediegenen himmlischen Heim
weder Tag noch Nacht, wie sollte sie dann
Persephones häufige Wehklage hören.
Hades' Übeltat aber, die Zeus mit Schweigen überging, schreit zum Himmel,
widerhallt in ihren Ohren. Der Schamlose. Wie konnte er ihrer
Tochter dies antun, wie kann ein Gott nur so schamlos sein.
Reden wir nicht davon.
Sie wartet auf einen sogenannt günstigen Moment, um Rache zu üben.
Pflegt, schmückt und poliert sie, damit sie nur ja erhalten bleibt,
und so vergehen unbemerkt Jahrtausende. Inzwischen ist die arme
Persephone zuckerkrank. Muss diesem Eber
endlos Töchter gebären, damit er mit den Heranwachsenden –
o Himmel, o pädophile Götter –
gemeinsame Enkel zeugt, und so weiter,
bis ans Ende der pädophilen Zeiten.
Da ist es mehr als verständlich, dass ihr Blutdruck
schwankt, obwohl sie hofft, dass die drei herangewachsenen starken Kinder von
Penelope, Kirke und Kalypso etwas ausbrüten, um ihre Töchter,
Enkelinnen und so weiter vor Hades' Willkür zu schützen.

Sie selber ist machtlos, weil sie an Panikattacken, Allergien und so weiter leidet. Auch der Bezirksarzt ist machtlos. Zum Glück kennen die Mädchen ihre unsterbliche Großmutter nicht und warten nicht auf sie. Während sie den kranken Körper ihrer unsterblichen Mutter täglich mit teuren Salben einreiben, singend. Und wenn per Post das Weihnachtsgebäck kommt, verschlingen sie es wortlos, doch ihr Leben organisieren sie alleine. Natürlich durchschauen sie die verpfuschte Theologie der europäischen Götter, dennoch freuen sie sich an jeder Lappalie.

Scheint die Sonne, freuen sie sich. Regnet es, freuen sie sich.

Ist Mittwoch, freuen sie sich.

Freilich erzählen Seefahrer, die es nach vielerlei Abenteuern nach Hause verschlagen hat, Schreckensgeschichten über sie. Doch das ist leeres Geschwätz. Denn Schreckensgeschichten dienen meist dazu, die eigene Furchtlosigkeit zu beweisen und bei Schifffahrtsgesellschaften bessere Konditionen herauszuschinden.

Außerdem müssen die Seefahrer ihren Frauen erklären, wie sie zu den schönen Geschlechtskrankheiten gekommen sind und warum ihnen im Alter alles abfault, Nase, Ohren, Hodensack.

Die Mädchen sind musikalisch, die eine hat eine Pfeife, die andere eine süß klingende Flöte, die dritte eine kleine Blechtrommel.

Von Amts wegen müssen sie bis zum Ende der Zeiten die Ankömmlinge in der Unterwelt empfangen, doch dürfen sie nicht erschrecken, dürfen beim Anblick des Rückens von Vater Hades keinen Trubel schlagen, als sähen sie sein Gesicht, das nicht einmal Bruder Zeus je gesehen hat.

Sie sind musizierende Hostessen im Hauptamt des Todes.

Nicht mehr, nicht weniger. Jeden Mittwoch haben sie einen gewerkschaftlich ausgehandelten Ruhetag, wenigstens das haben sie sich erkämpft.

Wenigstens der Mittwoch soll sein.

Darüber freuen sie sich. Die am Dienstag verurteilten Kriegsverbrecher müssen sie erst am Donnerstag zum Galgen führen.

Mittwochs hüpfen sie nach Lust und Laune herum, singen, musizieren in Musselinwolken und verbreiten den süßherben Duft ihrer Markenparfüms und zarten Körperöffnungen. Begleitet werden sie von den schoßhundgroßen Schmeißfliegen, die sich auf Nase, Ohr, Schoß und Auge der schlafenden Männer setzen.

So wecken sie die in ihren zweiten Traum gesunkenen

stinkfaulen Söhne, Telemachos, Hyakinthos und Telegonos,
mit ihrem Duft und ihren Musselingewändern.

MÄDCHEN
Sie werden wach, wie süß sie sind!
Oh, diese stinkfaulen edlen Jünglinge tun wirklich alles,
um nicht mit ihren Händen arbeiten zu müssen.
Wacht auf!
Statt ihr Brot im Schweiß ihres Angesichts zu verdienen,
denken sie sich lieber alles Mögliche aus,
fabrizieren Theorien, heben Mordsgewichte,
klauen hier und mopsen dort,
es gibt keinen Rekord, den sie nicht schlagen würden,
ob sie Däumchen drehen, in Mannschaften Bälle jagen oder Huren anschaffen,
Hauptsache, sie spucken am weitesten, pissen im größten Bogen
und konspirieren so lange, bis sie sich selber um Kopf und Kragen bringen;
Glaubensbekenntnis hin oder her, der Gewinn will versechsfacht sein, ob sie Häuser
verkaufen oder Bilder, Banknoten und Urkunden fälschen, dem Bösen muss mit
Bosheit begegnet werden, sie spekulieren auf Baissen und Haussen und sogar
auf den Tod ihrer Grazer Tante, und mögen sie auch einen blutigen Aufstand,
einen Atomkrieg oder die siebenunddreißigste technische Revolution auslösen,
mögen sie dies tun oder gar nichts tun,
trotzdem sind sie die Schönsten, Sanftesten, Stinkigsten,
Süßesten, Edelsten und Begehrenswertesten,
wie sie so daliegen, mit speicheltriefendem Mund,
behaglich atmen und selbstvergessen schnarchen;
manchmal, wenn die trunkenen Träume ihre zu spitzfindigsten Grausamkeiten
bereiten durchtrainierten Glieder erfassen, wälzen sie sich
gequält, um die Albträume anderntags
wahr zu machen,
doch bis dahin knirschen sie mit den Zähnen, produzieren spontane
Samenergüsse, keuchen, wimmern, schreien,
während auf ihrem Kinn stumm das Barthaar wächst.
Das ist unsere Geisterstunde.
Auch wenn es uns leidtut,
sie aus ihren Betten und teuren Wolldecken herauszulocken.
Wacht auf, ihr Schurken, erhebt euch zum Gesang der Sirenen!
Auf uns warten Wald, Wiese, Wind und Meer,

wo ihr uns nicht erreicht, denn wir hüpfen mit geflügelten
Füßen, reiten auf Wellenkämmen, huschen immer weiter,
schweben immer höher,
immer schneller.

PERSEPHONE

Der geflügelte Hermes möge meine Töchter leiten,
möge sie im letzten Augenblick vor Hades' gemeiner Begierde
retten. Sie ahnen nichts von der lauernden
Gefahr, nichts, die Unglücklichen.

Ihre Körbchen und Decken zurücklassend, tollen die Mädchen sorglos herum. Die Nereiden – à la Botticelli – folgen in tänzelndem Gänsemarsch ihrem Toben, bis ihnen der Atem ausgeht; da tauchen die Söhne auf und jagen ihnen hinterher.

SÖHNE

Wer bist du, Mädchen.
Du rennst umsonst.
Ich fang dich schon.

MÄDCHEN

Es ist ein Naturgesetz, dass wir unerreichbar sind. Selbst
die Himmelsgötter müssen sich an dieses Gesetz halten.
Du wirst schon sehen, es ist nicht so einfach.
Uns zu fangen.

SÖHNE

Mag sein, dass es andere nicht können, aber ich schon, ich, ich.
Herrgottnochmal.
Was sollen mir Götter und Gesetze.

MÄDCHEN

Mit jeder Nervenfaser habe ich dich umgarnt. Für einen Augenblick
versetze ich dich in deine Zukunft. Du siehst nichts. Du musst nichts verstehen.
Außen und innen herrscht Kampf.
Der Bildschirm wird schwarz, der Atem stockt, der Blick
trübt sich.

SÖHNE

Aber ich fang dich trotzdem.

MÄDCHEN

Mit jedem Wort weich ich dir lachend aus. Mit jeder Nervenfaser
treib ich dich weinend hinein.

SÖHNE

Ich bitte dich schluchzend und fang dich trotzdem.

MÄDCHEN

Ob du mich fängst oder nicht, du kannst es nicht verstehen.
Meine Nervenfasern und Gesten gehorchen einem andern Rhythmus.
Zwei Sprachen müsstest du lernen, um mit der dritten
die vierte
zu verstehen.

SÖHNE

Ich zeig dir meine Stärke, meine Schnelligkeit, meine Beweglichkeit,
meine Findigkeit, meine Geschicklichkeit.
Schau nur, schau.
Meine Gelehrigkeit.
Dir zuliebe lern ich auch fünf Sprachen.

MÄDCHEN

Dein Temperament überwältigt mich, du Teufel.
Gleich peitsch ich das Meer noch mehr auf.

SÖHNE

Mit gespanntem Bogen jag ich einen Pfeil in die Luft.
Soll er schneller, weiter und höher fliegen,
damit ich sehe, wie stark ich bin.

MÄDCHEN

Jetzt greifst du ganz schön daneben, du Dummkopf.
Glaub nicht, dass du den Schein so leicht zu Wirklichkeit machen kannst.

SÖHNE

Ich will
der Beste, der Auserwählte, der Unübertreffliche sein, sag, dass
ich ich bin und dazu da, Zeuger und Schöpfer zu sein. Statt Gott
bin ich dein Ein und Alles. Mein Liebes.

MÄDCHEN

Du bist mein liebes Zudritt,
mein Jemand, mein Irgendwer.
Ihr seid ja alle vom selben Schlag.
Ihr lieben drei.

Die Mädchen keuchen, lachen, schnaufen und schnauben, finden
aber auch Zeit, Heidenlärm zu veranstalten, die eine trommelt, die andere pfeift,
die dritte spielt Flöte, damit der gemeine Ritus des Liebesfangspiels zum Freudenfest
wird; zugleich gelingt es ihnen durch Vermischung von Schein und Wirklichkeit,
sich mit einer einzigen geschickten Geste ihren göttlichen Anteil herauszufischen:
die zauberhafte Thelxiëpeia den wohlgebildeten Telemachos,
die stimmmächtige Aglaopheme den glanzäugigen Telegonos,
die alle betörende Peisinoë den tollkühnen Hyakinthos;
doch bevor sich ihr Atem
heftig mit dem der Söhne vereint,
kommt es beim Eifer der Paarbildung zum Tumult.
Auch Peisinoë möchte Telegenos, oder nur ihn, nur ihn,
niemand anderen,
während der wohlgestaltete Telemachos in einer kurzen Spielpause
den tollkühnen Hyakinthos überwältigt, was er sich schnell übelnimmt.
Wie Schmetterlinge
beben sie vor Erregtheit und Rührung und merken,
dass auch der andere sieht,
fühlt, erlebt, wahrnimmt –
es gibt kein Pardon, sie müssen gegenseitig aufeinander eingehen.

PERSEPHONE

O Götter, die ihr hoch oben im Himmel wohnt,
gebt den Eingang frei.

Vor Schreck laufen sie auseinander und wieder zusammen, die Mädchen zu
den Mädchen, um einander weinend in die Arme zu sinken, die Söhne aber
suchen Zuflucht an der starken Schulter des anderen.
Doch die Auserkorenen ziehen sie magnetisch an. Ihre Anwesenheit,
ihre Aura, ihr Atem, ihre Hautfarbe, ihre zitternden Wimpern,
ihr Herzschlag,
nicht nur ihr Blick.
Es gibt keine Ausflucht mehr. Kein Zurück. Hin und her gerissen
zwischen Entzücken und Abscheu müssen sie
von ihren Gefährten für immer Abschied nehmen.

MÄDCHEN

Mein Lieber, mein Teurer, was hast du schon wieder mit mir getan.
Hast dich vor mich geschoben, mich in den Schatten gestellt, mich in einen wahnwitzigen
Wettstreit verstrickt, mich lächerlich gemacht, hast es hingekriegt,
dass ich immer falsch angezogen bin.
Ich kratz dir die Augen mitsamt Kontaktlinsen aus, ich reiß dir ratzeputz
deine schön gewellten, mit Markenshampoo gewaschenen Haare aus.
Aber zweifle keinen Augenblick:
Es gibt keine Schandtat, die ich dir nicht verzeihen würde, ich vergöttere
dich, dich, niemand sonst.
Was soll ich schon tun.
Siehst du nicht, dass mich deine abgöttische Liebe zugrunde richtet?
Ich vergehe vor Sehnsucht.
Mein Follikel platzt vor der Zeit. Der Schmerz zerreißt mich.
Eines Tages,
warte nur,
werde ich mich für das erlittene Unrecht rächen.

SÖHNE

Mein lieber, geliebter Bruder,
mein verliebter Hyakinthos, teurer Gefährte, und du glanzäugiger,
verwaister Telemachos, und liebes Bruderherz Telegonos,
einst stramm und jetzt von Eros' Speer verwundet,
ich rufe dich,
wem, wenn nicht dir, dir, dir,
kann ich verraten,
dass ich sie gefunden habe,

wie ein Schmetterling bebt mein Herz,
ich hab sie gefunden, ich bin selber Schmetterling,
schwebe über der Erde, schlage mit den Flügeln
im leeren Bauch,
über den sich meine sagenhaft durchtrainierte Bauchdecke spannt,
ich esse nicht, ich trinke nicht,
meine Stimme versagt, meine Knie werden weich, ich zittere,
in ihre diamantenen Augen wage ich nicht zu blicken, weil sie mich verachtet,
ich wage es nicht, ich bin unwürdig, sie verachtet mich,
mein Geschlecht füllt sich mit Blut, weder in der eigenen noch in irgendeiner
Fremdsprache bringe ich ein Wort hervor, vom Klang ihrer Stimme
bin ich von Sinnen, nicht einmal meine schönen Gefährten und
Halbbrüder können meine Raserei stillen, einen Elfmeter schaff ich nicht,
auch der Himmel verfinstert sich, ich lege kein Ass auf den König, Wind
kommt auf, schüttelt wütend die herbstlichen Bäume, meine Tränen rinnen
die Fensterscheibe herab, ich trinke.
Ich verspiele meinen Besitz. Ich vergesse im Nu meine drei
geschändeten Mütter, spucke im Geist auf meinen lieben
Massenmörder-Vater, würde auch auf seinen Grabhügel spucken,
wenn es mir einfiele und wenn sein Grab einen Hügel hätte,
ich hab keinen Vater mehr, ich bin nicht, ich hab auch keine Mutter,
im tiefsten Innern beschäftigt mich nur eins,
dass ich liebe, liebe, liebe.

PERSEPHONE

Eine Urgewalt tritt der andern auf den Fuß.
Eros hat die Seele und den Fortpflanzungstrieb von
Odysseus' drei schönen Söhnen
endlich prächtig verkuppelt.
Sie stolpern über ihre eigenen Füße.
Wissen nicht, was sie wollen, doch mein Vertrauen in sie
schwindet keinen Augenblick.
Hätte bloß meine himmlische Mutter mich nicht so allein gelassen,
wie ich sie jetzt allein lasse.

MÄDCHEN

Lasst mich zu ihm, Mädchen. Nein, lasst mich nicht. Haltet mich fest.
Lasst mich.

SÖHNE

Weg von hier.
Suchen wir ein neues Zuhause. Schicksal, mach die Türen auf.
Zieht prächtige Panzerhemden an, öffnet die
Waffenkammern.
Weg von hier.
Gott segne dich, ich verlasse dich, mein Liebes.
Hisst leichte Segel auf dem schnellen Schiff!
Hinaus aufs Meer!

MÄDCHEN

Mein Herz bricht, nicht einmal den Abschied von den Mädchen erträgt es,
geschweige denn das Verschwinden der Söhne.

SÖHNE

Fesselt mich mit dicken Stricken an den Mastbaum. Und flehe ich um
Befreiung, lasst mich nicht zu ihr. Zu ihr nicht. Schickt
mir lieber irgendeine, eine billige Hure von der Via Appia. Nur dieses
eine Mal noch. Nur jetzt. Ich verheddere mich in Widersprüche.
So und nicht anders.
So soll es sein.

Während die Nereiden im Reigen um sie herumtänzeln
und verführerisch auf ihren nervenaufreibenden Glasharfen spielen,
entreißen die Söhne ihre Körper der gegenseitigen Gefangenschaft.
Wie brennende Fackeln schreiten sie einzeln und siegreich einher.
Eilen zu ihrer Auserkorenen, um ihr bis auf die Stimme
sich ähnelndes Ich zu enthüllen und ihre flammende Liebe anzubieten.
Ein heiliger Moment, wechselseitig.
Sie stoßen mit ihrer Auserkorenen zusammen, müssen sich
an ihrer Schulter festklammern, stolpern über ihre Füße.
Zwischen den Picknick-Körben und den verlassenen Decken
sinken sie in den Sand.

PERSEPHONE

Nichts ist so linkisch, einfältig und erfinderisch wie die Liebe.
Ich habe zwar noch nie etwas von dieser Art empfunden,
doch weiß ich, dass ich bis zu meinem Lebensende
danach lechzen werde.

Jetzt tauchen sie in Paaren auf, die Worte ergießen sich aus ihren
Mündern, doch vor eisiger Einsamkeit reden sie aneinander vorbei.
Die sechs Liebesmonologe durchdringen sich, begleitet
von den obligaten Kommentaren der Nereiden,
einiges ist gleichzeitig, anderes versetzt,
sage ich flüsternd zum Regisseur und dem zu schonungslosen Strichen bereiten Dramaturgen –
aufgepasst, die individuellen Stimmen dürfen nicht untergehen,
doch muss das Ganze einen stark exaltierten Zusammenklang ergeben.

PEISINOË
Ich glühe.
Aus sieben Wunden strömt mein honigsüßes Blut, ich kann nicht genug
bekommen, kann nicht wählen, ich will nicht und werde nicht.
Von zwei Geschlechtszellen möchte ich eine ans Tageslicht befördern.
Besser als mein Ruf bin ich allemal.
Tüchtiger, treuer. Am frühen Sonntagmorgen hole ich
aus dem Gemüsegärtchen taufrische Feigen und Bohnen.
In zwei Fächern hatte ich summa cum laude.
Mal stellt man mich an, mal wirft man mich raus, bei großen Firmen
schufte ich umsonst als Praktikantin. Ob der stumme Hades und
die gramvolle Persephone – jedermann kann mir
Vater und Mutter sein,
auf dieser beknackten Welt bin ich völlig allein und flehe zu dir,
Okeanos, flehe zu euch, Thetys und Proteus, lasst mein
süßdickes, stockendes Blut endlich in eure Wasser
fließen.
Ich war ein Fisch und werde Vogel sein.
Während ich ewige Treue schwöre und in Hyakinthos' strahlendblaue
Augen starre, versinke ich in Telegonos' flammendem Blick.
In Mund und Schoß bringe ich euch ein Opfer dar,
ihr göttlichen Himmelsbewohner –
Wasser und Himmel sind in mir vereint.
Ich kann nicht wählen.

HYAKINTHOS
Mein Leben, mein Augenlicht würde ich dir geben, liebster Telemachos,
wenn du für einen Augenblick nicht du,

sondern die alle betörende Peisinoë sein könntest.
Ich würde mit dir gehen wie mit ihr, mein Jugendgefährte.
Müsste dich nicht verlassen.
Vielleicht fände ich heraus, wer sich in deinem göttlichen Wesen verbirgt,
der mich so berückt und erniedrigt.
Du hast mich zu einem verdreckten Köter gemacht.
Warum nur bist du nicht sie.
Und so weiß ich nicht einmal, wem von euch beiden ich bei der Trauung
mein geheimstes, mit sieben Leinen zurückgehaltenes
Inneres geben soll.
Die Sehnsucht leitet mich. Kläfft. Jault. Meine treue Natur würde mich
vom anderen immer keuchend fernhalten.
Ohne zu überlegen, verlasse ich dich ihretwegen, lieber Telemachos.
Blind folge ich Peisinoë.
Dabei liebe ich dich, liebe deine flammende Seele. Doch was soll die Seele,
wenn ich von Peisinoës Körper nicht genug bekommen kann.
Ich gehe.
Ihr wonniger Blick ruft.
Deine Gleichgültigkeit möge mich zu Aschestaub machen.
Von nun an werfe ich keinen einzigen unvernünftigen Blick mehr auf dich.

AGLAOPHEME

O Götter,
außer meiner mächtigen Stimme habe ich nichts,
was ich euch anbieten könnte.
Aber auch damit bin ich mehr als zufrieden.
Der strahlende Glanz von Telegonos' Augen erlischt,
sobald ich verstumme. Den Geist unserer Liebe nährt meine Stimme,
halten meine Worte am Leben.
Lange währt mein Lied.
Klangfarbe und Klangstärke passe ich seinen Wünschen an.
Lasst nicht zu, Götter, dass ich eigene Wünsche habe.
Doch gelingt es meiner lieben Schwester Peisinoë,
mit herausforderndem Blick die Macht meiner Stimme auszutricksen,
bringe ich sie um ihr ewiges Leben.
Mit einem langen Küchenmesser.

Von jetzt an erklingt ihr Lied, und während sie das versteckte Messer blitzend hochhält,
turnt ihre Stimme in kaum merklichen Schritten auf der Tonleiter rauf
und runter,
bis sie zu einem langgezogenen,
fast unerträglichen
Schrei wird.

TELEGONOS
Mutter Kirke,
so hilf mir doch mit deinen Zauberkünsten,
denn gebannt von Aglaophemes Stimme habe ich beim Anblick von Peisinoë
meine Treue verloren und damit meinen Halbbruder Hyakinthos arg
gekränkt. Gibt es keine göttlichen Himmelsbewohner, keine
guten Seelen oder hilfsbereiten Dämonen, die die zwei starken Bande
in meiner Brust zerschneiden könnten? Ich übe Verrat an allen dreien.
Aglaophemes Stimme macht mich zur gespannten, tönenden Saite
und schleudert mich zurück, so dass ich wie ein blinder Pfeil
Peisinoës wonnigem Blick folge. Doch kaum bin ich bei ihr,
reißt mich Aglaophemes volltönendc Stimme
aus Fleischestiefen und Meeresgründen heraus.
Und schon folge ich ihr auf samtenen Sohlen, Peisinoës wonnigen Blick
im Rücken, folge der Biegsamen, Zerbrechlichen, leicht
Reizbaren, berühre mit der Zungenspitze ihren meerfeuchten Schoß.
Wie tobende Brandung den Felsgipfel.
Bis Peisinoës rührender Blick mein Schicksal
wieder jählings wendet.
So bin ich und nicht anders.
Wie mich Mutters Schoß, das Geschlechtsprogramm des listenreichen und
zu allem bereiten Odysseus befolgend, kämpferisch und nackt
auf die Welt geworfen hat.
Ich habe geschrien.
Die großen Götter wollten es so, nicht ich.

THELXIËPEIA
Anders als mein Name bin ich von nüchterner Besonnenheit.
Über die selbst die göttlichen Himmelsbewohner nicht ohne weiteres verfügen.
Nicht immer gelingt es ihnen, auf den von wilden Windstößen gepeitschten Gipfeln
des Chaos und in den salzschweren Tiefen der stürmischen Meere
Standhaftigkeit zu bewahren.

Manchmal werden auch sie von den stummen Lawinen der Materie
oder von Erdrutschen verschüttet.
Das Weltall ist eins.
Die Sterblichen und die Unsterblichen sind gleichermaßen Teil davon.
Mit dem Verstand können wir es nicht erfassen.
Weder unsere Masse noch unsere Strukturelemente bestimmen wir selbst.
So wollte es wohl Nyx, die dem Zeus Überlegene,
die Mutter aller Eier und Hennen,
die große Hühnermutter.
Bei meiner Empfängnis träufelte sie mehr Besonnenheit
als gewöhnlich in mich hinein.
Hätte ich etwas weniger bekommen,
könnte ich mich für eine Göttin halten.
Hinter meinem Rücken und zu Nyx' Ehre sagen meine Schwestern, was für
ein langweiliges Weibsstück ich sei. Sie verstehen nicht, warum Telemachos' göttlicher
Blick gerade auf dieses brave graue Mäuschen fiel, das nicht weiß,
wie man sich schminkt, und kein ordentliches Parfüm verwendet. Sie kann sich
doch wohl einen Markenartikel leisten. Und wenn sie wenigstens etwas
Halbgöttliches hätte.
Ich habe Telemachos nicht den Kopf verdreht.
Schon beim ersten Blickwechsel hatten wir keine Wahl.
Das ist das ganze kosmische Geheimnis.
Seine Güte durchfuhr mich wie ein Blitz.
Ich weinte, lachte, war bedrückt und beglückt.
Nicht durch seine Schönheit, seine Gestalt, seine Eigenschaften,
die vom schlauen und windigen Odysseus
und der listigen Penelope stammen.
Güte bleibt in dieser Welt nicht besonnen, sie muss
wahnsinnig werden, vor sich selbst fliehen, mit grindigen Wunden
in Bosheit und Neid
zugrunde gehen.
Wen sonst hätte er wählen sollen, wenn nicht mich.
Und was sonst hätte ich in ihm erkennen sollen, wenn nicht das,
was unbesonnen und unnütz ist, mir fremd und fern.

TELEMACHOS

Schwatzhaft bin ich geboren, aber sie hat mich sprachlos gemacht.
Schweigsam.

Vorbei der Wortschwall.
Die geheimen Dämme ihrer Besonnenheit gebieten mir Halt. Ihre vernünftigen
Grenzen bremsen meine Maßlosigkeit und Freigiebigkeit.
Mit meinem Körper überflute ich sie, nur sie.
Keines meiner Glieder spricht einzeln zu ihr.
Meine Haarwurzel, meine Nieren, die dazugehörigen Pronomen,
alles ist eins mit ihr. Seit ich sie kenne, kann ich niemand anderen mehr
ansprechen. Was immer ich tue, es betrifft sie.
Wenn ich unzufrieden herummäkle, erblicke ich im Spiegel ihrer Augen
meine Verrücktheit. Sie pfeift mich zurück, führt mich von Irrwegen auf den rechten
Pfad. Ich sporne sie an, denn würde ich sie nicht ermuntern, würde sie erstarren,
sich in sich selbst verkriechen und durchdrehen. Maßlos bin ich von Geburt an, ein
Revolutionär, ein Aufrührer. Sie kennt die Gefahren meiner destruktiven Neigungen
besser als ich selbst. Meine Maßlosigkeit liebt sie nicht nur,
sie genießt sie, wie andere
belgische Pralinen genießen.
Jeden Abend bringe ich sie zum Lachen.

Aglaopheme ist inzwischen auf der Tonleiter so hoch gestiegen, dass es kein
Weiter gibt, keine Luft, keinen Schwung, in ihrem Wahnsinn rennt sie davon.
Wir wissen nicht, wohin. Hinaus zum weiten Horizont.
Der verliebte Telegonos stürzt ihr nach, erreicht sie auf halber Strecke,
will sie umarmen und umhalsen, doch Aglaopheme ist so leicht nicht
zu besänftigen.
Jetzt springt Peisinoë auf,
voll Schadenfreude eilt sie geflügelten Schrittes den beiden nach.
Sie fürchtet, dass die Gewalt des Endes über Telegonos hereinbricht.
Doch Telemachos, Odysseus' Erstgeborener, packt sie
und wirft sie flink in den Sand.
Nun verstummen auch die nervenaufreibenden Glasharfen der Nereiden,
die erschrocken auseinanderstieben und sich im Raum zerstreuen.
Sie rufen einander mit spitzen Schreien zu:
Wenn du meinst.
Wir sollten diese verrückt gewordenen Landratten ihrem eigenen
Schicksal überlassen. Bis sie sich umgebracht und zerstückelt
haben, ist es für uns besser, in unser Lebenselement zurückzukehren,
unters tonnenschwere Wasser,
ohne Bild und Klang.

Mit klatschendem, laut widerhallendem Geräusch
tauchen sie in den Ozean.
Derweil hält Telegonos mit der Hand Aglaophemes Mund zu.
Wodurch unsere Geschichte eine neue schreckliche Wendung nimmt.
Schreie hinter der Hand.
Inzwischen hat sich Peisinoë befreit und eilt geflügelten Schrittes zu ihnen,
ringend taumeln sie nun zu dritt zum Horizont,
wo die in ihrer eigenen Stimme gefangene Aglaopheme sich durch
Telegonos' gewalttätige Hand hindurch
strahlförmig erbricht.
Sie raufen und rasen, kämpfen, ringen, versinken,
das Nichts verschluckt sie.
Lange widerhallen die Schreie von Peisinoë und Telegonos.
Die besonnene Thelxiëpeia, der wohlgestaltete Telemachos und der eitle Hyakinthos
bleiben kurze Zeit allein zurück.
Was immer geschehen mag,
wenn Mittag ist, muss gegessen werden.
Leicht verstört entnimmt Thelxiëpeia den Picknick-Körbchen schaumweiße
Tischtücher, farbige Kelchgläser, Weinflaschen,
und breitet den reichen Proviant aus.

PERSEPHONE

Sollen sie ihre Hände ruhig nach den Speisen ausstrecken,
Hunger und Notdurft werden sie früh genug einholen.
Das ist nicht schlimm.
Hunger und Durst sind große Herren.
Nicht schlimm.
Notdurft bricht das Gesetz.
Nicht schlimm.

Telemachos hilft bereitwillig, klappert mit dem Essbesteck, gießt den
Honigwein in die Kelchgläser. Über ihnen
brummen die schoßhundgroßen Schmeißfliegen. Doch haben sie es diesmal
nicht auf die schön ausgebreiteten Speisen abgesehen, auf Schinken, hartgekochte Eier,
Hühnerschenkel und goldglänzende geräucherte Fische,
auf halbem Weg stürzen sie sich aufs Erbrochene.
Hyakinthos starrt zuerst stumpf vor sich hin, dann beginnt er zu weinen
und zu wimmern, wie eine Aufziehpuppe.

Damit man es nicht sieht, dreht er sich auf den Bauch, damit man es nicht hört,
beißt er in den Sand, mit seinen starken Armen bedeckt er seinen Kopf.
Sein Körper zuckt stumm.
Hades verzieht sich flink, möchte Persephone am roten Faden mit sich
zerren, doch sie lässt es nicht zu, nein.

Zum Abschluss ein Freudenfest

Persephone hat sich nicht geirrt.
Es gibt keine Ritze, kein Mauseloch, keine Widerrede, keine Pause.
Die Geschichte gewährt keinen langen Atem.

PERSEPHONE
Es ist nicht schlimm.
Nicht schlimm.
Endlich wird alles gut.
Wenn es wirklich gut wird,
warum soll man dann dem Nichts trauen.
Aus dem Nichts kommen die hungrigen Dracheneier
des Grauens.

Als sie die unheilvolle Kunde vernehmen, machen sich die besorgten Mütter
krakeelend und klagend auf die Suche nach ihren Söhnen.
Sie kommen in Dreiergruppen, mit herrischer Drohgebärde, angetan mit den
Kampfgewändern der irren Seelen.
Zu ihnen gesellen sich alte Freunde der Söhne und Mädchen.
Sie trösten den gehörnten Hyakinthos,
küssen die verliebte Thelxiëpeia, umarmen den verliebten
Telemachos. Sie küssen und umarmen sie auch darum,
um ihre Liebeserregung zu spüren und ein wenig
am Unteilbaren teilzuhaben.
Mit ihnen kommen auch die Freunde der Freunde,
sie sind alle chronisch glücklich. Zeigen ihre Zahnreihen,
wahre Meisterwerke der Zahnmedizin. Heute sind die Börsenkurse vielleicht im Plus.
Endlich ist der daniederliegende Immobilienmarkt wieder in Schwung geraten.
Mit ihren Augenzähnen raffen sie sich ihren Teil. Indem sie andere bestechen.
Und Steuerparadiese ausfindig machen.
Sie kichern und lachen.
Lachend eilen sie hinunter zum Ufer, um aus purer Herzensgüte

Aglaopheme zu suchen und zurückzubringen,
soll sie singen für sie,
und Peisinoë soll sie betören. Und damit auch Leid und Seelenschmerz
auf Erden nicht fehlen, wollen sie auch den unglücklichen Telegonos mitnehmen.
Da er die tiefsten Tiefen der Leidenschaft ausgelotet hat,
soll er wie ein schwarzes Loch fremden Seelenkummer schlucken.
Er sei der ewige Dritte.
Diese Freunde und guten Freunde guter Freunde sind Verschwörer
oder als Verschwörer getarnte Amateur-Spitzel und Profi-Geheimagenten.
Erstere schreiben insgeheim irgendwelche geheimen Worte in ihr
Notizheft,
in einem Winkel, mit dem Rücken an die gotische Kirchenruine gelehnt,
das Heft auf dem Schoß oder den Knien,
sie sind
zu dritt
es ist
Mittwoch
der Morgen war taufeucht
am Mittag wird es warm
morgen ist schon Donnerstag
dann wird wieder gehängt
danach ist Freitag
es wird gehängt
am Samstag elektrischer Stuhl
gelobt sei der Name des Herrn
der den Sonntag heiligte
am Montag Giftbecher
weitere drei
sind unten am Ufer zu sehen
sie lungern nicht allein herum
sondern rasen zu dritt
ein uralter Trick
es gibt viel nachrichtendienstliche Desinformation
sie sind übereinander hergefallen
einer prügelt den anderen
gemeinsam schlagen sie die Liebste auf den Kopf
es braucht einen
ganzen Mann

um sie voneinander zu trennen
– die Letzteren aber, die irren Geheimagenten, tragen unter ihren Kampfgewändern
ratternde kleine Kampfgeräte, sie gehen immer wieder zur Seite und drücken
auf die rot blinkenden Knöpfe,
um flüsternd Nachrichten weiterzugeben.
Sie sind vernarrt in die roten Knöpfe.
Inzwischen kommen in riesiger, traubenförmiger Schar
brummend die schoßhundgroßen Schmeißfliegen geflogen.
Möwe, Möwe, Falke, Falke, melden Sie sich,
hier ist Rochen, Rochen, Haifisch, Haifisch, in der Tiefe des Meeres ist deine
von zwei Strömungen getriebene Liebste sendebereit.
Medusa, melden Sie sich endlich, Medusa.
Rochen, Rochen, Haifisch, Haifisch, Empfang, Empfang, Möwe, Möwe,
Falke, Falke, sie ist oben im Himmel bereit zum Liebesempfang.
Sag schon was, Liebes.
Ich kann nicht, meine Stimme versagt vor leidenschaftlicher Sehnsucht,
ich zerfließe.

Haifisch, Haifisch, Rochen, Rochen, für kleine Abenteuer und verbotene
private Mitteilungen ist jetzt keine Zeit.
Identifizieren Sie die unbekannten Personen.
Bestimmen Sie die Natur ihrer Beziehungen.
Dringen Sie in ihr Bewusstsein ein.
Benennen Sie ihre charakteristischen Wesenszüge.
Aber wenn ich mich nun mal nicht beherrschen kann.
Beim kleinsten Seufzer von dir würde ich spritzen.
Und wie geht es deiner Familie, deiner armen Mutter, ist sie noch immer
bettlägerig, meine Liebe, sag's mir, zur Lockerung der
Dienstregeln.
Sag mir, ob dein Frauchen und deine kleinen Bengel
im Hofstaub noch immer Judenverbrennung spielen.
Auf der Dienstleitung, doch völlig privat fragt dich,
zahmer Falke, Falke, die schaumweiße Möwe, Möwe.
Medusa, hier Medusa, melden Sie sich Seeadler, Seeadler.
Möwe, Möwe, Falke, Falke, was die auf fleißiger Datensammlung
basierende Meldung betrifft, sage ich, sage ich, wir staunen über
Pomp und Luxus.
Süße Feigen gibt es in Hülle und Fülle, saftige Mandarinen,

Trauben aus Zypern, bulgarische Melonen und bittersüße türkische
Granatäpfel. Und immer Bananen.
Auf den glänzenden Tischtüchern breiten sich Speisen
im Überfluss:
weißgefärbter Fisch und rotgefärbtes Fleisch,
nichts ist echt, aber alles perfekt.
Gemäß anderen vertraulichen Informationen haben sich hergelaufene Fischer
auf verwüsteten Straßen und Plätzen, zwischen abgebrannten Autos versammelt,
um gegen die gesundheitsgefährdende Realwirtschaft zu protestieren, denn die
leergefischten Meere faulen vor sich hin wie Mülldeponien.
Wer versteht es schon.
Jeden Wal haben sie geschickt gefangen, jetzt aber wissen sie nichts
mit sich anzufangen, weil es keine mehr gibt.
Trotzdem sprudelt und blubbert aus unzähligen Flaschenhälsen
Champagner.

Die revolutionären Onkelchen stiften Aufruhr.
Schäumend strömen die Flusskloaken
durch die hellen und schnellen Strom produzierenden
Wehre.
Noch nie hat es ein so wunderbares Freudenfest gegeben.
Funken gibt es genug.
Von den Söhnen wird der schönste, Kirkes Sprössling, montags
mit dem eigenen Körper die Kettenreaktion auslösen. Er übergießt
seine Kleider mit Benzin. Streichhölzer haben ihm die Onkelchen schon
in die Tasche gesteckt.
Wenn es zu einem großen Durcheinander kommt, ist auch unsere Arbeit nicht
ungefährlich. Seid auf der Hut.
Die Gewerkschaft fordert eine Gefahrenzulage.
Entsichert die Revolver. Schraubt die Verschlüsse der Tränengasflaschen auf.
Öffnet die Lagerhäuser mit den Gummiknüppeln.
Am Dienstag ist Penelopes Sohn, Telemachos, an der Reihe,
am Mittwoch wird Hyakinthos auf der Treppe des
Nationalmuseums zur lebenden Fackel. Jedermann soll es sehen.
So wollen es die Onkelchen.
Der Spitzel ist auch nur ein Mensch. Wenn ihr uns keine Gefahrenzulage gebt,
wenden wir uns alle drei an das Arbeitsgericht.
Und so weiter, für die anderen Tage haben die revolutionären Onkelchen Namenlose

vorgesehen, in Prag muss ein Student, in Budapest ein Lehrling als Opfer
verbrennen, in Saigon brennen Ordensbrüder.
Wohnheime und Waffenlager werden erst danach gesprengt.
Das bringt die Börse in Bewegung.
Alle Bäume sind abgebrannt.
Auch Olivenbäume gibt es keine mehr.
Die Menschenfackel ist das Fanal.
Holzfäller kommen mit ihren Kettensägen.
Rückt auf Raupenketten gegen sie an!
Bei den lebenden Göttern, wenn wir das überstehen,
errichten wir zum Zeichen des Danks eine Kapelle und ein marmornes Bethaus,
wo wir mit unserer frommen Zungenspitze eure lüsternfeuchte
Muschi ordentlich zerwühlen werden.
Ende der Meldung, und herzliche Grüße.
Ach, wie ich dich liebe.
Wenn nur die Ruhe der Tyrannei auf samtenen Sohlen zurückkehren würde,
dann könnte ich nach all den Aufständen und Schießereien – Hera ist mein Zeuge –
nach Herzenslust faulenzen und deinen harten Pimmel
lutschen.
Vielleicht komme ich nochmal nach Hause.
Dann hättest du endlich dein Loch.
Bitte stell die gefüllten Peperoni auf den Herd.
Butter besorge ich.
Lass dein geliebtes Volk keinen Augenblick im Stich.
Es sind viele, die Versuchung ist groß.
Betrüg mich nicht.
Und wer holt das Kind in der Kita ab?
Ich sicher nicht.
Dann bleibt es halt dort, und ich mach mit einem anderen ein anderes.
Rochen,
Rochen, Haifisch, Haifisch wartet auf dringende Weisung. Möwe, Möwe,
Rochen, Rochen, Haifisch, Haifisch, finden Sie schnell heraus, warum sich die
einen so festlichen Empfang leisten konnten.
Wo sind die Streichhölzer, wo ist das Benzin?
Wo sind die Sponsoren?
Verbreite die Nachricht, dass am Montag der Montag ausfällt.
Sie strömen herbei, blasen in ihre Flöten, machen die hohle Hand, wackeln mit dem
Hintern und klappern mit den Kastagnetten, in Dreiergruppen

beginnen sie Fandango zu tanzen. Andere fallen wie die Säue über das prächtige
kalte Büfett her. Unter ihren Kampfgewändern kommen Laute und Degen
zum Vorschein. Sie schneiden, zerlegen, zermampfen den Schinken,
brechen das Brot, zerteilen das Huhn, beißen krachend in Rüben, Zwiebeln
und Sauergurken.
Im Vorgeschmack ihrer heiligen Revolution essen und trinken sie
fröhlich und laut, zanken sich um die feinen Bissen.
Von ihren Wangen trieft Mayonnaise und Blutorangensaft, genüsslich schlürfen
sie die eisgekühlten, mit Zitrone beträufelten Austern aus ihren harten Schalen,
selbstvergessen werfen sie Muscheln, Knochen, Apfelbutzen, Servietten
zu Boden. Kaum haben sie den teuren Wein ausgetrunken, schleudern sie
die hübschen Kelchgläser an die Wand der zerschossenen und ausgebrannten
gotischen Kirchenruine,
sie pissen und scheißen an die heiligen alten Mauern,
zuletzt zertrümmern sie auch die leeren Flaschen.
Nach kurzer Zeit
ist jeder Krümel von den schönen Tischtüchern aus Madeira verschwunden.
Und als Chaos seinen Rachen aufsperrt und die alte Ordnung
für immer flöten geht,
erscheinen am Horizont mit triumphalem Vorwärtsdrang
die revolutionären Onkelchen.
Allen voran Michail Alexandrowitsch Bakunin,
der langbärtige Vater großer Attentate, ältlich, schwerfällig, gebeugt und
keuchend von seinem Körpergewicht,
dann der kleine, bucklige Ignacz Martinovits,
in hübschem Abtsornat und zu jeder schwarzen Messe bereit,
zuletzt der gefürchtete und vergeistigte Maximilien de Robespierre,
in vollem Lichterglanz.
Wären die anderen beiden einverstanden, würden sie ihre Lektion nicht
im Dreierchor aufsagen, sondern jeder für sich.
Ich, ich ganz allein.
Aber keiner gönnt dem anderen den Alleingang.
Was natürlich nicht heißt, sage ich flüsternd zum besorgten Regisseur,
dass sie eine Individualität haben. Vielleicht hatten sie mal eine, doch jetzt nicht.
Im Lauf der Zeit ist ihr Ich vermasst.
Jeden abgedroschenen Satz des anderen greifen sie im Flug auf.
Sie sprechen im Kanon.
Was der eine sagt, könnte auch der andere sagen. Fängt einer an,

fahren die anderen beiden gelangweilt fort oder reden drein oder wiederholen
das Gesagte. Sie sprechen näselnd, damit in ihren Ohren nicht die Leere
dröhnt. Sie sehen alles voraus. Langweilen sich im voraus.
Sie wissen alles besser.
Sie sagen: *Wäre von morgen an doch jeder ich.*
Möwe, Möwe, Falke, Falke, empfangsbereit, Haifisch, Haifisch,
Rochen, Rochen, melden Sie sich, sagen Sie, wer da ist, wie viele es sind,
ob sie Verschwörer sind, ob sie Schminke, Verkleidung oder falsche
Bärte tragen, ob in ihrem Urin Eiweiß ist und welche Beschaffenheit ihr Kot neben der
gotischen Kirchenruine hat, Adler, Adler, Schwalbe, Schwalbe,
Falke, Falke, Möwe, Möwe,
Rochen, Rochen, Haifisch, Haifisch
meldet gemäß Information von Scholle,
dass Medusa ihre Sendung wegen öffentlicher Protestkundgebungen
auf ungewisse Zeit verschieben muss.

PERSEPHONE

Weil Aglaopheme, wie angekündigt, bei der Rauferei am sandigen Ufer
ihr langes Küchenmesser zückte, um ihr liebes
Schwesterchen,
die verführerische Peisinoë,
zu Hackfleisch zu machen
und so für immer
das gottgefällige ewige Leben in ihr abzutöten,
zerrt Hades jetzt an mir herum, zerrt und zerrt. Ich durchschaue seine Ränke.
Ich weiß, was er will. Umsonst wirft er mir vor, ich sei meiner
mütterlichen Verantwortung nicht nachgekommen. Ich lehne mich gegen ihn auf.
Seine Tyrannei dulde ich nicht länger.
Von jetzt an bis zu meinem Lebensende.
Helft mir, Nereiden!
Diesmal leg ich ihn tüchtig aufs Kreuz.
Telegonos, ich wusste es im voraus, bedeckt mit seinem heldenhaften Körper
schützend meine teure Tochter Peisinoë.
Vielleicht kommen die Freunde und die Freunde der Freunde noch rechtzeitig
herbeigeeilt.
Doch was red ich da, du lieber Himmel, wenn sie's nicht schaffen.

REVOLUTIONÄRE ONKELCHEN

Unter uns dreien gesagt, die Stunde ist gekommen.
Unsere Saat ist aufgegangen, auch die Kettenreaktion duldet keinen Verzug.
Infolge von Vertrauensverlust ist das Volk zu jedem Blödsinn bereit.
Unsere Konten sind leer.
Aufruhr steht bevor.
Die Regierung soll zurücktreten.
Umsonst dienen wir keiner fremden Macht.

MÜTTER

Telegonos' Leben ist in Gefahr.
Und während die halbe Welt streikt,
legt Hyakinthos seinen Kopf in den Sand und bricht vor Liebeskummer
in Tränen aus.
Mein Gott,
warum hast du mir das angetan!

PERSEPHONE

Nereiden, ich bitte euch nicht zum ersten Mal, ruft mit geflügelten Worten
Athene,
eilt windschnell durch die Lüfte,
packt im vorletzten allerletzten Augenblick
Aglaophemes geflügeltes Küchenmesser.
Denn wenn sie zusticht und Telegonos' Herz durchbohrt,
geht Hades' Wunsch in Erfüllung, ich weiß es, er will nur
eins, dass ihm seine Töchter schutzlos, tränenüberströmt und
ohne Liebeswonnen
in den Schoß fallen.
Vergeblich zerrt er an mir herum, versucht mich am widerlichen roten Faden der
Geschichte ins Nichts zu stoßen. Diesmal gibt es keinen Tod.
Ich rühr mich nicht von der Stelle.
Es gibt keine Parallelaktion und keine Kettenreaktion.

MÜTTER

Endlich erheben sie sich, die Arbeiter von Gdańsk und Gdynia gehen auf die Straße,
ihr Herz schlägt im Rhythmus der Váci-Straße.
Diese Feiglinge hier aber amüsieren sich nur.
Während in Prag und Budapest Menschenfackeln herunterbrennen,

quasseln sie herum, leiden, picknicken
und erhoffen sich Liebesglück, die Toren.
Was haben wir nur für Söhne geboren, Muttergefährtinnen. In was für Zeiten
leben wir nur. Chaos sperrt seinen Rachen auf. Keine Gottheit,
sondern schiere Leere,
wie sie nach dem Entschlüpfen im Ei zurückbleibt.
Kein Wunder, dass sich keiner aufs weite Meer
hinaustraut. Sie knabbern Salzstangen und trinken Cola. Ihre Bäuche und
Ärsche werden immer fetter. Sie buchen billige Sommerferien.

ROBESPIERRE UND DIE ANDERN BEIDEN

Ihr zarten und reinen Seelen,
ich kann es bezeugen, sie existiert:
Diese sanfte, herrische, unwiderstehliche Leidenschaft,
Qual und Wonne der Großherzigen, diese tiefe Abscheu vor der Tyrannei,
dieses Mitgefühl für die Unterdrückten, diese heilige
Vaterlandsliebe und sublime Liebe zur Menschheit,
ohne die jede große Revolution zum schauderhaften Verbrechen wird,
das andere Verbrechen ablöst.
Sie existiert: diese großzügige Bestrebung, die erste Republik auf Erden
zu gründen, diese selbstbewusste Überzeugung aufrechter Menschen,
die im reinen Gewissen
und im freudigen Schauspiel öffentlichen Glücks himmlische Befriedigung findet.
Ihr spürt es in diesem Augenblick, der eure Seelen entflammt,
ich spüre es in mir.

MARTINOVITS UND DIE ANDERN BEIDEN

Kaiser Leopold, diese tyrannische Missgeburt, die das Fallbeil schon hundertfach
verdient hätte,
hat mich aus seinen geheimen Diensten unzufrieden entlassen.
Aber ich gebe nicht auf, auch wenn es mit dem Dienst an Gott vorbei ist.
Wer würde schon bei klarem Verstand dem Nichts und der Leere dienen,
diesen seltenen Kostbarkeiten unter den seienden Dingen.
Weder Kirche, Mensch noch Gott.
Doch der Freiheit schon, auch wenn es ihr zuwiderläuft.
Aufrührerisch steh ich auf, aufmüpfig leg ich mich hin, der Revolution
weihe ich jede zweite faule Messe.
Ich bin ein geheimer Terrorist.

Das lebende Vorbild süßer kleiner haariger Teenager und flaumiger weicher
Backfische. Ihr Jesus bin ich.
Für sie will ich auf dem Schafott mein skandalträchtiges Leben opfern,
damit allumfassende Freiheit, Freiheit des Glaubens, Denkens und Forschens
wenigstens in der seligen Zukunft
regiert.
Sollen die Tyrannen zugrunde gehen. Ich gebe meinen Dienst nicht auf.
Mit jedem bin ich über Kreuz. Jedes Kreuz trete ich mit Füßen.
Ich zeige jeden an, dem ich als Anwalt oder Priester ergeben diene
und den ich ohne sein Wissen in meinen Geheimbund aufnehme.
Solange auf Erden das schändliche Gesetz der Rache gilt, soll es gelten.
Feiglinge, Verschwörer, Egoisten und Opportunisten
sollen zugrunde gehen, so wird das Gewicht der Erde leichter.
Alles soll zugrunde gehen, mit Stumpf und Stiel.
Kommt, ihr Mädchen und Knaben, legt euch auf meine Hühnerbrust.
Kommt, ihr Bürger, schwingt euch auf meinen Buckel.
Wir sind auf der Geisterbahn, sausen durch Klapptüren
in mein nächtliches Labyrinth, das Gesicht voll jahrhundertealter
Spinnweben.
Nehmt für sieben Tage Proviant mit, sieben Scheiben Brot
und warme Libido-Buletten.

BAKUNIN UND DIE ANDERN BEIDEN
Es soll keine Privilegien geben.
Ich wiederhole, es soll keine Privilegien geben, das ist das Wichtigste.
Dazu müssen alle Privilegien abgeschafft werden.
Auch ich habe kein Privileg zu sagen, dass ich keine Privilegien will.
Der Leitbegriff der Anarchie soll Verzicht sein, gefolgt von Menschenopfer.
Dieses Soll lebt im geheimen Herzen der Utopie.
Soll.
Was sein soll und was nicht sein soll, soll das Soll entscheiden. Auf der Welt
soll ein Soll sein,
das keiner aussprechen darf.

ROBESPIERRE UND DIE ANDERN BEIDEN
Wir
wollen in unserer paradiesischen Heimat
Egoismus durch Moral, Ehre durch Rechtschaffenheit, Nutzen durch

Prinzipientreue, Schicklichkeit durch Pflichtgefühl, die Tyrannei der Mode durch
die Herrschaft der Vernunft, die Verachtung von Leid durch die Verachtung von Lastern,
Anmaßung durch Stolz, Eitelkeit durch Großmut, die Liebe zum Geld durch die Liebe
zur Ehre, Intrige durch Verdienst, Schöngeisterei durch Genie,
Glanz durch Wahrheit, Begierde durch Glück, die Kleinheit der Großen durch
die Größe des Menschen
ersetzen,
wir wollen ein großmütiges, starkes, glückliches Volk
statt eines frivolen und elenden,
wir wollen eine Republik der Tugenden und Wunder
statt der lasterhaften und lächerlichen Monarchie.

BAKUNIN UND DIE ANDERN BEIDEN
Es soll keine Privilegien geben, sag ich.

MARTINOVITS UND DIE ANDERN BEIDEN
Meine Kreuzaktion soll die Erde aus den Angeln heben.
Und von mir aus vernichten, vernichten.
Wenn es das Böse gibt, muss es auch das Gute geben, aber dieses
soll mit dem Bösen zugrunde gehen.
Es lebe das Kontra.

BAKUNIN UND DIE ANDERN BEIDEN
Auch bei der Abschaffung der Privilegien soll es keine Privilegien geben.
Es braucht niemand dafür. Das Soll lebt in Jesu geheimem Herzen.
Es soll keine Privilegien geben.
Wer kein Wissen hat, soll anderen keinen Rat geben. Auch
wissenschaftliche Gremien sollen keine Privilegien haben. Man muss sie
aller Privilegien berauben. Desgleichen die Kirchen, die Regierungen,
sie haben kein Wissen. Nicht nur
soll ihnen nichts an Privilegien bleiben, auch die Ahnung des Nichts und der
auf das Nichts folgende Mangel bleibe ihnen fern.
Jetzt merkt euch, denn ich sage es zum letzten Mal:
Es soll keine Privilegien geben.
Schlösser und Paläste und deren Bewohner
mitsamt Schmuck und Medaillen –
alles in die Luft jagen!

Die Geheimagenten geben immer lautere Meldungen durch.
Auch Martinovits drückt die roten Knöpfe seines kleinen
Kampfgeräts, berichtet über sich
und die andern beiden pädophilen Onkelchen,
was sie im Dreierkanon so alles erzählen und erhoffen.
Derweil tauchen aus dem Wasser die Nereiden auf, die Köpfchen mit
Bademützen und hübschen Blumenkränzen geschmückt. Beim Anblick der
aussichtslosen Lage der Freunde und Freunde der Freunde folgen sie Persephones Ruf,
um den zwei eifersüchtig ringenden Sirenen und Telegonos
zu Hilfe zu eilen.
Auch die schoßhundgroßen Schmeißfliegen sind im Anzug.
Zusammen mit den Freunden und den Freunden der Freunde
tragen die Nereiden die markerschütternd schreiende, mit Stricken aus Wiesenblumen
gefesselte Aglaopheme,
den aus schrecklichen Wunden blutenden Telegonos
und die bewusstlose Peisinoë,
die sie anmutig über ihren Köpfen balancieren.
Robespierre würde gerne weiterphantasieren
und die Hauptstimme des Kanons
vom guten Michail Alexandrowitsch übernehmen,
den er mit geflügelten Worten einfach
Mischa
nennt,
doch kaum sagt er
mein Täubchen, mein Kampfgenosse, mein Freundchen, mein Bruderherz,
Mischa,
erbleicht er, wird seine Stimme dünn,
und nach einem kurzen Stöhnen fällt er in Ohnmacht,
so dass die Freunde, die Freunde der Freunde und die
arg strapazierten Nereiden ihn eiligst auffangen müssen.
Im Zuge seiner weißen Ohnmacht erstrahlt grell das Weltall.
Raupenketten und Kettensägen erdröhnen,
Mündungsfeuer flammt auf.
In Dreiergruppen kommen die irren Seelen, um mit den Söhnen, Mädchen
und Geheimagenten
unter Schlachtrufen
shut up
halt's Maul

ta gueule, tais-toi
niemand hat dich gefragt
deine Heimat ist in Gefahr, und du hast dein eigenes Nest beschmutzt
Deserteur
Feigling
Brunnenvergifter
verschwinde –
die verschwörerischen Freunde und Freunde der Freunde
festzunehmen.
Dann wird es schnell dunkel.

Auf offener See

Als über den bis zum Grund verschmutzten, mit industriellem Müll verseuchten Weltmeeren
die rosenfingrige Eos flink aus den zornigen Fluten
steigt,
um die letzten Lebenden in einen neuen Tag zu geleiten
und, wie es geschrieben steht,
die vom gestrigen Rausch und starken Wellengang torkelnden Fischer
wachzurütteln, damit sie sich endlich den Schlaf aus den Augen reiben,
den Mund mit süßem Quellwasser spülen
und sich an ihre blutige Arbeit machen,
in ihren mit Kapuzen versehenen Kampfgewändern schwere
Netze voll letzter Meerschildkröten und Delphine auf ihre Barken hieven,
da ertönt
die Stimme der geflügelten Nike,
die als hungrige Möwe hoch in den von Satellitenschrott verdreckten Lüften
und über den schmutzigen Wassern kreist,
diesmal nicht auf Beute aus,
und mahnend
schreit und kreischt.
Lebende gibt es kaum noch, bald kaum noch Tote.
Hades und Persephone
stehen auf einer schmalen Landzunge, warten am Horizont.
Die Perspektive hat sich also verändert.
Weil wir im letzten Akt die Ereignisse vom Meer aus sehen,
sage ich flüsternd zum Regisseur, um ihm rasch die letzten Anweisungen zu geben,
es soll alles sein, wie es die ewigen Gesetze vorschreiben, goldener Schnitt,
Ethik, Mathematik und dergleichen,
und Hades und Persephone sollen
Rücken an Rücken stehen, wie seit eh und je.

FISCHER

Mein Herz erstarrt, und starr ist die Seele.

NIKE

Reibt euch den Schlaf aus den schmutzigen Augenwinkeln, Fischer,
ich sehe, ihr habt schon wieder tüchtig gebechert.

FISCHER

Unser Kummer ist groß, unser Kummer ist schrecklich.

NIKE

Macht die Augen auf, habt keine Angst.
Starrt mich nicht so stumpfsinnig an.

FISCHER

Unser Kummer ist groß, unser Kummer ist schrecklich.
Umsonst haben wir auf den letzten Märkten
die letzten
Fischstände demoliert, umsonst haben wir jeden
Fischtransporter in Brand gesteckt.
Umsonst haben wir jedes auf Kredit gekaufte Auto angezündet.
Umsonst haben wir den Ast, auf dem wir sitzen, abgesägt.
Auch die Versicherung der Rückversicherung ist Bankrott gegangen,
sie zahlen nicht nur nichts, sondern brummen uns noch die Kosten der Pleite auf,
bis zum letzten Pfennig.
Wer kann da helfen, wenn nicht du.

NIKE

Jetzt hört mit dem Gejammer auf. Was passiert ist,
musste passieren.
Wenn die Meere leer sind, dann rennt halt mit dem Kopf gegen die Wand.
Oder schlagt den Bankern die Köpfe ab, zur Lehre für alle Zeit,
bevor sie mit jammernden Waffenhändlern neue Riesengeschäfte machen.
Ihr seid elende Simulanten, ich habe keine Zeit für euch.
Ich muss Söhne retten,
statt mich mit euch abzuplagen.

FISCHER

Da seht. Bei Proteus, dem Meeresgreis,
das ist ein gewöhnlicher Mensch. Er hat Menschengestalt, aber er ist tot.
Die Welle nimmt ihn auf und wird ihn herabrollend alsbald verschlingen.
Und seht nur, da ist ein zweiter.
Von ihren Kleidern keine Spur. Ihre Haut haben die züchtigen Götter
mit schwarzem Rohöl beschmiert.
Sie sind wie Robben.
Die haben wir alle ausgerottet, schließen wir sie in unser Morgengebet ein.
Und dort drüben ist ein dritter.
An einem einzigen rosenfingrigen Morgen drei Wasserleichen.
Was sollen wir tun. Zersetzen werden sie sich auch ohne uns.
Wenn sie nur nicht in unsere Netze geraten und den Todeskampf
der letzten geschützten Tiere stören.

NIKE

Ihr irrt, Fischer.
Ihr irrt nicht zum ersten Mal.

FISCHER

Bei Tethys, einer dieser Unglücklichen lebt.
Seit wir gewohnt sind, von allem auch das Gegenteil für wahr zu halten,
dürfen wir unsern Augen nicht mehr trauen.
Er streckt den Kopf aus den Wogen. Auch der zweite lebt. Macht mit den
Füßen zwei Kraulbewegungen. Und verliert das Bewusstsein.
Der dritte schwimmt regelmäßig.
Verlangsamen wir die Fahrt.
Nike verzapft keinen Unsinn.
Dank, Dank,
falls die Leichen leben. Mit dem Bootshaken zertrümmern wir ihnen
den Schädel. Ihr Fleisch ist vom Salzwasser schon ganz zerfressen. Nur keine Angst.
Wir enthäuten und entbeinen sie, keiner sieht zu. Dann verkaufen wir sie als
rotfleischigen Fisch, filetiert. Das kann nicht schiefgehen.
Vielleicht sehen es die göttlichen Himmelsbewohner.
Aber was soll's.
Opfert man ihnen genug,
sind sie blind und zahm, so war's schon immer.

NIKE

Wenn ich euch durch den Zaun meiner Zähne hindurch raten darf:
Tut es nicht.

FISCHER

Riesen Stunk gäbe es nur, wenn sie selber Götter wären.

NIKE

Wer hält die Waage in der Hand. Wer kennt das Maß.

FISCHER

Und warum sollen schon wieder wir drei dran glauben. Und uns
Sorge, Leid, Arbeit und Kummer aufbürden.
Warum können wir den dreien nicht den Schädel zertrümmern.
Und sollen auch noch für die Flüchtlingslager zahlen.
Damit die guten Seelen Mittagessen, Abendessen und
Klopapier teilen können. Wie und wozu.
Wir, genauer wir drei Ichs,
wir sind doch eine Mehrheit.
Die geflügelte Göttin könnte von uns etwas Demokratie lernen.
Kopf oder Zahl, schlagen wir sie auf den Kopf.
Wagen wir noch mehr Demokratie.

NIKE

In euren Köpfen, die ich nicht leer nennen möchte,
drehen sich die Gedanken, wie es sich gehört. Wie es frühere Jahrhunderte
für Jahrhunderte festgeschrieben haben. Ich habe keine Argumente,
keine Gegenargumente.

FISCHER

Göttin,
du spottest, du richtest die spitze Waffe des Hohns gegen uns.
Aber der Mensch hat das Recht, seine Lage zu untersuchen. Es ist keine Schande,
wenn er alles abwägt, Argumente und Gegenargumente, und nüchtern beurteilt, was ihm
Gewinn, was Verlust bringt. Wir haben doch Redefreiheit. Wir müssen
doch nicht jedes Wort auf die Goldwaage legen.

NIKE

Ich höre zu, sagen kann ich nichts.

FISCHER

Zeus ficke dich, Nike.
Dass ich auch noch Götter aus dem Wasser fischen muss.
Als ob ich nicht schon genug Sorgen hätte.

NIKE

Wahrheitshalber kann ich vielleicht bemerken,
dass sie nicht Götter sind. Nicht Schiffbrüchige.
Zwar könnt ihr sie nicht so einfach verbuchen, aber sie existieren.
Drei Tage und drei Nächte schon sind sie schwimmend auf der Flucht.
Das Salz hat ihre Augen zerfressen.
Den Rest könnt ihr euch ausmalen.
Leichter als Meertang ist ihr Körper, drei beseelte Wimperntierchen sind sie.

Doch die Fischer achten nicht mehr darauf, was Nike redet.
Unter Gefluche und Geschimpfe, da sie sich ständig zurechtweisen und wegen allem erbosen, ziehen sie die drei fadenscheinig-schönen Gestalten aus dem Wasser, um sie zu Füßen von Hades und Persephone hinzubreiten.
Die drei holen rasch Atem.

NIKE

Sobald sie zu sich kommen,
plane ich alles so, wie es die aufrichtigen Argonauten
im voraus geschildert haben.
Hoffentlich reicht das Benzin, dass ich sie mit meinem kleinen roten Topolino auf den Monte Circeo, diese hoch aus dem Tyrrhenischen Meer ragende Felsklippe fahren kann, wo Kirke, Kalypso und Penelope schon mit ausgebreiteten Armen auf sie warten und wo aus dem überfüllten, stinkigen Flüchtlingslager der gütigen Minoriten die Mädchen ihnen entgegeneilen.
Dann wendet sich wirklich alles zum Guten,
so dass sie bis zum Ende der Zeiten glücklich zusammenleben werden.
In ewiges Schweigen aber hülle ich die traurige Tatsache,
dass sie auf eben jener Landzunge, wo sie gerettet wurden,
einen betagten bärtigen Schiffbrüchigen, Odysseus, ermordeten,
ihren leiblichen Vater,

der glaubte, endlich sein geliebtes
Ithaka erreicht
und drei freundliche Landsleute angetroffen zu haben.
Doch eine andere Wahl hatten sie nicht, wollten sie ewig am Leben bleiben.
Auch Hades sollte zu einem Nachtmahl kommen.
Sollen und Wollen sind große Herren.
Persephone hatte nichts einzuwenden.
Alle sind hungrig, die Welt ist leer.
Ein geplünderter Ramschladen.
Auch ich kreische am Himmel, schneeweiß, und warte darauf,
dass sie mir ein paar Innereien übriglassen.
Kurzum.

AOK
PC
alausdruck
und Farbe

1

Emine Sevgi Özdamar

Perikızı

Ein Traumspiel

Personen

PERIKIZI, ein theatervernarrtes Mädchen aus Istanbul
ZWEI MUSIKER, ein Türke und ein Grieche
PERIKIZIS GROSSMUTTER (eine Frau aus der osmanischen Zeit)
PERIKIZIS MUTTER
PERIKIZIS BLINDER VATER
ZWEI TOTE ARMENISCHE MÄDCHEN (Jugendfreundinnen von Perikızıs Großmutter)
EIN JUNGER TOTER TÜRKISCHER SOLDAT aus dem Ersten Weltkrieg ohne Kopf, Kopf unter dem Arm (Perikızıs Großvater)
SEIN ESEL
DREI HUREN
HEINO
DREI SCHULDGEFÜHLE (Giganten mit einem Auge)
PENNER
DREI HÜHNER
EINE TÜRKISCHE DOLMETSCHERIN
DER WALDMEISTER
DER ZEITUNGSMANN (ZEIT-Mann)
EIN GASTARBEITER
EIN KÄUZCHEN
ZWEI RUHRPOTT-KUMPEL
ZWEI MÄDCHEN, Liesel und Gretel
HÖLDERLIN
EIN JÄGER
HANSI, der tote Dichter
EIN HUMORLOSER ZWERG
DER TÜRKISCHE WOLF
Tote im Hades: PERIKIZIS GROSSVATER, SEIN ESEL, ZWEI ARMENISCHE MÄDCHEN, HÖLDERLIN, HANSI, DER TOTE DICHTER

Das Meer steigt, wer weiß warum

Perikızıs Aufbruch

Das Stück beginnt in Istanbul. Es ist Nacht. Die Filmmusik von Vom Winde verweht. *Der Vorhang geht auf. Dahinter läuft auf einer Projektionsfläche eine Szene aus dem Film* Vom Winde verweht. *Diese Szene braucht nicht mit der Musik übereinzustimmen. Der Raum ist ein altes Kino. Perikızıs Vater und Mutter sitzen auf der Bühne in Kinosesseln mit dem Rücken zum Zuschauer, die Szene im Film wiederholt sich.*
Die Filmmusik wird zerstört oder zurückgenommen durch Stimmen von Istanbul, durch Straßenlärm, Autohupen, Möwengeschrei, Schiffssirenen, Chaos. Diese Stimmen werden zerstört oder wieder zurückgenommen durch zwei Musiker, die über die Bühne gehen, ein blinder türkischer Musiker und sein griechischer Freund. Sie musizieren und singen alte orientalische – türkische, griechische und armenische – Lieder. Auf der Bühne ein großer Spiegel als Drehtür. Perikızı steht vor diesem Spiegel. Sie trägt auf dem Kopf nach hinten geschoben Zettels Eselsmaske. Sie übt aus Ein Sommernachtstraum *Titania, aber sie spielt auch den Zettel. Dieser Eselskopf ist ihr Talisman.*

PERIKIZI »Kommt! einen Ringel, einen Feensang!
Dann auf das Drittel 'ner Minute fort!
Ihr, tötet Raupen in den Rosenknospen!«
Auftritt Großmutter. Unter ihrem Arm trägt sie ein paar vergilbte Zeitungen aus dem Ersten Weltkrieg. – Perikızı eine große menschliche Beziehung. Großmutter ist keine alte Frau mit Kopftuch, sie ist eine vitale Frau.

GROSSMUTTER Perikızı, schau nicht in der Nacht in den Spiegel, es ist nicht gut, sonst wirst du in ein fremdes Land gehen, weit weg. Gib mir eine Zigarette. Das Meer steigt, wer weiß warum.

PERIKIZI (»KÖNIG LEAR«) Jawohl, Mylady.
»Ich zählte nicht auf Euch, bin nicht gerüstet,
Euch zu empfangen.
Denn wer Eu'r Zürnen mit Vernunft betrachtet,

Muß sich doch sagen: Ihr seid alt, und so –
Doch sie weiß, was sie tut.«

GROSSMUTTER Allah, Allah, wovon ist hier die Rede? Allah hilf. Zu lang ist dein Wort.
Mein Wort ist kurz, trägt aber die Kleider der Wahrheit.
Es ist wahr und kurz, das bekommt dir aber wie ein Furz.
Schau nicht in der Nacht in den Spiegel, die Geister werden dich zu einem anderen Land treiben, dort deine Rückwege dreimal zu verriegeln.
Dort werden alle deine gutherzigen Kindheitsvögel raus aus deinem Mund hierher zurückfliegen. In jedem Schnabel, die Liebe, die Liebesquellen deiner Kindheit. So werden sie dich verlassen. Dich in der Fremde mit schwarzen Gefühlen zurücklassen.
Einsam wirst du in der Fremde über deinen eigenen Schatten stolpern. Die Spiegel dort werden dich dir mit einem Schlüssel an deiner Hüfte zeigen, der nur die Zimmer der schwarzen Gefühle öffnet. Geh weg vom Nachtspiegel, nur so kannst du hierbleiben. Leb hier mit deiner großen Kindheit, mit deinen Toten und stirb später bei deinen Toten.
Nur hier summen deine Lieder die Frühlingsnoten.
Du bist ein unschuldiges Mädchen, nimm diese meine Wahrheit als Mitgift, meine Wörter sind zwei Ohrringe, die musst du ewig an deine jungen Ohren hängen. Versteck dich rasch vor dem Nachtspiegel.
Hör auf mit dieser Spiegelnarrheit.
Nimm meine Wahrheit als Arbeit.

PERIKIZI *mit Korken im Mund (Narr aus* König Lear*)* »Wir wollen dich zur Ameise in die Schule schicken, um dich zu lehren, daß es im Winter keine Arbeit gibt.
Kommt! einen Ringel, einen Feensang!
Dann auf das Drittel 'ner Minute fort!
Ihr, tötet Raupen in den Rosenknospen!«

GROSSMUTTER Wieso tötet ihr Raupen in den Rosenknospen? Was haben die Raupen dir getan?

PERIKIZI Großmutter, wein doch nicht. Wisch deine Augen, sei heiter.
Mein Mund, der so spricht, ist nicht meiner.
Ich liebe es, mich zu verwandeln.
Wir töten keine Raupen.
Das ist ein Theaterstück, das ist *Sommernachtstraum.*

Heute lerne ich die Rolle von Titania, morgen werde ich Zettel sein. Großmutter, Titania ist die Königin der Elfen.
Ich schimpfe mit meinen Untertanen, meinen Hofgeistern, mit meinen Elfen.
Wenn ich als Königin nicht mit ihnen schimpfe, machen sie Blödsinn, landen auf schlechten Wegen und falschen Bahnen.
Es gibt nicht nur Raupen in diesem Stück.
Es gibt die Senfsamen, es gibt die Bohnenblüte, Motte, Spinnweben!
Sie deckt den Spiegel mit einer Decke zu.
Schau, ich decke den Spiegel zu.
Er ist zu. Der Spiegel ist blind. Was sagst du nu?

GROSSMUTTER Gib mir eine Zigarette.

PERIKIZI *zwickt Großmutters Wangen* Hast du geträumt? Aus welchem Traum kamst du her?
Dein Gesicht webt in der späten Stunde der Nacht wieder Kummer.
Ich liebe dich innigst, auch wenn du aussiehst wie ein alter Hummer.
O verzeih. Ich bin ein Schelm, will ein Schelm sein. Verzeih mir, weine nicht. Hast du wieder von deinen Toten geträumt, Großmutter?
Zwei junge Frauen, die armenischen Bräute, tauchen auf, mit Schürzen über ihren Kleidern wie um 1910, und gehen ab. Großmutter blutet plötzlich heftig aus der Nase.

GROSSMUTTER Abooo, Aboooo. Wie die armenischen Bräute sich von den Brücken heruntergestürzt haben. Wie die armenischen Bräute sich von den Brücken heruntergestürzt haben. Gesehen haben sie mit ihren jungen Augen, die blind sein wollten, die Hölle und das Feuer auf dieser Erde, die Schürze noch über ihren Kleidern, barfuß, die Augen groß, die Hände groß, die Füße groß vom Totenmarsch, ihre Kinder als Skelette vor ihren Füßen, das Feuer, in dem sie lange liefen, liefen und liefen, war siebenmal heißer als das Höllenfeuer. Aber wohin gingen sie? Aber wohin sollten sie gehen? Zu welcher Hoffnung? Getrieben von den Bösen, die auf den Pferden saßen, die Schürze noch über ihren Kleidern. Diese Bräute konnten lesen und schreiben. Sie lasen im Dorf auch unsere Briefe, schrieben auch für uns Briefe mit zartem Charakter an unsere Männer, die weit weg waren, noch weiter als Orte in den Träumen, dort mit Gewehren still in ihren Mantel gehüllt mit den Kriegsläusen saßen. Sie saßen unter dem Sternenhimmel, den Sternen, die ihren kommenden Tod vor ihnen von oben aus sahen, aber nicht mit ihren Sternenhänden diese jungen Männer, noch unschuldig, aufsammeln konnten vor dem Tod. Wir waren gute Nachbarn dieser Bräute. Als sie noch lebten, kamen armenische Zeitungen aus Istanbul ins Dorf. Als sie starben, kamen keine Zeitungen mehr. Wohin sind all diese Menschen gegangen, wohin?

PERIKIZI Großmutter, trink das Wasser. In deinen alten Haaren wohnt immer und immer dieser Schrecken. Wenn diese Bilder von früher dich besuchen, dann blutest du immer aus der Nase. Du bist wie Antigone.
»Ach! Weh! Wir haben Grund, ja Grund, wir beide, rückhaltlos, um unglückseliges
vererbtes, fluchbeladenes Blut zu beklagen
für den wir große
Mühsal sonst andauernd ertrugen,
Zuletzt aber nur das Unfaßbare erzählen,
das wir erlebt und erlitten.«
Großmutter, du lebst schon sehr lange in Flammen.
Wäre ich das Meer draußen, wäre ich stark genug, diese Flammen zu löschen?
Damals schon ist deine junge Nacht blitzschnell als uralte Nacht in deine Kinderaugen gesunken.

GROSSMUTTER Wohin sind die beiden Mädchen gegangen?

PERIKIZI Welche Mädchen?

GROSSMUTTER Die die Schürze über ihren Kleidern trugen.

PERIKIZI Großmuter, trink noch ein bisschen Wasser.

GROSSMUTTER Ich habe heute Nacht einen Traum gehabt. Ich war auf einem Berg, aber ich kannte ihn nicht. Plötzlich standen meine acht gestorbenen Kinder, meine drei toten Ehemänner, die zwei armenischen jungen Bräute aus unserem Dorf, die sich von den Brücken gestürzt hatten, mit ihren toten Kindern auf diesem Berg. Sie liefen alle zusammen. Der Berg lief mit ihnen. Ein Berg voller Toter. Dann kamst du plötzlich vom Berg herunter. Ich winkte dir immer wieder, damit du nicht herunterkommst, plötzlich sprachst du vom Berg herab mit meiner Stimme. Du warst so jung, wie du jetzt vor mir stehst, aber aus deinem Mund kam meine Stimme.

PERIKIZI Was sagte ich, Großmutter?

GROSSMUTTER Du sagtest, acht Kinder habe ich begraben, acht Birnen aus meinem Baum, als sie noch Blumen waren, gingen sie mit dem Todeswind weg.

PERIKIZI Großmutter, du hast ja drei Ehemänner gehabt. Euer Bett war mal gemacht, mal ungemacht, du hast also viel Zeit im Bett verbracht. Du mochtest mit den Beinen strampeln, da habt ihr es euch gut gehen lassen mit zappeln und rappeln, so machtet ihr immer weiter, bis ihr beide wurdet im Bauch heiter. Meine Frage ist aber, diese Frage ist so zahm wie ein Wolf und so gesund wie ein Wolfeszahn, mit welchem Mann von diesen drei Ehemännern willst du später im Paradies zusammenleben?

GROSSMUTTER *lacht* Ach, du bist eine Mundhure. Der schrecklichste Schrecken kehrt bei dir ins Lachen. Welcher Mann, was weiß ich? Der Erste hatte so eine schöne Stimme, er ging in den Krieg, Bismarckkrieg nannten es die Großen, oder sagten sie Willemkrieg? Täglich scharten sich die Witwen in den Gassen, sie schrien: Das wenige Licht in unseren Augen wurde noch trüber, Fluch sei dem Manne, der uns verbannte in Höllenglut. Fluch sei dem Kaiser, dem Enver Pascha, der blutigste, dessen Schlangenzähne alle Mutterbrüste gebissen haben.

Die Gasse vor unseren Häusern, die Wände unserer Häuser, die Türen, die Fenster sahen so aus, als ob nimmermüde Würmer da lauschen. Mit zitterndem, verzerrtem Munde sich an jetzigem, zukünftigem Witwenunglück berauschen. Krieg, klirrende Waffen in den Lagern. Krieg, eine Waffe namens Mauser. Krieg, ein großes Festmahl für Würmer. Krieg, ein den Würmern treuer Würmervater. Würmer zeigten sich ohne Scham auf den Schlachtfeldern. Hey, Tote, wir wagen uns an euch heran und plündern euch. Armer Kriegstoter. Sein letzter, sein treuester Freund ein Wurm. Schlachtfeld, eine herrschaftlich gedeckte Würmertafel. Ihren Reichtum bewundernd, mit blutgefärbten Körpern paaren sie sich noch über den Augäpfeln, die ihre nächsten Vorräte sind. Vorräte für ihre Nachkömmlinge. Mama, es riecht hier nach Menschenfleisch, Menschenfleisch, sagte ein Wurmkind. Perikızı, in der Würmerreichszeit verlor ich alle meine Kinder. Ich, von Mücken umringt, gesehen habe ich mit diesen Augen, die blind sein wollten, meine Engel unter die Erde kriechen. Eselsgeschrei, der weinte um mein schwarzes Schicksal. Dann holten die Großen auch meinen ersten Mann in diesen Krieg.

Am Ende der Gasse schaute er einmal sich noch einmal um, stumm, sah sein entferntes Haus, hörte die tiefe Unruhe, die in meiner Brust atmete. Eines Tages, es regnete in Strömen, die Dächer flogen, die Tiere ertranken in den Bächen, an diesem öden Abend kam er zurück, zitternd spürte ich, er war nicht mehr der, den ich kannte. Ein vom Tod verdunkelter Schatten bewachte seinen zu Trümmern gemachten Jünglingskörper. Er hatte eine offene Wunde. Die Würmer gingen hin und her auf seinen Wunden. Er nahm sich die Nacht als Freundin, schlief mit ihr. Als er starb, konnte man ihn aus den Händen der Nacht nicht herausnehmen. Er ist mit der Nacht begraben. Jedes Stück Nacht, das mit Toten geht, nimmt uns von unserem Schlaf etwas weg. Mich gaben sie dann seinem Bruder als Frau. Ein Dorfgelehrter. Er setzte sich mit seiner schwarzen Tafel und weißen Kreide täglich auf seinen Esel, der ihn sehr liebte, ging in die anderen Dörfer, lehrte die Menschen lesen und schreiben. Er sagte, unter den Menschen, die er trifft, versteht keiner, warum sich ein deutscher Kaiser zum Beschützer des Osmanischen Reiches erklärt hat. Er sagte mir, zu früh bist du geboren, gutes Herz, es kommen noch schwere Zeiten. Dann fasste er an meinen Bauch und sagte, unser Kind wird in eine brennende Welt kommen.

Eines Morgens zwei Gendarmen, aus ihren Mündern nach Raki stinkend, holten ihn, gaben ihm ein Gewehr namens Mauser.

Ein junger türkischer Soldat in der Uniform aus dem Ersten Weltkrieg, seinen Kopf unter seinem Arm, geht mit seinem Esel über die Bühne und geht wieder ab.

Er wollte nicht gehen. Sie zogen ihn an seinen Haaren auf den steinigen Weg, zu dieser Stund wurde sein Esel verrückt, zitterte gewaltig hinter langen Wimpern, blickte verstohlen, wartete Jahre um Jahre auf seinen Besitzer, doch er kam nicht.

Ach, was weiß ich, ich scheiße auf diese Welt. Die Herzen der Mächtigen sind schlecht und voller Scheiße. Nicht mal sein Schatten blieb ihm übrig. Ich blieb mit deinem Vater allein.

PERIKIZI Weine nicht, Großmutter. Der dritte Mann, der lebte aber, blieb dir etwas länger.

GROSSMUTTER Ja, der dritte, der ist nach Istanbul gegangen, dort soll er oft die Huren besucht haben. Die sollen ihm beigebracht haben, dass eine Frau auch oben sitzen kann. Er kam zurück, nahm mich in der Nacht über sich, da sind meine Beine von der Erde hochgeflogen.

Ein Feuer kam aus meinen Füßen wie ein Pfeil und ging durch meinen Körper durch aus meinem Kopf heraus.

PERIKIZI Das nennt man Orgasmus, Großmutter. Also der Dritte, der ist es, mit dem du dich im Paradies treffen willst, nicht wahr, Großmutter? Wenn du ihn im Paradies siehst, sagst du, o gnädiger Herr, ich bin es, ich bin Eure Ehefrau. Als wir noch lebten, die Beine bebten.

GROSSMUTTER Wenn der Wolf alt wird, wird er zum Spielzeug von kleinen Hunden. Aber nur so kehren wir unsere Rücken kurz unseren Wunden. Danke, dass du mich zum Lachen gebracht hast, Närrin. Ach, ich lebe schon zu lange. Meine Brüste sind so schlecht geworden.

Großmutter tastet mit der einen Hand ihre, mit der anderen Perikızıs Brüste.

Doch, meine sind sehr schlecht geworden. Wo sind dein Vater und deine Mutter?

PERIKIZI Im Kino, Großmutter. »Kommt! einen Ringel, einen Feensang!...«

GROSSMUTTER Sie glauben im Kino an die Schatten, die den richtigen Menschen die Gesichter wegnehmen. Wenn sie an diese Schatten glauben, wie können sie am nächsten Tag an die richtigen Menschen glauben, vor ihnen Respekt haben? Was für ein Film ist denn das?

PERIKIZI Ein amerikanischer. *Vom Winde verweht.*

GROSSMUTTER Was ist ein Amerikaner?

PERIKIZI Mutter sagt, ein Amerikaner ist ein Mensch, der nicht zu essen braucht. Amerikaner schlucken eine Tablette, das ist ihr Mittagessen, abends schlucken sie wieder so eine kleine Tablette, das ist für sie Abendessen.

GROSSMUTTER Ketzererfindung. Bald werden Steine auf unsere Köpfe regnen.

Perikızı, das sind die Zeitungen von damals, als deine Großväter starben.

Großmutter zeigt ein Bild aus der Zeitung.

Perikızı, guck mal, ist er tot?

PERIKIZI Ja, Großmutter, er ist tot.

GROSSMUTTER Und der hier, ist er tot oder lebendig?

PERIKIZI Er ist tot, Großmutter.

GROSSMUTTER Und die hier?

PERIKIZI Sie ist tot, Großmutter.

GROSSMUTTER Gib mir eine Zigarette. Wieso machst du nicht deine Schulaufgaben? Lerne, wenn du nicht die Füße des Mannes waschen willst. Ich sag dir noch mal, schau nicht in der Nacht in den Spiegel, sonst schicken dich die Geister zu einem fremden Land, wo ich dich nicht mehr finden kann.

Großmutter ab.

Laute Möwenschreie. Dramatische atmosphärische Musik aus der osmanischen Zeit. Perikızı blättert weiter in den alten vergilbten Zeitungen aus der Kriegszeit.

PERIKIZI Ist der tot oder lebendig? Er ist tot.
Ist der hier tot oder lebendig? Er ist tot.
Ist der tot oder lebendig? Er ist tot.
Ist der hier tot oder lebendig? Er ist tot.
Ist der tot oder lebendig? Er ist tot.
Ist der hier tot oder lebendig? Er ist tot.

Plötzlich spricht Perikızı im Duktus der Großmutter. Die Sätze der Großmutter platzen aus ihr heraus.

Täglich scharten sich die Witwen in den Gassen, sie schrien: Das wenige Licht in unseren Augen wurde noch trüber, Fluch sei dem Manne, der uns verbannte in Höllenglut. Fluch sei dem Kaiser, dem Enver Pascha, der blutigste, dessen Schlangenzähne alle Mutterbrüste gebissen haben.

Die Gasse vor unseren Häusern, die Wände unserer Häuser, die Türen, die Fenster sahen so aus, als ob nimmermüde Würmer da lauschen. Mit zitterndem, verzerrtem Munde sich an jetzigem, zukünftigem Witwenunglück berauschen. Krieg, klirrende Waffen in den Lagern. Krieg, eine Waffe namens Mauser. Krieg, ein großes Festmahl für Würmer. Krieg, einer den Würmern treuer Würmervater. Würmer zeigten sich ohne Scham auf den Schlachtfeldern. Hey, Tote, wir wagen uns an euch heran und plündern euch. Armer Kriegstoter. Sein letzter, sein treuester Freund ein Wurm. Dann holten die Großen auch meinen ersten Mann in diesen Krieg. Am Ende der Gasse schaute er einmal sich noch einmal um, stumm, sah sein entferntes Haus, hörte die tiefe Unruhe, die in meiner Brust atmete. Eines Tages, es regnete in Strömen, die Dächer flogen, die Tiere ertranken in den Bächen, an diesem öden Abend kam er zurück, zitternd spürte ich, er war nicht mehr der, den ich kannte. Ein vom Tod verdunkelter Schatten bewachte seinen zu Trümmern gemachten Jünglingskörper. Er hatte eine offene Wunde. Die Würmer gingen hin und her auf seinen Wunden. Er nahm sich die Nacht als Freundin, schlief mit ihr. Als er starb, konnte man ihn aus den Händen der Nacht nicht herausnehmen. Er ist mit der Nacht begraben. Jedes Stück Nacht, das mit Toten geht, nimmt uns von unserem Schlaf etwas weg.

Was sage ich? Wovon rede ich? Warum rede ich wie meine Großmutter? In welchem Alptraum wohne ich? Was ist mit mir los? Mein Mund ist nicht mehr der meine, wie in Großmutters Traum. Ein Berg voller Toter, sagte sie. Dann kamst du plötzlich vom Berg herunter, sagte sie. Plötzlich sprachst du vom Berg herab mit meiner Stimme, sagte sie. Großmutters Nacht wandelt in mir. Wie kann ich mich dieser Nacht entziehen? Es riecht in mir nach starkem Gewitter. Es kommt mir vor, als ob diese in mir wandelnde Nacht mich beugen wollte. Ich wollte nie, dass Großmutters Nacht sich so tief in mich setzt. Aber ich war wie in einem Traum, als ich ihre Sätze wiederholte. Ich will aber nicht, dass diese Sätze mich erziehen, mit den Toten zu leben, die ich nie angefasst, nie gesehen habe. Ich will nicht mit den Toten leben. Ich will frei sein, ich will leben. Ich will nicht die Toten. Großmutter lebt in einem Alptraum, ich will meinen Traum leben. Ich will hier weg.

Perikızı nimmt die Decke vom Spiegel. Sie nimmt ihre Eselsmaske ins Gesicht und singt wie Zettel.

»Die Schwalbe, die den Sommer bringt,
Der Spatz, der Zeisig fein,
Die Lerche, die sich lustig schwingt,
Bis in den Himmel 'nein.«

Dann spielt sie Titania.

»Ich bitte dich, du holder Sterblicher,
Sing noch einmal! Mein Ohr ist ganz verliebt
in deine Melodie, ist auch mein Auge.«

Ich muss den Text so artikulieren, als ob ein Fisch in meinem Mund wäre. Die Engländer sprechen ja so.

It is good, my dear
Ay but why?
Why, that's some comfort.

Die Musik von Vom Winde verweht *ist zu Ende, der Film läuft noch eine kurze Weile, Vater und Mutter stehen auf, setzen sich ihre Hüte auf und küssen sich wie im Film, zwei wie große Stars aussehende wunderschöne Menschen. Die Mutter beobachtet ihr Kind, der Vater ist blind.*

»I pray thee, mortal, sing again
mine ear is much enamoured of thy note;
So is mine eye enthralled to thy shape;
And thy fair virtue's force perforce doth move me,
on the first view, to say, to swear, I love thee.«
Hier sollte ich es als Titania ernst meinen
und schupps aus Freude echt weinen,
so dass das unmöglich zu stöpseln ist, mein Tränenloch,
ich muss mich jetzt zum Weinen bringen,
sonst werde ich mich umbringen.

Sie probiert zu weinen, keine Tränen kommen, wütend zieht sie ihre Kleider aus, nackt schlägt sie um sich, kann trotzdem nicht weinen. Sie geht nackt zum Grammophon, legt eine Schallplatte mit einer Arie aus Così fan tutte *auf und weint.*

MUTTER Liebling, was macht denn unser Kind? Was für eine große Tat ist hier vollbracht?

PERIKIZI Mama, unterbrich nicht mein Weinen. Titania ist verliebt, ihr Herz ist ungesund.

Beim ersten Blick zu gestehen zu schwören… dass ich dich liebe…

MUTTER Halt deinen Theatermund, dein Verstand ist ungesund. Sprich du zu ihr, Sinan, frage deine Tochter, ob sie ihre Hausaufgaben gemacht hat, sie wird sitzenbleiben. Was mache ich nur? Sie hat nur Theater im Kopf. Sie lernt alle Stücke auswendig.

VATER Meine schöne Tochter, warum zwingst du uns zu harten Reden?

Er gießt Raki ein und gibt seiner Frau ein Glas.

Meine schöne Tochter, ich weiß, dass du mit deiner Großmutter heimlich rauchst. Jetzt habe ich die Ehre, der ersten öffentlichen Zigarette meiner Tochter Feuer zu geben. Hast du deine Hausaufgaben gemacht?

Pause. Es wird Raki getrunken, geraucht.

PERIKIZI Nein, Vater, ich musste Titania-Sätze lernen. War der Film schön?

VATER Ja, sehr schön, eine große Liebesgeschichte. Eine melodramatische Liebesgeschichte im Krieg mit Happy End. Clark kehrt nach Hause zurück.

PERIKIZI Vater, mach Clark Gable nach.
Vater macht Clark Gable nach.

MUTTER Topf und Deckel, Deckel und Topf, beide haben nur Spiele im Kopf.

PERIKIZI Mama, meine Lehrerin sagte, ich werde sitzenbleiben. Ich will nicht mehr in die Schule, ich will Schauspielerin werden.

MUTTER Kann jetzt Shakespeare oder Molière dir helfen? Das Theater hat dein Leben verbrannt.

PERIKIZI Das Theater ist mein Leben, wie kann mein Leben sich selbst verbrennen? Ava Gardner hat auch kein Abitur gemacht, aber du liebst sie, Mutter. Auch Harold Pinter hat für das Theater die Schule verlassen.

MUTTER Die heißen aber Ava Gardner und Harold Pinter.

PERIKIZI Ich werde in die Schauspielschule gehen.

MUTTER Wenn du keinen Erfolg hast, wirst du unglücklich. Du wirst verhungern. Du könntest Anwältin werden, du liebst es zu reden. Anwälte sind wie Schauspieler, aber sie verhungern nicht. Was meinst du, mach dein Abitur.

PERIKIZI »Ich bin ein Geist nicht von gemeinem Stande.«

MUTTER Du willst einen Esel aus mir machen, mir Angst machen, als wäre ich dein Todfeind, und willst mich tödlich quälen. Vielleicht habe ich daran Schuld, aber ich bin deine Mutter und verliere bald die Geduld. *Weint.*

PERIKIZI *Korken im Mund* »Pflegt Spott und Hohn in Tränen sich zu kleiden.«

MUTTER Meine Tochter, du bist so entsetzlich wild und noch so jung.

PERIKIZI »Nein, nein, Mutter, ich will nicht trau'n
Noch länger Eu'r verhaßtes Antlitz schauen,
Sind Eure Hände hurtiger zum Raufen,
So hab' ich längre Beine doch zum Laufen!«

MUTTER Warum lachst du, Sinan? Perikızı, wahrscheinlich haben die Geister dich damals auf dem Friedhof im Grab mit einem ihrer Geisterkinder vertauscht.

PERIKIZI Ich war in einem Grab?

MUTTER Du warst ein Jahr alt, du warst ein sehr schönes Kind. Dann plötzlich gingen alle Fingernägel von deinen Fingern ab. Mager wie ein dünner Ast lagst du auf dem Bett. Ärzte konnten dir nicht helfen. Deine Großmutter sagte mir, weine nicht, Braut. Bring das Kind zu einem Friedhof. Leg es in eine frischgegrabene Grube und warte, bis das Kind weint. Deine Großmutter glaubte, dass man den Tod überlisten kann. Der Tod würde glauben, dass du schon tot bist und dich in Ruhe lassen. Ich habe dich genommen, auf dem Friedhof in eine frischgegrabene Grube gelegt und am Grab gestanden. Gezittert habe ich, aber wie, ich war sechzehn Jahre alt. Dann hast du geweint, ich habe dich aus der Grube rausgeholt, dann wurdest du wieder gesund und ein Prachtkind. Auf der Straße hielten mich die Leute an, um dein schönes Gesicht zu sehen. Aber die Geister haben dich bestimmt damals im Grab mit einem ihrer Feenkinder vertauscht. Wenn nicht irgendwas falsch mit dir wäre, würdest du mich nicht zum Weinen bringen. Von da haben wir dich Perikızı, Feenkind, genannt.

PERIKIZI Mama, Titania aus dem *Sommernachtstraum* ist auch ein Geist. Eine Fee. Sie sagt zu Oberon, gib dein Herz zur Ruh, das Feenland kauft mir dieses Kind nicht ab.

MUTTER Kind, mach dein Abitur, sonst wird dein Vater dir kein Geld geben.

PERIKIZI Dann haue ich hier ab, ich geh weg.

MUTTER Geh, wohin du willst, geh bis zum Ende der Hölle, zu der letzten Gasse der Hölle. Komm her, ich bekomme Herzklopfen, dass mein Fluch dich treffen könnte. Wenn du wüsstest, wie ich dich liebe.

PERIKIZI Bin ich wirklich im Grab zum Feenkind geworden?

MUTTER Nein, du warst ein sehr ungewöhnliches Kind. Ein mutiges Kind. Du hattest die Gabe, in deinen Träumen zu sehen, was geschehen wird.

PERIKIZI Gestern sah ich einen Esel in meinem Traum. Vielleicht weil Titania sich in einen Esel verliebt hat. Titania sagt zum Esel: Ich bitte dich, du holder Sterblicher, sing noch einmal.

MUTTER Jetzt geht das Theater wieder los. Du trotziger Esel, ich sage es dir noch mal, lerne deine Schulaufgaben, schwöre mir jetzt auf der Stelle auf die Schnelle.

PERIKIZI *setzt sich ihre Eselsmaske auf* Esel schwören nicht.

MUTTER Jetzt werde ich deine Eselsfratze runterreißen, raufen, warte nur.

PERIKIZI »Sind eure Hände hurtiger zum Raufen,
So hab ich längre Beine doch zum Laufen!«

MUTTER Geh zur Hölle, ich hoffe, du landest in der letzten Gasse der

Hölle mit deinen Eseleien. Die letzte Gasse der Hölle soll ab jetzt dein Gastgeber sein. Himmel, nimm meinen Mutterfluch.

PERIKIZI Medea, gute Nacht,
auf deinen Muttergötterfluch gebe ich nicht acht.
Sei in deinem Götterfluch schön sacht.

MUTTER Geh zur letzten Gasse der Hölle.

PERIKIZI »He, Geist! Wo geht die Reise hin?
Über Täler und Höh'n,
Durch Dornen und Steine,
Über Gräben und Zäune,
Durch Flammen und Seen,
Wandl' ich, schlüpf' ich überall.«

MUTTER Wohin willst du gehen?

PERIKIZI Nach Europa. Alle gehen nach Europa, ich will nach Europa.

MUTTER Europa! Du glaubst, Europa wartet auf dich? Wenn du kommst, werden sie dich als türkische Sultanin mit tausendundeiner Querflöten empfangen, weil du aus tausendundeiner Nacht kommst?

PERIKIZI Du hast es erraten. Ich schwärme nächtens aus zu solchen Taten.

MUTTER Gut, zieh nur hin. Wohlan, hetz dich ab, wohlan, wie ein schneller Hund renn hin zu diesem Europa. Sie werden goldene Sterne auf dein Haupt schütten, wohlan zu diesem Europa. Das alle deine Großväter auf dem Gewissen hat. Die Toten, die sind unsere Götter, nie werden sie dir verzeihen, du Ruhelose. Willst du unsere Toten noch mehr zum Leiden zwingen. Tödliches Unheil schreitet dir voran, du in Wahnsinn Ertrunkene.

PERIKIZI Nach Europa, nach Europa!
»Why Madam, if I were your father's dog,
you should not use me so.«

MUTTER Ist denn die dunkle Macht des Satans in dich gefahren? Entschuldige dich vor deinen Toten. Morgen plagt dich das schlechte Gewissen. Fühlst du es denn nicht, ihre Knochen frieren in den Gräbern. Siehst du denn nicht, sie entfliehen dir wie ein Schatten oder ein Traum. Nur die Toten helfen uns, in der Welt Ruhe zu bewahren.

PERIKIZI Ich will nicht mit den Toten leben. Ich will wegwandern von den Toten.

MUTTER Rüttel dich wach, Perikızı. Greif nach der Frucht der Erfahrungen der Toten. Im eigenen Land stirbt man einmal, in der Fremde tausendmal.

PERIKIZI »By the kind Gods, tis must be ignobly done
to pluck me by the beard.«
Ich komm ja wieder zurück.

MUTTER Es gibt keine Rückkehr. Wenn du auch zurückkehrst in einer düsteren Nacht, dein Gewissen wird vor dir hier in Istanbul heimlich in eine Bucht fahren. Ein aus bösen Schuldgefühlen gebautes Piratenschiff. Listig auf dich warten. Listig, tüchtig, ab dem Moment wirst du das schlechte Gewissen täglich als Kleid tragen, das dich wie kaltherzige Hunde beißt.

PERIKIZI »Be thy mouth or black or white,
Tooth that poisons if it bite.«

MUTTER Sinan, wende dich nicht ab. Was ist los? Sprich zu ihr mit deinem Vatermunde, mach was. Bring den Tochter-Mutter-Krieg zu einem Ende. Deine Tochter möchte wegwandern von Vater, Mutter, von unseren Toten. Ich will mich zurückziehen zum Heulen.
Mutter ab.

VATER Tochter, mein Augenlicht. Kennst du die Geschichte von Odysseus? Er war zwanzig Jahre lang auf der Irrfahrt und konnte nicht zu seinem Land zurückkehren.

PERIKIZI Aber Vater, was hat das mit mir zu tun?

VATER Zum Niemand schrumpfen, das hat mit dir zu tun. Perikızı, mein Augenlicht, stell dir vor: Odysseus auf der Irrfahrt mit seinen Gefährten. Geschlagen vom verrückten Meere. Dann sieht er nicht weit vom Ufer entfernt einen mit Lorbeer überwucherten Eingang einer Höhle. Weißt du, wer da wohnte?

PERIKIZI Niemand wahrscheinlich.

VATER Ach Tochter, mein Augenlicht. Da wohnt der Kyklop, der Riese mit einem Auge. Odysseus geht da rein mit seinen Männern. Die essen von Kyklops Käse und Honig, Lamm und Zicklein, trinken seinen Wein. Der einäugige Riese kommt plötzlich zurück, fragt mit seiner Stimme wie aus Donner: »Hey, unangemeldete Gäste, wer seid ihr? Ihr seid bestimmt Händler oder Strolche oder Seeräuber?«
Odysseus antwortet: »Wir sind von Troja herkommende Archaier, ein unbarmherziger Wind hat uns über die großen Meeresschlünde hierher verschlagen. Wir wollen nach Hause, nach Ithaka, wir bitten dich, uns als Gäste zu behandeln.« Tochter, mein Augenlicht. Kannst

du dir vorstellen, was der einäugige Riese macht? Er schlägt Odysseus' Männer auf den Steinboden, bis ihr Gehirn an die Höhlenwände spritzt. Tochter, stell dir bitte vor: Die ganze Höhle ist voll Blut, und der Riese fragt den Odysseus, wie er heißt. Odysseus sagt: »Mein Name ist Niemand. Niemand.« Der Riese sagt: »Niemand, ich esse dich zuletzt.« Dann trinkt er viel Wein und fällt in einen tiefen Rausch. Da findet Odysseus in der Höhle einen Pfahl, spitzt ihn und stößt ihn in die Glut, er und ein paar Gefährten rammen die glühende Spitze tief in das Auge des Riesen und blenden ihn.
Meine schöne Tochter, Odysseus hatte gesagt, er hieße Niemand. Das rettete ihn, aber im Vergleich zum geistigen Riesenformat des Kyklopen ist er tatsächlich ein Nichts, ein Niemand. Der Kyklop ist ein Riese, weil sein Bewusstsein riesige Gebiete umfasst. Der Riese lebt in seiner Umgebung, hat Schafe, Lämmer und Ziegen, das ist sein Land. Odysseus ist aber auf seiner Irrfahrt in der Fremde beinahe zu einem Nichts, Niemand geschrumpft. Er will vom Honig und vom Lamm des einäugigen Riesen kosten. Tochter, wenn du in ein fremdes Land gehst, und wenn das Land ein einäugiger Riese ist, weil sein Bewusstsein riesige Gebiete umfasst, und jetzt kommst du und willst von seinem Honig und seinen Tieren kosten, wirst du auch zu einem Niemand schrumpfen. Ein Niemand besitzt am Ende nur Einsamkeit, Einsamkeit des Ichs, in dem Leiden, leere Hoffnungen, Verluste, wie vom Licht geblendete Fledermäuse zu Hause sind. Perikızı, mein Augenlicht, schau. Am Ende liegt Odysseus allein und nackt vor seiner Küste. Nackt bist du auch. Du stehst hier wie nackt, du bist aber nicht nackt, weil du ein Zuhause hast. Unsere Sanftheit kleidet dich, seit du geboren bist. Wenn du gehst, werden die Liebesquellen austrocknen. Dort wirst du nur deine eigenen Schritte hören wie das Schaf seine Glocke am Hals. Tschang-tschang-tschang. Du wirst dich schämen. In den fremden Gassen vor den fremden Wörtern ohne Kindheit wirst du dich schämen, denn in einer fremden Sprache haben Wörter keine Kindheit. Und die Scham ist ein tüchtiger Beamter, in seinen Händen die labyrinthische Zeit, aus der es keine Wiederkehr gibt.

PERIKIZI Aber Vater, so viele Menschen sind von hier nach Europa gegangen, glaubst du, sie sind alle krank vor Scham, schamkrank, mit blassen Wangen? Werden sie sich schämen bis ins Grab?

VATER Ja, die Gegangenen werden sich schämen bis ins Grab. Sogar wir, die Gebliebenen, schämen uns für die, die nach Europa gegangen sind. Die Leute sagen hier, diese Menschen, die hier fort sind, geben in Europa ein schlechtes Bild von uns. Wir sind hier modern, wir haben unsere Geschichte, unsere Reichtümer, unsere Kultur. Die, die weggegangen sind, sind die Armen, die Kulturlosen, die Sklaven. Durch sie wird in Europa unsere wahre Identität, unsere reiche Geschichte klein gemacht. Plötzlich schrieb Europa unsere reduzierte Geschichte. Ridicule.

PERIKIZI Vater, ich mach die Geschichte wieder groß. Ich werde dort Schauspielerin.

VATER Tochter, mein Augenlicht. Stell dir vor. Als Gegangene stehst du auf den fremden Straßen, ja! Die Straße ist dir fremd, aber du bist auch der Straße fremd. Die Straße ist aber denen, die du als Fremde siehst, nicht fremd. Auf dieser Straße laufen die, denen die Straße nicht fremd ist, und wenn diese Menschen dich, den Fremden, sehen und wollen, dass du dich nicht fremd fühlst, lächeln sie dich an. Aber manche andere wollen, dass du dich fremd fühlst, und geben dir auch das Gefühl. Die armen europäischen Leute, die werden mir alle leidtun, ob sie lächeln oder böse schauen. Ausländer machen die Einheimischen zu Pförtnern. Die Fremden werden das Land, in dem sie ankommen, immer zweiteilen. Das bedeutet Wörterkrieg unter den zweigeteilten Einheimischen. Überleg dir nur einen Moment lang, dass du die Menschen, die dort geboren sind, täglich zwingst, zum Pförtner zu werden.

PERIKIZI Was für ein Pförtner, o huldiger Herr, ich bin ganz Ohr?

VATER Entweder ein guter Pförtner, der von seinem festen Platz aus entscheidet, ob ein Fremder durch das Drehkreuz gehen darf, oder der böse Pförtner, der dich nicht durchlässt. Du wirst dich schämen, weil du dauernd ein Thema bist. Kein Mensch mehr, ein Thema. Morgens wirst du nicht mehr wie hier in deinem Blumenbett aufwachen, sondern in den Zeitungen. Willst du zu ein paar Zeilen werden in den muffigen Blättern, die gefaltet in den Taschen stecken oder in den U-Bahnen vergessen werden?

IN WAHRHEIT IST DER BESTE TÜRKE FÜR EUROPA DER ALS TÜRKE VERKLEIDETE EUROPÄER.

PERIKIZI Verkleidet? Wie? Gibt's ein Schauspiel? Kann ich mitspielen?

VATER Perikızı, mein Kind. Du mit deiner unschuldigen Jugend, unüberlegt, Körper ohne Wunde, denkst, wenn du dort Sehnsucht hast, können die Wörter deiner Landsleute dir eine Salbe werden. Die Liebesquellen ihrer Sprache sind aber schon längst ausgetrocknet, weil der Alltag dort fehlt, der ihre Sprache ernährt hatte, Stimmen der Mutter, Ausrufe von einem Straßenverkäufer, Stimmen der Tiere. Sie haben sich von ihren Toten entfernt. Sie konnten früher mit ihren Toten sprechen. Weil sie mit ihren Toten sprechen konnten, waren sie nicht gehetzt. Jetzt, wo ihre Liebesquellen trocken sind, grüßen sie nur das Geld. Sie sind Goldgräber, sie wollen in diesem fremden Land möglichst viel Gold graben. Weil sie mit der neuen Sprache Probleme haben, sind sie dort noch mehr Türke geworden als Türken hier. Obwohl die Türkei sie rausgespuckt hat. Ihre alten Fotografien, die sie mitgenommen hatten, sagen nichts mehr über diese Menschen. In der Fremde wird der Mensch auf sich selbst zurückgeworfen, weil er andauernd daran erinnert wird, dass er anders ist.

PERIKIZI Aber Vater, nur eine Frage: Ich werde doch Schauspielerin, warum soll es mir als Künstlerin in Europa anders gehen als hier? Ich spiele hier Rollen und dort auch Rollen.

VATER Stell dir das vor: Du liebst deine Rolle Titania. Du borgst ihr deine Stimme, dein Herz, deine Tränen, dein Lachen, du opferst sogar für Titania deine Mutternerven. Du forderst aus dir heraus für Titania Sterne. Du entziehst dir von deinem süßen Schlaf Zeit, damit Titania sich dir jeden Morgen wieder leiht. Stell dir vor, du schläfst eine Nacht und träumst, dass deine Titaniarolle dir weggenommen wird und du eine Putzfrau spielen musst mit einem Tuch auf dem Kopf, rosa Bluse, einer alten Pluderhose und einer Plastiktüte in der Hand.

PERIKIZI Keiner wird so was aus mir machen.
So ein verhöhnendes Unternehmen wagen.

VATER Ja, Tochter, doch, Europa wird es wagen. Wenn du gehst, gehst du als Titania fort und kommst dort als Putzfrau an.

PERIKIZI Vater, Ihr spottet meiner. Meine Tränen anzulocken. Tauscht Titania mit der Putzfrau. Dieser Gedanke ist… ich fürchte, eine Schlange beißt mein Herz.

VATER Schau, die Frauen unserer Landsleute sind dort Putzfrauen. Und auf einer europäischen Bühne ist eine türkische Frau eine türkische Frau, und eine türkische Frau ist eine Putzfrau. Das ist die tägliche Realität, und am Theater wird es nächtliche Realität. Du kannst am

Theater nur als Putzfrau Karriere machen. Im ersten Stück bist du eine Putzfrau, bückst dich und putzt mit dem Eimer in der Hand, in dem nächsten Stück kriegst du vielleicht eine Bohnermaschine, da hast du schon die hohe Karriere. Vom Eimer zur Bohnermaschine. Hier, nimm, putz deine Nase, weine nicht, mein Augenlicht.

PERIKIZI *setzt ihre Eselsmaske auf* Ich merke Ihre Schelmereien, Sie wollen einen Esel aus mir machen, mir Furcht machen.

VATER Ach mein Kind, wie jung ist dein Blut, so gastfreundlich für verrückte Taten. Ich möchte nur, du atmest gern und frei unterm Himmelslicht und schläfst mit dem Mond, den du kennst, in deinem Bett und lebst mit dem Mond, den du kennst, und lachst mit dem Mond, den du kennst.

PERIKIZI Und du? Du holst dir Freunde aus Amerika, aus Europa. Darfst Charlie Chaplin und Clark Gable nachmachen? I-A, I-A.

VATER Ja, aber ich möchte nur in meinem Zimmer auf die Reise gehen, nur im Kino Amerika sehen, nur in den Büchern aus Europa, die deine Mutter mir vorliest, auf die Reise gehen. So bin ich in Europa, aber ganz frei in meinem Zimmer. Da scheint der Mond, den ich kenne. Der Mond beleuchtet die Blätter, und die Menschen berühren mich von weitem.

PERIKIZI Ich kann nicht wie du leben, Vater, sonst verhungere ich. Ich muss weg.

VATER Tochter, bleib hier bei uns, bei deinem Mond, den du kennst. Du kannst da in Europa vielleicht berühmt werden, eine berühmte Schauspielerin, vielleicht eine Schriftstellerin, aber du wirst keine Ruhe finden. Sie werden dich loben und schreiben, dass du Pionierin der türkischen Künstler bist, dass du Aufklärer der unterdrückten türkischen Mädchen bist, dass du eine Brücke zwischen der Türkei und Europa bist, dass du die einzige emanzipierte Türkin bist, dass du das beste Beispiel für Integration bist, bist, bist, bist.

PERIKIZI Bist du denn ein Hellseher, Vater? Bist du Teiresias?

VATER Nehmen wir an, du schreibst einen Roman, mit all deinen Phantasien, deinen empfindsamen Gefühlen, du schreibst, ab jetzt ist Alleinsein mein Pferd, oder die wohnungslose Schnecke, weil du mit Schnecke Mitleid hast. Diese Schöpfungen, die du aus deinem eigenen Körper ausgraben wirst, werden unter Türkisch registriert. Sie werden sagen: »Schauen Sie, wie schön die türkische Sprache ist.« Keiner kann Türkisch, aber plötzlich wissen sie, dass es Türkisch ist.

Du landest in der türkischen Schublade. Europa, Tiergarten der Sprachen, hier sind die türkischen Tiere. Als wäre die Türkei ein Dorf, in dem alle Einwohner die gleiche Erfahrung haben. So werden sie versuchen, dir dein Gedächtnis auszulöschen, weil sie keines haben. Weil sie keines haben, darfst du auch keines haben. Weil es ihnen auch schnuppe ist.

PERIKIZI *singt* Du meinst, alle Negermädchen haben die gleichen Gesichter, alle Neger haben die gleiche Geschichte, alle Neger haben die gleichen Phantasien.

VATER Ja, mein Augenlicht.

PERIKIZI O lies mir weiter aus der Hand, Teiresias!

VATER Ich wollte dich nur ernähren mit der Kraft der Wahrheit. Wenn du weggehst, werden ich, deine Mutter, deine Großmutter Trauer tragen, und auch unsere Toten, die an unseren Schmerzen am meisten leiden.

PERIKIZI Ich will weg von den Toten.

VATER Deine Mutter hat recht. Unsere Toten sind unsere Götter. Hier spricht man noch mit den Toten. Sie hetzen uns nicht, weil wir mit ihnen reden. Europa, zu dem du gehen willst, hat keine Scham vor seinen Toten. Europas Wille zur Macht hat deine Großväter auf dem Gewissen. Ich habe meinen Vater nie gesehen. Er kam nur im Traum zu mir. Was ist denn ein Traum? Nicht bewohnbar, nicht berührbar.

PERIKIZI Mir sind sie doch egal, die Toten. Ich will nicht mit den Toten leben.

VATER Perikızı, steh treu zu deinen Toten, ihr Seufzer kriecht durch das wilde Gras, ergriffen von großen Bitternissen, wenn du gehst, sind sie verschämt durch deine wilde kopflose Tat, den Atem haltend stehen die Toten jetzt hier in dieser Stund, ich bin sicher, sie stehen zusammen. Ihre Tränen schauen auf dich, auf die Verführte, die aus ihrer Bahn schlägt.

PERIKIZI Mir sind doch egal die Toten, sie sollen von mir fernhalten ihre Pfoten. Das bekommt mir schlecht. Ich spucke auf alle Toten. Ich scheiße auf die Toten. Scheiße, Scheiße, Scheiße.

VATER Du gehst in einen Krieg. Es wird früher dunkel, als du erwartest. Du wirst dort unsichtbar.

Vater geht ab.

Perikızı steht vor dem Spiegel, sie betrachtet sich, allein, es wird dunkel, die Möwenschreie und Schiffssirenen werden lauter, die beiden

Musiker spielen ein melancholisches orientalisches Lied. Die Möwen schreien stärker und stärker, Blitz und Donner grollen.
Der junge Soldat in der Uniform aus dem Ersten Weltkrieg mit dem Kopf unter dem Arm und die zwei Armenierinnen schieben den Spiegel beiseite. Hinter dem Spiegel regnet es.
Perikızı geht wie eine Schlafwandlerin durch die Spiegeltür. Der Soldat und zwei armenische Frauen folgen ihr als Schatten.
Leere Bühne, es regnet, Perikızı steht im Regen auf einem ganz bestimmten Platz, das ist ab jetzt ihr begrenzter Raum, sie kotzt. Auf der Bühne stehen drei Paare Frauenschuhe von den Huren nebeneinander.

Mit dem Hurenzug nach Europa

Perikızı kotzt. Fällt in Ohnmacht. Drei Huren kommen barfuß zu ihr, sie haben ihre Nylonstrümpfe bis unter die Knie gerollt. Die drei Huren als Musikkapelle machen unter ihrem Dialog Zuggeräusche: Schienenstöße, schlechte Schienen, Zugbremse, hinter ihnen fliegen Bahnhofsschilder vorbei. Sie spielen: sich am Gepäcknetz festhalten, die Schlüpfer im Wind trocknen lassen, die Haare im Wind fliegen lassen.

ERSTE HURE Es ist wieder dunkel geworden.

ZWEITE HURE Gestern wurde es auch so dunkel.

ERSTE HURE Wo sind wir jetzt?

DRITTE HURE Der Zug fährt gerade durch Jugoslawien.

ZWEITE HURE Jugoslawien gibt es nicht mehr. Hier ist jetzt Krieg. Woher kommen die Moskitos her? Anasını siktiim.

ERSTE HURE Sie sind auch in den Zug eingestiegen.

DRITTE HURE Moskitos wollen auch nach Europa. Hahaha. Viel ist hier nicht, nur die Toten draußen.
Sie tötet einen Moskito.
Moskito, komm mit uns mit nach Europa. Dort wirst du beglückt vom tiefen Wissen, motherfuck.

ZWEITE HURE Die serbischen Moskitos sind am agressivsten. Es sind die kräftigsten. Anasını siktiim, motherfuck.

ERSTE HURE Aber woher wissen wir, dass es serbische Moskitos sind?

ZWEITE HURE Ich weiß nicht, sie haben mich seit der serbischen Grenze sogar durch die Strümpfe gestochen.

ERSTE HURE Wenn ein serbischer Moskito, der mitfährt, das Blut eines kroatischen Grenzpolizisten saugt, würde er danach kotzen?

DRITTE HURE Nein, dann wird er ein von Europa offiziell anerkannter Moskito, ein kroatischer. Anasını siktiim.

ZWEITE HURE Und wenn er uns beißt?

DIE DREI HUREN ZUSAMMEN Dann ist er ein Hurenmoskito.

Moskitokonzert.

ERSTE HURE Die Moskitos werden uns sicher bis nach Europa begleiten. Wie aber sollen sie wieder zurückkommen nach Belgrad oder Zagreb oder Istanbul?

ZWEITE HURE Es gibt kein Zurück. Anasını siktiim.

DRITTE HURE Sie werden in Europa in einer motherfuckfickfuck-Bude hausen.

ERSTE HURE Inklusive Toilette im Treppenhaus.

ZWEITE HURE Da friert die Scheiße innerhalb von drei Minuten bei der Kälte. Anasını siktiim.

DRITTE HURE Motherfuck, jetzt schießen sie wieder draußen. Draußen ist es ja wie im Disneyland, motherfuck. Ich kannte eine Frau aus Jugoslawien, die jetzt in Berlin wohnt und als Putzfrau arbeitet, Safiye. Früher, als Jugoslawien noch existierte, lebte sie in Sarajevo und arbeitete als Lehrerin. Dann brach der Krieg aus. Eines Morgens saß sie mit ihrem Mann und ihrem Bruder am Tisch. Während sie frühstückten, kam plötzlich die serbische Miliz in das Haus, tötete vor ihren Augen ihren Ehemann und ihren Bruder, schleppte sie in einem Lastwagen mit anderen Frauen in ein Lager, dort vergewaltigten Männer Safiye und die anderen Frauen zwei Tage lang. Safiye verlor ihr Bewusstsein. Als sie wieder zu sich kam, fasste sie als Erstes an ihr Haar, an ihren langen Zopf, der bis zu ihren Schenkeln reichte, er war weg. Abgeschnitten. Safiyes erster Gedanke war: »Wo ist mein Zopf?« Sie fragte sich nicht, wo ihr Mann oder ihr Bruder ist, sie fragte: »Wo ist mein Zopf?« Das Rote Kreuz brachte Safiye nach Berlin. Der Zopf. Ein Zopf. Ein Frauenzopf. Viele Männer, ein Messer. Eine Nacht, wie jetzt hier. Der Zopf liegt irgendwo, aber wo? Wo, motherfuck?

PERIKIZI Wo bin ich?

DIE DREI HUREN Im Zug, Esel.

PERIKIZI Hülfe! Großmutter sagte, schau nicht in der Nacht in den Spiegel, sonst werden dich die Geister zu einem fremden Land bringen. Hülfe! Senfsamen! Bohnenblüte! Motte! Spinnweb! Ich habe auch auf unsere Toten geschimpft. Der Zug soll anhalten, auf der Stelle, mich zieht's zu Mutter.

DIE DREI HUREN Keine darf, weder Esel noch Mensch, diesen Hurenzug verlassen bis Europa. Anasını siktiim. Motherfuck.
Bald umgibt dich eine neue Welt.
Dort kommst du in ein Vagabundenzelt, motherfuck.
Deine bisherige Seligkeit kannte keine Grenzen.
Furchtlosigkeit kannte keine Bremsen.
Anasını siktiim.
Mamsell Grenzenlosigkeit geht auf die Reise.
Wo sie ankommt, wird sie in den Rücken gebissen.
Für die Grenzbefestiger wird sie ein Leckerbissen.
Grenzbefestiger sind gerne Leichenfledderer.
Indem sie fleddern, wird der Esel zu einer Leiche.
Anasını siktiim.

PERIKIZI Seid ihr von einem Wurm gebissen, dass ihr so wurmig redet? Es zieht mich nicht mehr nach Europa, es zieht mich zu meiner Mutter. Halt den Zug an.

DIE DREI HUREN Halt deinen Eselmund. Die Türen sind geschlossen bis Europa. Motherfuck, leg dich hin, du ermüdest unsere Spucke.

PERIKIZI Kuckuck, liegen will ich nur bei meiner Mutter, in meinem Titania-Blumenbett.

DIE DREI HUREN Motherfuck, schlaf, welke hier auf deiner niedergedrückten Zugblume, nimm endlich deine Eselsmaske ab, zeig uns deine dornige Zunge.

PERIKIZI Der Esel will zurück nach Hause.

DIE DREI HUREN Deinen Pass hat der Zugführer. Du kannst nicht zurück.

PERIKIZI Hat der Esel einen Pass?

DIE DREI HUREN Ja, und einen Vertrag mit Europa.

PERIKIZI Wer seid ihr drei Madames mit giftigen Kehlen, mit wem hab ich die Ehre?

DIE DREI HUREN *im Bauchtanzrhythmus* Wir sind drei ehemalige Huren, wohl gehört, Anasını siktiim.
Ab jetzt werden wir nicht mehr weinen,
uns nie mehr mit 'nem fremden Mann im Bett vereinen,
wird's bald, wir fahren und schmausen,

nicht mal Herrgott kann uns an den Haaren zausen.
Wir gehen, so werden leer die Häuser, wo die Huren hausen.
Jetzt fahren wir nach Europa. Im Pass steht nicht Huren, Arbeiterinnen.
Wir werden in Europa Raumkosmetikerinnen.
Oder Gewerkschafterinnen.
Wir hauen hier auf den Sack, motherfuck.
Die Freiheit packt einen wie der Regen aus dem Himmel.
Wir gehen, Freiheit verpflichtet uns gewiss,
wir sind nicht mehr zu Diensten der Pimmel,
Anasını siktiim.

PERIKIZI Dann seid ihr also Männergräber?

DIE DREI HUREN Du hast zu viel Spott in deinem Eselskopf.
Du musst dich mit uns nicht zanken,
unser Leben war schief und widerlich,
du Esel vom adligen Zuhause.

PERIKIZI Verzeihung für meine leichtsinnige Zunge.
Die macht öfter Ziegensprünge.
Ist es noch weit bis Europa?
Da kehre ich zurück zu meiner Mutter.

DIE DREI HUREN Motherfuck, Esel. Ein Jahr musst du in Europa arbeiten, vorher gibt's kein Zurück, so steht's in diesem Papier. Anasını siktiim. Leben ist eine brodelnde Scheiße. Du musst dich ein Jahr ohne Mutter begnügen. Nimm Hähnchen, iss, Anasını siktiim.

ERSTE HURE In Europa bezahlt jeder sein eigenes Essen. Lass meinen Fuß los.

PERIKIZI Ich sehe auf dem Boden keine Schuhe von meiner Mutter. Wie schön hatten in Istanbul ihre Schuhe und meine nebeneinander gestanden. Deine Ferse ist wie die von meiner Mutter.

ERSTE HURE Motherfuck, weine nicht, das ging zu weit, dich hat doch kein Löwe gefressen. Du fährst nach Europa!

ZWEITE HURE Da gab es aber einen Mann, der wollte auch nach Europa, den haben die Löwen gefressen. Er kam von weit her nach Istanbul zur Gesundheitskontrolle, um als Arbeiter nach Europa zu gehen. Gab Urin ab…

DRITTE HURE … Blut ab…

ERSTE HURE … wartete dann auf die Antwort der Behörden, wartete und wartete…

ZWEITE HURE Er hatte kein Geld, um in einem Hotel zu schlafen.

ERSTE HURE Schlief immer in den Parks oder an den ruhigen Orten.

DRITTE HURE Eines Abends kletterte er in einem Lunapark über ein Gitter, legte sich auf den Boden und schlief.

DIE DREI HUREN Es war das Gehege der Löwen, gegen Morgen kam ein Löwe aus seinem Loch und fraß den Mann, motherfuck.

ERSTE HURE In der Hosentasche fanden sie zwanzig Kurusch.

ZWEITE HURE Und an seinem Kragen hing noch die Medaille aus dem Koreakrieg.

DRITTE HURE Memet Turgut, so war sein Name.

DIE DREI HUREN Der Löwe aber hat die Korea-Medaille nicht gefressen, Anasını siktiim.

ZWEITE HURE Was versteckst du dich hinter deinem Buch, was ist das? She-he-akes-peare? *Sommernachtstraum.* Du musst das Buch lesen, motherfuck. Das hat der Zugführer verteilt. »Ein Handbuch für die Arbeiter, die in der Fremde arbeiten gehen.«

DIE DREI HUREN Das müssen wir bis Europa auswendig lernen. Alles hierherhören, ihr müsst in die Schule, auch Moskitos herhören, ihr müsst in die Schule, motherfuck.

ERSTE HURE In Europa studieren sogar die Hunde in Hundeschulen.

DIE DREI HUREN *lesen aus dem Buch* In Europa laufen Sie bitte auf dem Bürgersteig rechts.

Es ist peinlich, sich zu zweit oder dritt auf dem Bürgersteig laut zu unterhalten.

Lachen Sie bitte nicht laut auf den Straßen.

Wenn der Europäer es nicht wünscht, dass Sie sein Essen bezahlen, müssen Sie es akzeptieren.

Bitte klopfen Sie nicht an Nachbartüren, um Petersilie, Zwiebel, Gabel oder Löffel zu leihen, oder Tomatenmark.

In der Straßenbahn bitte nicht in der Nase bohren, lieber Arbeiter.

Europäer machen nur Mittwoch- und Samstagabend Liebe.

Die Toiletten in Europa sind anders als bei uns, wie ein Stuhl. Bitte, lieber Arbeiter, hocken Sie sich nicht auf die Klobrille, setzen Sie sich unbedingt darauf.

Für die Sauberkeit benutzt man nicht Wasser, Blätter, Erde oder Stein, sondern ganz feines Toilettenpapier. Anasını siktiim.

ZWEITE HURE Oder einer leckt dem anderen den Arsch.

ERSTE HURE In Europa trägt man kein Kopftuch. Wenn Sie Kopftuch tragen, wird Europa Sie nicht lieben.

Wenn es unbedingt sein muss, tragen Sie bitte Ihr Kopftuch so, wie die europäischen Filmschauspielerinnen ihr Kopftuch tragen.

PERIKIZI Titania sagt: Komm Gemahl und sage mir im Fliehn: Wie ging es zu, daß man diese Nacht im Schlaf bei den Sterblichen mich traf? Mama, Mama.

DIE DREI HUREN *wie drei Hexen aus* Macbeth Lass die Operette,
wir sind ungern Publikum.
Schärfe lieber deinen Eselsverstand,
rufe zur Versammlung deine Gedanken,
bald wirst du für unseren
Hurenrat dich bedanken.
Sonst stürzt du dich ins Unglück
durch eigene Torheit.
So nah ist Europa schon,
dass wir Feuerwächter erblicken.
Zitieren in Anlehnung an die Odyssee.
Ein Sturmwind trägt dich wie auf das offene
Meer hinaus, weinend, weg von der Heimat
wirst du aufwachen, und wiegen in
deinem untadeligen Herzen,
ob du umkommen solltest im Sturm oder es
schweigend ertragen und bei den Lebenden bleiben.
Nur mit Verstand landest du in einem Hafen,
steigst dann zu einem felsigen Ausguck, guck,
da zeigt nirgends sich das Werk von Rindern oder Menschen,
sondern siehst nur Rauch, der eilig vom Boden aufsteigt,
doch dann erhebt sich ein Gebrüll durch die Stadt, hin
dann kommen die starken Laistrygonen
von hier und von dort her,
sonder Zahl, nicht Männern gleichend,
sondern Giganten.
Du musst diesem Unheil rasch entkommen.
Dann schickst du dich weiter ins Waldinnere,
dort wirst du einen lotophagischen Mann treffen,
er ist gut im Herz, will nicht dein Verderben,
gibt vom Lotos dir zu kosten.
Doch wer die honigsüße Frucht des Lotos isst,
wünscht nicht mehr zurück, wünscht nicht Heimkehr.
Öffne die Ohren jetzt noch mehr.

Hier, wir geben dir diese Adresse,
wo du ein Jahr wohnen musst.
Das Haus heißt Wohnheim.
Du findest im Talgrund des Waldes das Haus, das
aus glatten Steinen gebaute, auf ringsum gesichertem Platze,
da triffst du eine listige Frau, Kirke, und um sie lagern ein paar Schweine,
die früher Menschen waren, die Kirke selbst verzaubert hat,
durch ihre schlimm wirkenden Kräuter.
Sie führte sie hinein und hieß sie
auf Sesseln und Stühlen sitzen
und rührte für sie ein Gemisch aus Käse und Gerste,
gelbem Honig, doch mischte sie böse
Kräuter der Kost zu, damit sie ihr Vaterland gänzlich vergessen,
aber als sie es getrunken hatten, da schlug sie
diese sogleich mit der Gerte und sperrte sie ein in die Koben.
Diese Frauen haben von Schweinen
die Köpfe, die Stimme, die Haare
und die Gestalt, doch ihr Bewusstsein blieb gleich, so wie vorher.
Weinend sind sie eingesperrt,
und Kirke warf ihnen Eicheln und
Bucheckern vor zum Essen,
die sie wie liegende Schweine gerne fressen.
Dort musst du hin, es ist deine einzige Bleibe,
doch wir wollen dich vom Übel erlösen und schützen.
Da, nimm dieses Kraut, geh hin,
es wird vom Leib dir halten den Tag des Verderbens.
Wenn sie merkt, dass sie dich so oder so nicht verzaubern kann,
dann wird sie dich schlagen mit der sehr langen Gerte,
dann zücke du dir was Spitzes und stürze
drohend auf Kirke los, als hättest du Lust, sie zu morden.
Sie wird sich fürchten und auf ihr Lager dich laden.
Die drei Huren gehen ab.
Leere Bühne.
Perikızı steht allein mit einer Kindermaske vor dem Gesicht auf ihrem Platz. Ein Fotoautomat wird gebracht, Perikızı setzt sich hinein.

Fotoautomat als Spiegelkabinett.
Erste Entdeckung der Einsamkeit.

Perikızı spricht mit sich selbst im Spiegel. In dem Fotoautomat blitzt es. Im Fotoautomat ist eine Videokamera, die das Bild von Perikızı auf die Leinwand überträgt. Die Zuschauer müssen zum Voyeur gemacht werden. Sie fotografiert sich oben ohne, mit Eselskopf, ohne Eselskopf…

PERIKIZI Wer bin ich, was bin ich?
Ein Traum, ein Schatten?
Dieses Kindergesicht, furchtbar, wie
unerwartet zeigt es sich mir.
Will sich an mir rächen, was ich Mutter, Vater,
Toten gesagt habe? Oder hat es Angst
und will zu einem Niemand zurückschrumpfen.
Das Stillerwerden der Stimmen
der Welt, die ich bis jetzt kannte.
Und wie ein süßer, naiver, frecher
Pfau unbekümmert Rad schlug.
Vater, du sagtest, wenn ich gehe, gehe ich in einen Krieg.
Vater, mein Teiresias, ich habe aus dem Zugfenster den Krieg
gesehen. Träume ich oder bin ich wach? Die drei Frauen sind verschwunden.
Die Schuhe, die Moskitos, der Zug sind verschwunden.
Der Krieg ist verschwunden.
Meine junge Nacht, blitzschnell, als uralte Nacht in meine Kinderaugen
gesunken. Wo bin ich?
Was der Spiegel mir zeigt, geht über meinen Verstand.
Wenn ich mich im Spiegel anschaue, laufen kein Vater,
keine Mutter, keine Großmutter hinter mir vorbei. Im Spiegel spricht
mein Mund nicht mehr mit Mutter oder Vater, ich höre
nicht mehr ihre Stimmen, ihre Kleider, flüstern, ihr
Lachen vor dem Spiegel. Will dieser Spiegel mich
lehren, dass nur ich allein mir antworte? Dass nur der Spiegel

mein Freund ist? Vater, wo bist du? Warum setzt du nicht deinen Borsalino-Hut vor dem Spiegel auf?

Sie geht aus dem Fotoautomat raus.

Mama, warum bin ich denn nach Europa gegangen?

MUTTER *zeigt sich an der Seite aufs Stichwort* Weil du trotzig wie ein Esel bist. Der Esel geht eben den Weg, den er gehen will.

Perikızı setzt die Kindermaske ab und setzt sich die Eselsmaske auf.

PERIKIZI Weg mit den leidigen Wörtern und Gedanken.
Dass ich auf dem Irrweg bin,
habe ich nur mir zu verdanken.
Dem Weinen wird nur zugehört, wenn man Eltern hat.
Allein Weinen gibt mir keinen Rat.
Ich muss mich umsehen,
wohin der Nachtspiegel mich verbannt hat.
Bitte Nacht, verdunkele dich nicht,
du hast leichtere Fersen als ich.
Erstmal zu diesem Wohnheim.
Soll ich dorthin gehen, wenn nicht,
wohin soll ich sonst gehen?
Hier ist ein unermesslich weiter Ort,
und nur ein einziges Licht wird mich
willkommen heißen oder nicht.

Perikızı steht auf ihrem Platz herum mit der Eselsmaske. Der Sänger Heino mit Sonnenbrille kommt, setzt sich in den Fotoautomaten, fotografiert sich, singt, er ist auch auf der Leinwand zu sehen.

HEINO *singt* Muss i denn, muss i denn zum Städtele hinaus, Städtele hinaus…

PERIKIZI Gnädiger Herr, bin in Not.
Wo bin ich, an welchem Ort?
Meine Eltern waren im Kino, ich übte meine Rolle Titania,
meine Großmutter erzählte von den Bösen
auf den Pferden, von jungen armenischen Mädchen,
die sich von den Brücken gestürzt haben, dann stritt ich
mich mit meiner Mutter, sie verfluchte mich, geh zu der letzten Gasse der Hölle, dann erzählte Vater von Odysseus, von den Kyklopen, von
unseren Toten, dann drehte sich der Nachtspiegel um seine Achse, dann war

ein Zug da, drei Frauen da, bitte denken Sie nicht, ich spreche im Wahn, ich flehe
Sie an, hier dieses Kraut in meiner Hand
beweist, das geschah nicht im Traum, ich muss zu
dieser Adresse, da ist ein Wohnheim, dort
muss ich ein Jahr verweilen, dann kann ich erst
zu meiner Mutter eilen. Bitte helfen Sie mir, ich bin in
Europa, aber wo ist dieses Wohnheim?
Er sieht mich nicht.
Er hört mich nicht.
Ich bin für ihn unsichtbar.
Da steht er,
putzt seine Brille,
er hört mich nicht,
ich bin unsichtbar.
Er sieht mich nicht.
Vater.
Heino geht ab.
Leere Bühne. Perikızı steht auf ihrem Platz. Ein deutlich halb verbrannter Wald kommt zu ihr.

Im halb verbrannten Wald

Es kommen drei Schuldgefühle-Giganten mit einem Auge, drei Intellektuelle mit roten Gesichtern, Bier und Wurst. Sie haben Zimmermannsbohrer in der Hand und sprechen als Chor.

SCHULDGEFÜHLECHOR Wir sind die Schuldgefühle des Kriegs.
Wir hassen unseren Vater,
unsere Mutter, gesündigt haben
sie, gesündigt. Wir leben hier in Sünde.
Die Sünde ist groß, viel zu groß,
unsre Geschichte ein bittres Los.
Unser Wald ist verbrannt, nicht zu retten,
von bösen Vaterfüßen zertreten.
Unsere Köpfe sind leer;
von tausend Fragen schwer.

Was geschah in unserem Wald?
Nun ist die Sonne so rot und so kalt,
ein Lappen, der nichts verhüllt,
uns nur mit Grauen erfüllt.
Unser Gedächtnis gelöscht, zersplittert.
Unsere Kinderherzen verbittert;
unser Geruch ist der schlimmste auf Erden.
Was soll aus uns allen werden?
Sie beginnen, sich Löcher in ihre Köpfe zu bohren.
Wir bohren Löcher in unsere Köpfe
hinein, tiefer, noch tiefer.
Wir wollen nur noch Kopflöcher bohren,
alle unsere Erinnerungen löschen, begraben,
das Gedächtnis auslöschen,
so verblutet vielleicht nicht unsere Seele,
schwillt nur noch eine leere Qual in unserer Kehle.
Sie waschen sich mit Bier und essen Würste.

PERIKIZI Verzeihen Sie, wissen Sie, wie ich zu dieser Adresse komme?
Sie sehen mich nicht, hören mich nicht, ich bin unsichtbar.
Perikızı nutzt, dass die drei Schuldgefühle-Giganten sie nicht sehen, sie isst heimlich von ihren Bockwürsten. Chaplin-Nummer an der Wurstbude.
Sie wollen einen Esel aus mir machen, mich fürchten machen, wenn sie können. Aber ich will hier auf und ab spazieren und singen, damit sie sehen, dass ich mich nicht fürchte.
Die drei Schuldgefühle-Giganten gehen ab. Leere Bühne, Perikızı auf ihrem Platz.
Vater, warum sehen sie mich nicht?

VATER *zeigt sich aufs Stichwort* Lerne die Sprache des Landes.

PERIKIZI Wie soll ich die Sprache lernen, Vater?

VATER Lerne die Schlagzeilen aus den Zeitungen auswendig.
Ein Automechanikerwagen kommt mit vielen Zeitungen an und stoppt vor Perikızı, darunter liegt ein Penner, der sich mit vielen Zeitungen zugedeckt hat.

PERIKIZI *liest die Überschriften* Wenn aus Hausrat Unrat wird.
Schweinetransporte haben angefangen.
Schnorrerkönig Poldi hat ausgeschnorrt.

Ballermann ballert wieder.
Ohne Fleiß kein neuer Glanz.
Harte Bandagen.
Gucken kostet mehr.
17 – schon Brustoperation.
Während sie die Schlagzeilen übt, schiebt ein Musiker ein Spinett auf die Bühne vor Perikızı, setzt sich, spielt Johann Sebastian Bach, die Musik von Bach kämpft mit den Schlagzeilen. Musiker und Perikızı spielen zusammen, sie sehen sich. Musiker ab.
Perikızı übt die letzte Schlagzeile.
Jagd mit der Axt auf den Mann.
Jagd mit der Axt auf den Mann.
Perikızı entdeckt den Penner, der unter der letzten Zeitung auf dem Haufen liegt. Er trägt die gleichen Kleider wie Perikızıs Vater.
Vater?

PENNER Sie jagten mich. Zu dritt kamen sie,
ich kannte keinen.
Ich flehte um Gnade,
mal mit Gebet, mal mit Fluch.
Mein Kopf lag schon im Schlamm,
um vom grausamen Blick, der in der Axt wohnte,
Mitleid zu erzwingen.

PERIKIZI Ich verstehe Sie nicht, armer Mann, alter Mann.
Der Penner reicht ihr die Flasche.

PENNER Hier trink.
Einer sagte, oh, die Schnecke steckt
den Kopf in das Schneckenhaus
bis heute war er namenlos
o du Glücklicher wirst morgen
eine Schlagzeilensoß.

PERIKIZI Armer Mann, du blutest ja. Can you English?

PENNER Yes. Ich flehte sie an. Einer sagte:
Bettlertext Odyssee:
»Nein, wie doch dieser schweinische Vielfraß geläufig daherschwatzt,
recht wie ein altes Ofenweib! Ich könnte
ihm vor der Axt Übles antun,
mit beiden Fäusten ihn prügeln und ihm aus

dem Kiefer alle Zähne schlagen
wie saatabweidenden Säuen.
Immer wieder. Was dieser Alte für Schenkel zum Vorschein bringt aus den Lumpen.«
Immer wieder sagten sie:
»Wir sind zu Haus, wir die Zungen des
Volkes. Wir sind hier zu Haus.
Wohnungslose Schnecke, musst aus dieser Welt raus.«
Da kamen, Mutter Maria sei Dank, paar Leut.
Einmal hauten sie mit der Axt, dann gingen sie fort.
Perikızı zeigt dem Penner die Adresse, die sie sucht.

PERIKIZI Where is this street?

PENNER Da lang. This way.

HÜHNERCHOR Gackgackgackgackgack.
Gackgackgack-Konzert.
Drei Hühner treten auf. Kommen zu Perikızı mit fahrbaren Betten, Drahtmatratzen, kein Kopfkissen, keine Decken. Die drei haben zu hohe Schuhe, geile Kostüme, BH, Federärsche. Eines hat ein bandagiertes Auge.

PERIKIZI Sie fing gut an, meine Europareise.
Erst Riesen, dann Hühner abwechslungsweise.
Ihre Stimmen sinken und steigen,
dass sie sich mal zum Sopran,
mal zur Hühnerleiter neigen.
Sind das Frauen, die Hühner sind,
oder Hühner, die Frauen sind?
»Kleine Ballettmusik für Ballerina« und gleichzeitig ein Lied: »Junge, komm bald wieder«, die Hühner tanzen ein Hühnerballett. Sie machen ein Bettballett vor Perikızı, der Penner wirft den Hühnern Brotkrümel zu, wenn sie picken, schaut der Penner auf ihre Federärsche und kriegt einen Ständer.
Alter Mann, wo auf der Welt, an welchem
Ort als Europa sah man noch
Hühner Ballett machen?

ZWEI HÜHNER Kim bu yahu?
Wer bist du, Esel?

PERIKIZI Ihr versteht meine Sprache? In Europa verstehen Hühner Türkisch, sprechen Türkisch? Hühner, habt ihr was zu fressen?

ERSTES HUHN Nenn uns noch einmal Hühner,
dann fressen wir dich, Esel. Hau ab. Du sollst zur Hölle fahren.
Es furzt.

PERIKIZI Gnädiges Huhn, Sie haben gefurzt. Ihr Fluch wird ungültig, sonst zürnt der Mohami, hahaha.

ERSTES HUHN Reich mir, Schwester, das Messer, ich will ihr ihre Eselsohren abschneiden.

PERIKIZI What do you see?
You see an ass – donkeyhead of your
own – do you.
Der Penner schläft und schnarcht. Sein Hosenschlitz ist offen, sein großer Ständer ist zu sehen.

ZWEI HÜHNER Der Mann hat einen Ständer. Sein Ding schaut aus der Hose.

ERSTES HUHN Du verschwindest hier auf der Stelle mit diesem Mann. Hier ist das Frauenwohnheim.

PERIKIZI Wohnheim? Diese Adresse, wo ich wohnen muss?
Ich esse rasch dieses Kraut. Das wird mich schützen, sagten die drei Huren. Ich bin bei den Bösen.

ZWEI HÜHNER Ja, ja, Eselstochter aus dem edlen Hause.
Ja, ja, jetzt ist mit Spaß lange Pause.
Hier ist ein Jahr dein Zuhause,
bis der Zug dich zurückfährt aus diesem Walde.
Keiner kann vor einem Jahr aus diesem verbrannten Wald fort.
Dein Los musst du tragen,
nicht noch einmal wagen,
uns Hühner zu nennen.
Sie legen zwei echte Eier, die zerplatzen.

PERIKIZI Wie soll ich euch nennen, Schnecken?

ERSTES HUHN Ich bringe diesen Esel zur Strecke. Schwester, hol die Peitsche.
Es peitscht Perikızı. Slapsticknummer.

PERIKIZI »Bunte Schlangen, zweigezüngt!
Igel, Molche fort, von hier!
Dass ihr euer Gift nicht bringt
in der Königin Titania Revier.«

ERSTES HUHN Wer dieser Esel ist, wüsste ich gern!

ZWEI HÜHNER Hier sind ihre Papiere und ein Buch.

PERIKIZI Gib mir mein Buch zurück. Hülfe, Senfsamen, Diebe!

ERSTES HUHN Mein Vater war Dieb, mein Großvater war Dieb
ich bin Dieb auf Anhieb.
Blättert in Perikızıs Pass.
Oh, wo ihr Vater geboren ist
ist bedeutsam genug. Kayseri.
Kayseri.
Oh, die Hölle ist tief.
Kayseri ist Faden, der rote.
Dort lebten viele Armenier.
In jeder Familie bebten Nichtarier.
Dieser Esel ist ein armenischer Esel.

ZWEI HÜHNER Wer kann wissen wer was ist
steht nicht geschrieben auf der Stirn
erspar dir deinen Türkenwahn
unter der Erde werden alle gleich sein.
Du sollst die anderen nicht so sehr hassen,
schweig jetzt,
du musst diesen Esel aus deinem
Hass entlassen.

PERIKIZI *schreit* Vater, sind wir Armenier?

VATER *zeigt sich kurz von seinem Platz* Nein, aber wer weiß.

ERSTES HUHN Die ist aus der Sippe, die unsere Arier betrübten.

ZWEI HÜHNER Schrei nicht, Frau. Schlafen müssen wir, der Morgen steht vor uns.
Schrei nicht, wir sind hier nicht zu Hause.
Wenn wir zu Hause wären, ob kalt, ob warm, ob leise, ob laut,
ob es dir gefällt oder ob etwas fehlt, werden wir sagen, wie gut,
wir sind zu Hause. Schrei nicht, wir sind hier nicht zu Haus.
Das erste Huhn holt ein paar türkische Fahnen und rammt sie auf die Bühne.

ERSTES HUHN Wir sind Türken,
Türken bis auf unseren letzten Tropfen Blut,
wir sind hier in Europa,
aber in uns fließt türkisches Blut, wir sind Türken, Türken.
Ich bin Türke, ich bin Türke, ich bin Türke, Mensch!
Meine Schwester ist Türke,
mein Neffe ist Türke, auch er rammt unsere Fahnen ein, wo er kann,

Hunderte von türkischen Fahnen,
die blöden Europaketzer lachen darüber,
denken, das sind nur scherzhafte Sachen,
die Hölle ist tief.
Esel, du beleidigst mein Türkentum.

PERIKIZI Tum, tum, tum, tummeln sollst du dich in deinem Dreck!
Es war einmal ein bekloppter Truthahn,
er ging auf die Frösche zu,
erst dann fand er seine Ruh.

Das erste Huhn zielt mit der türkischen Fahne auf Perikızı. Die Großmutter zeigt sich kurz und blutet plötzlich aus der Nase.

GROSSMUTTER Abooo, Aboooo. Wie die armenischen Bräute sich von den Brücken heruntergestürzt haben. Wie die armenischen Bräute sich von den Brücken heruntergestürzt haben. Gesehen haben sie mit ihren jungen Augen, die blind sein wollten, die Hölle und das Feuer auf dieser Erde, die Schürze noch über ihren Kleidern, barfuß, die Augen groß, die Hände groß, die Füße groß, ihre Kinder als Skelette vor ihren Füßen.

Perikızı reißt die Augenbandage vom ersten Huhn runter. Das Huhn blutet aus dem Auge, kniet vor den Fahnen und heult wie Grauwölfe, uauaua.

ZWEI HÜHNER Erspar dir deinen Türkenwahn
unter der Erde werden alle gleich sein.

Das erste Huhn verwandelt die zwei Hühner auf der Bühne in zwei süße Schweinsköpfe.

PERIKIZI Hühner und Schweine!
Hat dieses Huhn euch dazu gemacht
mit seinen wunderlichen Reden
»Wir sind Türken!«

DIE ZWEI SCHWEINE Einmal haben wir mit Europäern getanzt, als wir hierher zurückkamen, hat sie uns zu Schweinen gemacht. Wir flehten sie an, sie haftete aber an ihrem Türkenwahn.
So verhaftete sie uns, sagte, ihr habt mit Schweinen getanzt, ihr Undankbaren. So seid ihr ab jetzt auf meiner Schweineliste.

PERIKIZI Und ihr habt ihre verschimmelte Lehre beachtet?
Nimm die Schweinemaske ab.
Ich bin nicht groß genug, um dieses
Huhn in seinem Türkenwahn zu erziehen.

Aber sein Türkenwahn ist mager genug, euch die Schweinemasken abzuziehen.
Vater.
Das Huhn und die zwei Schweine gehen mit ihren Betten ab. Der Penner geht mit seinem Automechanikerwagen ab.
Leere Bühne.
Tickendes Weckerkonzert im Dunkeln.
Ein Reklamelicht draußen geht an und aus. Perikızı setzt sich unter dieses Licht.
Der junge türkische Soldat aus dem Ersten Weltkrieg mit seinem Esel und zwei armenische Bräute sind auch im Raum. Perikızı umarmt den Esel des Soldaten.
Mama, Mama, dein Fluch ist wahr geworden. Ich bin in der letzten Gasse der Hölle gelandet. Ich musste Tausende von Kilometern nach Europa fahren, damit ich Türken kennenlerne. Solche, die ich bei euch nie kennengelernt hätte. Mama, wenn du wüsstest, wie ich dich liebe. Mama, gegenüber diesem Hühnerstall gibt es ein Theater. Sein Reklamelicht geht im Dunkeln an und aus. Ich hab niemanden auf dieser Welt, in der ich bin, außer diesem Theaterlicht. Unter diesem Licht ist es warm, schön.
»Ihr endlich sollt den Kauz,
der nächtlich kreischt
und über unsre schmucken
Geister staunt,
vor uns verscheuchen!
Sing mich nun in Schlaf;
An eure Dienste dann,
und lasst mich ruhn!«

Perikızıs Traum

Perikızı schläft und träumt. Die zwei Musiker, Vater, Mutter und Großmutter kommen mit fünf Stühlen auf die Bühne, die Bühne wird zu Istanbul. Sie sitzen auf den Stühlen wie auf einer Musikbühne, in der Szene sprechen die drei ihre Texte untermalt von Musik.

VATER Wie die Möwen schreien.

MUTTER Seitdem sie weg ist, kommt mir die Zeit wie eine lange Nacht vor.

GROSSMUTTER Sie hat sich in dieser Nacht versteckt, die Schlüssel hat sie mitgenommen.

MUTTER Ich habe meinen Fluch zurückgenommen. Küsse jede Nacht die Zimmertür, hinter der sie geschlafen hat. Warum kehrt sie nicht zurück?

GROSSMUTTER Ich habe ihr ja gesagt, schau nicht in der Nacht in den Spiegel.
Geister haben einen Zauberfluch.

VATER Ihre Füße sind von der Erde hochgeflogen. Sie muss fliegen, sonst werden ihre Füße nicht mehr zurück auf die Erde kommen. Mutter, in einem deiner Märchen, die du mir und ihr immer erzählt hast, bekommt der Held 40 Schlüssel. Er darf 39 Zimmer aufmachen, aber das 40. Zimmer niemals öffnen. Wenn er aber das 40. Zimmer nicht aufmacht, geht das Märchen nicht weiter. Der Held macht das 40. Zimmer immer auf.

GROSSMUTTER Klebt die Schuld an mir?

VATER Mutter, niemand hat Schuld. Sie glaubte an das 40. Zimmer. Sie wollte im Märchen wohnen, im Theater.

GROSSMUTTER Und du im Film! Was kann ich dafür, wenn die Geister euch euer Gesicht wegnehmen?

MUTTER Möwengeschrei, das zieht sich so schrecklich lang hin. Jetzt beginnen sie, über uns zu kreisen. Jetzt hacken sie mit den Schnäbeln aufeinander ein. Schlagen sich gegenseitig die Füße in die Hälse. Was wollen die Möwen uns prophezeien? Sinan, ist Perikızı in Gefahr?

VATER *zitiert Homer* »Im Licht der strahlenden Sonne, Mond fliegen unzählige Vögel herum, nicht alle verkünden irgendein Schicksal.«

MUTTER Verdiente ich es, diese Qual, ich liebte Möwen, jetzt wenn die Türen knirschen, wenn die Möwen kreisen, denke ich, der Tod schickt Nachrichten. Ich schwöre bei meiner toten Mutter, ich werde hier sitzen und meine Haare nie mehr schneiden, bis sie zurück ist.

GROSSMUTTER Still, die Nacht ist so ernst. Wir müssen sie ernst nehmen. Kommt, lasst uns zusammen zu den Nachtgeistern beten.

VATER Ob die Geister je sich bücken
vor dem Weinen der Eltern?
Oder vielleicht wird unser Schmerz noch toller.
Ich musste mir selbst was gegen den Schmerz besorgen.
Ein guter Mann, den ich heute traf,
mit dem ich sprach, ein Heilkundiger,
sagte:
»Ich rate dein Bestes dir,
nimm dieses Kraut, misch es heimlich in Wein oder Wasser,
trinken müsstet ihr dann,
nur dieses Kraut schafft Wunder.
Wer das Mittel zu sich nimmt,
der kann, an diesem Tage, keine einzige Träne mehr vergießen.«
Vielleicht gibt das Kraut uns einen guten Rat.
Vater mischt das Kraut in die zwei Gläser, die Frauen trinken.

MUTTER Mein Kopf beginnt zu schwindeln.

GROSSMUTTER Die Geister spielen Ball in meinem Kopf.

MUTTER *wie besoffen* Es war einmal in einem Dorf ein Moscheehodscha. Eines Tages, beim Beten mit der Gemeinde, furzte er. Alle Menschen sagten, der Hodscha hat gefurzt. Hodscha machte sich auf den Weg und ging aus diesem Dorf weg. Nach zwanzig Jahren dachte der Hodscha, ach, ich gehe bei meinem Dorf vorbei. Man hat ja schon vergessen, dass ich mal gefurzt habe. Vor dem Dorf traf er einen jungen Mann auf einem Esel. »Aleykümselam«, »Selamünaleyküm«, begrüßten sie sich. Der Hodscha fragte, wo die Dorfmoschee sei. Der junge Mann sagte: »Die Moschee ist da.« Der Hodscha streichelte dem jungen Mann über den Kopf und fragte: »Wie heißt dein Vater, mein Kind, wann bist du geboren?« Der junge Mann sagte: »Ich bin Memets Sohn. Ich soll an dem Tag geboren sein, als der furzende Moscheehodscha unser Dorf verlassen hat.« Der Hodscha drehte sich auf seiner Ferse um und ging zum zweiten Mal aus diesem Dorf weg. Der furzende Hodscha ist die Zeit dieses Dorfes geworden, wie vor Christus nach Christus.

VATER Jetzt lachen sie, ihre Bäuche wackeln.
Für eine Nacht sind sie geschützt.
Auch Möwen lachen im Himmel.
Mein Kind, mein schönes Kind,
wie leicht ich dich bekommen habe,
wie schnell ich dich verlor.
Wenn ich morgens vor dem Spiegel stehe,
meine kummervollen Wangen rasiere,
stehst du nicht mehr im Spiegel hinter mir,
ich höre nicht mehr deine Kleider flüstern
dein Lachen im Spiegel hinter mir.
Komm bitte zurück, mach kehrt,
es wird früher dunkel,
als du erwartest.

Der Soldat aus dem Ersten Weltkrieg mit seinem Esel und zwei armenischen Bräuten tritt auf.

SOLDAT Liebliche Nacht, verzeihe diesem Gast,
sag nicht: »Wer kommt da in dieser späten Stunde«,
die Natur ist gerade in Ruhe.
Alle drei sind in Schlaf gefallen.
Aber das Rascheln ihrer Hemden genau über ihren Herzen verrät mir
ihre Qual im Schlaf mit Sorgen.
Doch die, deren Dasein Schweigen ist,
ich und andere Tote, wollen nicht, dass
ihr traurig seid und weint. Ich bin der Jüngste unter all diesen Toten.
Manche nennen mich Nachtgeist, einige
König der Toten. Dort weiß der Wind,
woher er wehen soll, aus der Vergangenheit,
aus dem Kommenden. So jung hatten wir damals unseren Himmel auf vier
gefaltet und eine Ecke gelassen.
Gestorben sind wir auf Schlachtfeldern.
Das Leben ist kurz,
der Tod ist lang im Höllenhimmel.
Ich starb kurz nachdem ich meine brennende Zigarette noch zwischen acht Männern geteilt hatte. Damals hatte keiner verstanden, warum ein deutscher Kaiser sich zum Beschützer des Osmanischen Reichs

aufspielt. Golz, Falkenheim, Sanders, Enver Pasha, Talat Pasha, all diese Narzissten, gefährliche Kriegsmaschinen, spielten Hand in Hand mit dem Leben von Soldaten, die Henning oder Ahmed gerufen wurden von ihren Müttern. Dort ist ein toter Henning, da ist ein toter Esel, dort ist ein toter Ahmed. Sinan, mein Sohn, verzeihe deinem toten Vater, den du nie kennengelernt hast. Meine schöne Braut. Verzeihe mir. Meine gescheite Frau. Wie alt deine Haare geworden sind. Wir Toten begleiten das Kind und sehen mit ihm, was aus diesen Ländern geworden ist, für die damals so viele gestorben sind. Wir waren die, die Perikızı erwählt haben, den Weg mit uns zu gehen. Sie ist unerfahren, naiv, aber neugierig, und hat ein Herz. Verzeiht uns, den Toten. Die Toten wollen nicht, dass ihr so traurig seid und weint. Eure Tochter wird zurückkehren. Wann und wie, wissen auch die Toten nicht. Wolltet ihr nicht etwas sagen zu meiner Frau, zu eurer Kinderfreundin Aysche?

Großmutter schläft, aber während beide Bräute sprechen, blutet sie aus der Nase.

DIE ZWEI ARMENISCHEN BRÄUTE Wir dürfen nicht. Wir dürfen nicht sprechen.
Schon ewig lange dürfen wir nicht sprechen.
Das Letzte, was wir sahen,
es schneite,
es war kein Tag, keine Sonne,
plötzlich die Feigenbäume,
unter denen wir liefen, fingen an zu schreien:
O weh uns, ihr Verlorenen.
Ihr werdet nie wieder sehen eure Herdflamme in eurem Haus.
Beraubt eurer Leben, schon eurer Schatten beraubt.
Nichts wird von euch, so melden wir euch,
zu eurem Herd wiederkehren.
Jungfrauen, flehend fallen wir vor euch auf die Knie,
wir sehen mit diesen Augen, die blind sein wollen,
euren jammervollen Totenmarsch,
von dem ihr nie wieder zurückkehrt und nie wieder
unter unsere Schatten ewige Treue
eurem Schönsten versprecht.
Ja, Feigenbäume sind wir
und strömen unser Gefühl in Tränen aus.

Ein unsagbares Unrecht wird euch geschehen,
wo ihr sogar als Tote nicht mehr sprechen könnt.
Ihr werdet dulden, lange, zu lange,
euer Tod ohne Gräber, ohne die Totenmusik,
die auf euren toten Haaren sich kurz niedersetzt.
Oh, in welch Unglück stürzt ihr?
Ein Unrecht wird geschehen, so schnell,
nicht mal Tränen werden herabfallen
über eure hellen Wangen.
In den Flüssen, in waldigen Tälern,
über euch ein Mond, der selbst
seinen eigenen Tod treffen wollte,
anstatt euren Tod zu beleuchten.
Das Istanbulbild verschwindet, alle Leute gehen ab.
Die Szene vor der Istanbulszene endete mit einem Weckerkonzert, nach der Unterbrechung setzt wieder ein Weckerkonzert ein.
Aus dem Schnürboden fallen sehr zarte Seidenpapierfetzen oder schwarze Schleierstücke, schwebende Teilchen wie nach einem Brand. Eine Windmaschine bläst von unten dagegen, damit die Fetzen schweben. In den kommenden Szenen schweben diese Fetzen weiter über die Bühne.

Akkordarbeit im halb verbrannten Wald

Leere Bühne, Perikızı allein auf ihrem Platz. Mehrere Wecker klingeln. Eine türkische Dolmetscherin kommt zu ihr, eine Kaffeetasse in der Hand, mit einem sexy Pony, sie bläst ihn hoch, während sie spricht.

DIE TÜRKISCHE DOLMETSCHERIN Guten Morgen, liebe Gastvögel.
Heute ist unsere Aufgabe,
den halb verbrannten Wald zu putzen.
Trinkt euren Kaffee, vergesst nicht,
warum ihr hier seid,
denn ihr habt unterschrieben
mit Europa einen Eid.
Ihr müsst dafür geradestehen,
mindestens ein Jahr lang
für eure Arbeitsamkeit.

So wie die Toiletten in Europa anders sind als bei uns,
ihr steht nicht darauf, sondern setzt euch auf die Toilettenbrille,
sind auch Arbeitsregeln in Europa anders als bei uns.
Schnelligkeit, Disziplin, Gehorsamkeit,
seid bitte nicht vogelfrei,
ohne Schweiß ist kein Fleiß,
legt eure Arbeitsfaust ins Feuer,
auch wenn es wäre heiß
keine leichte Arbeit ist,
einen Wald zu putzen.
Was euch aber erlaubt ist,
dabei frei furzen.
Vergesst dabei nicht,
woher ihr seid und kommt,
fühlt euch bei der Arbeit zu Hause
und sprecht nicht: »O ich Ärmster,
in was für einem Land bin ich jetzt schon wieder gelandet?
Sind die Menschen hier Verbrecher oder Wilde?
Haben sie eine Rechtsordnung, verhalten sie
sich Gästen und Asylanten
gegenüber einigermaßen gottesfürchtig?«
Geht einfach ran an die halb verbrannten Bäume,
bitte, liebe Gastvögelinnen, keine Zeit verschwenden,
lasst euer Arbeitsgerät keine Minute aus der Hand!
Macht Akkord, Akkord!
Und jetzt an die Arbeit, fort!
Du, die Neue, hier, nimm dieses Wörterbuch,
es kann dir nützen.
Die Dolmetscherin geht ab. Perikızı bleibt allein.
Eine Telefonzelle ohne Telefon tritt auf und steht vor Perikızı.

PERIKIZI Mama, wenn ich laut rede, wirst du mich in Istanbul hören, nicht?
Mama, bitte höre meine Stimme.
Jetzt ziehen die Hühner waldwärts.
Ich muss mit, gehen will ich, aber rückwärts, mutterwärts.
Mama, dieses einäugige böse Huhn zeigt mir, wenn ich auf es schaue, seine Fahne.
»Du Esel, weißt du, wer vor dir steht?« Es blutet immer noch aus dem Auge.

Jetzt verkitteln sie sich, die Hühner.
Jedes trägt eine Lupe auf seinem rechten Auge.
Jedes hat in der Hand einen Staubsauger.
Mir geben sie auch einen Sauger.
Mama, bis später.
Vier Staubsauger mit laufendem Motor kommen auf die Bühne. Die drei Hühner kommen zu Perikızı.

HÜHNERCHOR Nicht mit Schreien, nicht mit Lümmeleien
rufst du dir deine Mutter zurück.
Mit böser Zunge verrietst du sie.
Dein erster Berater war deine Abenteuerlust.
Dein zweiter Berater ist dein trotziger Eselskopf.
Beide haben dich hierher geschlagen.
Jetzt schweig und benimm dich.
Schöpf nicht aus deinem Eselskopf neuen Mut.
Treib dich nicht frei umher im Wald.
Arbeite, beug dich vor der Arbeit,
sonst bringst du uns alle in Not.

PERIKIZI *zitiert Zeitungsausschnitte* Harte Bandagen.
Sie saugen in einem verrückten Tempo, mit Lupen vor dem Auge, die Bäume von unten nach oben und umgekehrt.
Ich muss pinkeln.

HÜHNERCHOR Du schreist umsonst. Weiter!

PERIKIZI Ich muss aber!

HÜHNERCHOR Du schreist umsonst. Weiter! Weiter!
Perikızı pinkelt im Stehen auf den Staubsauger.

PERIKIZI Wenn aus Hausrat Unrat wird.

DAS ERSTE HUHN Du Spuckgesicht, Esel, arbeite schneller.
Nicht nur du kriegst einen Tritt auf deinen Eselsrücken.
Wenn du unseren Akkord kaputt machst,
müssen alle ihre Häupter vor dem Waldmeister bücken.
Er wird uns mit Beleidigungen schmücken,
dann kocht mein edles türkisches Blut in meinem Auge.

PERIKIZI Reiß sie aus!
Ich bin keine Arbeitsmaus.
My name is Titania.
Your name is der einäugige Frost.
Perikızı staubsaugt an den Kleidern und am Körper des ersten Huhns.

Dein edles Blut wird geputzt als kleiner Trost.
Frost, du bist schwach gegen meinen Eseltrotz.
Das einäugige Huhn hebt einen Baumstamm und wirft ihn nach Perikızı.

DAS ERSTE HUHN Wohlan! Ich schick dich zur armenischen Eselshölle.

PERIKIZI Es gibt keine andere Hölle als den finsteren Hass in deinem blutigen Auge.
Perikızı saugt mit dem Staubsauger an ihrer Augenbinde.

DAS ERSTE HUHN Waldmeister!
Das Huhn hat seine Fahne in der Hand und will mit Perikızı fechten, Perikızı saugt die Fahne in ihren Staubsauger.

WALDMEISTER Bin scho da! Ja mei, trau mei Auge nit!
Hier deppert's! Aufhören!
Wir sind hier net im türkischen Markt! Seien Sie vernünftig!
Dös geht nit. So eene Frechheit.
Morgenstund hat Gold im Mund.

DAS ERSTE HUHN Waldmeister! Dieser Esel taugt nicht für Akkordarbeit.

WALDMEISTER Warum hams uns denn des net früher g'sagt, dass sie net taugt!
Lass meinen Staubsauger los! Deppert, Trottel, gib ab!
Die Dame soll halt aufhörn! Geb mei Staubsaug her!
Des is a Saukopf, des is ja saudumm!
Perikızı saugt das Toupet des Waldmeisters in ihren Staubsauger. Dann gibt sie die Maschine ab.
O mei, wo is mei Haar? Reingefallen! Wenn der Staubsauger net passt, tuan sollst du in den tiefen, tiefen Walde Hundescheiß sammeln. In die Tüte, arbeiten tun musse ein Jahr, ich kann die net vorherher rausschmeißen, auch wenn es mir net passt. Obacht! Die Tüte! Hunde! Birchbirch! Kakakaka! Hauhauhauhauhau! Du birchbirchkaka sammeln.

PERIKIZI Sing noch einmal! Mein Ohr ist ganz verliebt in deine Melodie.
Waldmeister und Hühner gehen ab.
Leere Bühne, Perikızı allein an ihrem Platz, es regnet weiter verbrannte Fetzen.
Ein Mond geht auf.

Nacht Mond im Wald

Ein Mann tritt auf mit seinem Klosett. Sein ganzer Kopf und sein Körper sind bedeckt mit der Zeitung Die Zeit. *Er setzt sich auf das Klosett, während er scheißt, isst er sein Pausenbrot.*

PERIKIZI Mama, Mama, sogar diese Schnecke kriecht aus diesem Schneckenhaus.
Aber ich darf ein Jahr hier nicht raus. Ich werde jetzt die Sprache lernen.
Oh, jetzt das Wörterbuch. Ich lese ein bisschen aus dem Wörterbuch.
Schaum – Köpük
Schnaps – Itschki
Schlapp – Bitkin
Schwarz – Siyah
Schornstein – Badscha
Schauder – Korkuntsch
Schnur – Ip
Schwanz – Tschük
Haha, Schwanz, Schwanz, tschük.

DER ZEITMANN Türkin?

PERIKIZI Hhm!

DER ZEITMANN Ich frag mich, wie kann ein türkisches Mädchen das Wort Schwanz in den Mund nehmen? Was mir auffällt und unerwartet ist, sie sagt das Wort Schwanz, als ob sie Tisch sagen würde. Ist das ein Zeichen drastischer Sexualität? Ist das ein bewusster Bruch von Tabus? Ist das Provokation? Oder ist das ein Zugeständnis an den europäischen Publikumsgeschmack? Verstehst du mich?

PERIKIZI *übt* Ballermann ballert wieder.

DER ZEITMANN Ballermann, wo?

PERIKIZI *übt* Schnorrerkönig Poldi hat ausgeschnorrt.
Gestern jagten sie die Sau durch das Dorf.
Ein Gastarbeiter tritt auf.

GASTARBEITER Du mir sagen wo ist Puffhaus?

DER ZEITMANN Du gehen bis zum Rathaus.

GASTARBEITER Nixis Rathaus, Puffhaus.

DER ZEITMANN Du gehen bis zum Rathaus. Hinter dem Rathaus is Puffhaus.

GASTARBEITER Danke, Kollega.

Assimilationsdiskurs des Zeitmanns

DER ZEITMANN Integration hat ihren Preis. Wie groß die Missverständnisse noch sind, vor allem aber, wie sehr bei der Integration mit Widerständen zu rechnen ist, trotz der wohlklingenden Absichtserklärungen blablabla, Theorie und Praxis. Da gab es ein hochrangig besetztes Forum, das aber anstatt ihre Kritik zur Zuwanderungspolitik vorzutragen blablabla, die müsste sich auch wie viele andere von bornierten Patriarchen emanzipieren. Das wird sie weiterbringen. Das Land, zerfallen in Parallelgesellschaften. Blablabla.

PERIKIZI *übt* Lottozahlen immer blöder.

Ein Käuzchen tritt auf.

DER ZEITMANN Einfach wird es nicht. Abwehr und Abschottung sind weit verbreitet.

Dürfen Türken schwul sein? Dürfen Türken lesbisch sein? Die Mehrheitsgesellschaft muss lernen, ihre Ansprüche weniger schnarrend zu äußern. Blablabla. Diese Emigrantin muss lernen, die beliebte Opferrolle aufzugeben und sich als ein eigenverantwortlicher Teil der Gesellschaft zu sehen. Emanzipation oder Barbarei. Blablabla. Als was fühlt sie sich? Als Türkin oder als Europäerin? Unter den jungen Leuten findet sich diese gespaltene Identität, politischer Kern des Integrationsproblems. Blablablabla.

PERIKIZI *übt* Jäger schießt sich beim Pinkeln in den Hintern.

Er lehnte sein Gewehr ans Auto, die Waffe stürzte um, ein Schuss löste sich – die Kugel traf den Jäger in den Hintern. Er kam ins Krankenhaus.

Totengräber fällt in Grab und erstickt.

Der Zeitmann steht vom Klosett auf, stochert in seiner Scheiße, leckt.

DER ZEITMANN *zu den Zuschauern* Schmeckt gut, wollt ihr auch?

PERIKIZI Bok – Bok heißt Scheiße.

Der Zeitmann geht ab.

KÄUZCHEN Was sie wirklich wollen, ist, billiges Wissen finden, das sie dann über Preis verkaufen. Sie wollen nicht unterdrückt sein, sie wollen unterdrücken. Sie wollen nicht fortschrittlich sein, sie wollen nur die Ersten sein.

Leere Bühne, Perikızı allein an ihrem Platz, sie schreibt Gedichte. Fetzen regnen, der Mond scheint, Waldstimmen. Das Käuzchen stellt sich zu Perikızı und hört ihr Gedicht.

PERIKIZI *dichtet* Yeniköyde rıhtımda bir kadın
bir kadın ischte
eski bir kadın
Göysünde ta eskiden ölmüsch 7 tschotschuk
benim ölü amcalarım halalarım
gezerler, denizi daha
azalmamısch bu schehirde.
Bu schehirde birsokak
ischte burası
bir bachtsche
iki tschotschuk ischte
bachtscheden eve girilir.

KÄUZCHEN *liest von ihren Lippen und übersetzt* In Yeniköy am Hafen
eine Frau
Eine Frau
ganz alte Frau
an ihrer Brust sieben schon lange gestorbene Kinder
meine toten Onkel und Tanten
spazieren in der Stadt, wo das Meer
noch nicht weniger geworden ist
in dieser Stadt, eine Gasse
hier also
ein Garten
hier zwei Kinder im Garten
vom Garten kann man ins Haus rein.

Ruhrpottdialekt

Zwei Bilderbuchbergmänner kommen aus der Hölle hochgefahren, in ihrer Arbeitskleidung, mit Ruß im Gesicht, ein Deutscher und ein Türke, essen ihre belegten langen Baguettes. Beide zitieren die Homer-Episode »Darf Odysseus nach Hause?«. Die Schauspieler, die den Text sprechen, müssen ihn im starken Ruhrpott-Dialekt (Jürgen von Manger) zitieren.

DER DEUTSCHE BERGMANN »Muse, erzähl mir von dem Manne, dem wandlungsreichen, den oft es
abtrieb vom Wege, seit Trojas heilige Burg er verheerte.
Vieler Menschen Städte sah er und lernte ihr Denken
kennen und litt auf dem Meer viel Qual in seinem Gemüte,
trachtend, sein Leben zu sichern und seinen Gefährten die Heimkehr.
Gleichwohl rettete er sie nicht, wie sehr er es wünschte;
denn sie gingen durch eigene Freveltaten zugrunde,
Narren, die des Hyperion-Sohnes, des Helios, Rinder
in sich stopften; doch der nahm ihnen den Tag ihrer Heimkehr.
Davon berichte – beginn, wo du willst –, Zeus' Tochter, auch uns nun!
Alle die andern, soweit sie dem jähen Verderben entkommen,
waren bereits zu Hause, entronnen dem Krieg und dem Meere;
ihn allein, der vor Sehnsucht verging nach Heimkehr und Gattin,
hielt die Nymphe Kalypso zurück, die Göttin, die Herrin,
in dem Grottengewölbe, drauf brennend, er werde ihr Gatte.
Doch als nun kam das Jahr im Umlauf der Zeiten,
da ihm die Götter zugesponnen, nach Hause zu kommen,
heim nach Ithaka, konnt' er auch dort nicht entrinnen den Kämpfen,
auch nicht unter den Seinen. Die Götter erbarmten sich alle,
nur nicht Poseidon: Der zürnte dem göttergleichen Odysseus
unablässig und heftig, bevor in sein Land er gelangte.«

DER TÜRKISCHE BERGMANN »Aber mir zerreißt es das Herz um Odysseus, den klugen,
schicksalsgeschlagenen, welcher nun lange schon fern von den Lieben
leidet auf flutumschlossener Insel, dem Nabel des Meeres;

baumreich ist die Insel, es haust auf ihr eine Göttin,
Atlas' Tochter, des tückisch gesinnten, der jeglichen Meeres
Tiefen kennt und die Pfeiler, die hochaufragenden, selber
stützt, die auseinanderhalten Himmel und Erde.
Dessen Tochter hält ihn zurück, den Armen, der jammert,
und berückt ihn stets mit linden und schmeichelnden Worten,
daß er Ithaka ja vergesse.«
Beide ab.
Leere Bühne.

Ein neues Kleid für Perikızı

Zwei gutbürgerlich-schicke Mädchen, militante Ziegen, auf der Jagd nach Schäfchen, in ihren Körben schon Schafspelz und Glöckchen, kommen auf dem Fahrrad, fahren auf der Bühne herum, reden. Das Käuzchen erschreckt sich und haut ab.

LIESEL Männer müssen bewusster werden, weicher,

GRETEL Männer können nicht gebären.

LIESEL Als Ersatz haben sie Politik, Wissenschaft

GRETEL und Macht.

LIESEL Ich hab eine Spitzenmethode, Männer abzuschrecken. Wenn ein Mann an mich ran will, fang ich an, laut zu furzen.

GRETEL Wenn ich mal einen im Bett habe, kriege ich absichtlich keinen Orgasmus, damit ich von dem Mann nicht abhängig werde.

LIESEL In unserer Gesellschaft kommt auf sieben Frauen ein Mann.

GRETEL Und die schönsten sind schwul, also auf vierzehn Frauen ein Mann.

LIESEL Bist du Türkin?

PERIKIZI Hhm.

LIESEL Ich wohne im Türkenviertel, und es ist so lebendig dort.

GRETEL Die Türken sind so nett, aber weißt du, eins tut uns leid.

PERIKIZI Hm?

LIESEL Die türkischen Mädchen müssen mit dem Kopftuch aus dem Haus gehen, und erst, wenn ihre Eltern sie nicht mehr sehen können, ziehen sie es aus und stecken es in die Tasche.

GRETEL Und wenn sie nach Hause kommen, ziehen sie vor der Tür das Kopftuch wieder an.

Während die beiden Mädchen sie nach dem Kopftuch fragen, beginnen sie, Perikızı ein Schafsfell überzuziehen, in dem Löcher sind für Arme und Beine. Perikızı bekommt ein Glöckchen um den Hals und beide Beine.

GRETEL UND LIESEL Wir haben einen Verein gegründet – wir wollen den türkischen Mädchen, die solche Probleme haben, helfen. Trägst du kein Kopftuch, oder hast du es auch in der Tasche?

PERIKIZI Tasche?

GRETEL UND LIESEL Ach, in deiner Tasche. Wenn du Hilfe brauchst, ruf uns an. Hast du Brüder, schlagen sie dich?

PERIKIZI Hmh?

GRETEL UND LIESEL Schlagen sie dich?

PERIKIZI Schlagen?

GRETEL UND LIESEL Ah, schlagen!
Hier ist unsere Karte, wenn sie dich wieder schlagen, ruf uns an.
Fassen sie dich auch an?

PERIKIZI Anfassen?

GRETEL UND LIESEL Aha, Inzest. Davon haben wir auch schon gehört. Ruf uns morgen an.

Die beiden Mädchen ab, der Mond geht auf.
Leere Bühne.
Perikızı allein.
Das Käuzchen kommt zurück, ihm stehen die Haare zu Berge wegen Liesel und Gretel.

PERIKIZI *singt ein Kinderlied* Sümüklü böschek
suya düscheschek
akscham olacak
eve gidecek
dayak yiyecek.

KÄUZCHEN *übersetzt* Schleimige Schnecke
fiel ins Wasser
sie geht abends nach Hause
wird geschlagen zu Hause

Hölderlin tritt auf.

HÖLDERLIN »Du mochtest im Sumpfe nicht schwimmen. Komm nun, komm, und laß uns baden in offener See!«

PERIKIZI Wer seid Ihr?

HÖLDERLIN »Komm! Ins Offene, Freund! zwar glänzt ein Weniges heute

Nur herunter und eng schließet der Himmel uns ein.
So komm! daß wir das Offene schauen,
Daß ein Eigenes wir suchen, so weit es auch ist.«

PERIKIZI Wer seid Ihr?

HÖLDERLIN »So du
Mich aber fragest
So weit das Herz
Mir reichet, wird es gehen.
Lang ist
Die Zeit, es ereignet sich aber
Das Wahre.«

PERIKIZI Wer seid Ihr?

HÖLDERLIN »Nun versteh ich den Menschen erst, da ich fern von ihm und in der Einsamkeit lebe!«

PERIKIZI Wer seid Ihr?

HÖLDERLIN »Ähnlich dem Manne, der Menschen frisset
Ist einer, der lebt ohne
(Liebe)«

PERIKIZI Wer seid Ihr?

HÖLDERLIN »O ein Gott ist der Mensch, wenn er träumt, ein Bettler, wenn
er nachdenkt, und wenn die Begeisterung hin ist, steht er da, wie
ein misrathener Sohn, den der Vater aus dem Hause stieß, und
betrachtet die ärmlichen Pfennige, die ihm das Mitleid auf den
Weg gab.«

PERIKIZI Wer seid Ihr?

HÖLDERLIN »Ja! eine Sonne ist der Mensch, allsehend, allverklärend, wenn
er liebt, und liebt er nicht, so ist er eine dunkle Wohnung, wo
ein rauchend Lämpchen brennt.«

PERIKIZI Wer seid Ihr?

HÖLDERLIN »So komm! daß wir das Offene schauen,
daß ein Eigenes wir suchen, so weit es auch ist.«

PERIKIZI Wer seid Ihr?

HÖLDERLIN »Komm! und baue deine Welt! mit uns! denn unsre Welt ist auch die deine.«

PERIKIZI Wer seid Ihr?

Hölderlin ab.

Vater, ich laufe tiefer und tiefer in den Wald. Vater, was machst du, ich sitze im Dunkeln. Großmutter, die Schatten der Istanbuler Bäume liebten deine Wangen. Wenn wir beide unter ihnen liefen, setzten sie sich auf deine Wangen, spielten miteinander. Erinnerst du dich, Mama, als ich aus der Schule kam, dein kurz aus dem Fenster sich zeigender Kopf, deine süße Stimme, wie die Stimme des aus den Bergen frei laufenden Wassers, meine einzige Mutter. Du riefst zu mir, kannst du Spiritus kaufen?

Sie dichtet.

Spiritusladen, ey, nach Spiritus riechend.
Im Dunkel sitzender Laden.
In unserer Kinderhand Flaschen,
leer, warteten wir in
der Menschenschlange, den alten Männern,
antwortend, wer unser Vater ist, wie er
heißt usw., während die alten Männer
uns vor sich stehenließen.
Der Ladenbesitzer, langsamer, gesprächiger
Mann – wenn er zuhörte,
spazierten seine Augen an der Wand –
nickte, seine rechte Hand
bewegte er rauf und runter,
seine linke Augenbraue rauf und runter,
streckte seine Hand sehr langsam
zu dem von uns dort gelassenen Geld,
zählte es nicht, mit jedem ging
er raus, aus seinem Laden,
und schickte jemandem einen Gruß.
Er ist nie satt geworden, jedes Mal
mich zu fragen:
»Braucht ihr Spiritus,
will deine Mutter Spiritus?«

Perikızı hat an den Füßen Schafsglocken

Perikızı hört ihre eigenen Schritte: tschang – tschang – tschang – tschang.

PERIKIZI Vater, ich höre meine eigenen Schritte, tschang-tschang-tschang, bin tiefer und tiefer im halb verbrannten Wald. Es muss doch einen Weg geben, wo ich zu euch zurückfinde. Großmutter, es lärmen meine Schellen, hörst du?
Mein Herz ist ohne Kraft,
es ist mit der fremden Stadt vermählt.
Ich bin vielen Menschen nah gekommen,
und mein Geist weilt fern.
Vor mir sind die verborgenen Winkel,
fast unterirdischen Gänge.
Vorhin schlief ich, träumte, ich bin im Zug mit drei Taschen. Der Zug kommt an, zwei Jungen sagen, wir helfen dir, nehmen die Taschen, ich steige in ein Taxi, der kleinere der beiden soll ein Schläger sein. Er schlägt das Taxi in tausend Stücke, und dann schlägt er mich. Das Taxi kann nicht mehr fahren, weil der Weg verstopft ist, keiner kann fahren. Die Menschen bleiben still, keiner kommt, mir zu helfen. Dann bin ich in einer Gasse. Nachts. Ich fühle, dass drei Leute mich in eine Falle ziehen werden. Ich sehe sie nicht, aber ein Takt verkündet ihr Kommen. Dann bin ich über die Dächer, leise laufe ich, alles still. Dann bin ich plötzlich in einer europäischen Wohnung. Ich gehe in einen der Räume. Ikea-Möbel. Jemand schläft dort. Ich will ihn umarmen. Das sieht aber nach einem Kampf aus. Dann plötzlich bin ich jemand anderes.
Vater, ich hab Angst. Ein Unheil kündigt sich an. Ich bin allein, so allein.
Ein Koffer tritt auf.

LAUTSPRECHERDURCHSAGE Aus Sicherheitsgründen lassen Sie Ihre Koffer bitte nicht ohne Aufsicht. Es ist ein Koffer ohne Besitzer gesehen worden. Es sind alle Vorsichtsmaßnahmen zu treffen.
Perikızı läuft weg, der Koffer folgt ihr.

PERIKIZI Vater, ein Koffer folgt mir, ich habe Angst.
Ein Jäger tritt auf.

JÄGER Ist das Ihr Koffer?
Er steckt sie in Handschellen.
Können Sie sich ausweisen, aus Sicherheitsgründen?
Der Koffer läuft weiter, der Jäger hinter ihm.
Der Koffer muss stehenbleiben, aus Sicherheitsgründen.
Jäger ab. Perikızı allein in Handschellen. Der Koffer kommt zurück und steht vor ihr.
Der tote Dichter Hansi tritt auf.
PERIKIZI Dieses Leben scheint unerträglich.
DER TOTE DICHTER HANSI Lass dir vom Bösen nicht glauben machen, du könntest vor ihm Geheimnisse haben.
Vom wahren Gegner fährt grenzenloser Mut in dich.
Liest mit schöner Betonung Kaváfis, Warten auf die Barbaren.
»Worauf warten wir, versammelt auf dem Marktplatz?
Auf die Barbaren, die heute kommen.
Warum solche Untätigkeit im Senat?
Warum sitzen die Senatoren da, ohne Gesetze zu machen?
Weil die Barbaren heute kommen. Tcünkü barbarları bekliyoruz
Welche Gesetze sollten die Senatoren jetzt machen?
Wenn die Barbaren kommen, werden diese Gesetze machen.
Tcünkü barbarları bekliyoruz
Warum ist unser Kaiser so früh aufgestanden?
Warum sitzt er mit der Krone am größten Tor der Stadt
Auf seinem Thron, ganz offiziell, und trägt die Krone?
Weil die Barbaren heute kommen
Und der Kaiser wartet, um ihren Führer
Zu empfangen. Er will sogar eine Urkunde
Überreichen, worauf viele Titel
Und Namen geschrieben sind.
Warum jetzt plötzlich diese Unruhe und Verwirrung?
(Wie ernst die Gesichter geworden sind.) Warum leeren
Sich die Straßen und Plätze so schnell, und
Warum gehen alle so nachdenklich nach Hause?
Weil die Nacht gekommen ist und die Barbaren doch nicht Erschienen sind.
Und nun, was sollen wir ohne Barbaren tun?
Diese Menschen waren immerhin eine Lösung.«
Perikızıs Handschellen fallen runter.

PERIKIZI Warum versteh ich dich so gut, warum? Obwohl ich deine Sprache nicht sprechen kann.

DER TOTE DICHTER HANSI Weil ich ein Toter bin, ein Toter ist zu verstehen, wenn jemand ihn verstehen will. O wie süß ist das Leben mit dir. Schade, ich bin wieder nah dran, mich aufzulösen. Gedenke meiner.

Er geht ab.

PERIKIZI Wie heißt du?

DER TOTE DICHTER HANSI Bin Hansi, der tote Dichter.

PERIKIZI Warte, Toter, warte. Deine Füße sind schneller als ich.
Du toter Hansi.
Du, verborgene Kräfte der Natur,
Du, geheimes Wunder,
Du, bester Wächter des Menschseins,
Du, von der blinden Wut dieses Lebens Erlöster,
Du, der für den Wahnsinn dieses Lebens nur ein süßes kleines Lächeln übrig hat,
ein wirksames Heilkraut gegen die beraubten Sinne.
O weh, o weh, Sterne sucht nach ihm.
Wenn ich ihn doch bald hören und sehen würde!

Perikızı läuft allein mit ihren Schafsglocken und im Schafspelz herum. Die Fetzen regnen jetzt wilder.

Die Sprachlosigkeit im halb verbrannten Wald

Ein humorloser Zwerg tritt auf im Hofmeisterkostüm, klopft mit dem Stock, kündigt an.

ZWERG Drei Schuldgefühle-Humanisten
oder drei humanistische Schuldgefühle
oder drei humanisierte Gefühlsschuldige
oder drei schuldige Gefühls-Humanisten
und der Wolf!

Käuzchen wirft eine Zeitbombe auf die Bühne vor dem Auftritt der drei Schuldgefühle und des Wolfs. Die Zeitbombe tickt laut.
Ein als Intellektueller verkleideter Wolf tritt auf.
Der Wolf hat einen Nackenstützkragen wie nach einem Unfall.
Er hat mehrere türkische Fahnen und rammt sie auf die Bühne.

PERIKIZI Hansi, mein toter Freund, hier ist ein türkischer grauer Wolf. Was spukt hier im Wald?

Die drei Schuldgefühle-Giganten treten auf, die drei haben graue Filzhüte wie auf dem Oktoberfest. Sie hängen Perikızı ein Oktoberfestherz um den Hals, darauf steht: »Ich hab dich lieb«.

Die drei Schuldgefühle-Giganten fotografieren und interviewen den Wolf. Der Wolf redet eitel, mit übertriebenem Ausdruck, narzisstisch, übermalend, und beobachtet sich dabei in seinem großen Handspiegel.

Perikızı schreibt Gedichte über ihren Koffer, der bei ihr geblieben ist.

DIE DREI SCHULDGEFÜHLE-GIGANTEN *als Journalisten* Wir gratulieren Ihnen, Herr Wolf, Sohn der Türken, dass Sie zu Ihrer Identität 100 Pro stehen. Wir wollen mit unserem Interview anfangen: Integration braucht Rechte und Chancen.

Seit langer Zeit tobt durch unsere deutschen Blätter und Teile der Öffentlichkeit, dass unsere schöne Leitkultur zerstört wird durch Horden von Fremden. Sie aber haben eine ausgesprochene Stimme, die sich in einer anderen Richtung positioniert.

Was wir gut finden.

Sie zitieren Heinrich Heine.

»Die gute Fahne ergreift ihr dann
und ruft: Zu Pferd! Zu Pferde!
Ihr riesiges Volk erwacht und springt
laut rasselnd empor von der Erde.«

WOLF Ficken, ficken, ficken

Wolf macht deutschfeindliche Show für Perikızı, holt seinen Schwanz raus. Die drei Schuldgefühle knien vor ihm, machen ihre Münder auf. Wolf pinkelt in die drei geöffneten Münder der Schuldgefühle, sie trinken.

Sie trinken es gerne. Aus meinen Paradiesflüssen.

KÄUZCHEN Verspätete Judenliebe, verfrühte Türkenliebe.

PERIKIZI O Kühnheit! eine Natter konnt' es wagen.
Ja, eine Natter tat's;

WOLF *gibt Interview* Mit euch finde ich mich
in guter Gesellschaft.
Ich kann euer humanes Dasein gut vertragen,
doch diesen Antimoscheeduft

von vielen andern Mündern
kann ich nicht länger ertragen.
Ficken, ficken, ficken
Entsetzlich, die Düfte der Antisten,
Antimoscheeduft,
Anti-verdeckte-Haare-Muslimenduft
O die Muslimenwangen glühen so rot
ihre heiligen Köpfe unter ihrem Schamtuch.
Ficken, ficken, ficken
Ich sage zu den Feinden der Muslimen, des Moscheenbaus,
wauwauwauwau
Das Höllenfeuer ist ziemlich heiß,
dort werden sie schmoren und braten,
diese Möchtegernaufklärer,
jetzt regt meine Galle sich auf,
verdammt nochmal, Sakrementkruzifix,
bei meinen Eltern stand der Koran auf dem besten Platz.
Ficken, ficken, ficken.

DIE DREI SCHULDGEFÜHLE-GIGANTEN-JOURNALISTEN Bravo, Sie sind in unserer Multikulti-Gesellschaft das einzige Genie. Sie sind die ungeschminkte Stimme der türkischen Zonen. Sie haben recht. Viele Moscheen müssen sein, Kopftücher müssen sein.

Wolf pinkelt auf ihre Köpfe.

KÄUZCHEN Verspätete Judenliebe, verfrühte Türkenliebe.

WOLF Meine lieben abendländischen vernünftigen Freunde, ich bin gegen die Aufklärung. Ihr seid traditionsbewusst, wauwauwauwau, unser gemeinsamer Kampf geht weiter, Freiheit für viele Moscheen, aber mit Minarett, bitteschön, wauwauwau. Freiheit für Schamtücher der Frauen, wauwauwauwau. Ficken, ficken, ficken, ficken.

Wolf nimmt ihr das Blatt aus der Hand, liest das Gedicht.

Istanbul da atschı atschı, atschı tschekmek
Taschın üstünde bir yalnız adam, kör.
Surlar
Tamirli taschlar
Tamirsiz insanlar
Yol Tozunda dönen bir dönen
Bir umutusuzluyun atschik bej tscheketi
Tasch üzerine tschökme tschökme özlemiyle giden

Ayakkabılar. Intsche mermer koltuklar
Park da uzanmısch bir büyükanne
Iki kız Torun. Mermere oturmamısch.
Was heißt das?

PERIKIZI Es ist türkisch.

WOLF Was erzählt das?

PERIKIZI *erklärt ohne Lust ein paar Sätze* Es handelt von einem blinden Mann, der auf einer Steinbank in Istanbul sitzt, und von einem beigen Jackett der Hoffnungslosigkeit.
Der Wolf steckt das Gedicht ein.

WOLF Das ist von mir.

PERIKIZI Aber –

ERSTER SCHULDGEFÜHLE-GIGANT Wer hat das geschrieben?

ZWEITER SCHULDGEFÜHLE-GIGANT Von wem ist das, von dir oder von ihr?

PERIKIZI Aber –

WOLF Das zu schreiben, habe ich von 200 Türkinnen und meiner Mutter abgelauscht.

PERIKIZI Aber –

WOLF Das ist von meinen Tanten.

ERSTER SCHULDGEFÜHLE-GIGANT Ach so, das waren Tanten. Wenn er Tanten sagt, glauben wir ihm. Er ist unser Freund. Aber egal, von wem. Eure Geschichten sind alle gleich. Der Pool ist zu eng, klein. Das Türkische gehört allen Türken.
Sie klopfen dem Mädchen auf den Rücken.

PERIKIZI Aber –

WOLF Schäm dich, wo hast du dein Schamtuch? Dein Tuch für Scham? Gib mir deinen Eselskopf –
Er nimmt ihn.
– ich will ihn belehren:
Das Schamtuch ist ein Kopftuch, wo die gute Türkin ihre Haare darunter kräftig toupiert, mit Haarfestiger befestigt, und dann ihr Schamtuch herumschlingt und es so zurechtzupft, dass es einem wohlgerundeten gewissen weiblichen Körperteil entspricht. Ich seh dich hier nicht mehr ohne Schamtuch. Himmel bewahre uns vor Heiden und Heidentaten, erst mache ich ihre Eselsmaske kaputt. Ihr drei, haltet diese Person fest, bei meiner Wolflust packt mich vor dieser Person eine Unlust. Ein bisschen Blut von ihr wird meinem Mund gut schmecken.

Der Wolf bindet ihr ein Kopftuch um.

DIE DREI SCHULDGEFÜHLE-GIGANTEN Steh doch, steh doch zu deiner wahren Identität. Keine Angst vor uns Abendländern. Keine Angst vor uns Abendländern.

WOLF Deinen Eselskopf kannst du behalten. Ich habe ihn schon belehrt.

Wolf gibt ihr den kaputten Eselskopf zurück.

KÄUZCHEN *zitiert Heine* »Ich bin kein Schaf, ich bin kein Hund,
kein Hofrat und kein Schellfisch –
ich bin ein Wolf geblieben, mein Herz
und meine Zähne sind wölfisch.«

DIE DREI SCHULDGEFÜHLE-GIGANTEN Danke für dieses Interview.

Die drei Schuldgefühle-Giganten ab.

WOLF Ihr Arschgeigen, ihr könnt mich mal.

Wolf holt aus der Hosentasche eine Handvoll Kokain, rollt Perikızıs Gedicht auf und zieht dadurch das Kokain in die Nase. Sein ganzes Gesicht ist weiß. Er steckt das Gedicht ein. Wolf ab.

Perikızı mit Kopftuch, Schafpelz und Schellen, blutet aus der Nase wie ihre Großmutter und trägt die Maske einer alten Perikızı.

PERIKIZI *mit der Stimme der Großmutter* Abooo, Aboooo. Wie die armenischen Bräute sich von den Brücken heruntergestürzt haben. Wie die armenischen Bräute sich von den Brücken heruntergestürzt haben. Gesehen haben sie mit ihren jungen Augen, die blind sein wollten, die Hölle und das Feuer auf dieser Erde, die Schürze noch über ihren Kleidern.

Käuzchen blutet auch aus der Nase.

Im Hades

PERIKIZI *mit der Stimme der Großmutter* Es gibt keine Rückkehr mehr.

Hölderlin taucht mit zwei Armenierinnen, dem toten Dichter Hansi und Perikızıs Großvater (der tote Soldat aus dem Ersten Weltkrieg) und seinem Esel auf. Sie kleiden Perikızı um, nehmen ihr das Kopftuch, das Schafsfell, die Schellen und die Alte-Frauen-Maske ab.

Hansi.

DER TOTE DICHTER HANSI Perikızı.

HÖLDERLIN »Komm! und baue deine Welt! mit uns! denn unsre Welt ist auch die deine.«

PERIKIZI Wer seid Ihr?

HÖLDERLIN Hölderlin. Willkommen im Hades.
»Wir begegneten einander
wie zwei Bäche, die vom Berge rollen, und die Last von Erde und Stein und faulem Holz und das ganze träge Chaos, das sie aufhält, von sich schleudern, um den Weg sich zu einander zu bahnen, und durchzubrechen bis dahin, wo sie nun ergreifend und ergriffen mit gleicher Kraft, vereint in einen majestätischen Strom, die Wanderung ins weite Meer beginnen.«

PERIKIZI Bin ich auf dem Irrweg von Titania zu einem Niemand geschrumpft?

HÖLDERLIN *zitiert* Hyperion »Komm! es war wie ein Traum! Die blutenden Fittige sind ja
Schon genesen, verjüngt leben die Hoffnungen all.
Großes zu finden, ist viel, ist viel noch übrig, und wer so
Liebte, gehet, er muß, gehet zu Göttern die Bahn.«

PERIKIZI *fragt den türkischen Soldaten ohne Kopf* Wer seid Ihr?

SOLDAT Ich bin dein Großvater. Vater deines Vaters. Lass dich küssen. Öpüschelim.

PERIKIZI Büyükbaba. Büyükbaba. Öpüschelim.
Perikızı kniet nieder und küsst das Gesicht ihres Großvaters unter dem Arm.
Perikızı fragt die Armenierinnen.
Wer seid ihr?

ARMENIERINNEN Wir sind die armenischen Bräute. Wir sind Kinderfreundinnen deiner Großmutter. Lass dich küssen. Öpüschelim.

PERIKIZI Aboo. Aboo. Köprülerden kendinizi sulara attiniz. Öpüschelim.
Perikızı fragt den Esel.
Wer seid Ihr?

ESEL Der Esel deines Großvaters, den er sehr liebte. Lass dich küssen. Öpüschelim.

SOLDAT Wenn du nicht weißt, wie es weitergeht, musst du zu den Toten zurückkehren, mit uns sprechen. So leben wir auch in dir weiter.

DER TOTE DICHTER HANSI Nicht nur du lernst von den Toten, die Toten lernen auch von dir. Lass dich küssen. Öpüschelim.

Jetzt wird Party gefeiert, getrunken, gelacht. Vielleicht vom Tonband kommt ein Gedicht. Eine Mädchenstimme liest einen Teil aus Kaváfis' Gedicht Ithaka.

MÄDCHENSTIMME »Bewahre stets Ithaka in deinen Gedanken.
Dort anzukommen ist dein Ziel.
Aber beeile dich auf der Reise nicht.
Besser, daß sie lange Jahre dauert,
daß du als alter Mann erst vor der Insel ankerst,
Reich an allem, was du auf diesem Weg erworben hast,
Ohne die Erwartung, daß Ithaka dir Reichtum schenkt.

Ithaka hat dir eine schöne Reise beschert.
Ohne Ithaka wärest du nicht aufgebrochen.
Jetzt hat es dir nichts mehr zu geben.

Und auch wenn du es arm findest, hat Ithaka
Dich nicht enttäuscht. Weise geworden, mit solcher Erfahrung
Begreifst du ja bereits, was Ithakas bedeuten.«

Das Meer hat sich zurückgezogen

Es regnet wie am Anfang, bevor Perikızı wegging. Der Hades verwandelt sich in das erste Bild, mit dem geschlossenen Spiegel und der Leinwand, Projektion von Vom Winde verweht, *Filmmusik, die Eltern sitzen mit dem Rücken zu den Zuschauern auf Kinostühlen. Perikızı vor dem Spiegel.*

PERIKIZI »Kommt! einen Ringel, einen Feensang!
Dann auf das Drittel 'ner Minute fort!
Ihr, tötet Raupen in den Rosenknospen!«

GROSSMUTTER Perikızı, schau nicht in der Nacht in den Spiegel, es ist nicht gut, sonst wirst du in ein fremdes Land gehen, weit weg. Die Geister werden dich zu einem anderen Land treiben. Gib mir eine Zigarette. Das Meer hat sich zurückgezogen, wer weiß, warum.

PERIKIZI *dreht sich zur Großmutter* Großmutter.

Es wurden Texte von Shakespeare, Homer, Kaváfis, Hölderlin und Heinrich Heine verwendet.

RWE

Christoph Ransmayr

Odysseus, Verbrecher.

Schauspiel einer Heimkehr

Die Personen

ODYSSEUS, Verbrecher
TELEMACH, Verlorener Sohn
PENELOPE, Verlassene
EURYKLEIA, Verrückte

ATHENE, Strandläuferin

EUMAIOS, Sauhirt
PHILOTIOS, Rinderhirt
MELANTHOS, Ziegenhirt

ANTINOOS, Erster Reformer
EURYMACHOS, Zweiter Reformer
AMPHINOMOS, Dritter Reformer

CHOR DER KRÜPPEL UND GEFALLENEN

ZWEI KNECHTE,
namenlos

Die Zeit

Eine Nachkriegszeit als Allzeit, *Un*zeit in der Schwebe zwischen Gegenwart, Zukunft und einer unauslöschlichen Vergangenheit.

Die Schauplätze

Ein verlassener Strand
Ein Hirtenlager in den Bergen
Idyllisches Hügelland
Ein verwahrloster Prunksaal
Eine von blutigen Schleifspuren schraffierte Freitreppe

Erste Szene

Willkommen in Ithaka

Rauchschwaden über einem Strand; das gleichförmige Rauschen der Brandung. Im Hintergrund Schwelbrände und in der weiteren Tiefe Höhenzüge, Berge. Dicht an der Wasserlinie eine gestrandete Rettungsinsel, schwer beladen mit Ballen und Kisten, Streitäxten, Pokalen, goldenen Schilden, Feuerwaffen, Helmen, Lanzen und Standarten, Bildschirmen, Satellitenantennen, Statuen etcetc. An die Bordwand der Rettungsinsel gelehnt, ein Schläfer, der nach einer Folge von zehn, elf Brandungsschlägen erwacht, sich mühsam aufrichtet und versucht, das rauchverhüllte, umliegende Land zu erkennen: Odysseus.

ODYSSEUS
Schnee? Beschneite Berge… Auch das noch. Schnee!
Was haben wir Menschenseelen in irgendeinem schwarzen Abgrund dieses schwarzen Himmels bloß verbrochen, daß wir mit dem Leben bestraft werden.
Wie zur Vergeltung einer ungeklärten Schandtat reißt man uns aus einem gestaltlosen, schmerzlosen, namenlosen Frieden und pfercht uns in strampelnde, fressende Körper, die, von ihrem Hunger und Durst, ihrem Haß, ihrer Angst oder der nackten Blödheit getrieben, am Ende doch auf irgendeinem Schlachtfeld des Lebens verstümmelt werden.
Und selbst wenn es uns gelingt, alt und gebrechlich zu werden, ohne von unserem Körperfett, von Narben oder Geschwüren entstellt zu sein, gehen wir nach dem Ratschluß irgendeines gnadenlosen Schöpfers schließlich doch zugrunde – an unserer Lebensgier, an unserem Zerstörungswillen oder zugrunde am bloßen Lauf der Zeit. Und unsere Reste, faulend oder zu grober Asche verbrannt, fallen zurück in die Gestaltlosigkeit, in die Ursuppe irgendeiner nebelhaften Erbschuld, aus der sich dann dieses sogenannte *Dasein* und mit ihm alles, was endlich überwunden schien, noch einmal und immer wieder erheben darf, um auf die immergleiche Art zu enden.
Wer in dieser Affenschaukel nach dem Sinn der Pendelei fragt, gleicht dem Schiffbrüchigen weit, weit draußen, wenn er sich an der vergeblichen Ausschau nach einem rettenden Segel, einer Küste, die Augen verbrennt am gleißenden Horizont.

Blickt noch einmal ungläubig in die Ferne.
Schnee auf kahlen Bergen! Und davor schwelende Abfallgebirge. Was für eine Küste.
Klettert aus der Rettungsinsel, beschattet seine Augen mit der Hand, läßt den Blick strandauf, strandab schweifen und bemerkt eine Gestalt, die sich im Trab eines Läufers nähert.
Ein Strandläufer! So verqualmt kann ein wüster Landstrich offensichtlich gar nicht sein, daß sich nicht irgendein Kraftmensch für eine Morgenstunde an der vermeintlichen Frischluft begeistern würde. Den Pulsmesser um die Brust, im Kopf ein langes, gesundes und glückliches Leben – und über allen Hoffnungen doch bloß das schweißüberströmte Märtyrergesicht: der Blick verkniffen, das Maul sperrangelweit offen wie das eines Karpfens auf dem Trockenen.
Die Gestalt verlangsamt ihre Schritte, hält inne – eine Frau – kommt dann auf Odysseus zu.

ATHENE
Erhebt einen Arm wie zum Gruß, wischt sich dann aber doch nur mit der Ellenbeuge den Schweiß aus dem Gesicht.
Puh… schon wieder ein Neuankömmling im gelobten Land? Frisch aus dem Elend?
Atmet tief aus, dann seufzend.
Schöne Überfahrt gehabt? Wie ist das Wetter in Afrika?

ODYSSEUS
Ein hellauf schnaufendes Fräulein in aller Frühe. Und dann auch noch witzig. Bin ich im Land des Lächelns gestrandet?

ATHENE
Wo immer – willkommen bist du jedenfalls nicht. Das ist mein Revier.

ODYSSEUS
Revier? Was wird denn gejagt hier?

ATHENE
Nicht gejagt. Gesammelt… Treibgut wird hier gesammelt. Es wird ja viel untergegangen in diesen Tagen, Meer und Zeiten sind stürmisch. Sei bloß froh, daß du in meiner Bucht gelandet bist; in der nächsten

würde man deinen Kram als herrenloses Gut verbuchen und dich…, ach, sei bloß froh, mein Freund. Gebührenfrei wird dein Landgang aber auch hier nicht sein. Hast du einen Flohmarkt geplündert, bevor du in See gestochen bist? Laß sehen.
Versucht, eine der Kisten aus dem Rettungsfloß zu ziehen.

ODYSSEUS
Fällt ihr in den Arm, stößt sie so heftig weg, daß Athene strauchelt, nach zwei, drei stolpernden Schritten aber doch wieder Fuß faßt.
Pfoten weg. Vorsicht: Ich bin weder dein noch irgendeines Fledderers Freund, und ich habe schon kleineres Gepäck und nicht bloß vor interessierten Fräuleins verteidigt. In stürmischen Zeiten regnet es Schläge schließlich nicht nur auf die Köpfe männlicher Helden.

ATHENE
Ich schlage mich nicht, Schläger.
Öffnet ihre Jacke, zeigt eine Pistole im Schulterhalfter.
Wozu hat der Mensch derlei Werkzeuge erfunden? Erleichtern das Leben, erhöhen den Gewinn und verwandeln nicht nur muskelschwache Mädchen, sondern jeden beliebigen Schwachkopf in einen Allmächtigen mit Verfügungsgewalt über Leben und Tod.

ODYSSEUS
In meiner Armee wurden Strandläufer wie du, Partisanen und Plünderer standrechtlich gehängt.

ATHENE
Aha. Ein Held. Du kommst aus dem Krieg? Dann ist dein ganzer Kram da wohl Beute? Wie viele Ehrenmänner mußten dafür samt ihren Clans, Verwandten und Kindern ins Gras beißen? Ein Maulvoll Erde und Gras ist doch allgemeine Währung, wo Helden Handel treiben. Und wo ist deine Armee?, wo sind deine Kameraden? Mit Hängearbeit an einer anderen Küste beschäftigt, oder schaukeln sie im Sog einer Schlacht selber bereits an irgendeinem Galgen im Wind?

ODYSSEUS
Schweigt. Scheint von plötzlichen Erinnerungen überfallen; fährt sich dann mit beiden Händen über Stirn und Haar, als wollte er diese Er-

innerungen abstreifen, spricht dann aber in gänzlich verändertem Tonfall.
Wo bin ich hier? Wie heißt du?

ATHENE
Auf meinem Steckbrief hieß es: Athene. Aber mein Name braucht dich nicht zu kümmern. Ich bin allmächtig, wie du siehst, das genügt.

ODYSSEUS
Ein Flintenweib mit dem Namen einer Göttin. Wirklich, wir leben in finsteren Zeiten. Und wie heißt diese Brandstätte?

ATHENE
Auf den Seekarten heißt sie Schweinebucht, die Strandläufer nennen sie Eldorado. Seit der Anstieg des Meeresspiegels ein paar flache Inselchen in Riffe verwandelt hat, sind die Strände hier mit Wrackteilen gesegnet wie kaum ein anderer Küstenstrich. Ein entsprechend mit Blei beschwerter Taucher, heißt es, könnte in der Tiefe bis zu diesem Leuchtturm dort draußen über Schiffstrümmer steigen, ohne seinen Fuß ein einziges Mal auf den Meeresgrund zu setzen.
Zeigt auf die Schwelbrände im Hinterland.
Siehst du die Müllberge? Das ist bloß Abfall – unter allem angeschwemmten Überfluß findet sich so viel Abfall, daß turmhohe Leuchtfeuer davon ewig brennen könnten. Wie hell würde wohl deine Beute brennen? Oder ist deine Beute so wertvoll, daß sie nicht brennt? Hand aufs Herz –
Legt eine Hand auf die Waffe im Schulterhalfter.
– du wirst die Feuerprobe wohl nicht verhindern können.
Zeigt auf die aus der Fracht ragenden Gewehre.
Waffen außer Reichweite, ein Bajonett, um dessen Griff sich keine Hand schließen, ein Abzug, um den sich kein Finger krümmen kann, sind nicht gefährlicher als die Kissen einer Polsterschlacht. Hat man euch das in den Kasernen nicht beigebracht?

ODYSSEUS
Als hätte er Athenes drohende Geste übersehen, ihre Worte nicht gehört.
Schweinebucht? Seltsam. Ich bin vor einer Ewigkeit aus einer Schwei-

nebucht ausgelaufen und habe niemals davon gehört, daß es eine Bucht dieses Namens noch anderswo als auf Ithaka gäbe.

ATHENE
Anderswo? Du bist in Ithaka. Du bist in deiner Schweinebucht.

ODYSSEUS
Ithaka! Du ziehst den Namen meiner Heimat in den Dreck dieses Strandes. Gehört es zu den Bräuchen von Wegelagerern, sich über Schiffbrüchige auch noch lustig zu machen, bevor man sie beraubt? Woher kennst du den Namen meiner Heimat?

ATHENE
Ich kann mir mittlerweile sogar deinen Namen zusammenreimen: Städteverwüster! Den Städteverwüster hat man dich in den Abend- und Morgennachrichten genannt. Auf den Porträts, mit denen die Weitwinkelpanoramen von Schlachtfeldern und brennenden Dörfern überblendet wurden, sahst du allerdings jünger aus: Odysseus unter Rauchpilzen im Feindesland! Der Bart ist dir wohl erst unterwegs gewachsen. Manchmal hieß es ja, du seiest für immer verschollen, und keiner müsse sich mehr vor deiner Heimkehr fürchten. Du bist doch Odysseus?

ODYSSEUS
So nennt mich die Welt.

ATHENE
Die Welt? Die ganze Welt? Bist du sicher? Sprechen dich die Adivasi, die Sherpa und Uyguren, die Zhuang, Han, Khmer und Hmong, die Mandschu, Tschukschen, Pashtunen und Turkmenen, die Tuareg, die Bantu, die Tswana, die Haussa, Sotho und Cree und Maya und Taino und Guarani und Maori und wie die hunderttausend, zweihunderttausend Völker dieser Welt alle heißen, alle, alle mit deinem Namen an?

ODYSSEUS
Mein Name ist Odysseus.

ATHENE
Ich kenne dich nur aus den Nachrichten. Siehe da, Odysseus, der Städteverwüster, der unbezwingbare Fuchs in allen von ihm geschaffenen Wüsten, heimgekehrt auf einer Rettungsinsel voll Ramsch. Wenn ich die Möglichkeit einer solchen Landung geahnt hätte, wäre ich mit Tonband und Kamera angerückt und hätte am Verkauf einer illustrierten Neuigkeit wohl mehr verdient als ein Städteverwüster an seiner gesamten Beute.

ODYSSEUS
Städte werden nur verwüstet, wenn sie der guten Sache im Weg liegen. Daß die Feuerkraft gelegentlich an den Linien und Lufträumen des uniformierten Feindes vorbei auf Marktplätze und Schulhöfe oder Lazarette niederfährt, gehört zu den unvermeidlichen Fehlschüssen selbst der präzisesten Luftschläge…

ATHENE
…Kollateralschaden. Hieß das bei euch nicht *Kollateralschaden*? Bei uns, an den Stränden, gilt in solchen Schadensfällen ein einfacherer Spruch: *Knapp vorbei ist auch daneben.*

ODYSSEUS
Daneben? Selbst Brautkleider tarnen manchmal nicht bloß Schwangerschaften, sondern auch Sprengstoffkorsette und Granatengürtel. Wir haben die Heimat noch in den fernsten und entlegensten Winkeln der Welt verteidigt! Wer hätte jemals von einem Kaff namens Troja auch nur gehört, wenn dort nicht für die Ehre Ithakas gekämpft worden wäre? Für Ehre, Sicherheit und Wohlstand Ithakas!

ATHENE
Ehre, Wohlstand? Günstiger ist deine Art Ruhm nicht zu haben? Aber du erinnerst dich wohl besser an zerstampfte Städte als an dein eigenes Land. Erkennst du tatsächlich die unvergleichlichen Berge von Ithaka hinter den Leuchtfeuern nicht wieder?, die unvergleichlichen Felsen deiner Schweinebucht?

ODYSSEUS
Auf meinem Land lag niemals Schnee.

ATHENE

Das Wetter hat sich geändert, Heimkehrer. Der Frühling, in den du hineingeplatzt bist, ist nach den Statistiken der Meteorologen der kälteste seit zwölf Jahren. Bist du in den Jahren, den Jahrzehnten! deiner Abwesenheit tatsächlich so ahnungslos geworden? Selbst in deine Feldlager müssen doch die Nachrichten von den beschneiten Dächern der Tempel von Jerusalem gedrungen sein. Wintergewitter über den Ruinen von Konstantinopel! Selbst in Alexandria stehen mittlerweile Schneepflüge für alle Fälle bereit. Die Propheten predigen eine neue Eiszeit.

ODYSSEUS

Als Schiffbrüchiger weiß ich, daß das Mittelmeer immer noch lau genug ist, um Schneeschauer in Regen zu verwandeln. Und die Buchten meines Landes waren keine Müllhalden. Wenn dort etwas brannte, dann Opferfeuer zum Dank für das nach fruchtbringendem Regen ringsum blühende Land.

ATHENE

Tatsächlich, der Mann hat keine Ahnung… Daß nach Seeschlachten und kleinerem Unheil Ölteppiche gegen die Strände rollen und Feuer schwelen, wo früher einmal Olivenhaine ihre Silberkronen nach dem Wind drehten, mein Krieger, gehört doch in jedem Kampf für das Gute zu den alltäglichen Verwandlungen: ein Hagel brennender Pfeile, ein Artillerieblitz, ein Granattreffer oder bloß eine von höchster Stelle erteilte Baugenehmigung – und schon wachsen auch aus tausendjährigen Hainen Stahlbetontürme auf oder Feuersäulen und werden Rosengärten zu bloßen Toupets auf den Glatzen von Tiefgaragen und Bunkern.

ODYSSEUS

Die einzigen unterirdischen Bauwerke meines Ithaka waren Weinkeller, Heldengruften und Tunnel für den segenbringenden Handelsverkehr.

ATHENE

Du denkst, Ithaka habe sich aus Trauer über deine blutige Wallfahrt nach Troja in seine prachtvollsten Kleider geworfen und seither, an das Datum deines Abschieds genagelt, atemlos, bewegungslos und unversehrt strahlend auf deine Rückkehr gewartet? Das glaubst du tatsächlich? Dann hättest du nicht bloß das Land deiner Ahnen und deiner

Kindheit, sondern auch ein Land von strohdummen Narren verlassen. Zu *Kriegslisten* frisierte Gemetzel sind den Daheimgebliebenen vielleicht weniger geläufig als dir, aber so blöd, Herr Städteverwüster, so blöd sind die Daheimgebliebenen nirgendwo auf der Welt, um bis ans eigene Grab auf einen zu warten, der nur noch gelegentlich durch Abend- und Morgennachrichten geistert.

ODYSSEUS

Kniet nieder, hebt einen Kiesel auf, hält ihn wie prüfend hoch, wirft ihn dann Athene zu, die ihn zu Boden fallen läßt, ohne die Hand vom Griff ihrer Waffe zu nehmen. Odysseus gräbt, pflügt nun mit beiden Händen im Sand.

Ithaka war als Sehnsucht überall, worauf ich meine Stiefel gesetzt habe. Die Erinnerung an mein Land ragte selbst aus dem Schutt der Mauern von Troja. Wenn diese rauchende Wüste auch nur den Namen Ithaka tragen soll, bin ich nicht länger Odysseus.

ATHENE

Dann mußt du deinen Namen wohl vergessen. Aber kommen wir zum Geschäft: Das Allermeiste von dem, was du erbeutet hast, scheint ohnedies bloß Liebhaberwert zu besitzen. Ich will nur die Feuerwaffen. Deine Schilde, Pokale, Lampen und Staubsauger kannst du behalten... Mit einer Feuerwaffe läßt sich über kurz oder lang ohnedies jeder Verlust wieder ersetzen. Schußfinger sind im Handumdrehen mit Brillantringen zu veredeln. Ich verschwinde mit meinem Anteil, und du freunde dich meinetwegen aufs neue mit deinem Land an, vielleicht eröffnest du mit deinem Kram ein Museum, aber paß bloß auf, die meisten seiner Bewohner werden dich weniger freundlich behandeln als ich. Nachkriegskinder sind Bälger von schlechten Eltern.

ODYSSEUS

Dann verschwinde doch, du Nachkriegskind, aber hilf mir wenigstens noch, den Rest meiner Ladung vor der Gier deiner Freunde in Sicherheit zu bringen.

ATHENE

Ich habe keine Freunde an diesem Strand – außerdem fehlt ein Zauberwort an deinem Vorschlag. Nun? Wie sagt der Gestrandete zum helfenden Strandläufer?

ODYSSEUS
Bitte.

ATHENE
Bravo. Ein Reporter des *Ithaka Herald* nannte dich nicht umsonst den *Listenreichen.* Wer so schnell lernt, um Hilfe zu bitten, dem soll geholfen werden. Was willst du zuallererst verstecken? Und wo?

ODYSSEUS
Blickt sich um.
Dieses Loch dort oben, ist das eine Höhle?

ATHENE
Das ist der Rest eines Kanals, durch den irgendwann Scheiße ins Meer gepumpt wurde. Aber die Scheißer sind längst verschwunden – wohl auch in den Krieg gezogen. Das Loch stinkt noch, ist aber leer. Ein idealer Ort für deine Beute. Also los, packen wir's an. Was zuerst?

ODYSSEUS
Die Kiste da.
Zeigt auf eine sargähnliche Kiste.

ATHENE
Tritt an die Kiste, öffnet den Deckel.
Nasse Wäsche? Ein ganzer Seemannskoffer voll?

ODYSSEUS
Das sind Trophäen. Tarnanzüge. Brustpanzer geschlagener Feldherren. Paradeuniformen.

ATHENE
Fetzen. Wie du willst. Du ziehst, ich schiebe.

ODYSSEUS
Beginnt, die Kiste an einem Haltegriff zu ziehen. Dann, ächzend, die Füße in den Sand gestemmt.
Wer garantiert mir eigentlich, daß du mein Depot nicht plünderst, kaum daß ich dem Meer den Rücken gekehrt und mich ins Landesinnere aufgemacht habe?

ATHENE

Am anderen Ende der Kiste.

Strandläufer sammeln, was ihnen das Meer zu Füßen legt. Notfalls kämpfen sie darum. Aber sie betrügen nicht. Selbst in der Hölle gelten Regeln, das müßte dir doch vertraut sein.

ODYSSEUS

Es sind die Regeln, die Regeln sind die Hölle.

Richtet sich ächzend auf.

So schaffen wir das Ding nie in die Höhle.

Tritt an Athenes Seite, stemmt sich neben ihr gegen die Kiste.

Und jetzt schie-ben, schie-ben!

Die Kiste gleitet ruckweise den Strand hinauf, aber Odysseus scheint nach einem Seitenblick auf Athene plötzlich auszurutschen, verliert den Halt, fällt gegen Athene, will sich an ihr festhalten.

ATHENE

Stößt den Fallenden zurück, entzieht sich seinen ausgestreckten Armen gerade noch rechtzeitig, reißt ein Bajonett aus ihrem Gürtel.

Noch so ein Versuch, und du wirst nicht nur deiner Beute nachtrauern.

ODYSSEUS

Hat beide Arme hochgehoben wie einer, der sich ergeben oder seine Unschuld demonstrieren will.

Hee! Ich bin ausgerutscht. Ich bin doch bloß in diesem Scheißsand ausgerutscht.

ATHENE

Ausgerutscht. So nennt man das wohl, wenn Helden Weiber unter sich begraben. Wie oft bist du denn in den Kriegsjahren ausgerutscht? Was man in den Nachrichten von überlebenden Frauen so hörte, soll es ja in Troja besonders rutschig gewesen sein.

ODYSSEUS

Jetzt beruhige dich. Es war dieser ölige Sand. In Troja war Krieg. Und welcher Krieg hat denn jemals vor den Frauen haltgemacht?, vor den Betten? Aber meine Soldaten hatten ihre Befehle. Vergewaltigung wurde hart bestraft.

ATHENE
Ach? Mußten deine Leute hundertmal *Ich soll nicht…, Ich darf nicht…, Ich werde niemals wieder…* auf ihre Helme schreiben? Seid ihr denn nicht allesamt wegen einer Schönheitskönigin in den Krieg gezogen, die sich nicht mehr länger von einem Langweiler bespringen lassen wollte? Ein ganzes Heer mußte dieser Queen bis nach Troja nachtrampeln, nur weil sie von euch hochdekorierten Helden und Königen genug hatte und lieber einem Mann folgen wollte, der…

ODYSSEUS
…einem Dandy, einem Feigling!

ATHENE
…so nennt ihr ja wohl jeden, dessen Brust nicht klingelt von Medaillen, Kreuzen, Ordenssternen und diesem ganzen Schießbudenklunker. Eure mit Lametta beworfenen Helden und Ehrenmänner gleichen doch Weihnachtsbäumen. Wer will denn von einem Nadelbaum umarmt werden? Aber der Verehrer der Queen, dieser, dieser…

ODYSSEUS
…Paris!, er hieß Paris, dieses Schwein…

ATHENE
…ist doch egal, wichtig war, daß er ein Herz in seiner Brust trug und keine Panzerfaust wie ihr.

ODYSSEUS
Du hast keine Ahnung. Als wir für Ithakas Ehre gegen Troja zogen, lagst du noch in den Windeln.

ATHENE
Ehre? War da nicht noch was?, hast du doch selber gesagt: Ehre, Sicherheit und Wohlstand Ithakas… Und fanden sich dann nicht auch noch Uran, Öl und andere Schätze in blutigen Böden? – und Weiber, natürlich, massenhaft Weiber, von denen keine einzige erst lange umworben werden mußte, bevor sie unter einem Helden zu liegen kam.

ODYSSEUS
Du kannst kein Kind Ithakas sein. Du bist kein Kind Ithakas.

ATHENE

Und du vielleicht ein Landesvater? Welcher Vater verschwindet für zwei Jahrzehnte und erscheint bloß noch in Frontberichten, statt im Kreis seiner Lieben?

Wirft Odysseus einen Helm aus dem Rettungsfloß vor die Füße.

Schlepp dein Zeug doch allein in die Kloake.

ODYSSEUS

Ich brauche deine Hilfe nicht.

Beginnt, die Kiste zu entladen und Uniformstapel, Helme und Brustpanzer in die Höhle zu schleppen, bis sie endlich leicht genug ist, um sich ohne Athenes Hilfe ziehen zu lassen.

ATHENE

Du brauchst keinen Menschen, ich seh's.

Hockt sich neben die Rettungsinsel in den Sand und sieht Odysseus bei seiner Bergungsarbeit zu.

Der Landesvater schleppt seine Beute in den Bau.

Ruft Odysseus nach, als er kurz in der Höhle verschwindet.

Du kannst den Flohmarkt ja immer noch von deinen Landeskindern wegschaffen lassen und deiner Frau vorab einen Staubsauger mitbringen. Die sollte sich darüber ohnedies mehr freuen als über einen Ausrutscher wie dich.

ODYSSEUS

Stürzt aus der Höhle.

Penelope... Penelope! Was weißt du von Penelope? Was ist mit meiner Frau? Was ist mit meinem Sohn?

ATHENE

Penelope ist ihr richtiger Name? In den Klatschkolumnen heißt sie nur Pelo. Schön immerhin, daß du wenigstens beim Verstecken der Beute an sie denkst.

ODYSSEUS

Pelo? Pelo! Das ist nicht meine Frau.

ATHENE

Dochdoch, Pelo, die Frau des Städteverwüsters, heißt es…, Pelo, treue Gemahlin des Siegers von Troja. Dabei taucht an ihrer Seite mal dieser, mal jener Begleiter auf – eine Premiere hier, eine Wohltätigkeitsveranstaltung da, Vernissagen, Finissagen, das ganze Programm.

ODYSSEUS

Du weißt nicht, wovon du sprichst. Penelope. Telemach, mein Söhnchen. Ich habe von ihnen geträumt, jede Nacht und an jedem Tag in der Ferne, geträumt in den Trümmern von Troja, in muffigen Zelten und Bunkern, geträumt an der Reling meiner Schiffe…

ATHENE

Ein bißchen viel Träumerei für einen, der am Ende zuerst seine Beute in Sicherheit bringt, bevor ihm seine Liebsten in den Sinn kommen. Aber vielleicht träumst du ja immer noch. Schließlich ist schon mancher Heimkehrer erst auf der Schwelle seines Hauses erwacht.

ODYSSEUS

Wie war dein Name? Athene? Wer hat dich so herzlos gemacht, Athene?

ATHENE

Ich bin ein Kind dieses Landes und nicht herzloser als die Zeiten, in denen man Helden braucht.

Zeigt auf das Höhlenportal.

Weitermachen!

Wendet sich den Beutewaffen zu.

Ich mach mich auf den Weg.

Beginnt, sich mit den Gewehren zu behängen, sortiert aber Schilde, Helme und eine Lanze wieder aus und behält Odysseus dabei wachsam im Auge.

Behalt meinetwegen diesen Krempel auch noch.

Schlingt sich am Ende einen Patronengurt um den Oberkörper wie einen Schal.

Ich nehme nur die bleibenden Werte.

ODYSSEUS

Täusche dich nicht. Am Ende heroischer Zeiten wurde noch stets abgewertet, umgewertet, neu bewertet…

Hebt die Arme.

Die schaffende Hand, die offenen Arme, das werden die Zeichen der Zukunft sein, Ithakas neue Sinnbilder. Was in dieser Höhle bereitliegt, ist nicht Beute, sondern Wiedergutmachung, Allgemeingut und von nun an Teil des Reichtums meines Landes.

ATHENE

Hält, schon im Davongehen, noch einmal kurz inne.

Wiedergutmachung? Denkst du tatsächlich, daß an den Ufern eines Blutstroms, an den Küsten eines Meeres von Blut!, irgend etwas wiedergutgemacht werden könnte? Du hast Beute gemacht, Herr Ithakas. Und Beute bleibt Beute, auch wenn du deine Putzfrauen das daran getrocknete Blut abschmirgeln läßt.

ODYSSEUS

Der kostbarste Preis jeder Armee war immer noch, aus dem Krieg heimzukehren, die Schlachtfelder, die Brandstätten, die Waffen, die Zerrissenen, alle Gräber für immer hinter sich zu wissen und in der Heimat für immer geborgen zu sein.

ATHENE

Ach ja?, das ist mir neu. Ich kenne Heimkehrer, die, kaum hatten sie ihre Waffenröcke abgestreift oder wenigstens die Federbüsche von ihren Helmen rasiert, sofort nach neuen Feinden Ausschau hielten – und dazu gleich auch nach passenden Prügeln. Heiße Kriege, kalte Kriege…, am Ende führt doch jeder Kampf ins Feuer. Ein paar säuselnde Prozessionen und Löschwasserzüge im Zeichen des Friedens haben sich noch stets als Karnevalszüge schlaftrunkener Deppen erwiesen, die im ersten Kugelhagel nach ihren *Nie wieder!*-Schwüren entsetzt auseinanderliefen. Heimkehr? Aus einem Krieg, Held Trojas, Städteverwüster, ist noch keiner heimgekehrt – jedenfalls nicht als der, der er war. Willkommen in Ithaka.

Zweite Szene

Schlachten

Ein nächtliches Hirtenlager in felsiger Landschaft; aus der Dunkelheit Tierstimmen – Geblöke, Grunzen, auch Heulen, das sich manchmal zu einem fernen Gebrüll steigert, von dem nicht zu sagen ist, ob es von Herden- oder Wildtieren kommt. Um ein nur noch glosendes Feuer hocken Eumaios, der Sauhirt, Philotios, der Rinderhirt, und Melanthos, der Ziegenhirt, und lassen eine Schnapsflasche kreisen, dazu einen Würfelbecher, offensichtlich in ein Spiel vertieft, in dem jeder den gewürfelten Punkten gemäß eine Anzahl Spielkarten aus einem Stapel ziehen darf, der auf einer als Spieltisch dienenden Munitionskiste liegt. Neben dem Kartenstapel steht eine hölzerne, aus einem Dutzend Kugelreihen bestehende Zählmaschine. An einem Ast, vom Feuerschein gerade noch beleuchtet, hängt ein Kranz Würste.

EUMAIOS
Nachdem er den Becher wie ein Barkeeper den Shaker kunstvoll geschüttelt und nach dem Wurf seinen Mitspielern die Zahl der Augen auf der flachen Hand zur Kontrolle gezeigt hat.
Fünf! Fünf Augen! Mal sehen.
Schlägt fünf Karten mit weitausholenden Gesten auf.
Austerlitz – 22000, Waterloo – 50000, Isonzo, Schlachten eins bis vier von insgesamt zwölf – 300000, Gallipolli – 480000 und Solferino – 20000 Tote.

MELANTHOS
Solferino hatten wir schon, hast du Karten im Ärmel?

PHILOTIOS
Cassino, Melanthos, das war Monte Cassino, 75000 Gefallene.

EUMAIOS
Zu Melanthos.
Paß bloß auf mit deinen Verdächtigungen, du. Wenn ich Karten im Ärmel verstecken würde, dann gewiß keine mit lächerlichen 20000 Toten.

PHILOTIOS
Fangt nicht schon wieder an!
Zeigt auf den baumelnden Wurstkranz.
Wollt ihr nun um den Kranz spielen oder euch darum schlagen?
Schiebt Kugelgruppen auf der Zählmaschine.
Also: Gallipolli, 480, Austerlitz, 22, Waterloo, 50, Isonzo eins bis vier, 300, Solferino, 20 – macht 872 000 für Eumaios. Der baut seine Führung ziemlich aus. Letzte Runde, meine Herren. Du bist dran, Melanthos.

MELANTHOS
Indem er nach dem Würfelbecher greift.
Führung… Keine Kunst bei Isonzo und Gallipolli.
Schüttelt den Becher mit seiner Rechten nur ein einziges Mal und kippt ihn auf die flache Hand seiner Linken.
Sechs! Ein Freiwurf!
Schüttelt den Becher ein zweites Mal, ebenso kurz, zeigt das Ergebnis abermals.
Drei! Sechs und drei macht neun!
Schlägt seine Karten in rascher Folge auf.
Borodino – 100 000, Okinawa – 130 000, Lepanto – 38 000, Trafalgar – 5000, Lechfeld – 3000, Leipzig – 90 000, Dien Bien Phu – 30 000, Ardennen – 120 000 und… Ja!
Ballt eine Faust triumphierend, zeigt mit der anderen, hocherhobenen Hand Eumaios die Karte.
Na? Verdun – 800 000 Tote.

EUMAIOS
Ich hatte schon 850 000; Stalingrad.

PHILOTIOS
Addiert die Zahlen in rasender Geschwindigkeit, notiert das Ergebnis auf dem Spielblock, nachdem er die Namen der Schlachtfelder bis auf den letzten nur unverständlich murmelnd wiederholt hat.
…und Verdun. Damit übernimmt Melanthos die Führung.
Schüttelt den Becher nun selber.
Zwei. Lissa – 650, nur 650 Tote, daß so was überhaupt Schlacht heißt… und…, das darf doch nicht wahr sein! Little Big Horn, 470! Heute ist wirklich nicht mein Tag.

EUMAIOS
Zu Melanthos.
Achtung, mein Führer. Jetzt komme ich.
Schüttelt den Becher wieder mit übertriebener Geste, schlägt den Würfel in die Hand.

MELANTHOS
Beugt sich mißtrauisch vor, um Eumaios' Wurf zu kontrollieren, beginnt dann aber zu kichern.
Eins! Hurra. Eins! Das Schlachtenglück hat sich gewendet. Ihr könnt euch die Servietten schon umbinden, ich lade euch auf ein Trostwürstchen ein.

EUMAIOS
Zieht seine Karte, knallt sie auf den Spieltisch.
Zu früh gefreut: Joker! Troja!
Liest den Kartentext.
Schlacht um Troja, unbekannte Verlustzahlen. Der Joker gleicht den Rückstand auf den aktuell Führenden aus und überflügelt ihn um den Wert von 100 000. Zieht der Führende den Joker, werden ihm 300 000 Gefallene zugesprochen…
Erhebt sich.
Das war's, Freunde. Ende der Schlacht. Waffenstillstand. Ehre, wem Ehre gebührt.
Greift nach dem Wurstkranz.
Wanderer, kommst du nach Sparta, verkünde den Hungrigen, du habest einen Kranz Blutwürste an der Brust eines Helden gesehen.

MELANTHOS
Fällt ihm in den Arm.
Das war ein Trick! *Die* Karte hast du aus dem Ärmel gezogen. Laß den Kranz bloß, wo er ist.
Die beiden beginnen um den Wurstkranz zu ringen, bis Philotios dazwischengeht.

PHILOTIOS
Kann man mit euch Idioten denn nicht ein Mal, ein einziges Mal in Frieden *Schlachten* spielen? Hier geht's doch bloß um die Wurst. So

viel kann das Gesindel im *Haus der Reformen* dort oben doch gar nicht saufen und fressen, daß nicht ein Kranz Würste hier und ein Faß Wein oder eine Flasche Schwarzbrand dort für uns hier unten bliebe. Wenn wir bis zur Rückkehr unseres Herrn schon nicht reicher werden, satt werden wir allemal und du, Melanthos, sogar fett.
Die Streithähne beugen sich der offensichtlichen Autorität Philotios', lassen voneinander ab, ordnen ihre Kleider, setzen sich wieder ans Feuer, dulden, daß Philotios den Kranz wieder an den Ast hängt.

EUMAIOS
Reicht Melanthos grinsend die Schnapsflasche.
Waffenstillstand, Kamerad. Der Friede sei mit dir.

MELANTHOS
Bis zum nächsten Schwindel. Prost!

EUMAIOS
Ein großherziger Sieger schweigt wie seine Waffen.
Trinkt.
Auch Philotios setzt sich wieder ans Feuer.

PHILOTIOS
Habt ihr schon gehört? Das Neueste von den Stränden? Der brennende Müll dort unten lockt offensichtlich nicht mehr bloß Handelsschiffe an die Riffbänke. Neuerdings, heißt es, krachen immer wieder auch mit Flüchtlingen überladene Rostkähne gegen die Klippen, und anschließend werden bloß arme Teufel angeschwemmt, bei denen nichts zu holen ist als die paar nassen Lumpen, die sie am Leib tragen.

EUMAIOS
Nichts zu holen? Ich habe welche gesehen. Fast alle schwarz. Einen ganzen Lastwagen voll. Die Strandläufergangs haben begonnen, die Brauchbaren von ihnen auf Lastwagen zu verladen und sie als Schwerarbeiter an die Meersalzbarone zu verkaufen. Soll sogar mehr Geld bringen als der Treibguthandel.

MELANTHOS
Das hab ich anders gehört. Antinoos hat mir gesagt, Athene werde ihren Strand wohl bald verminen müssen, um ihn vor der Gier der anderen

Strandläufer zu schützen. Athenes Schweinebucht soll von den Strömungen derart begünstigt sein, daß die meisten um ihr Leben strampelnden Schiffbrüchigen daran vorübertrieben und nur das schwerere Zeug angeschwemmt würde. Letzte Woche ein ganzer Container voll Staubsauger.

PHILOTIOS
Wirft einige Holzscheite ins Feuer.
Du triffst dich mit diesem Schwein Antinoos?

MELANTHOS
Ich... äh, ich mußte doch letzte Woche meine Zähllisten im..., im – wie heißt das? – Reformhaus?, abliefern. Er saß im Schlachtbüro. Da konnte ich ihm nicht ausweichen. 2672, ich habe bloß noch 2672 Ziegen.
Zu Eumaios.
Ich habe dort auch zwei Schwarze an der Hackfleischmühle gesehen; *Seepferde* haben die Schlachter sie genannt.

PHILOTIOS
2672 Ziegen? Wie groß ist dein Schwund?

MELANTHOS
Allein im letzten Monat drei Dutzend. Das Geschäft mit den Seepferden kann so gut nicht sein, wenn die Strandläufer sich immer wieder ins Landesinnere aufmachen und sich an unseren Herden bedienen. Drei Dutzend Ziegen in einem Monat!

EUMAIOS
Mir fehlen zwanzig von meinen fettesten Säuen.
Reicht Philotios die Schnapsflasche.

PHILOTIOS
Danke, ich hab mehr als genug. Vielleicht solltet ihr weniger saufen und euch mehr ums Vieh kümmern. Meine Kühe sind jedenfalls vollzählig.

EUMAIOS
Trinkt, bevor er die Flasche an Melanthos weitergibt. Auch der nimmt noch einen langen Zug, stellt die Flasche dann aber neben die Zählmaschine auf den Spieltisch.

Eine Kuh stehlen, schlachten, zerlegen, ist Schwerarbeit, kein Sport für die Strandläufer. Außerdem kann ich ihnen wenigstens in diesem Punkt nur Recht geben: Auch mir ist eine saftige Schweinshaxe lieber als eines von deinen trockenen Steaks.

PHILOTIOS
Barbaren.

MELANTHOS
Antinoos sagt, er werde demnächst eine Strafexpedition gegen die Strandläufer ausrüsten.

PHILOTIOS
Jetzt hör bloß mit deinem Antinoos auf! Der ist doch selber nicht besser als der nächstbeste Straßenräuber. Nennt sich ›Großer Reformer‹, frißt sich mit seinen Kumpanen und einer Horde von mitfressenden Beratern und Planern einen Schmerbauch an und macht der Frau unseres Landesherrn, der Frau unseres verschollenen Herrn!, Heiratsanträge.

MELANTHOS
Na ja, Penelope hat ihn bisher jedenfalls noch nicht so eindeutig abblitzen lassen wie Athene. Die soll ihm ja eine geklebt haben, als er ihr bei ihrer letzten Lieferung von angeschwemmten Kofferradios an die Wäsche gehen wollte.

EUMAIOS
Hör mal, wenn du dieses Schwein Antinoos noch einmal erwähnst, riskierst du eine Kopfnuß. Nenn ihn einfach *das Schwein*, dann kennen wir uns aus.

MELANTHOS
Habe ich ihn denn als was anderes beschrieben? Athene, die du so sehr bewunderst, macht sogar Geschäfte mit…, mit diesem Schwein.

PHILOTIOS
Muß sie ja wohl; eines Tages wird sie gegen die Konkurrenz aus den benachbarten Buchten Hilfe brauchen. Strandläufer sind doch selbst für den Sklavenhandel zu faul und halten sich lieber an das, was ihnen vor

die Füße gespült wird und bloß noch aufgesammelt zu werden braucht. Noch zwei, drei Wracks, deren Ladung an ihnen vorüber an Athenes Strand treibt, und sie fallen über das Mädchen her.

EUMAIOS
Das möchte ich sehen. Hat sie dir ihr Arsenal schon einmal gezeigt? Mit ihrer Enfield trifft sie einen Schweinskopf noch auf 700 Meter Distanz. Das Mädchen schießt nicht nur gut, sondern auch schnell, und hat in ihrem Baumhaus auf drei Bildschirmen den gesamten Strandabschnitt im Blick. Wer seine Rübe auf den Schultern behalten will, sollte sie besser weder auf einem dieser Bildschirme noch im Fadenkreuz ihrer Enfield erscheinen lassen. Das Mädchen schießt wirklich gut.

MELANTHOS
Lacht.
Es heißt ja von jedem, der als letztes Licht dieser Welt den Mündungsblitz und dahinter die Schützin sah, ihn habe Athene fotografiert. Paff!
Lacht.

EUMAIOS
Fällt kichernd in Melanthos' Lachen ein.
Vielleicht arrangiert sie das ganze Gesindel am Hof unseres Herrn eines Tages ja noch zu einem Gruppenbild: Bitte recht freundlich! Cheese! Gleich kommt das Vögelchen!

PHILOTIOS
Ihr seid ja wieder einmal die Tapfersten im Schutz der Nacht und der Wildnis, große Helden! – außer Hör- und Rufweite der Reformer. Wollt ihr eure gute Laune denn nicht auch bei der Abgabe der nächsten Bestandslisten dort oben verbreiten? Man wird euren Humor gewiß zu schätzen wissen. Von wegen *Paff!*
Aber vielleicht hat der Spuk ja wirklich irgendwann ein Ende. Unter dem Treibgut an den Stränden soll neulich ein Krüppel aus Troja gewesen sein und von unserem Herrn erzählt haben. Der Herr sei in einem Waggon der Transsibirischen Eisenbahn gesehen worden, Spätheimkehrertransport, und auf dem besten Weg nach Hause.

EUMAIOS
Ach was, wer Hunger hat, erzählt doch alles, was ein Frager hören will. Für jede warme Mahlzeit gibt's einen Heimkehrer. Unser Herr endlich auf dem Weg nach Hause! Redet man davon nicht schon seit einer Ewigkeit? Die Fresser auf seinem Hof heben bei solchen Gerüchten doch nicht einmal mehr den Kopf. Und sie werden ihre Schlachtplatten auch nicht eher von sich schieben, bis Penelope einen von ihnen in ihr Schlafzimmer läßt. Daß die Frau ihren verschollenen Helden nicht längst verlorengegeben hat, verstehe, wer will. Wenn sie sich für irgendeinen ihrer Bewerber endlich entscheiden würde, wäre sie wenigstens den Rest des Gesindels los.

PHILOTIOS
Wer's glaubt… Vielleicht bleibt sie nur unentschieden, weil sie einen Krieg zwischen den Reformern verhindern will. Wenn ihr beiden euch über den Punktestand beim Kartenspielen nicht einigen könnt, wie sollen dann ein paar gierige Schweine in der Politik sich auf eine Entscheidung einigen können, die dem einen alles gibt und die anderen leer ausgehen läßt? Die arme Frau bringt vielleicht bloß ein Opfer gegen den drohenden Bürgerkrieg. Sie lebe hoch!

EUMAIOS
Hoch und lang!

MELANTHOS
Prost!

Dritte Szene

Schläfer, Kämpfer, Untertanen

Nacht in der Wildnis. Eumaios und Philotios liegen ruhig schlafend, Melanthos aber offensichtlich in Alpträume verstrickt und manchmal um sich schlagend an der Feuerstelle des Hirtenlagers. Glut und Flammen sind erloschen, Tierstimmen bis auf seltene, vereinzelte Laute verstummt. Einzige Lichtquelle ist eine unruhig flackernde Sturmlampe. Aus der Finsternis das Geräusch von knackenden Zweigen, näherkommenden Schritten. Dann tritt Odysseus vorsichtig, sachte zwischen die Schläfer. Er trägt ein behelfsmäßig zusammengebundenes Traggestell auf dem Rücken, an dem Bündel und Schachteln befestigt sind. Behutsam, wie in Zeitlupe, beugt sich Odysseus prüfend über die Schläfer, zuletzt über Melanthos, und versucht dann, seine Last sehr, sehr langsam und leise abzustellen. Dabei löst sich ein Bündel und fällt klirrend zu Boden. Mit diesem Geräusch scheint die nächtliche Szene plötzlich zu explodieren: Melanthos fährt aus seinem Traum mit einem Schrei hoch, Philotios, Eumaios springen auf, der eine greift nach einem Stock, der andere nach einem Stein, alle gemeinsam stürzen sich auf Odysseus und begraben ihn unter sich.

PHILOTIOS
Ein Strandläufer!

EUMAIOS
Verfluchter Viehdieb!

MELANTHOS
Ein Seepferd!

ODYSSEUS
Ich ersticke, laßt los, laßt los, ihr Idioten, ich bin's, ich bin's!

PHILOTIOS
Auf dem Menschenknäuel obenauf.
Ich bin es auch, wir sind es, jeder ist's! Und wir haben dich.

EUMAIOS
Zu Melanthos.
Halt du ihn an den Beinen.
Zu Philotios.
Du an den Armen.
Sie rollen einer nach dem anderen von Odysseus, drehen ihm die Arme auf den Rücken.

PHILOTIOS
Ich hol einen Strick.

ODYSSEUS
Keuchend, unter Schmerzen.
Seht ihr denn nicht, wen ihr da unter euren stinkenden Leibern erdrückt. Ich bin's!, euer Herr, der Landesvater.

PHILOTIOS
Erhebt sich. Zu Eumaios und Melanthos.
Haltet ihn fest.
Greift nach der Sturmlampe und hält sie Odysseus vors Gesicht.

ODYSSEUS
Weg damit, das blendet!

PHILOTIOS
Laßt ihn los, um Himmels willen, er könnte es sein, er könnte es tatsächlich sein.

ODYSSEUS
Natürlich bin ich es, ihr Blindgänger. Klingelt's bei euch Deppen tatsächlich immer erst, wenn ihr Tätowierungen seht?
Streift Schuhe und Strümpfe ab, zeigt seine linke, dann auch seine rechte Fußsohle, erinnert dabei allerdings an einen strampelnden, auf dem Rücken liegenden Käfer.

PHILOTIOS
Nach einem Blick auf Odysseus' Füße.
Der Totenkopf, tatsächlich, der Totenkopf. Auf beiden Sohlen! Er ist es. Er ist es!
Auch Eumaios und Melanthos begutachten Odysseus' Sohlen.

EUMAIOS
Der königliche Totenkopf…

MELANTHOS
…das Zeichen der Herren Ithakas, die selbst über den Tod triumphieren.

PHILOTIOS
Wie einen Hymnus zitierend.
Auf ihren Sohlen die Runen des Todes
schreiten sie unbesiegbar
über die Schädel der Feinde hinweg.

ODYSSEUS
Während er Schuhe und Strümpfe wieder anzieht.
Und über Holzköpfe wie euch. Ihr habt mir beinah das rechte Schultergelenk aus der Pfanne gedreht, meinen Schwertarm, Idioten.

PHILOTIOS
Stammelnd.
Herr…, Herr! Verzeiht uns…, verzeiht uns, Herr. Ihr…, Ihr seid zurück, Ihr seid tatsächlich zurück.
Versucht, Odysseus die Hand zu küssen.

ODYSSEUS
Sand und Staub von den Kleidern klopfend.
Laß das, Idiot, wir sind nicht im Vatikan.

PHILOTIOS
Verzeiht mir, verzeiht mir. In dieser Finsternis…

EUMAIOS
Wie hätten wir Euch denn…

MELANTHOS
Wir konnten nicht ahnen… So lange haben wir von Euch bloß geträumt…

EUMAIOS
…und wurden von so vielen Nachrichten wieder und wieder enttäuscht.

PHILOTIOS

Wir wollten doch in dieser Nacht wie in den vielen tausend Nächten Eurer Abwesenheit nur Eure Herden schützen, Euer Eigentum bewahren vor Viehdieben, Strandläufern, hungrigen Asylanten... In Ithaka herrscht allein die Gier in diesen Tagen.

EUMAIOS

Euer Reich droht zu zerfallen.

MELANTHOS

Unter den Krallen treuloser Vasallen.

ODYSSEUS

Hört auf! Aufhören. Ich habe auf meiner Heimfahrt genug dumme Sprüche gehört. Bezahlt meine Frau ihre Hirten für blöde Reime? Was ist mit meinem Hof? Meiner Familie? Ist mein Sohn groß genug geworden, um das Reich in den Fußstapfen seines Vaters zu durchschreiten?

PHILOTIOS

Euer Reich, Herr, Euer Sohn, unsere Herrin..., Eure Gemahlin..., werden von *Reformern* belagert. Ihr wärt für immer verschollen, sagen sie, ein Held im Himmel der Erinnerung, sagen sie, aber nun, sagen sie, brauche das Land eine starke Hand, einen neuen Herrn, und Eure Gemahlin...

EUMAIOS

...einen Nachfolger...

MELANTHOS

...selbst in Eurem Bett!

ODYSSEUS

Tritt nach Melanthos.

Wie sprichst du von meinem Haus! Niemand spricht so von meinem Haus!

MELANTHOS

Fällt neben Philotios auf die Knie.

Verzeiht mir, verzeiht mir, Herr, aber...

Neben Melanthos und Philotios sinkt nun auch Eumaios auf die Knie, alle drei beugen ihr Haupt.

MELANTHOS / PHILOTIOS / EUMAIOS
Im Chor.
…verzeiht uns, verzeiht!, aber wir sagen nur, was der Fall ist. Ithaka schreit nach Eurer Hand.

ODYSSEUS
Horcht in die Nacht hinaus
Ithaka schreit? Ich höre nichts davon. Los, steht auf.
Zu Philotios.
Reformer, sagst du?

PHILOTIOS
Erhebt sich ächzend.
So werden sie auch in den Nachrichten genannt. Jeder von ihnen befehligt seine eigenen Banden – Techniker, Revolvermänner, Spin-Doktoren – und herrscht über einen anderen Abschnitt Eures Reiches…

EUMAIOS
…dabei will jeder von ihnen alles…

PHILOTIOS
…und doch wagt es keiner, Euer Haus mit Gewalt an sich zu reißen, sondern will sich krönen lassen an der Seite Eurer Frau. Ithaka soll sehen, daß selbst Eure Frau einen neuen Herrn anerkennt.

ODYSSEUS
Und ihr? Dient ihr bereits einem neuen Herrn?

PHILOTIOS
Herr, wir haben alle Tage und Nächte unserer Hoffnung auf Eure Wiederkehr allein über Eure Herden gewacht…

EUMAIOS
…auf Euren Weiden…

MELANTHOS
…unter Eurem Himmel.

ODYSSEUS
Jetzt laßt dieses Theater. Hoch mit euch! Ich brauche verläßliche Hilfe, keine Kniefälle. Wer zwingt euch auf die Knie? Zu meiner Zeit zog man den Hut und grüßte selbst Könige bloß mit geneigtem Kopf.

EUMAIOS
Das ist die neueste Vorschrift. Gilt seit einem Jahr. Davor mußten wir jedesmal, wenn uns ein Reformer über den Weg lief, einen Arm ins Heil strecken.

ODYSSEUS
Ins Heil gestreckte Arme? Nach dieser Art von Gymnastik ist Knien ja wohl ein gebotener Ausgleich. Jetzt sinkt ihr also zur Abwechslung auf die Knie?

MELANTHOS
Nicht vor allen, bloß vor einem. Er…
Zögernd, mit einem Seitenblick auf Eumaios und Philotios.
Er heißt Antinoos.

ODYSSEUS
Antinoos! Der Sohn des Waffenhändlers Eupeithes?

PHILOTIOS
Wirft ein Scheit in die Glut. Funkenstieben.
Genau der. Er ist der Stärkste von allen.

ODYSSEUS
Ein Halbstarker, als ich ihn zuletzt sah, ein Rotzlöffel. Den fürchtet man jetzt?

PHILOTIOS
Wir haben nur Hirtenstäbe, er und seine Kumpane haben Waffen.
Wie im Kinderspiel.
Schere schneidet Papier. Axt schlägt Holz.

ODYSSEUS
Ein Rotzlöffel wird geohrfeigt. Das muß genügen.

PHILOTIOA
Die Zeiten haben sich geändert. In Ithaka haben schon ABC-Schützen das Feuer auf ihre Lehrer eröffnet. Die Waffen stehlen sie aus den Schränken ihrer Väter, die sich vor Dieben und Strandläufern schützen wollen. Und wer sich eine Waffe verschaffen kann, findet irgendwann auch Gründe, sie zu benützen.

ODYSSEUS
Schießende Kinder?

PHILOTIOS
Sie tun, was die Welt ihnen vormacht.

ODYSSEUS
Das soll mein Land sein?

EUMAIOS
Das ist Ithaka.

ODYSSEUS
Betrachtet die Munitionskiste, die den Hirten als Kartentisch diente und auf der immer noch Spielkarten um eine leere Schnapsflasche verstreut liegen.
Aber ihr, ihr habt ja nur Hirtenstäbe. Und in dieser Kiste da lagern wohl auch bloß Konfetti und Papierschlangen, Munition für Karnevalsumzüge und Fastnachtsparaden.

EUMAIOS
Die Kiste stammt vom Schießplatz oben, auf Eurem Hof. Sie war leer. Wir bewahren unsere Feuerzangen und Bratspieße darin auf.

ODYSSEUS
Nimmt einige Spielkarten von der Kiste, betrachtet sie, liest laut.
Guernica 1700, Akra 3000, El Alamein 12000… Was soll das?

MELANTHOS
Das sind Schlachtplätze, Kriegstote, jede Leiche ein Punkt – Ihr habt da keine besonders guten Karten.

ODYSSEUS
Ungläubig, dann zusehends aufgebracht.
Ihr spielt mit Leichen? Mit Gefallenen?

PHILOTIOS
Nur Karten, es sind doch nur Karten – *Schlachten*: ein weit verbreitetes Spiel in Ithaka. Sehr populär, sehr beliebt.

ODYSSEUS
Sehr populär! Seid ihr verrückt? Ist mein Land vollkommen verrückt geworden? Hat einer von euch jemals den Gestank in der Nase gehabt, der nach einer Schlacht über den Gräben und Granattrichtern liegt? Hat sich einer von euch schon einmal der Hagelschauer aus Schmeißfliegen erwehrt, die aus geplatzten Bäuchen aufschwirren? Und, ihr beschissenen Idioten, hat einer von euch auch nur einen einzigen Dreckskerl aus der Schar der Plünderer gesehen, die in den Tagen nach einer Schlacht selbst Verwesende durchsuchen, beringte Finger mit Zangen abknacken, gestiefelte Beine absägen und ihre Beute in tropfenden Weidekörben davonschleppen?

EUMAIOS
Ihr wart in Troja, Herr, wir haben nur Eure Herden gehütet.

PHILOTIOS
Der Kaufpreis für das Kartenspiel, hieß es, sei ein Hilfswerk und käme unseren Truppen zugute, ihrer Ausrüstung, Kleidung, dem Nachschub. Unseren Helden würde mit jeder Karte geholfen.

ODYSSEUS
Sammelt alle Karten auf und wirft sie ins Feuer.
Dankt eurem Gott, daß er euch erspart hat, jemals auch nur ein einziges Schlachtfeld zu sehen, dankt ihm kniefällig!, daß andere für euch ins Feuer gestürmt sind.

PHILOTIOS / EUMAIOS / MELANTHOS
Sinken wieder auf die Knie. Im Chor.
Wir danken Euch, Herr.

Vierte Szene

Gespenster im Morgengrauen

Die drei Hirten liegen schlafend wie zu Beginn der dritten Szene am Feuer, Odysseus, auch er schlafend, etwas abseits, in einen Mantel gehüllt. Neben ihm steht ein leerer Rollstuhl. Alle Tierstimmen sind bis auf das sanfte Zirpen von Grillen verstummt. Im Osten erscheint bereits ein schmaler Morgenlichtbogen, als der Chor der Krüppel und Gefallenen aus der Dämmerung kriecht, keuchend, mühselig, Veteranen in Rollstühlen, andere mit Krücken oder in blutige Verbände gehüllt. Stehend, sitzend, liegend gruppieren sich die Mitglieder des Chors im Halbkreis um den schlafenden Odysseus. Die Hirten und zunächst auch Odysseus schlafen weiter, als der Chor zu sprechen beginnt.

CHOR DER KRÜPPEL UND GEFALLENEN
Wach auf, Städteverwüster, Held Ithakas, wir wollen dich nach Hause begleiten, wir haben dich lieb.

ODYSSEUS
Beginnt, sich wie in einem Traum zu wälzen, stöhnt.
Feuer. Feuer!

CHOR DER KRÜPPEL UND GEFALLENEN
Feuer einstellen, Heimkehrer. Aufwachen!
Kichernd.
Huuhuu!, die Geister sind da. Der Morgen graut. Hörst du die Totenvögelchen?

ODYSSEUS
Scheint sich aus einem Traum hochzukämpfen, richtet sich stöhnend auf, rollt sich aber gleich wieder zurück in die Schlafstellung, als er den Chor erkennt, zieht seinen Mantel über den Kopf.
Oh Gott, ihr schon wieder!, laßt mich in Frieden, wann werdet ihr mich endlich in Frieden lassen?

CHOR DER KRÜPPEL UND GEFALLENEN

Flüsternd.

Es herrscht doch Friede, tiefer Friede in der Heimat.

Wieder kichernd.

Friedhofsfriede überall, Schlachtfeldlerchen überzwitschern die Nachtigall.

Ein Rollstuhlfahrer beugt sich weit vor und reißt Odysseus' Mantel an sich.

ODYSSEUS

Laßt mich, laßt mich. Laßt mich um Himmels willen.

CHOR DER KRÜPPEL UND GEFALLENEN

Wir sind doch der Himmel, wir wollen für immer bei dir bleiben. Wir haben dich lieb, wir verlassen dich nicht. Du hast uns erschlagen, aber wir haben dich lieb.

ODYSSEUS

Laßt mich! Es war Krieg. Krieg! Ich habe mit meinem Heimweh, meiner Gefangenschaft, meinen Irrfahrten schwer bezahlt.

CHOR DER KRÜPPEL UND GEFALLENEN

Und wir noch schwerer mit dem Leben. Und du hast doch nicht schlecht verdient am Tod. Hast du deine Beute am Strand schon vergessen?

ODYSSEUS

Zeigt nacheinander undeutlich auf einige der Gestalten im Chor.

Aber ihr wißt doch, wie's war, ihr seid doch auch Soldaten gewesen, wir haben Graben an Graben gekämpft.

CHOR DER KRÜPPEL UND GEFALLENEN

Wie oft willst du's noch hören, Kamerad: Wir haben keine Namen mehr, wir waren deine Freunde, *und* wir waren deine Feinde. Wir waren, wir waren. Wo wir nun singen, herrscht ewige Ruhe und verwirren sich alle Fronten wie die Linien auf Schnittmusterbögen und verblaßt, verblaßt, verblaßt jeder Unterschied. Wir singen und segeln und driften und schweben namenlos in einem Schauer aus Sternen.

Kichernd.

Täter und Opfer, Freunde und Feinde, sie werden niemals, niemals auseinandergehn.
Zwei in fleckige Verbände gehüllte Invalide packen Odysseus an den Armen, zwei andere an den Füßen.
Aber los jetzt, Heimkehrer, machen wir uns auf den Weg.

ODYSSEUS
Läßt die Überwältigung scheinbar widerstandslos über sich ergehen.
Hilfe! Erbarmen! Meine Glieder sind wie aus Blei, sie gehorchen mir nicht mehr.

CHOR DER KRÜPPEL UND GEFALLENEN
Aus Blei? Gehorchen nicht mehr? Das klassische Kriegsopfergefühl, jedem Rollstuhlfahrer vertraut und allen Alpträumern eine Selbstverständlichkeit. Hast du böse geträumt, Kamerad? Wovon träumt ein Heimkehrer wie du?

ODYSSEUS
Von Monstern wie euch – einem einäugigen Riesen, dem ein im Feuer gehärteter Pfahl in den Augapfel getrieben wird, von menschenfressenden Insulanern, singenden, mordgierigen Furien, von Meeresbestien, in deren Rachen ganze Flotten verschwinden…

CHOR DER KRÜPPEL UND GEFALLENEN
Monstern wie uns? Wir sind deine Kameraden. Bist du sicher, daß du geträumt hast? Kennst du denn die Grenze zwischen den Schlachtfeldern der Wirklichkeit und jenen des Traums? Sagst du nicht selber, daß deine bleiernen Glieder dir nicht mehr gehorchen?, lähmen dich nun Träume oder Erinnerungen? Aber however, Kamerad, wir helfen dir auf die Beine, auf den richtigen Weg.
Die Invaliden beginnen gemeinsam, Odysseus wie eine Gliederpuppe zu bewegen.
Loslos, im Marschtritt los: eins, zwei, eins, zwei, und links, und rechts, und links, und rechts…

ODYSSEUS
Laßt los, verschwindet, verschwindet endlich. Laßt mich in Frieden.

CHOR DER KRÜPPEL UND GEFALLENEN

Aber dann fällt doch unser Hänschen. Brauchst du unsere Hilfe tatsächlich nicht mehr? Wirst wieder trittsicher wie so viele, die aus Meeren von Blut, Blutseen, Blutströmen ans heimatliche Ufer zurückwanken? Aber sei vorsichtig, wir haben dir für alle Fälle ein Rollstühlchen bereitgestellt. Sieh nur, wie diese Heimat dir näherrückt und größer wird und sich aufbläht vor dir.

Der gesamte Chor streckt die Arme aus, weist in die Ferne.

Schau, dort in der Ferne, schau, wie deine Landsleute ihrem Helden zuwinken.

ODYSSEUS

Keuchend, weil von den Invaliden schneller und schneller bewegt.

Dort? Ich sehe nur ein Heer von Armseligen. Sie strecken ihre Arme nach Hilfsgütern aus.

CHOR DER KRÜPPEL UND GEFALLENEN

Das sind deine Landsleute. Dein Krieg hat sie arm gemacht.

ODYSSEUS

Das sind doch Bettler! Sie stehen Schlange. Sie schreien um Hilfe.

CHOR DER KRÜPPEL UND GEFALLENEN

Das sind deine Landsleute, und ihr Geschrei ist dir vertraut. Auf den Schlachtfeldern wurde doch auch viel um Hilfe geschrien. Warum nun nicht erst recht in der Heimat? Und dort…

Die Invaliden bewegen Odysseus' Arme wie Wegweiser zu den folgenden Fragen in verschiedene Richtungen, langsam, sehr langsam.

…am Fuß der Berge…

ODYSSEUS

…das sind keine Berge, das sind Schutthalden.

CHOR DER KRÜPPEL UND GEFALLENEN

Du machst Fortschritte! Also gut, was ragt dort aus dem Schutt?

ODYSSEUS

Ruinen. Das sind Ruinen, Wohntürme, verlassene Fabriken.

CHOR DER KRÜPPEL UND GEFALLENEN
Kluger Mann. Und wer, glaubst du, wohnt in diesen Vierteln?

ODYSSEUS
Obdachlose? Arbeitslose?

CHOR DER KRÜPPEL UND GEFALLENEN
Perfekt. Und siehst du das Dickicht? Selbst das Gestrüpp fingert mit dornigen Ästchen in den Ruinen nach Nahrung. Ithaka hat seinen Nährwert verloren.

ODYSSEUS
Die Wildnis macht sich über meine Dörfer her.

CHOR DER KRÜPPEL UND GEFALLENEN
Bravo. Bestens beobachtet. Aber bist du es denn nicht selber gewesen, der die Männer aus diesen Dörfern in Uniformen gesteckt und unter Marschmusik plärrend gegen Troja gescheucht hat? Wer soll die Felder nach solchen Abmärschen bestellen, wer die Fließbänder am Laufen halten? Selbst Waffenschmiede wollen irgendwann bezahlt werden. Und sie ziehen in blühende Länder weiter, wenn den Helden die Knete unter ihren Taten zerrinnt.

ODYSSEUS
Keuchend unter den Armen der Invaliden.
Und wo sind die Frauen, die tapferen Mütter Ithakas, sie haben mein Land doch stets gehütet, notfalls als Trümmerfrauen Ziegel geschleppt!

CHOR DER KRÜPPEL UND GEFALLENEN
Ach die, die haben sich Heldenmutterkreuze umhängen lassen und sich dann prostituiert. Selbst im Puff war leichter zu überleben als auf den Weihestätten des kriegführenden Anstands.

ODYSSEUS
Und die Kinder des Landes?, die Jünglinge Ithakas!

CHOR DER KRÜPPEL UND GEFALLENEN
Balgen sich um die rauchenden Reste, nennen sich Reformer und äffen

dabei doch nur ihre machthungrigen Väter nach. Und fallen bei Gelegenheit übereinander her.

ODYSSEUS
Reißt sich endlich los, schlägt um sich.
Laßt mich, geht weg, fort mit euch, laßt mich!

EUMAIOS
Erwacht, richtet sich auf.
Herr, was ist mit Euch, mit wem sprecht Ihr?

ODYSSEUS
Immer noch keuchend, wie gebannt vom Anblick des Chors, ohne sich nach Eumaios umzudrehen.
Mit wem? Bist du blind?, siehst du diese Elendsgestalten nicht?

EUMAIOS
Sieht sich um, läßt seinen Blick auch über den Chor schweifen.
Ich sehe niemanden.

ODYSSEUS
Weist auf den Chor.
Hier, mach die Augen auf, hier sind sie doch.
Es wird rasch heller und heller, ein Tagesanbruch im Zeitraffer.
Dort!

EUMAIOS
Ich sehe niemanden.

ODYSSEUS
Zeigt auf den Rollstuhl.
Und dieser Rollstuhl?, wer hat diesen Rollstuhl an mein Lager gestellt?

EUMAIOS
Ein Rollstuhl? Die Futterkrippe meint Ihr? Das haben die Jäger gemacht. Wildfütterung. So werden die Hirsche über den Winter gebracht und Trophäen gezüchtet.

ODYSSEUS

Geht hastig zu Melanthos, der ihm am nächsten liegt, rüttelt ihn wach.
Auf!, steh auf! Sag mir, was siehst du dort?
Zeigt auf den Chor, auf den Rollstuhl.

MELANTHOS

Wo?

ODYSSEUS

Na hier doch, hier. Was siehst du?

MELANTHOS

Meint Ihr den Oleander an der Futterkrippe? Tatsächlich, er blüht früh in diesem Jahr, viel zu früh.

ODYSSEUS

Oh Gott.

CHOR DER KRÜPPEL UND GEFALLENEN

Er sieht nur die blühenden Büsche, in die wir uns jetzt schlagen.
Zu Odysseus.
Also bis dann. Wir sehen uns. Wir parken das Rollstühlchen für dich. Vergiß nicht, wir haben dich lieb.
Einer der Invaliden setzt sich in den Rollstuhl, der dann von einem hüpfenden Einbeinigen geschoben wird. Der Chor verschwindet ebenso langsam und mühselig, wie er erschienen ist.

ODYSSEUS

Oh Gott.

PHILOTIOS

Will, geweckt vom Lärm und dem heftigen Wortwechsel, aufspringen, verheddert sich aber in seinen Kleidern, fällt zurück.
Scheiße. Überfall?

EUMAIOS

Ach was, der Herr hat schlecht geträumt. Ihr habt doch schlecht geträumt, Herr?

ODYSSEUS
Ich habe gesehen, was ich gesehen habe.

PHILOTIOS
Was habt Ihr gesehen, Herr?

ODYSSEUS
Ich habe… Ach nichts, nichts. Ich habe wohl schlecht geträumt. Ich habe geträumt, daß Ithaka arm geworden ist, verwahrlost die Felder, die Auen, die Gärten von der Wildnis bedrängt, Dämme geborsten.

PHILOTIOS
Ihr habt nicht geträumt. Das ist Ithaka.

ODYSSEUS
Aufwachen!, ich will aufwachen. Ich will in meiner schönen Heimat erwachen, in den Armen meiner Frau.

PHILOTIOS
Ihr seid wach. Hellwach, Herr. Guten Morgen.

EINE STIMME
Aus der Kulissentiefe.
Philotios! Hee Philotios! Philanthropos, Phiolinos, wo bist du, wo seid ihr!

EUMAIOS
Hier, hier sind wir.
Zu Odysseus.
Das ist Telemach, Euer Sohn! Wir treffen ihn manchmal, wenn er Schneehühner jagt.
Hier! Hier sind wir!

MELANTHOS
Wiederholt halblaut.
Hier sind wir. Ein toller Hinweis, bei dem Echo.

EUMAIOS
An der Futterkrippe, Telemach, wir sind an der Wildfütterung!

ODYSSEUS
Mein Sohn kommt… Telemach, Telemach kommt. Was tu ich, was mach ich jetzt. Zwanzig Jahre! Ich habe zwanzig lange Jahre bloß von ihm geträumt.

MELANTHOS
Wiedererkennen, Herr, einfach wiedererkennen und umarmen, alles, was Heimkehrer auf Bahnsteigen, an den Piers und auf Flughäfen eben so tun…, umarmen, eventuell in Tränen ausbrechen.

PHILOTIOS
Sei still, sei bloß still. Lästerer.

EUMAIOS
Genau, halt's Maul. Uns stehen bewegende Augenblicke bevor.

Fünfte Szene

Vater und Sohn

Ithakas Weiden, Hügelketten, ein glitzernder Fluß; gelegentlich sind Vogelstimmen zu hören, Blätterrauschen: eine Idylle. Odysseus und Telemach sind gemeinsam mit dem Chor der Krüppel und Gefallenen unterwegs zum Hof des Heimkehrers. Dabei reitet Odysseus samt seinem Traggestell mit Teilen seiner Beute wie ein Triumphator auf den Schultern eines Invaliden aus jenem Chor, den Telemach weder zu sehen noch zu hören vermag. Telemach glaubt sich mit seinem Vater allein, obwohl er zu dem Reiter wie zu einem Riesen aufsehen muß. Odysseus hält sich am Kopfverband seines Trägers fest, treibt ihn manchmal mit Fersenschlägen an wie ein Pferd.

ODYSSEUS
Und du jagst hier tatsächlich Schneehühner?

TELEMACH
Schneehühner, Moorhühner. Durch den neuen Staudamm sind große Sümpfe entstanden; ein Vogelparadies.

ODYSSEUS
Ein Damm? Wer baut hier Dämme?

TELEMACH
Irgendeine Gesellschaft, die einem dieser Reformer gehört: Ithaka soll den Reichtum seiner Flüsse und Schmelzwasserbäche nützen, soll die Nacht zum Tag und die verlustreichen Kriege um Kohle und Öl damit überflüssig machen und so weiter und so weiter.

ODYSSEUS
Als ich zuletzt hier war, lag dort unten ein Dorf. Alles unter Wasser gesetzt… Und deine Mutter kommt niemals hierher? Jagt sie nicht mehr? Wir waren hier oft gemeinsam auf der Pirsch.

TELEMACH
Sie schießt manchmal auf Tontauben. Das Sumpfrevier ist an Antinoos verpachtet.

ODYSSEUS
Verpachtet? An diesen Antinoos? Um welchen Preis?

TELEMACH
Keine Ahnung. Ich will es auch nicht wissen. Ich rede nicht mit diesem Schwein.

ODYSSEUS
Und deine Mutter? Redet sie mit ihm?

TELEMACH
Muß sie wohl. Er steht Tag für Tag auf der Matte.

ODYSSEUS
Das wird sich ändern.

CHOR DER KRÜPPEL UND GEFALLENEN
Du sagst es. Das muß sich ändern.

ODYSSEUS
Still! Seid still.

TELEMACH
Was sagst du?

ODYSSEUS
Ach nichts, nichts.

TELEMACH
Vater… Vater. Wie habe ich dich eigentlich genannt? Ich hab's vergessen, ist so lange her. Habe ich Vater zu dir gesagt?

ODYSSEUS
Du hast noch geplappert damals. Penelope wollte aus deinem Geplapper immer wieder *Papa* heraushören und hat dir dieses Pa-pa wieder und wieder vorgesagt. Irgendwann hast du ihr den Gefallen dann getan.

TELEMACH
Viele meiner Freunde rufen ihre Väter bloß nach den Vornamen.

ODYSSEUS
Idiotisch. Väter sind doch nicht die Kumpel ihrer Söhne.

TELEMACH
Sondern?

ODYSSEUS
Ihre…, ihre Beschützer, Ernährer, Ratgeber, Lehrer…, Väter eben.

TELEMACH
Mich hat nur Mama beschützt.

ODYSSEUS
Ich war im Krieg.

TELEMACH
Ich weiß.
Schweigen.
Vater…

ODYSSEUS
Hm.

TELEMACH
Wie ist der Krieg. Wie ist es, wenn man tötet.

ODYSSEUS
Man tötet nicht. Man versucht, zu überleben.

TELEMACH
Denkst du noch an die, die nicht überlebt haben?

ODYSSEUS
Ich sehe sie immer wieder…, alle…, die Kameraden, die Gefährten, die Toten… auch die Feinde immer wieder, Soldaten, denen ich gegen-

übergestanden bin, deren Gesichter ich gesehen habe…, denen ich in die Augen gesehen habe.

TELEMACH
Du hast sie umgebracht?

ODYSSEUS
Ich habe sie überlebt.

TELEMACH
Und jetzt? Jetzt träumst du von ihnen?

CHOR DER KRÜPPEL UND GEFALLENEN
Sag ihm doch, daß du keine treueren Gefährten hast als uns, sag's ihm, los! Sag deinem Sohn, daß wir es sind, die Erschlagenen, die dich durch die Gegend schleppen, nach Hause!

ODYSSEUS
Ich träume nicht nur von ihnen, sie begleiten mich an manchen Tagen auf Schritt und Tritt.

CHOR DER KRÜPPEL UND GEFALLENEN
Sehr gut, Schritt und Tritt: Eins, zwei, links, rechts.

ODYSSEUS
Wer lange im Krieg war, muß sich wohl an solche Begleiter gewöhnen. Manchmal ist es, als ob ich sie nicht in meinem Kopf und in meinem Herzen, sondern sie mich tragen würden…

CHOR DER KRÜPPEL UND GEFALLENEN
Du sagst es. Gut gesprochen.

ODYSSEUS
Heimkehrer, Krieger schleppen als ihre einzige Beute manchmal nur die Erinnerung nach Hause: die an den Krieg. An die Schlacht, das Lazarett, die Gefangenschaft.

TELEMACH
Und du?
Odysseus schweigt.

CHOR DER KRÜPPEL UND GEFALLENEN
Du läßt dich von uns schleppen.

TELEMACH
Vater…

ODYSSEUS
Hm.

TELEMACH
Warum kommst du erst jetzt zurück? Du warst länger auf dem Weg nach Hause als jeder andere Heimkehrer.

ODYSSEUS
Ich war tiefer im Dunkel des Kriegs als jeder andere. Der Weg aus der Schlacht, aus den Alpträumen des Tötens und der Grausamkeit zurück in einen manchmal schon unerreichbar scheinenden Frieden, ist wohl der längste, den ein Mensch gehen kann, ein Weg durch ein Labyrinth. Unterwegs muß sich ein Heimkehrer nicht nur von den Monstern lösen, die ihm auf dem Schlachtfeld entweder entgegengestürmt sind oder an deren Seite er, selber ein Monster, gekämpft hat, sondern auch von den meisten Überlebenden, Nachkriegsungeheuern, den vom Blut für immer Gezeichneten. Und er muß schließlich selbst die Bestien begraben oder wenigstens vergessen, die er in sich selber trägt und ihn daran zweifeln lassen, ob den Lebenden noch zu helfen ist. Denn es gibt keine Grausamkeit und keine Erniedrigung, die nicht jeder von uns in seinem Hunger, seinem Haß oder seiner Angst erleiden *und* verüben kann. Jeder ist zu allem fähig und manchmal allein in den Gesichtern der Toten ein Ausdruck der Unschuld zu entdecken, der noch hoffen läßt.

TELEMACH
Und du hast diese Hoffnung?

ODYSSEUS
Ich bin hier. Ich bin an deiner Seite. Ich habe erreicht, wonach ich mich während so vieler Jahre gesehnt habe.

TELEMACH
Andere haben die ersehnte Heimat vor dir erreicht.

ODYSSEUS
Aber sie sind nicht zurückgekehrt. Sie tragen den Krieg in sich. Sie wüten dort weiter, wo sie ihre Liebsten und den verlorenen Frieden wiederzufinden hofften. Ein einziges falsches Wort, eine Demütigung, eine bloße Geste, eine Enttäuschung – und sie werden wieder zu den Schlächtern, zu denen der Krieg sie gemacht hat.

TELEMACH
Und du mußtest diesen labyrinthischen Weg in seiner ganzen Länge gehen?

ODYSSEUS
Es gab keinen anderen.

TELEMACH
Du bist ihn alleine gegangen?

ODYSSEUS
Mit Kameraden, die nun tot sind.

TELEMACH
Tot? Ihr wart doch die Sieger. Ihr habt Troja zerstört.

ODYSSEUS
Auch ein Sieg schlägt unheilbare Wunden. Wir waren geschwächt. Unsere Flotte wurde von Stürmen zerrissen. Ich konnte mich mit einigen Gefährten auf einem Floß an Land retten. Aber Rettungen gelten immer nur vorläufig. Auch an Land war noch lange kein Friede. Wir wurden überfallen. In Lager verschleppt.

CHOR DER KRÜPPEL UND GEFALLENEN

In Lager! Guter Name für Lotterbetten. Von den Weibern, bei denen du überwintert hast, willst du deinem Sohn wohl nicht erzählen, Kirke, Kalypso und wie die Schlampen alle hießen.

ODYSSEUS

Ich ertrage euch nicht mehr. Wollt ihr…, könnt ihr mich nicht wenigstens eine einzige Stunde allein lassen?, eine einzige Stunde allein mit meinem Sohn?

CHOR DER KRÜPPEL UND GEFALLENEN

Bitte sehr. Langweile dein Söhnchen weiter mit deinem Kriegerlatein. Bitte sehr, dann stellen wir dich eben wieder auf die eigenen Beine. *Odysseus wird von zwei Invaliden von den Schultern seines Trägers gehoben, die dann seine Kleider zurechtzupfen, ihm das Haar aus der Stirn streichen wie einem Kind, das von seiner Mutter entlassen wird. Langsam, Gestalt für Gestalt, löst sich dann der Chor von Vater und Sohn, verschwindet.*

ODYSSEUS

Den Verschwindenden nachrufend.

Und kommt nicht so schnell wieder!

TELEMACH

Mama macht das auch.

ODYSSEUS

Was?

TELEMACH

Mit sich selber sprechen.

ODYSSEUS

Sie spricht mit sich selber?

TELEMACH

Wie du.

ODYSSEUS
Ich spreche mit mir selber? Wo?

TELEMACH
Hier. Jetzt.

ODYSSEUS
Hier? Was habe ich gesagt?

TELEMACH
Ich hab's nicht genau verstanden, irgendwas von haut ab, haut bloß ab oder so ähnlich.

ODYSSEUS
Und die Selbstgespräche deiner Mutter? Die verstehst du?

TELEMACH
Auch nicht besser. Sie redet wie du.

ODYSSEUS
Spricht sie von mir?

TELEMACH
Sie hat mir jahrelang von niemand anderem erzählt.

ODYSSEUS
Und jetzt?

TELEMACH
Jetzt sagt sie nicht mehr viel.

ODYSSEUS
Was wird sie sagen, wenn sie uns sieht?

TELEMACH
Ich weiß es nicht.

ODYSSEUS
Setzt sein Traggestell ächzend ab.
Ich hätte den Hirten doch etwas mehr von dem Zeug mitgeben sollen. Werden die drei tun, was ich ihnen gesagt habe? Vertraust du ihnen?

TELEMACH
Philotios und Eumaios ja, unbedingt. Bei Melanthos bin ich mir nicht sicher. Der lacht bei den blödesten Scherzen, die Antinoos auf den Verladerampen der Schlachthöfe macht.

ODYSSEUS
Aber er wird doch den Mund halten?

TELEMACH
Solange die anderen beiden bei ihm sind, sicher.
Soll ich dir beim Tragen helfen?, laß mich das Ding tragen.

ODYSSEUS
Laß nur. Ich muß bloß das Gewicht anders verteilen.
Schichtet die Dinge auf dem Traggestell neu, dabei fällt ein Bajonett aus einem der Bündel. Odysseus nimmt die Waffe, hält sie hoch.
Damaszenerstahl. Das Bajonett hat Achill gehört. Noch am Tag, an dem er fiel, war diese Klinge wie ein Blitz in seiner Hand. Hier… Diese Last darfst du mir abnehmen. Sie gehört nun dir.

TELEMACH
Ich will dieses Messer nicht. Wer ist Achill?

ODYSSEUS
Ein Kamerad. Ein guter Kamerad.

TELEMACH
Ich habe noch nie eine Waffe getragen. Ich will kein Messer, das in irgendwelchen Gedärmen gesteckt hat.

ODYSSEUS
Herrisch.
Nimm es, nimm es!
Sanfter.

Ich habe es zwanzig Jahre für dich getragen. Dein Vater hat zwanzig Jahre lang ein kostbares Andenken für dich bewahrt.

TELEMACH
Ein Souvenir aus Troja?
Nimmt das Bajonett zögernd.
Ich bewahre es für dich auf.

ODYSSEUS
Keine Angst. Wir werden keine Waffen brauchen.

TELEMACH
Warum sollen die Hirten sich dann aus dem Wehrturm heimlich mit Gewehren versorgen und dort auf uns warten?

ODYSSEUS
Nimmt das Traggestell wieder auf. Im Weitergehen.
Sicher ist sicher. Ich werde diese sogenannten Reformer zur Vernunft bringen, ohne daß ich auch nur meinen Namen zu sagen brauche. Sie sollen mich erst erkennen, wenn ich der Vernunft das Wort geredet und sie aus dem Haus gewiesen habe.

TELEMACH
Du meinst, sie werden dich nicht erkennen? Willst du dich verkleiden?

ODYSSEUS
Hast du mich denn auf den ersten Blick erkannt? Zwanzig Jahre sind Verkleidung genug. Aber vielleicht wird eine Tarnung dieses Kostüm ergänzen.

TELEMACH
Und warum das Theater?

ODYSSEUS
Ich möchte die Wahrheit erfahren.

TELEMACH
Und was wäre die Wahrheit in diesem Fall?

ODYSSEUS
Mein Hof ohne mich.
Nach langem Schweigen.
Gibt es dort neben Hirten und Viehtreibern noch Menschen, denen man trauen kann?

TELEMACH
Nicht viele. Selbst von Mamas Büglerinnen vögeln welche mit den Reformern; mittlerweile glauben fast alle, daß über kurz oder lang einer von ihnen Ithaka allein regieren wird.

ODYSSEUS
Ithaka regieren… Reformer! Da wäre mein Reich in den Händen von Kindermädchen noch besser aufgehoben. Was ist mit deiner Amme? Lebt sie noch?

TELEMACH
Eurykleia? Die ist verrückt geworden. Die glaubt in jedem Handelsreisenden, jedem Techniker, den Antinoos Vorträge halten und Zukunftspläne entwerfen läßt, dich wiederzuerkennen, dich! Neulich hat sie einem Staubsaugervertreter im Wirtschaftsbüro die Füße geküßt.

ODYSSEUS
Armes Mädchen. Sie hat mich geliebt wie ihren Sohn.

TELEMACH
Mich wie einen Hamster oder ein Zwergkaninchen. Manchmal habe ich gedacht, ich müßte unter diesem Gestreichle, diesem Gekraule und Geküsse ersticken.

ODYSSEUS
Bist du aber nicht.

TELEMACH
Nein, bin ich nicht.

ODYSSEUS
Deine Mutter hat dich dieser Frau in die Hände gelegt wie ein Findelkind, als wärst auch du bloß *ihr* Sohn. Der Sohn einer Magd. Schon

meine Mutter hat es ja nicht anders gemacht: Eurykleia hier, Eurykleia da. Als wäre *sie* die wahre große Mama von uns allen und wir bloß ihre Kinder und Kindeskinder. Dabei war Eurykleia immer kinderlos.

TELEMACH
Sie hatte ja uns. Deswegen hatte sie uns ja.

ODYSSEUS
Sie hatte keine Kinder, wir keine Mütter und keine Väter. Die Väter waren immer im Krieg.

TELEMACH
Aber du bist doch zurück.
Legt den Arm um Odysseus.
Du bist doch endlich zurück, Vater.

ODYSSEUS
Ich bin auf dem Weg zurück.
Entzieht sich Telemachs Umarmung.
Funktioniert das Feldtelefon am alten Wehrturm noch?

TELEMACH
Die Wachen plaudern über diese Leitung oft stundenlang mit ihren Liebchen.

ODYSSEUS
Dann können wir Philotios auch aus der Empfangshalle oder der Meierei dort erreichen?

TELEMACH
Sie werden wie vereinbart dort warten. Daß sie den Hörer abnehmen sollen, hättest du ihnen sagen müssen. Sie werden genug Schwierigkeiten haben, sich überhaupt zur Waffenkammer am Turm Zutritt zu verschaffen.

ODYSSEUS
Mein Name und mein Befehl müssen genügen, um alle Türen auf meinem Hof zu öffnen, und erst recht, um alle Mäuler, die darüber vor Staunen offenstehen, zu versiegeln.

TELEMACH
Von den Wächtern am Turm sind manche jünger als ich. Sie haben dich vielleicht noch nicht einmal in den Nachrichten gesehen – und die sollen nun Schweine- und Schafhirten glauben, die Gewehre verlangen?

ODYSSEUS
Mein Name wird genügen, glaub mir. Wir werden uns dieser Waffen nur versichern, um ihren Mißbrauch zu verhindern. Kein Schuß wird fallen. Meine Heimkehr wird ein Fest werden für alle, glaub mir, ein Fest.

Sechste Szene

Siehe, er kommt

Ein großer, heller Raum, teils verwahrloster Prunksaal, teils Planungsbüro mit Leuchttafeln und Bildschirmen. An einem riesigen Kartentisch sitzen lachend, trinkend, die Reformer Antinoos, Eurymachos und Amphinomos. Zwischen Planrollen und Blattholzmodellen von technischen Bauwerken wie Dämmen und Industriehallen stehen Flaschen, Karaffen, auch Körbe mit Obst und Gebäck. Durch ein großes, offenstehendes Fenster ist das ferne Tosen der Brandung zu hören.

ANTINOOS
Schließ das Fenster, Eurymachos, es zieht.

EURYMACHOS
Bin ich hier der Hausmeister?
In einem jähen Windstoß, der auch einige Papiere und Pläne vom Tisch fegt, fällt das Fenster krachend zu.

AMPHINOMOS
Hausmeister oder Meister, who is who. The answer, my friend, is blowin' in the wind.

ANTINOOS
Schluß jetzt. Wollt ihr euch nicht ausnahmsweise wieder unserem Problem widmen? Also: Hat sich einer von euch überlegt, wie wir Penelope vom Bau einer Entsalzungsanlage in der Schweinebucht überzeugen?

EURYMACHOS
Du bist doch ihr großer Einflüsterer. Solange das Strandläuferproblem dort unten nicht gelöst ist, wirst du auch die Baugesellschaften nicht überreden können, ihre Maschinen an der Küste zu parken.

ANTINOOS
Die Strandläufer laß meine Sorge sein. Die Sache ist lösbar. Athene wird vermitteln.

EURYMACHOS
Athene? Und was wird aus deiner geplanten Strafexpedition?

ANTINOOS
Wir sollten unsere Leute nicht im Feuer der Strandguerilla verheizen. Investitionen *plus* Kampfkosten würden das Meersalz unrentabel machen.

AMPHINOMOS
Kichernd.
Du kannst das Salz dann ja zu einem Sonderpreis als Tränensalz anbieten. Marke: Blood, Sweat & Tears, alles *Bio*.

ANTINOOS
Sehr witzig. Es wäre erstens nicht mein, sondern unser Salz und unser Gewinn und zweitens…
Plötzlich wird die Tür aufgestoßen, und eine Greisin, Eurykleia, tritt in den Raum.

EURYKLEIA
Na, was sagt ihr nun? Ich hab's doch gesagt. Ich habe es immer wieder gesagt, immer wieder. Immer wieder habe ich es gesagt.

ANTINOOS
Wie oft soll ich es noch sagen: Klopf an, bevor du eine Besprechung störst, hörst du! Anklopfen!

EURYMACHOS
Kichernd.
Aber sie hat uns doch gewiß wieder einmal was Wichtiges zu sagen. Ist es nicht so, Eurykleia? Was war es denn, was du immer wieder gesagt hast?

EURYKLEIA
Er kommt, habe ich euch gesagt. Ich habe gesagt: Wartet nur, er kommt, er kommt zurück, eines Tages kommt er zurück.

AMPHINOMOS
Richtig, das hast du immer wieder gesagt.

EURYMACHOS
Und jetzt? Sagst du's uns noch einmal?

EURYKLEIA
Jetzt ist er da. Er ist zurückgekommen. Er ist da. Was sagt ihr nun?

ANTINOOS
Er ist da? Der wievielte heimgekehrte Odysseus ist das nun schon in diesem Jahr? Der Staubsaugervertreter neulich konnte seine Pelzschuhe gar nicht schnell genug zurückziehen – schon hattest du sie ihm geküßt.

EURYKLEIA
Aber diesmal, ich sag's euch, diesmal ist er wirklich gekommen.

AMPHINOMOS
Sagenhaft. Diesmal ist er wirklich gekommen!

EURYKLEIA
Ich habe den Totenkopf gesehen. Den To-ten-kopf. Ich habe das königliche Tattoo an seinen Fußsohlen gesehen.

AMPHINOMOS
Das königliche Tattoo. Was sagt man dazu.

EURYMACHOS
So was läßt sich heutzutage doch jeder Penner sonstwohin nadeln und hofft, dann wie ein König auszusehen. Dir haben doch schon Armeen von Bettlern ihre tätowierten Stinker gezeigt.

EURYKLEIA
Ich sag's noch mal, er ist da. Er ist da. Ich habe den Totenkopf gesehen.

ANTINOOS
Und hast dann wieder irgendeinem Landstreicher oder Messerschleifer die Füße geküßt?

EURYKLEIA
Ich habe dem heimgekehrten Herrn Ithakas die Füße gewaschen. Und ich habe das Tattoo gesehen.

ANTINOOS

In diesem Haus sind ernsthafte Besprechungen offensichtlich unmöglich. Kaum versucht man, auch nur einen klaren Gedanken zu fassen, kommt diese Verrückte und erzählt von ihrer neuesten Erscheinung.

Dann, als ob er allmählich Spaß daran fände, nun doch und einmal mehr sein Spiel mit einer verrückten Alten zu treiben.

Also gut, wenn nun schon wieder ein Städteverwüster aufgetaucht ist, wollen wir ihn auch gebührend empfangen, meint ihr nicht, Eurymachos, Amphinomos, meint ihr nicht? Wollen wir Eurykleias heimgekehrten Herrn O. Nummer 15 – oder ist es schon Nummer 20? – mit allen Ehren empfangen?

EURYMACHOS

Was heißt, mit allen Ehren, mit einem Fest! Eurykleia, hat denn dein Hundchen auch diesmal vor Freude gewinselt? Hat dein Dackel ihn wiedererkannt?, wie heißt er denn gleich…, heißt er nicht Poldy? Hat auch dein Poldy Herrn O. wiedererkannt?

EURYKLEIA

Er hat seinen Herrn selbst gegen den eisigen Wind gewittert und ihm die Füße geleckt.

ANTINOOS

Poldy hat ihm die Füße geleckt! Dann wollen wir ihm die Hände küssen! Los, Eurykleia, bring's Herrchen, suchsuch, bring uns das Herrchen, wir werden uns für den Handkuß die Zungen parfümieren.

Trinkt sein Glas in vollen Zügen leer.

EURYKLEIA

Ihr werdet noch froh sein, wenn er zuläßt, daß ihr ihm die Hände küßt, anstatt sie euch… abzuhacken.

Geht zur offenen Tür. Ruft hinaus.

Ithaka wartet auf Euch, Herr, kommt, kommt, Herr! Die Jugend Ithakas wartet auf Euch.

ANTINOOS

Zu Eurymachos und Amphinomos.

Über die Schweinebucht reden wir noch.

EURYMACHOS UND AMPHINOMOS

Dein Wille geschehe. Gelobt sei der Herr.
Wieherndes Gelächter der beiden.

EURYKLEIA

Verläßt den Raum. Durch die offenstehende Tür hört man sie sagen.
Sie warten auf Euch. Sie werden Euch fürchten, Herr. Tretet ein im Namen der Gerechtigkeit.
Odysseus erscheint, gestützt auf eine Krücke und gekleidet in einen zerfetzten Tarnanzug. Auf seinem Traggestell trägt er nun zusammengerollte, versengte und zerfetzte Tarnplanen, zerschlissene Uniformen und andere Lumpen.

ANTINOOS

Holla, wen haben wir denn hier, einen Faschingsnarren in Camouflage? Oder ist da ein Messie aus der geschlossenen Abteilung entsprungen? Heil und Grüß Gott!

ODYSSEUS

Von wem sollte ich deinen Gott denn grüßen, verehrter Herr?

ANTINOOS

Bei uns stellt sich der Besucher vor, nicht der Gastgeber. Ach…, verzeih, wie konnte ich nur…, Eurykleia hat dich ja bereits angepriesen: Vor uns steht dann ja wohl wieder einmal der verschollene Held Trojas, der Städteverwüster, Herr O.

EURYMACHOS

Herr O.! O Gott. Der Fetzenkönig.
Prustendes Gelächter.

ODYSSEUS

Was ist an einem Heimkehrer so lächerlich, geehrte Herren – und was so lächerlich an der Treue einer alten Frau, die einen Verschollenen so sehr liebt, daß sie ihn selbst in einem geschundenen Veteranen zu erkennen glaubt?

EURYMACHOS

Verzeih, verzeih, wir freuen uns doch bloß über die Heimkehr eines Triumphators.

AMPHINOMOS

Und wenn er dann auch noch so kampfbereit getarnt ist wie du in deinem Strampelanzug. Nimm doch Platz, Städteverwüster, ein Gläschen gefällig?

Schenkt Odysseus ein Glas Wein ein. Der nimmt das Glas, trinkt es stehend leer und setzt sich dann erst an den Tisch.

EURYMACHOS

Der Mann ist wohl einiges gewohnt.

AMPHINOMOS

Bist du mit einem Truppentransporter angereist? Woher hast du deine schöne Ausstattung? Aus Troja?

ODYSSEUS

Wer aus dem Krieg heimkehrt, trägt, was er tragen kann. Selbst Sieger hüllen sich oft in Fetzen oder in die Kleider der Gefallenen.

AMPHINOMOS

Und du handelst mit diesen Fetzen? Keine schlechte Idee. Je friedlicher die Zeiten, desto höher im Kurs stehen offensichtlich Tarnfarben, Uniformen und Kriegssouvenirs.

Zu Antinoos und Eurymachos.

Hier könnten doch auch wir eine Marktlücke schließen.

ODYSSEUS

Ich handle nicht, verehrter Herr, ich teile mit anderen Überlebenden, was der Tod auf den Schlachtfeldern gnädig für uns übriggelassen hat.

EURYMACHOS

Ein Leichenfledderer.

ODYSSEUS

Ein Lumpensammler, verehrter Herr, ein hungriger Lumpensammler.

ANTINOOS
Hunger, na endlich, daher weht der Wind. Gegen eine kleine Spende hättest du wohl auch nichts einzuwenden? Mit welchem Trick hast du denn unserer verrückten Eurykleia weisgemacht, der Städteverwüster zu sein?

EURYMACHOS
Sie behauptet, du trägst den Totenkopf an deinen Füßen. Hat man dich, wo immer du herkommst, denn nicht gewarnt, daß jeder, der seine Latschen mit dem königlichen Abzeichen schmückt, über glühende Kohlen gejagt werden soll?

ODYSSEUS
Dann müssen wohl alle Wege aus dem Krieg über glühende Kohlen führen. Wer je über ein Schlachtfeld gegangen ist, trägt einen Abdruck des Todes an seinen Füßen.

AMPHINOMOS
Holla, wir haben es hier offensichtlich mit einem Philosophen zu tun.
Zu Odysseus.
Dann hat dich Eurykleia wohl allein an deinen klugen Sprüchen erkannt?

ODYSSEUS
Ich habe ans Bettlerfenster am Torturm geklopft, und sie sank vor mir auf die Knie.

ANTINOOS
Das ist Vorschrift bei uns, falls du das noch nicht wissen solltest. Sie ist ja immerhin vor einem König auf die Knie gefallen, einem Fetzenkönig. Du darfst dich der Alten gerne anschließen.
Wirft Odysseus einen Apfel zu.
Hier. Ein Reichsapfel. Damit dir der Kniefall leichter fällt.

ODYSSEUS
Läßt den Apfel zu Boden fallen, ohne die Hand danach auszustrecken.
Nicht ich bin es, der hier zu knien hätte.

ANTINOOS
Nicht frech werden, Fetzenkönig. Setzt sich an unseren Tisch und wird frech.

EURYMACHOS
Zu Antinoos.
Laß ihn doch, du siehst ja, daß der Herr Reichstextilgeneralfeldmarschall aus der Schlacht kommt.
Zu Odysseus.
Hast du auch das eine oder andere Städtchen plattgemacht, mon Général?

ODYSSEUS
Ach, verehrte Herren, ich bin nur ein hungriger Heimkehrer, ein Veteran. Der Eroberer Trojas wird sich eines Tages gewiß noch zeigen und von der Zerstörung der Stadt berichten als einem Fanal zum Ruhm Ithakas.

ANTINOOS
Dann bist du bei dem Feuerwerk dabeigewesen? Vielleicht als guter Kamerad an der Seite des Städteverwüsters?

EURYMACHOS
Auch das haben ja schon viele vor dir behauptet…

AMPHINOMOS
…und wurden dafür von Eurykleia mit einer Schüssel Suppe belohnt.

ODYSSEUS
Städteverwüster. Wer wollte der Kamerad eines Städteverwüsters sein. Habt ihr keinen besseren Namen für einen Sieger?

ANTINOOS
Ist doch recht passend, findest du nicht? Herr O. hat ja gewiß ganze Labyrinthe von Schützengräben ausgehoben wie eine Wühlmaus, aber Städte dienten ihm doch wohl eher als Steinbrüche, Rohmaterial. Hier…
Weist auf die Modelle und Planrollen.
…wir sind es, die bauen… An seiner Stelle. Für ihn.

EURYMACHOS
Und wenn nicht für ihn, dann wenigstens für die Daheimgebliebenen, für die Heimatfront.

AMPHINOMOS
Für uns!
Gelächter.

ODYSSEUS
Was ist denn noch zu bauen in diesem Land? Ich dachte, hier gab es nur das Schönste zu bewahren. Ithaka war ein Land ohne Makel.

AMPHINOMOS
Dann kommst du wirklich von einem anderen Stern. Ithaka ist Entwicklungsland.

ODYSSEUS
Vielleicht, weil es *reformiert* wurde? Oder ausgeplündert?

EURYMACHOS
Die Landstreicher sind auch nicht mehr das, was sie waren. Der Mann ist verrückt. Nur ein Verrückter kann es wagen, so über Reformen zu sprechen.

ODYSSEUS
Heißt es nicht, Verrückte sagten immer die Wahrheit?

ANTINOOS
Das glauben nur die Narren, die ihnen zuhören…

AMPHINOMOS
…in der geschlossenen Abteilung nämlich – oder im Knast, in dem Maulhelden wie du nach einem Fußtritt im Sturzflug landen können.

ODYSSEUS
Ich wollte die Herren nicht beleidigen. Ich bitte um Vergebung.

ANTINOOS
Nicht beleidigen? Dann willst du uns vielleicht zum Narren halten? Mit uns spielen?

ODYSSEUS
Hätte ein Spiel denn nicht immerhin den Vorteil, daß in ihm nicht wirklich geherrscht, nicht wirklich getötet, nicht wirklich gekämpft wird, sondern alles darin Spiel bliebe, Vorwegnahme oder Nachhall der Wirklichkeit?

AMPHINOMOS
Ich sag's ja, ein Philosoph. Und? Wie würde unser Spiel enden?

ODYSSEUS
Jedes Spiel, das seinen Namen verdient, bleibt offen, solange gewürfelt wird…
Ihr würfelt, höre ich, ja nicht nur um Ithaka, sondern auch um die Frau des Landesherrn.

ANTINOOS
Die Herren sitzen vor dir, Fetzenkönig. Und wir spielen weder um Land noch um Frauen, sondern nützen die Zeit der Abwesenheit eines fahrenden Kriegers, um seinem Land zu zeigen, daß es sich selber gehört und sich zum Herrn wählen soll, wen immer es will, anstatt sich irgendeinen Häuptling vorsetzen zu lassen.

AMPHINOMOS
Die erste Wahl soll allerdings die Landesmutter treffen. Ladies first!

ANTINOOS
Jedes brave Volk schreit nach einer First Lady.

EURYMACHOS
Auch wenn sie, wie die unsre, schon etwas pergamentig geworden ist.
Gelächter.

ODYSSEUS
Und ihr wollt ihre Freier sein?

ANTINOOS
Gibt es denn ein größeres Kompliment für ein angetrocknetes, bereits auf dem Rückflug dahinsegelndes Frauchen als eine Schar von Freiern?

ODYSSEUS
Welcher Wahn macht euch so vermessen, daß ihr es wagt, die Gemahlin eures Herrn zur Frau zu begehren?

EURYMACHOS
Von Begehren war keine Rede…

AMPHINOMOS
…wir sind Reformer, verstehst du, Planer, Politiker, keine Altenpfleger.

ODYSSEUS
Ihr seid Hurensöhne, wenn ihr so über eine Frau und Mutter sprechen könnt.

ANTINOOS
Du nennst uns Hurensöhne? Du verfluchte Frontsau nennst uns Hurensöhne?
Wirft ein volles Glas nach Odysseus.
Scher dich aus unserem Büro, Drecksack, hau bloß ab, bevor dir etwas Härteres an den Schädel kracht als ein Glas. Hau ab!
Auch Eurymachos und Amphinomos beginnen, Früchte, Flaschen und Gläser nach Odysseus zu werfen, schreien durcheinander, allerdings immer wieder unter Gelächter.

AMPHINOMOS
Jawohl, mon Général, uns reicht's, gate closed! Dein Gepäck wird ausgeladen. Nimmerwiedersehen macht Freude.

EURYMACHOS
Schleudert ein Obstmesser nach Odysseus.
Hier, dein Seniorenticket, trojanische Nahkampfschwuchtel: einmal Hölle, einfach.

Odysseus ist aufgesprungen, bückt sich nach seinem umgestürzten Stuhl, um ihn als Schild im Geschoßhagel zu benützen, als Penelope den Saal betritt.

PENELOPE
Aufhören! Hört augenblicklich auf! Hört sofort auf!
Die Kämpfer halten tatsächlich inne; die Szene wie eingefroren.

AMPHINOMOS
Überrascht, verlegen.
Penelope...

ANTINOOS
Penelope, Verehrte, verzeiht, dieser Landstreicher, dieser Abschaum hat Euer Haus beleidigt.

PENELOPE
Schweig, Antinoos, ihr hättet dieses Auge –
Weist auf eine Kameralinse, die von der Saaldecke in den Raum starrt.
– schließen sollen. Ich weiß, wen er beleidigt hat, ich habe euch lange genug als schlechte Schauspieler auf den Bildschirmen der Palastwache gesehen und euch lange genug zugehört. Laßt mich jetzt allein mit ihm, verlaßt diesen Raum.

ANTINOOS
Aber Penelope, Verehrteste...

EURYMACHOS
Zeigt auf Odysseus.
Dieser..., dieser..., dieser...

PENELOPE
Verschwindet! Laßt mich allein mit ihm! Laßt mich allein. Und öffnet ein Fenster, bevor ihr geht. Der Gestank hier ist unerträglich.

Siebente Szene

Allein mit ihm, allein mit ihr

Odysseus und Penelope inmitten einer Scherbensaat, die unter jedem Schritt knirscht. Die Reformer alle verschwunden, die Leuchttafeln erloschen. Durch die nun offenstehenden Fenster ist zunächst wieder Meeresrauschen zu hören.

PENELOPE
Weicht, wenn auch kaum merklich, zurück, als Odysseus sich ihr zögernd nähert und seine Arme langsam hebt, so, als wüßte er nicht recht, ob er seine Frau nun umarmen oder ihr bloß ein Zeichen seiner Ratlosigkeit geben wollte.
So kommst du zurück. Eine Spottgestalt.

ODYSSEUS
Läßt seine Arme wieder sinken und beginnt, da und dort und wie in großer Verlegenheit Glas und Tonscherben aufzuheben, um sie in ordentlicher Reihe auf den Kartentisch zu legen.
Du…, du hast mich schon auf den Bildschirmen der Wache erkannt?

PENELOPE
Ich hätte deine Gestalt noch als Schatten in der tiefsten Dämmerung auf mich zukommen sehen und deine Stimme aus dem Lärm der ganzen Welt herausgehört.

ODYSSEUS
Und scheust dich nun, mich zu umarmen?

PENELOPE
Ich habe so lange vergeblich auf ein Zeichen von dir gewartet. Ich kann nicht glauben, daß einer, der in der Ferne so stumm geblieben ist wie du, in meine Arme zurückkehren will.

ODYSSEUS
Penelope… Uns hat allein der Krieg getrennt. Der Krieg ist vorüber.

PENELOPE
Aus diesem Krieg ist eine Flut von Nachrichten, Bildern, Briefen zurückgeschwappt bis an den Ort seines Ausbruchs. Darunter war niemals ein Wort von dir.

ODYSSEUS
Ich war gefangen.

PENELOPE
Gefangen? Selbst die Frauen von Gefallenen haben von ihren Liebsten noch lange nach der Meldung von ihrem Tod Feldpostbriefe erhalten mit Liebesgrüßen.

CHOR DER KRÜPPEL UND GEFALLENEN
Erscheint, zunächst einer nach dem anderen, aus dem Bühnenhintergrund und gruppiert sich um den Kartentisch.
Na? Haben wir dir nicht schon immer gesagt, daß die Frau eines Verschollenen leicht bitter wird? Womit willst du ihr nun die Laune wieder versüßen? Wäre ein Feldpostbrief dann und wann nicht doch der bessere Zucker gewesen?

ODYSSEUS
Es schrieb, wer schreiben konnte. Das waren die Ausnahmen.
Wann hätte ich schreiben sollen? Wo? Ich bin auf meiner Heimfahrt in Gefangenschaft geraten, und mein Lagerleben war manchmal härter als der Kampf und die Irrwege, auf denen ich nach meiner Flucht stets hoffte, sie würden mich in deine Arme zurückführen.

CHOR DER KRÜPPEL UND GEFALLENEN
Süßstoff Lüge. Kalorienarm.

PENELOPE
Waren deine härtesten Lager denn nicht die Betten jener Frauen, an deren Seite dich selbst Kriegsberichterstatter lächeln sahen?

ODYSSEUS
Berichterstatter, erst recht diese atemlosen Meldeläufer aus dem Krieg, überliefern aus ihrer sicheren Deckung doch bloß Gerüchte. Ihre ver-

zerrten Geschichten stammen aus zweiter und dritter Hand. Ich war meiner Heimat treu und allen Helfern in der Not dankbar. Ohne sie stünde ich nicht hier. Aber was erzählt man von dir? Läßt du dich tatsächlich von Freiern umschwärmen, als wärst du frei? Zeigst du dich zu festlichen Anlässen tatsächlich in ihrer Gesellschaft, anstatt sie aus unserem Haus zu jagen?

PENELOPE
Selbst eine Armee von Leibwächtern könnte die Fliegenschwärme nicht vertreiben, die eine verlassene Tafel umschwirren. Womit sollen Machthungrige verjagt werden? Mit einem Weberschiffchen?, mit Wollknäueln?, Papierkugeln aus den Seiten wertloser Verträge? Du hast mir und deinem Sohn deinen Schutz, deine Hand entzogen, um sie nach Troja auszustrecken.

ODYSSEUS
Es war das Wohl Ithakas, das mich geleitet hat, dich der Treue unseres Volkes anzuempfehlen. Es war der Krieg…

PENELOPE
…dem du entgegengezogen bist. Wer in den Krieg zieht, beweist vor allem, daß ihn selbst die Liebe nicht halten kann.

ODYSSEUS
Ich wußte dich geborgen in unserem Volk.

PENELOPE
Die erhobenen Arme eines Volkes sind wie die kalten Algenfahnen in den Strömungen des Meeres, wehen und schwenken dahin und dorthin und vermögen nichts zu halten.

ODYSSEUS
Das Volk liebt dich.

PENELOPE
Ein Volk kann jubeln, aber nicht lieben.

ODYSSEUS
Wir haben das Glück Ithakas verteidigt, unsere Familien, dich.

CHOR DER KRÜPPEL UND GEFALLENEN
Hört, hört, es spricht ein weltreisender Verteidiger.

PENELOPE
Wer seine Hand tatsächlich bloß zur Verteidigung erheben will, zieht dem Feind nicht entgegen, sondern bleibt schützend stehen vor den Seinen.

CHOR DER KRÜPPEL UND GEFALLENEN
Huuh! Das Feuerchen brennt schon recht hell, und deine Angetraute legt Scheit um Scheit nach. An solchen Feuern zerrinnen selbst schlagende Argumente eines Strategen wie Schnee. Hörst du die Schmelzwassertropfen zischen?

ODYSSEUS
Ich stehe vor dir.

PENELOPE
Vor mir steht ein Maskierter.

ODYSSEUS
Hast du deine Freier nicht eben noch Schauspieler genannt? Ich habe mitgespielt. Schauspieler tragen Kostüme.

PENELOPE
Schauspieler stellen etwas dar. Was sollte in diesem Spiel dargestellt werden?

ODYSSEUS
Die Entlarvung. Wer über die Ärmsten lacht, offenbart sich. Mein Spiel hat ihnen das Eingeständnis ihres Machthungers entlockt, ihrer Treulosigkeit. Sie sind Verräter. Sie haben dich, sie haben uns verraten.

PENELOPE
Anders als der Landesherr, haben sie immerhin die Felder Ithakas bewässert, Kanäle und Dämme gebaut, Brachen wieder fruchtbar gemacht und Plünderer ans Meer vertrieben.

ODYSSEUS
Du stehst auf ihrer Seite?

PENELOPE
Ich stehe allein an der Seite meines Kindes.

ODYSSEUS
Telemach ist kein Kind mehr, das du auf den Armen wiegst, sondern ein Mann. Nicht du bist es, die ihn beschützt, er beschützt dich.

PENELOPE
Er wäre ohne mich verloren in den Intrigen der Reformer. Ich begleite ihn durch ein Labyrinth.

CHOR DER KRÜPPEL UND GEFALLENEN
Hörst du? Nicht schlecht, wie sie die Kurve Richtung Freier kratzt. Sag ihr doch, daß dich ihre guten Gründe an die Leier der vielen guten Gründe deiner Strategen erinnern. Nur Strategen paktieren mit dem Feind.

ODYSSEUS
Nur Strategen paktieren mit dem Feind.

PENELOPE
Ich verteidige die Rechte meines Sohnes.

ODYSSEUS
Mit deinem Körper?

PENELOPE
Und wenn, würde ich nicht anders handeln als der nächstbeste von euch Kriegern, der seinen Körper, sein Leben und das Glück seiner Familie in die Schlacht, selbst ins Sperrfeuer wirft, um eine Reichsgrenze eine

Handbreit weiter in irgendeine Wüste hinauszuschieben, ein brennendes Ölfeld, eine Uranmine zu erobern oder auch bloß, um irgendeinen Schlächter das rohe Gesicht nicht verlieren zu lassen. Nein, ich habe keinem dieser Reformer, mit denen du mich alleingelassen hast, jemals auch nur die Hand gereicht – auch wenn ihre Zudringlichkeit mit jedem Tag wuchs, der über deinen Abenteuern verging.

ODYSSEUS
Was du Abenteuer nennst, waren die Qualen meiner Heimfahrt. Die Erinnerungen an den Klang deiner Stimme, an deine Augen, deine Arme haben mich über Abgründe hinweggetragen. Ich habe Nacht für Nacht unter Tränen alle Kosenamen in meine Fäuste geflüstert, die du mir jemals gegeben hast.

CHOR DER KRÜPPEL UND GEFALLENEN
Die Nächte natürlich ausgenommen, in denen du lieber in das eine oder andere Öhrchen als in deine Fäuste geflüstert hast.

PENELOPE
Ach, Odysseus, mein wortgewaltiger, wortreicher, wortverliebter Odysseus, du hast wohl selbst in den Ruinen von Troja noch schöne Reden gehalten.

ODYSSEUS
Und du?, Penelope, Liebste. Bist du die großmutige, liebevolle Frau, von der ich geträumt und um die ich geweint habe?

PENELOPE
Sieh mich an, ich bin alt geworden. Alt ohne dich. Du hast mich alleine alt werden lassen und dich aus der Ferne stumm nach meiner Jugend gesehnt. Hast du je etwas anderes von der Wirklichkeit gesehen, als du sehen wolltest? War ich je etwas anderes als dein Traum? Wer träumt, schläft. Du hast unser Leben verschlafen.

ODYSSEUS
Fegt mit einer Handbewegung die Scherbenzeilen, die er ausgelegt hat, vom Tisch.
Verschlafen! Verschlafen, sagst du? Verschlafen?

CHOR DER KRÜPPEL UND GEFALLENEN
Schläfst du denn schon wieder? Ja doch, verschlafen, sie hat verschlafen gesagt. Hörst du schlecht, oder hat dich der Artilleriedonner taub gemacht?

ODYSSEUS
Zum Chor.
Wenn es dafür nicht längst zu spät wäre, würde ich euch noch einmal töten.

CHOR DER KRÜPPEL UND GEFALLENEN
Noch einmal fallen? Starker Tobak. Und dann auch noch in einem Rosenkrieg. Aus manchen Schlachten ziehen sich selbst Helden besser zurück.
Die Mitglieder des Chors beginnen langsam in verschiedene Richtungen davonzuhumpeln oder in ihren Rollstühlen davonzufahren.

PENELOPE
Du sprichst wie zu einem Gespenst. Wen willst du töten? Hast du noch immer nicht genug vom Töten? Erkennst du mich? Weißt du, wer ich bin?

ODYSSEUS
Du bist meine Frau.

PENELOPE
Ich war deine Frau.

ODYSSEUS
Ich bin nicht gefallen.

PENELOPE
Aber der Mann, den ich geliebt habe, ist im Krieg geblieben… Und die Frau, die er verlassen hat, leidet wie eine Witwe.

ODYSSEUS
Indem er zu jedem Ausruf, jedem seiner Sätze nach einem der Stühle am Kartentisch tritt, eine Schale, ein Glas, eine Planrolle, alles, was nicht schon zerbrochen ist, zu Boden oder an die Wand wirft.

Aber ich bin hier, ich bin hier, ich bin am Leben, ich stehe vor dir, ich bin zurückgekehrt. Ich bin nicht gefallen. Ich bin zurück!

Penelope sieht Odysseus' Ausbruch scheinbar reglos zu, macht auch keine Anstalten, ihn zu besänftigen, als Telemach in den Saal stürmt und, als er zu erkennen beginnt, in welche Szene er geraten ist, atemlos und ohne die Tür wieder zu schließen, stehenbleibt. Auch Odysseus hält in seiner Raserei augenblicklich inne. Einige Atemzüge lang stehen die drei einander wie Statuen gegenüber.

TELEMACH
Vater…

PENELOPE
…Telo…

ODYSSEUS
…mein Sohn…

TELEMACH
An der Freitreppe…, sie rufen nach dir, Vater, an der Freitreppe. Melanthos konnte sein Maul nicht halten. Er hat vor den Schlachtern mit deiner Rückkehr geprahlt, und von den Schlachthöfen rast jetzt ein Lauffeuer durch die Stadt. Ithaka weiß, daß du zurück bist. Alle wollen dich sehen.

ODYSSEUS
Und Philotios, Eumaios? Prahlen die auch?

TELEMACH
Sie warten am Wehrturm auf dich, wie du befohlen hast, aber die Begeisterten laufen ihnen zu.

ODYSSEUS
Haben sie die Waffen?

PENELOPE
Waffen, Waffen! Du bist dem Krieg mit einer ganzen Flotte nachgesegelt, willst du ihn nun aus Troja wieder in dein Land zurückschleppen?

ODYSSEUS
Ich dachte, du wolltest die Rechte deines Sohnes verteidigen. Hast du nicht geklagt, nur Webschiffchen, Wolle und wertloses Papier statt Waffen zu haben?

TELEMACH
Unterbricht Penelope, die zu einer Erwiderung ansetzt.
Vater, Antinoos, Eurymachos, Amphinomos und die anderen, sie brüllen mit Megaphonen auf die Menge ein, daß die verrückte Eurykleia bloß wieder einmal Gespenster gesehen und wieder einmal einen Lumpensammler mit dir verwechselt habe, sie schreien, jeder sollte nach Hause gehen, sonst würden Soldaten sie von der Freitreppe prügeln.

ODYSSEUS
Zu Telemach.
Wie viele sind jetzt am Wehrturm?

TELEMACH
Zwei Dutzend oder drei, aber es werden mit jeder Minute mehr. Auch die Torwache hat sich ihnen bereits angeschlossen.

ODYSSEUS
Komm, wir holen sie.

PENELOPE
Sollen nach Schüsseln, Flaschen und Stühlen jetzt auch noch Schädel und Knochen zersplittern?

ODYSSEUS
Zu Penelope.
Bring dich in Sicherheit.
Zu Telemach.
Wir gehen.

PENELOPE
In Sicherheit! Ich mußte in all den Jahren deines Verschwundenseins nie um meine Sicherheit fürchten.

TELEMACH
Zu Penelope.
Darauf haben wir doch gewartet. Die Hirten sind auf unserer Seite, die Torwachen, die Jubelschreier an der Freitreppe, alle.

PENELOPE
Bist du so sehr der Sohn deines Vaters?

ODYSSEUS
Zu Telemach.
Deine Mutter fürchtet wohl um ihre Freier.

PENELOPE
Ich fürchte um meinen Sohn und… und um dich.

ODYSSEUS
Ich hole zurück, was ihm…, was uns zusteht. Das Recht ist auf meiner Seite.

PENELOPE
Fordere, was du für dein Recht hältst, aber laß Ithaka seinen Frieden. Bleib hier. Laß die Schreier schreien, bis ihnen die Stimme versagt, und erheb die deine, wenn du niemanden mehr überbrüllen mußt.

ODYSSEUS
Jeder Friede wird erkämpft. Und eine Stimme ist niemals vernehmlicher und klarer als in der Stille nach der Schlacht.

PENELOPE
Es soll totenstill sein, wenn du sprichst?

ODYSSEUS
Zu Telemach.
Los, komm.

Achte Szene

Blut

Odysseus und Telemach stehen am Fuß einer großen, weiß schimmernden Freitreppe, die in einem sanften Bogen in die Höhe führt, ins Licht. Die Treppe ist von blutigen, kreuz und quer verlaufenden Schleifspuren wie schraffiert; zerfetzte Kleidungsstücke, auch Waffen, liegen verstreut: ein Kampfplatz. Langsam, wie in Zeitlupe, schleifen zwei Knechte einen bluttriefenden Leichnam die Treppe hinab, ziehen so eine letzte rote Spur und verschwinden mit ihrer Last in gleißendem Licht. Odysseus und Telemach, beide in blutgetränkten Kleidern, der Vater auf der untersten Treppenstufe stehend, der Sohn zu seinen Füßen sitzend. Die Knechte kehren mit leeren Händen aus dem Licht zurück, nehmen vor Odysseus militärische Haltung an und erstatten Meldung.

ERSTER KNECHT
Das war der Letzte, Herr.

ODYSSEUS
Der Letzte?

ZWEITER KNECHT
Der Letzte.

ODYSSEUS
Wie viele waren es?

ERSTER KNECHT
Wir haben sie nicht gezählt. Viele.

ZWEITER KNECHT
Zwanzig, vielleicht mehr.

TELEMACH
Preßt seine Handflächen gegen die Schläfen und bewegt dazu seinen Oberkörper wie ein Verrückter rhythmisch vor und zurück, stöhnt.

Zwanzig. Zwanzig. Vielleicht mehr. Zwanzig. Alle tot. Alle umgebracht.

ODYSSEUS
Zu den Knechten.
Geht.

ERSTER KNECHT
Was sollen wir mit ihnen machen?

ODYSSEUS
Verbrennt sie.

ZWEITER KNECHT
Verbrennen? Wie?

ERSTER KNECHT
Verbrennen wo?

ODYSSEUS
Wo? Irgendwo. Auf dem Fußballplatz, auf dem Reitplatz, dem Golfplatz, egal wo. Übergießt sie mit Treibstoff. Nehmt alles Holz der Koppeln, der Futterkrippen, der Tribünen, Fahnenstangen, was ihr findet, türmt es zu einem Scheiterhaufen und werft sie ins Feuer.

ERSTER KNECHT
Alles Holz. Auftürmen. Jawohl.

ZWEITER KNECHT
Mit Treibstoff übergießen. Ins Feuer werfen. Jawohl.
Beide gehen in unauffälligem Gleichschritt ab.

ODYSSEUS
Zu Telemach.
Was hätten wir anderes tun sollen, Telemach, was hätten wir tun sollen? Sie wollten den Umsturz!, sie wollten unsere Rechte. Sie haben sich gezeigt, als das, was sie immer waren: Volksfeinde. Wir haben einen Bürgerkrieg im Keim erstickt. Wir haben Ithaka vor der Reform gerettet.

TELEMACH
Wir haben sie umgebracht. Wir haben sie alle umgebracht.

ODYSSEUS
Wir hatten keine Wahl. Wir mußten es tun. Diese Reformer waren taub für jedes meiner Worte. Und sie waren blind für meine Heimkehr. Blind und taub!

TELEMACH
Antinoos hat seine Eingeweide in seinen zerrissenen Bauch zurückzustopfen versucht.

ODYSSEUS
Antinoos ist gefallen. Er war ein Verräter.

TELEMACH
Ich habe noch nie einen Menschen so schreien hören.

ODYSSEUS
Es ist vorbei, Telemach. Wir haben es für Ithaka getan.

TELEMACH
Nie, noch nie…, ich habe noch nie auf jemanden geschossen. Schneehühner, Tontauben…, auf Tontauben, auf dem Schießplatz. Noch nie auf ein menschliches Ziel. Jetzt habe ich Antinoos und Eurymachos umgebracht.

ODYSSEUS
Es ist vorbei, vorbei! Wir mußten es tun. Sie haben uns dazu gezwungen. Wir mußten es tun. Komm, gehen wir.
Greift Telemach unter die Arme, will ihn hochziehen.
Komm, los, komm!

TELEMACH
Stößt Odysseus zurück.
Laß mich, laß mich. Ich will…, ich werde…, ich muß die Treppe…
Greift nach einem der herumliegenden blutigen Kleiderfetzen, kriecht auf allen vieren einer Blutspur über zwei, drei Treppenstufen nach, will

das Blut mit diesem Fetzen abwischen und macht die Spur dabei wirrer und breiter.

ODYSSEUS
Will Telemach davon abhalten, versucht noch einmal, ihn hochzuziehen.
Laß das, komm. Das werden andere tun. Ithaka wird dich feiern. Die Hirten sollen die Pferde der Verräter schlachten. Das befreite Volk soll das Fleisch ihrer Turnierpferde über Opferfeuern braten. Ein Fest, Telemach, ein Fest!

TELEMACH
Entwindet sich Odysseus' Armen.
Ich muß diese Treppe…, ich werde diese Treppe…
Kriecht auf allen vieren höher, Odysseus bleibt zurück.

ODYSSEUS
Komm zu dir. Du hast wie ein Soldat gehandelt. Wir haben getan, was wir tun…

PENELOPE
Erscheint plötzlich auf der obersten Treppenstufe.
Telo, mein Kind, Telemach.
Läuft zu Telemach hinab, kniet neben ihrem Sohn nieder, schließt ihn in die Arme.
Mein Bübchen, was hat er mit dir gemacht?
Zu Odysseus.
Was hast du getan? Was hast du ihm angetan? Die Hirten…, deine Schergen ließen mich nicht zu ihm, als diese Schießerei losging. Du hast mich einschließen…, mich in meinem eigenen Haus gefangensetzen lassen.

ODYSSEUS
Ich habe ihnen befohlen, für deine Sicherheit zu sorgen, dich zu beschützen. Ich…

PENELOPE
Mich beschützen? Vor wem? Vor deiner Wut? Hast du aus dem Krieg denn nichts als den Tod mitgebracht?

Zu Telemach.
Telo, Liebchen, hat er dich…
Zu Odysseus.
Hast du ihn zum Schlächter gemacht?, hast du aus meinem Sohn einen Schlächter gemacht?
Beginnt, Telemach das Blut von seinen Händen, seinem Gesicht abzuwischen, dabei werden auch ihre Kleider blutig.
Halt still, halt still, ruhig, ganz ruhig, mein Söhnchen.

ODYSSEUS
Mein Sohn ist mir beigestanden. Wir haben Seite an Seite gekämpft. Und wir haben gesiegt.

PENELOPE
Siegen? Das nennst du Siegen? Läßt in deinem eigenen Haus einen Blutstrom entspringen und nennst das Siegen?
Wie zuvor Penelope, erscheint nun der Chor der Krüppel und Gefallenen am oberen Ende der Treppe, unter ihnen nun auch die Reformer Antinoos, Eurymachos und Amphinomos. Einer der Rollstuhlfahrer im Chor erhebt sich aus seinem Stuhl, steht einen Augenblick lang frei und schwankend und läßt dann den Stuhl die Treppe hinabpoltern.

CHOR DER KRÜPPEL UND GEFALLENEN
Wo immer Blut fließt, da finden wir uns wieder, denn echten Helden fehlen ein, zwei Glieder.

TELEMACH
Starrt auf den Chor.
Antinoos, Amphinomos?, sie sind nicht tot? Sie sind verwundet? Wir haben sie nicht umgebracht?

CHOR DER KRÜPPEL UND GEFALLENEN
Blutquellen sind uns Heilquellen! Springen sie uns an, werfen wir die Krücken weg, schieben die Rollstühle in den Abgrund und sind ganz die alten.

TELEMACH
Eurymachos…! Amphinomos!

PENELOPE

Telo!, ich bin's, Telo, ich bin bei dir. Die Knechte haben die Leichen fortgeschafft, sie sind weg. Ruhig, sei ruhig, ich bin jetzt bei dir.

CHOR DER KRÜPPEL UND GEFALLENEN

Freunde, wir sind unter uns. Wie geht's, Telo? Blutstrom!, sagt die Frau Mama. Wir treiben davon, und sie bleibt da. Was hältst du von einer kleinen Bootsfahrt auf einem Blutstrom?

ODYSSEUS

Verfluchte Dreckskerle, gottlob kann er euch nicht hören.

CHOR DER KRÜPPEL UND GEFALLENEN

Lobe deinen Gott nicht vor dem Abend. Telo, dein Herr Papa glaubt, du könntest uns nicht hören. Sag ihm doch, daß wir bereits die besten Freunde sind.

TELEMACH

Vergebt mir, Antinoos, Eurymachos, vergebt, ich wollte meinem Vater beistehen, ich wollte euch nicht töten, ich wollte niemanden töten.

CHOR DER KRÜPPEL UND GEFALLENEN

Ach, Kleiner, Neulinge wie Antinoos und Eurymachos können noch nicht sprechen, auch bei uns dauert es eine Weile, bis einer zu plappern beginnt. Laß ihnen Zeit, schau dir inzwischen die Einschläge auf ihren Köpfen und Brustkörben an: Volltreffer! Wir gratulieren!

PENELOPE

Sieh mich an, Telemach, sieh mich an, träumst du?, du hast Fieber, ich bin bei dir, Telo, es wird alles gut, es wird alles gut, Telo.

CHOR DER KRÜPPEL UND GEFALLENEN

Zu Odysseus.

Dein Sohn, ganz der Papa. Dem Papa wie aus der Seele geschnitten.

Zu Telemach.

Willkommen im Reich der Helden, Kleiner.

ODYSSEUS

Telemach, höre nicht auf sie, wende dich ab, ich kenne das, hab keine Angst, jeder im Feld muß nicht bloß gegen den Feind, sondern auch mit sich selber kämpfen, wir sind Menschen, wir sind alle Menschen.

PENELOPE

Auf wen soll er nicht hören? Er soll nicht auf mich hören? Rühr ihn nicht an! Kämpfen, kämpfen! Willst du ihn in den Wahnsinn treiben? Laß ihn, rühr ihn nicht an.

TELEMACH

Hilf mir. Helft mir. Ich wollte sie nicht töten. Sie sind nicht tot, sie können nicht tot sein, sie schauen auf uns herab, sie schauen uns an!

PENELOPE

Zu Odysseus.

Du hast ihm das Schlimmste angetan, was ein Vater seinem Sohn antun kann, du hast ihn zu deinesgleichen gemacht. Odysseus, Verbrecher, du hast ihn zu deinesgleichen gemacht.

ODYSSEUS

Verliert über dem Anblick seines Sohnes und den Worten seiner Frau allmählich die Fassung.

Aber…, aber Liebste, Penelope, wir waren Seite an Seite…

CHOR DER KRÜPPEL UND GEFALLENEN

Gute Kameraden in der Schlacht, im gleichen Schritt und Tritt. Alles wie gehabt.

ODYSSEUS

Ich habe sein Bestes gewollt, unser Glück…

PENELOPE

Sein Bestes? Du hast ihn in Blut getaucht. Du hast ihm das Töten beigebracht.

ODYSSEUS

Fällt neben Penelope vor seinem Sohn auf die Knie.

Telemach, Söhnchen, sag ihr doch, wie schön unser gemeinsamer Weg vom Meer herauf war, sag ihr, wie wir gelacht haben…

TELEMACH

Vater, die da oben, siehst du sie?, die, die dort oben, wer sind die? Siehst du sie?

PENELOPE

Er ist krank, er hört dich nicht, er hört mich…, er hört uns nicht.

CHOR DER KRÜPPEL UND GEFALLENEN

Aber uns! Uns hört er gut.

TELEMACH

Sie kommen näher, sie fassen mich an.

CHOR DER KRÜPPEL UND GEFALLENEN

Aber unsereinem haben wir noch niemals ein Leid getan.

Der Chor zieht sich auf die oberen Treppenstufen zurück, rückt dort dicht zusammen.

PENELOPE

Es ist gut, Telo, beruhige dich, ich bin bei dir.

CHOR DER KRÜPPEL UND GEFALLENEN

Genau, beruhige dich, wir bleiben bei dir.

Steigen, einer nach dem anderen, die Treppe höher und höher, verschwinden.

ODYSSEUS

Blickt den Verschwindenden nach, spricht dazu wie ins Leere.

Liebste…, ich hatte keine Wahl, ich habe ihnen angeboten, mit mir an der Vergoldung Ithakas zu arbeiten, ihnen angeboten, unter ihrem heimgekehrten Herrn dem Land zu dienen, Penelope, unserer Heimat! zu dienen, aber sie haben nicht auf mich gehört. Sie wollten ihren heimgekehrten Herrn nicht wiedererkennen.

PENELOPE
Willst du jeden töten, der nicht auf dich hören will? Und jeden, der dich nicht wiedererkennt? Dann mußt du auch mich töten. Ich erkenne dich nicht wieder.

ODYSSEUS
Penelope, was sagst du da, Liebste, ich habe nie aufgehört, dich zu lieben.

PENELOPE
Wiegt Telemach in den Armen.
Wenn deine Liebe das Glück des eigenen Kindes fordert und Tote, was fordert dann erst dein Haß?

ODYSSEUS
Der Krieg hat mich verschont, das Meer hat mich verschont, allein, um mich zurückkehren zu lassen. Zu dir. Wenn es etwas gibt, das ich bereuen soll, dann laß es mich bereuen.

PENELOPE
Sanfter, ohne aufzuhören, ihren Sohn zu wiegen, so, als hielte sie den in ihren Armen, von dem sie spricht.
Wie sehr habe ich mich nach der Heimkehr jenes Mannes gesehnt, der sich aus meinen Armen gelöst hat, um in den Krieg zu ziehen, gesehnt nach dem Mann, der mir Kosenamen über Kosenamen ins Ohr flüstern konnte, hundert Namen, ohne ein einziges Mal abzusetzen, dem Mann, der mir die Tränen von den Wangen geküßt hat und mich an schwarzen Tagen zum Lächeln bringen konnte…

ODYSSEUS
Ich bin bei dir, ich war immer bei dir.

PENELOPE
Ich war immer bei dir… Erinnerst du dich noch an das Puppenspiel, das zu Telemachs Geburtstag, im Jahr, als er sprechen lernte, im Hof vorgeführt wurde? An diese Geschichte von dem Seefahrer, der als strahlender Held losfuhr und nach unzähligen Kämpfen gegen einäugige Riesen, Meeresungeheuer, Hexen und Menschenfresser als Schiffbrüchiger mit schlohweißen Haaren in seiner Heimat strandete?

ODYSSEUS

…Telemach hat der Puppe *Mütze ab, Mütze ab*, zugerufen, weil ihm an den weiß gewordenen Haaren der Puppe etwas falsch vorkam.

PENELOPE

Die Haare waren aus gesponnener Wolle. Er hat gegen eine unbegreifliche Verwandlung protestiert.

ODYSSEUS

Dabei war, was ihm den Seefahrer so seltsam, so fremd erscheinen ließ, wohl allein der Lauf der Zeit.

PENELOPE

Allein der Lauf der Zeit? Willst du dich in einer Puppe wiedererkennen, die eine Perücke aus weißer Schafwolle trug?

ODYSSEUS

Du rufst mir jedenfalls *Mütze ab! Mütze ab!* zu.

PENELOPE

Es ist nicht die Zeit, die dich verändert hat, du warst es selber. Du hast dich zu dem Schiffbrüchigen gemacht, als der du in deiner Heimat gestrandet bist.

ODYSSEUS

Und ein Schiffbrüchiger soll ich nun und für immer bleiben?

PENELOPE

Weißt du noch, wie das Puppenspiel endete?

ODYSSEUS

Der Seefahrer hat sich wieder auf den Weg gemacht…

PENELOPE

…um irgendwann tatsächlich heimzukehren und nicht bloß in der Heimat zu stranden.

ODYSSEUS

Und? Ist er denn je wieder zurückgekehrt? Ich weiß noch, daß ich gegen Ende des Spieles mit Raketen beschäftigt war, mit den Zündschnüren des Feuerwerks, das auf das Puppentheater folgen sollte.

PENELOPE

Der Seefahrer ist einer Prophezeiung gefolgt, die ihm eine Heimkehr für immer versprach, wenn er ein Ruder über die Schulter nehmen und dieses Ruder tragen, tragen und tragen würde, bis in ein Land, dessen Bewohner das Ding für eine Schaufel hielten, Menschen, die das Meer nicht kannten, jenen Ozean, der den Seefahrer ein Leben lang hatte segeln – und irren lassen.

ODYSSEUS

Und ich? Soll ich ein Ruder in ein Land ohne Küsten tragen?, zu Höhlen- oder Bergbewohnern, denen das Meer fremd ist?

PENELOPE

In einem Puppenspiel, das deine Irrfahrten zeigte, müßte der Held am Ende wohl über ein Schlachtfeld gehen… und er müßte die Bajonette, die Messer, die Helme, die Gewehre der Toten aufsammeln, Stück für Stück, und sich damit behängen wie ein fahrender Schrotthändler…

Odysseus beginnt langsam, genau das zu tun, was Penelope beschreibt, sammelt die herumliegenden Waffen Stück für Stück auf und behängt sich damit.

…und so könnte er sich auf den Weg machen, waffenstarrend, klirrend, und sein Todeszeug davonschleppen, immer weiter, bis er Menschen träfe, die seine Last vielleicht für Werkzeuge hielten, rätselhafte, metallisch schimmernde Instrumente, um Felder damit zu bearbeiten, Gärten anzulegen, Brücken zu bauen oder Ställe oder Wiegen, Wunden zu verarzten oder um einfach den Zug der Wolken damit zu messen und den Lauf der Gestirne…

ODYSSEUS

Nun schwer behängt mit Waffen.

Und erst aus einem Land solcher Toren dürfte er endlich heimkehren – und bleiben?

PENELOPE

Aus einem Land der Toren? Ach, Odysseus. Aus einem… Paradies.

Gebeugt unter seiner Last, macht Odysseus sich auf den Weg. Das Klirren der Waffen ist leiser und leiser werdend noch zu hören, als er bereits verschwunden ist.

Schnitt ins Offene

Über raumlaborberlin und die Lust am Verlorensein

Ein Mann landet in Afrika auf dem Flughafen einer staubigen, heißen Stadt. Er drängt sich durch eine Menge, die Sonne brennt, Menschen schreien, der Mann irrt umher, Herren rempeln ihn an, er starrt auf Turbane, Verhülltes, Ausgeblichenes, dann wird ihm schwindelig. Mit letzter Kraft rettet er sich auf den Sitz seines Mietwagens, eines Mercedes 280 E, er reißt die Tür zu, plötzlich herrscht Stille, der Mann atmet auf. Eine Stimme sagt: Willkommen zu Hause.

Vor einigen Jahren lief dieser Werbespot für Mercedes Benz im Kino; er erzählte in der kürzestmöglichen Form die Geschichte einer Odyssee, die glücklich auf dem Fahrersitz eines deutschen Autos endet. Der Spot ist ein Dokument der Paranoia – alles Fremde macht Angst, muss weggepanzert, ausgesperrt werden mit dicken Benztüren. Das Auto ist hier mehr Heimat, als es ein Hotelzimmer sein könnte – weil es, mit Ledersitzen und Holzdekoration nicht nur wie ein transloziertes deutsches Wohnzimmer aussieht, sondern auch Flucht verspricht: Mit diesem Wagen würden wir notfalls von Addis Abeba bis nach Sindelfingen durchkommen.

Es ist ein Phänomen, dass Automobile sich immer mehr in mobilisierte Immobilien verwandeln: die Sitze werden dicker, sofahafter, der Leder- und Dekorationsholzanteil höher, mittlerweile sind Fernseher und teure Audio-Anlagen keine Seltenheit. Gleichzeitig werden die Fenster enger, das Innere des Autos fast höhlenhaft. Autos sind zu rollenden Wohnzimmern mutiert, mitgenommene Heimat, gepanzerte Zellen des Intimen im öffentlichen Raum, die mit Airbags, Sicherheitsknautschzonen und Abstandsradar gegen alle möglichen Kollisionen, Berührungen im Verkehr gewappnet werden.

Es ist nicht verwunderlich, dass derartige Autos eine große Rolle in diesem Experiment spielen, das ebenso ein Theaterstück ist wie eine Befragung der Stadt, ihrer Bewohner, und ein Versuch, die Chance eines Fremdseins zu aktivieren. Aber welche Rolle haben die Autos? In welchem Stück?

Sechs Theater haben zusammen mit der Kulturhauptstadt Europas, die 2010 keine Stadt, sondern die Metropolregion Ruhr ist, mehrere europäische Autoren eingeladen, Homers *Odyssee* neu zu erzählen: Grzegorz Jarzyna, Péter Nádas, Emine Sevgi Özdamar, Christoph Ransmayr, Roland Schimmelpfennig und Enda Walsh zeigen ab Ende Februar 2010 ihre Bearbeitungen an sechs Theatern der Region.

Warum diese Geschichte, die Geschichte einer Irrfahrt, heute neu erzählen, im Ruhrgebiet? Was hat die *Odyssee* mit dieser Gegend zu tun? Allenfalls das Satellitenbild der Region schafft eine unmittelbare Nähe, das Auge im All sendet Bilder, die an eine weit gestreckte Inselgruppe denken lassen, von dort oben sieht das Ruhrgebiet am ehesten aus wie die mythischen Inseln der griechischen Antike: Ein Labyrinth aus Eilanden, die in einem diffusen Funkeln miteinander verknüpft scheinen. Die griechische Mythologie liefert Bilder, die von jeder Generation neu aufgeladen werden können: Eine Odyssee kann auch zwischen Oberhausen, Bochum und Dortmund stattfinden; was im Mythos Kythera, Ogygia, Scheria, Aiaia waren, wären hier ganz andere Inseln: Hochöfen, Stahlwerke, verlassene Industrieorte, Trinkhallen, Autoteilelager, zwischen denen andere Verirrte, Verlorene, Gestrandete treiben, gebeutelt von anderen Stürmen.

Die großen Geschichten der Weltliteratur fangen fast ausnahmslos mit einer Verirrung an. In Tom Wolfes *Fegefeuer der Eitelkeiten* nimmt Sherman McCoy in seinem Auto die falsche Abfahrt und verirrt sich mit seiner Geliebten in eine Gegend, in der man ihm nicht wohlgesonnen ist. Dantes *Göttliche Komödie* beginnt mit den Worten: »Grad in der Mitte unsrer Lebensreise / Befand ich mich in einem dunklen Walde / Weil ich den rechten Weg verloren hatte.« Ein Sturm, eine Strömung verschlugen Odysseus hinaus, vorbei am Kap Malea, vorbei an Kythera, ins offene Meer: Dort beginnt die *Odyssee*, die Reise von Insel zu Insel, die Geschichte des Fremden in der Fremde, die Geschichte einer Verfremdung.

Diese Geschichte ist an sechs Orten zu sehen – und bei der Frage, wie die Zuschauer vom einen Theater zum anderen gebracht werden sollen, kommt eine Gruppe von Künstlern ins Spiel, die man, wenn man unbedingt ein Label braucht, als Architekturbüro bezeichnen könnte. Aber eigentlich trifft der Begriff nicht. Eigentlich macht diese in Berlin ansässige Gruppe auf immer verschiedene Weise die Stadt selbst, den öffentlichen Raum zur Bühne, sie benutzt dazu Architektur, wie ein Regisseur Schauspieler benutzt – oder auch andere Vehikel. Im Falle dieser Odyssee: Autos.

»Der Titel dieses Projekts heißt: Sechs Schauspiele und eine Irrfahrt durch die Zwischenwelt«, erzählen Matthias Rick und Jan Liesegang von raumlaborberlin. »Diese Irrfahrt organisieren wir.« Sie führt durch das, was der Architekturtheoretiker Tom Sieverts die »Zwischenstadt« nennt, jene Ansammlung von Tankstellen, Malls, Baumärkten, Wohnsiedlungen und Landschaftsresten, die sich zwischen den klassischen alten Städten ergießen. Die organisierte Irrfahrt, die raumlaborberlin entworfen hat – wie andere Bauwerke entwerfen –, führt also von Theateraufführung zu Theateraufführung, von Essen nach Bochum, Oberhausen, Moers, Mülheim, Dortmund, und sie dauert ein Wochenende lang. Man hatte über Busse nachgedacht, »aber das wollten wir nicht«, sagt Matthias Rick. »Uns war wichtig, diese Zwischenräume erlebbar zu machen und zu einer Einheit zu verbinden.«

Und was hat das mit der Idee einer Odyssee zu tun?

»Wir haben uns zum Ziel gesetzt, dass die Leute die Orientierung verlieren sollen. Sie werden an ihre Grenzen geführt. So, wie wir sie lesen, steht im Zentrum der Odyssee die Idee der Gastfreundschaft. Sie ist es, die Odysseus am Ende nach Hause führt. Wir suchen also Gastgeber: Menschen, die am Ende des ersten Stücks, um halb zwei, in Essen vor dem Theater stehen. Mit ihrem Auto. Und mit einem Schild, auf dem der Name eines Theatergasts steht. Als Abholer, wie am Flughafen. Es gibt vierhundert Gäste pro Aufführung. Wir organisieren für jeden einen Gastgeber.«

Und was machen diese Gastgeber?

»Sie fahren in ihrem Auto mit den Theatergästen los und zeigen ihnen ihre Lieblingsorte, wie bei einer Stadtführung, ihr Lieblingslokal, eine Dönerbude. Dann setzen sie sie am nächsten Theater ab, um vier, in Bochum. Abends sind dann die Gastgeber wieder mit ihrem Auto da. Dann fährt man nach Hause, die Gäste übernachten zu Hause beim Gastgeber.«

In diesen späten Wintertagen des Februar 2010 also fahren hunderte von Autos durch das Ruhrgebiet, deren Insassen sich nicht kennen, sich gegenübersitzen wie Odysseus und Nausicaa. Die Versuchsanordnung, die raumlaborberlin hier schafft, ist eine Reflexion über das Reisen, die Fremde, die Metropole, deren monströser Grad an Fremdheit, an Fremden, an potentiellem Glück seit jeher ihre Anziehungskraft ausmachte. Der Blick auf die nächtliche Skyline mit ihren tausenden von erleuchteten Fenstern und Bars folgt der gleichen Rhetorik des Erhabenen wie der Blick aufs offene Meer, auf die Schiffe im Hafen, die zahllosen Inseln. Diese Lust am Verlorensein, der Entwurzelung, welche als Gegenströmung im Epos des Helden, der nach Hause will und nicht kann, deutlich spürbar ist, prägt die moderne Großstadt- und Reiseliteratur. Jean-Philippe Toussaint, der in seinen Romanen die schönsten urbanen Odysseen der Jetztzeit beschreibt, gesteht in der Präambel seines Reisebuches *Selbstporträt (in der Fremde)*: »Jedesmal, wenn ich reise, befällt mich im Moment der Abreise eine ganz leichte Angst, eine Angst, die manchmal getönt ist von einem sanften Schauer der Erregung. Weiß ich doch, dass mit dem Reisen stets die Möglichkeit zu sterben einhergeht – oder Sex zu haben (natürlich höchst unwahrscheinliche Eventualitäten, die dennoch nie ganz auszuschließen sind).«

Liebe und Tod: Diese Möglichkeiten bilden einen Grundton der *Odyssee*. Wollte Odysseus wirklich so schnell nach Hause? Die Inseln erfüllten einen utopischen Traum: Ein zweites, drittes Leben neben dem eigenen eröffnen zu dürfen, mit Kirke und Kalypso Zeit doppelt auszunutzen. Odysseus ist natürlich auch der Held, der nach Hause kann, aber nicht will.

Für die modernen Großstadtmythen ist das Auto, was für die antike Sage das Schiff war. Zweihundert Autos verlassen ein Parkdeck in der Nähe des Theaters: Das ist natürlich großes Meta-Theater, die Theatralisierung der Stadt oder die Urbanisierung des Theaters, ganz wie man will. raumlaborberlin mobilisiert im wortwörtlichsten Sinne das Potenzial der Großstadt, provoziert beschleunigte Begegnungen, macht die Stadt, die Straße zu einer Bühne, in der keine Schauspieler mehr auftreten, sondern das Leben selbst mit seinen Zufällen und seltsamen Kartographien.

Was wird passieren bei den Begegnungen zwischen dem Gastgeber und den Theaterbesuchern? Vielleicht gar nichts. Vielleicht herrscht die gepflegte Langeweile einer Stadtführung, die gezwungene Atmosphäre des von außen vermittelten, aufgezwungenen Treffens. Aber es sind auch andere Geschichten denkbar. Odysseus und seine Männer trieben an die Ufer des Landes der Lotophagen, sie kosteten von der Lotusfrucht, die süchtig machte und sie ihre Vergangenheit, ihre Heimat, ihre Pläne vergessen ließ, sie aus Zeit und Raum entwurzelte. Was, wenn sich der Gast und der Gastgeber so sympathisch sind, dass der Plan bröselt? Wenn sie zu irren, zu treiben anfangen, an einer Bierbude noch zwei Bier trinkend, erzählend, Zeit vergessend, gemeinsam feststellen, dass der Gastgeber zu betrunken sei, um noch zum Theater zu fahren, man stattdessen etwas Schönes essen gehen könnte? Denkbar wäre es. Was, wenn der Gast, vom Theater enttäuscht, die Chance zur Flucht ergreift, die in diesem Falle keine Züge einer Niederlage, die jedes vorzeitige Verlassen eines Theaterstücks bedeutet, trüge, sondern Aufbruch in ein Abenteuer wäre? Wenn sie die Euphorie des Schuleschwänzens, des Entkommens, der Planabweichung erwischt?

Es ist kein Zufall, dass raumlaborberlin die Theaterzuschauer in Autos verfrachtet, in die mobilste Form von Raum. Das Auto ist eine paradoxe soziale Tabuzone. Es ist denkbar, sich zu einem Fremden im Café an den Tisch zu setzen. Es ist undenkbar, sich zu einem Fremden ins Auto zu setzen, weil das Auto Privatraum, Fortsetzung des Privaten im öffentlichen Raum, ein Sofasessel mit Musikberieselung auf Rädern ist. Diese rollenden Höhlen der Intimität im öffentlichen Verkehr werden nun der Schauplatz einer Begegnung zwischen zwei Unbekannten, die sich, rein räumlich, so nahe kommen wie sonst nur Menschen, die ein Bett miteinander teilen. Autofahrten sind Katalysatoren für menschliche Beziehungen: Wer zwölf Stunden neben einem Menschen im Auto saß, weiß, ob er zu ihm passt oder nicht – meistens weiß man es schon nach zwanzig Minuten; weiß, ob man sich lieber aus dem Auto rollen, einen Schleudersitz betätigen oder aber gern noch stundenlang so weiterfahren würde.

Das Auto ist ein Ort, an dem Bühne und Zuschauerraum so eng beieinanderliegen, dass Zuschauer und Schauspieler nicht mehr voneinander zu trennen sind. Für Richard Dressers experimentelles Theaterstück *What Are You Afraid Of?* hatte Stefan Pucher im Mai 2000 zwei Schauspieler mit einem BMW kreuz und quer durch Hamburg fahren lassen, und auf der Rückbank saßen drei Zuschauer und hörten zu, wie der Mann der Frau versprach, er fahre sie überall hin. Das wirkte, natürlich, ein bisschen angestrengt, eben weil es Lebensnähe nur vorgaukelte. Bei raumlaborberlin ist das anders – am Steuer sitzt kein Schauspieler, die Dialoge sind nicht vorproduziert, der Zuschauer ist genauso Akteur, genauso Fremder wie der Fahrer: Zwei Fremde treffen sich in einem Auto. Der Theaterbesucher sieht nicht mehr die Geschichte eines Fremden, der zu Fremden kommt. Er ist selbst dieser Fremde, in der Fremde.

raumlaborberlin betreibt hier einen Guerrilla-Urbanismus der besonderen Art: Die soziopsychologischen Grenzen von Privatheit und Öffentlichkeit werden ausgehebelt. Nicht zufällig werden mit dem Auto und der privaten Wohnung des »Gastgebers«, in der der Theaterbesucher übernachtet, zwei Schutzzonen eingerissen: Der Fremde betritt intime Räume, die den anderen im sozialen Konstrukt Großstadt vorenthalten sind.

Das Experiment von raumlaborberlin spielt auch mit einer philosophischen Denkfigur, der Idee einer »unbedingten Gastfreundschaft«, der Jacques Derrida in seiner gleichnamigen Schrift nachging, der Frage, wie der Raum, als privater wie als politischer, von der Idee der Gastfreundschaft bestimmt wird, was viel mit den privaten Odysseen, aber eben auch mit jenen kollektiven Odysseen der Migranten zu tun hat, die in den Transiträumen Europas, unter anderem im Ruhrgebiet stranden. Es ist auch kein Zufall, dass die Zuschauer einmal, auf dem Weg von einem Theater zum anderen, an einem Kanal entlangmarschieren müssen, an dem, in einem zum Bordell umfunktionierten Campingwagen, Prostituierte auf Freier warten und die elendste Form erzwungener, erkaufter Gastfreundschaft vorführen, in einem Vehikel, das einmal anderen Lustreisen diente.

»Besteht die Gastfreundschaft darin, den Ankommenden zu befragen?«, schreibt Derrida. »Fängt sie mit der Frage an, die an den gerichtet wird, der ankommt: Wie heißt Du? Sag mir Deinen Namen, wie soll ich Dich nennen, ich, der ich begehre, Dich bei Deinem Namen zu rufen? Wie werde ich Dich nennen?… Oder beginnt die Gastfreundschaft mit einem Empfang ohne Frage, in einer doppelten Auslöschung, Auslöschung der Frage und des Namens?«

Wie, fragt Derrida, könnte jenseits der Illusion unbedingter Gastfreundschaft (die Ermutigung »Fühlen Sie sich ganz wie zu Hause« ist notwendigerweise eine freundliche Lüge) eine Begegnung aussehen, die Hierarchien auflöst, anders mit Fremden, Fremdheit umgeht? Schon die Frage »Wer bist Du, Fremder, wo kommst Du her?« etabliert ein System der Macht: Ich frage. Ich sage »Fremder« zu ihm, ich regiere hier. Wie wäre sonst ein Kontakt, ein fragloser zudem, möglich? Wie sich begegnen?

Das ist eine Frage, die sich auch in den Autos stellen wird. Wer hat die Macht über wen, was passiert mit der Identität der Fremden, die sich hier treffen? Und wird es, wie im Mythos, wo Odysseus schließlich auch Kyklopen und Laistrygonen begegnet, nicht Probleme geben: Wie kann man garantieren, dass die Theaterbesucher keine unangenehmen Überraschungen machen – oder wenigstens nicht in die Hände von Psychopathen geraten?

»Natürlich wird es Beschwerden geben, aber das ist Teil des Spiels«, sagt Matthias Rick. »Und wir organisieren im Vorfeld Gastgeberveranstaltungen. Wir haben außerdem Erfahrungen mit dem Dolmusch-Express.«

Auch der Dolmusch-Express, der im Mai 2006 in Kreuzberg verkehrte, war eine Erfindung von raumlaborberlin – wobei Dolmusch eigentlich nur die türkische Bezeichnung für ein Sammeltaxi ist, das auf festgelegten Routen ohne klar definierte Haltestellen fährt. Der Dolmusch Express verkehrte auf drei verschiedenen Routen, mit Autos, Kutschen und Booten – und auch diese Fahrten wurden manchmal zu kleinen Odysseen.

»Aber ist eine geplante Irrfahrt nicht ein unerfüllbares Paradox?«

»Nicht unbedingt.«

Tatsächlich: Es gibt diese Spiele, Zwei fahren los, der Beifahrer hat die Augen verbunden und sagt in losen Abständen: Nächste links. Rechts jetzt. Ganz lange geradeaus. Und der Fahrer muss es genauso machen. Das sind die freiwilligen Irrfahrten, die Versuche, dem langweiligen Zentrum des eigenen Lebens zu entfliehen und die unscharfen Ränder zu entdecken. Auf der anderen Seite gibt es die Odyssee aus Not, die auch oft im Ruhrgebiet spielt, die Irrfahrten derjenigen, die nach

Europa kommen und in diesen Transiträumen zwischen Industriekanälen, Autoteillagern, Abzäunungen, Metallverarbeitenden Betrieben, Containerlagern landen.

raumlaborberlin widmet sich schon lange dem Leben in diesen Räumen, die von der traditionellen Stadtplanung, von der klassischen Architektur längst aufgegeben wurden – und erfindet Objekte, Bauwerke, Strategien, dieses Leben neu zu sortieren.

Zum Beispiel das »Küchenmonument«: Eine pneumatische Architektur, die von den Raumlaboranten Jan Liesegang und Matthias Rick, Katja Szymczak, Anne-Claire Deville und Frederik Kunkel zusammen mit den Spezialisten von »Plastique fantastique« für das Kulturfestival »Akzente« im Ruhrgebiet entwickelt wurde und die sich, per Überdruck, aus einem Container herausfaltet. In dieser durchsichtigen Blase, die man über eine Schleuse betritt, können bis zu achtzig Menschen essen oder tanzen. Der Container wurde erst als Skulptur an unwirtlichen Orten aufgestellt, unter einer Autobahnbrücke, in einem öden Park. Es irritierte die Passanten, dass aus dem Kunstwerk Essensgerüche drangen – und dann plötzlich stieß es seine Blase aus, die mit einem energischen Rauschen wuchs, sich mit Luft füllte und in leere Räume, an Fassaden, Laternen und Bäume schmiegte.

In dem transparenten Raum wurde zunächst ein Festessen für das Viertel veranstaltet: »Der Postbote, der Kioskbesitzer und Familie Gürel aus dem dritten Stock des benachbarten Hauses wurden zu Köchen und Gastgebern«, erzählen die Architekten. Nach dem Essen verschwand die Blase wie eine Fata Morgana. Das Objekt reiste weiter, wurde zum »Ballsaal Ruhrperle«, diesmal drang Tanzmusik aus der Kiste, die dann weiterzog und wieder die Stadt in eine öffentliche Küche verwandelte. raumlaborberlin erweiterte mit der semitransparenten Mehrzweckblase auch die Vorstellung davon, was öffentlicher und was privater Raum ist – so wie die Küche einerseits ein archaischer privater Raum, Rückzugsort für die Familie und gleichzeitig so etwas wie der Marktplatz jeder Wohnung ist. Mit diesem Doppelcharakter spielt das raumlaborberlin-Kollektiv, wenn es den öffentlichen Raum der Stadt zu einer großen Kollektivküche umbaut, das gemeinsame Essen von der Familie auf die Stadtgesellschaft ausdehnt.

In Berlin baute raumlaborberlin das temporäre Hotel »Bergkristall« – auf dem Schlossplatz, in einer Gegend der Stadt, in der es sonst kaum erschwingliche Hotelzimmer gibt, wobei sich die Arbeit der Architekten nicht darauf beschränkte, diesem sozialen Missstand mit Billigvarianten herkömmlicher Hotelzimmer ein Ende zu machen. In Arbeitsgruppen wurde grundlegend überdacht, was ein Hotelzimmer sein, worum es bei einem Hotel gehen könnte – das Ergebnis war keine viereckige Box, sondern eine kristalline, an abstrahierte Höhlen erinnernde Zukunftsgrotte, in die man fast hineinkriechen musste. Die offene, vielfach verwinkelte Wohnlandschaft war um das Bett herumgefaltet, von oben rieselte Licht wie in eine Gletscherspalte hinein; das Gemütliche des Hotelzimmers war zu einer höhlenartigen Geborgenheit gesteigert worden, gleichzeitig verlor sich die Muffigkeit, die der gemütlichen Einrichung sonst anhaftet.

Für den Berliner Moritzplatz schlugen sie zu einer Zeit, als den Berliner Stadtplanern nicht Besseres als die Flucht in den Urbanismus des 19. Jahrhunderts einfiel, einen künstlichen Berg vor, für den der verschüttete luisenstädtische Kanal ausgebaggert werden und die 420 000 Kubikmeter Erdreich zu einem Berg aufgeschüttet werden sollten: »Spontannutzungen à la Tiergarten und Grunewald (Grillen, Joggen, Sex, Sonnen, Schach spielen, Rollschuhlaufen, Kontakt, Wurst essen) werden gefördert«, hieß es in der Projektbeschreibung. Natürlich wurde nichts daraus. Parallel dazu erfand raumlaborberlin einen Wald mit Baumhäusern mitten in der Stadt (»die harte Straße wird ein Stück weit begleitet von sanft geschwungenen Waldwegen, die feucht modrige Luft des Unterholzes weht in die geöffneten Autofenster, das Licht dringt gefiltert und tausendfach gebrochen auf den Boden durch«); sie planten für Kreuzberg ein temporäres Fußballstadion aus Containern, kauften in der Lychener Straße ein Grundstück und pflanzten dort statt eines normalen Wohn- und Geschäftshauses einen Wald aus Stangen, in die jede Woche etwas Neues eingehängt werden konnte.

Es ist ein utopischer Bricolagegeist, der all diese Projekte prägt, eine neue Auffassung davon, was Architektur sein kann – eben nicht statisch, für die Ewigkeit errichtet, unflexibel und teuer, sondern demontierbar, mobil und eine Bühne, die so offen wie möglich für alle Arten von Bespielung ist. Dabei geht es raumlaborberlin auch um eine politische Dekonstruktion der Systeme, die Baupraxis und Stadtplanung prägen:

Wer entscheidet, wie öffentlicher Raum gestaltet, wie gebaut wird, mit welchen Materialien und in welchen Formen, wer hat Interesse daran, dass der öffentliche Raum so aussieht, wie er aussieht – und wie kann man diese Systeme gegebenenfalls aufweichen, umgehen? So wird Stadt anders gedacht, nicht als etwas Gegebenes, sondern als etwas Gemachtes, das verändert werden kann. Darum geht es auch bei der *Odyssee Europa*. Sie macht aus der Stadtlandschaft Ruhr ein Theater, in dem es keinen Zuschauerraum, wichtiger noch, keine bloßen Zuschauer mehr gibt, nur Akteure, und vielleicht ist dies ihr eigentliches Ziel: Architektur, verstanden als Bühnenwerdung der Welt.

Niklas Maak

Niklas Maak wurde 1972 in Hamburg geboren. Er unterrichtete in Frankfurt, Berlin und Basel Kunst- und Architekturtheorie und leitet heute das Kunstressort der Frankfurter Allgemeinen Zeitung. Von ihm erscheint 2010 *Der Architekt am Strand. Le Corbusier, die Seeschnecke und die Erfindung einer anderen Moderne.*

raumlaborberlin

raumlaborberlin ist eine international arbeitende Gruppe für Architektur, Kunst, Planung und Aktion, die 1998 in Berlin gegründet wurde. Projektbezogen arbeiten raumlaborberlin-Mitglieder mit Spezialisten anderer Professionen zusammen.
Für das Projekt *Hotel Neustadt* (2003) entwickelte raumlaborberlin informelle urbane Strategien, die exemplarisch geworden sind für eine nachhaltige Zusammenarbeit von Bevölkerung und Künstlern.
Mit *X-Wohnungen* (2005), *Der Berg* (2005), *Küchenmonument* (2006) und *Der Orbit* (2006) folgten eine Reihe von Experimenten, die den urbanen Leerstand als theatralen Freiraum definieren. Im Juni 2009 wurde *Die Eichbaumoper* erfolgreich uraufgeführt, deren Raumkonzept von raumlaborberlin in der Peripherie zwischen Mülheim und Essen realisiert wurde. 2008 erschien *acting in public*, ein Buch von und über raumlaborberlin, das die Arbeiten und Ereignisse von 1999 bis 2008 dokumentiert.

Jan Liesegang
1968 in Köln geboren, studierte Jan Liesegang Architektur in Berlin (TU Berlin), Kopenhagen (Kunstakademie) und New York (Cooper Union, School of Architecture).
1997 machte er sein Diplom an der TU Berlin und erhielt den Preis für die beste Diplomarbeit. Von 1998–2001 war er Mitarbeiter im Berliner Büro Sauerbruch Hutton Architekten, 1998 war er an der Gründung von raumlaborberlin beteiligt. Seit 2001 ist er als Wissenschaftlicher Mitarbeiter an der Akademie der Künste, Stuttgart, tätig. Für 2010 erhielt er ein Stipendium der Villa Massimo in Rom.

Matthias Rick
1965 in Versmold geboren, studierte Matthias Rick Architektur in Berlin (TU Berlin) und war 1997 Mitbegründer des »Instituts für angewandte Baukunst«. 1998–2001 arbeitete er als Assistent von Professor Horst Antes, 2001 erlangte er sein Diplom an der TU Berlin. Seit 2002 ist er

an raumlaborberlin beteiligt, seit 2005 arbeitet er auch als freischaffender Architekt.
2009 erhielt er eine Professur an der Akademie der Künste, Architektur und Design in Prag.

Über die Autoren

1968 in Chorzów, Polen, geboren, studierte der Dramatiker, Regisseur und Intendant Grzegorz Jarzyna Philosophie, Theologie und Regie in Krakau. Für seine Inszenierungen erhielt er zahlreiche polnische Kulturpreise und internationale Auszeichnungen, z. B. Polityka's Passport, den Konrad-Swinarski-Preis und den Nestroy-Preis 2007 in der Kategorie Beste Regie. Seit 1998 leitet er das TR Warszawa, wo er auch Regie führt. Mit *Der Tropenkoller* nach Stanisław Ignacy Witkiewicz sorgte er für eines der aufsehenerregendsten Theaterdebüts in Polen. In der Folge inszenierte er für internationale Festivals, u. a. 1999 *Doktor Faustus* nach Thomas Mann im Polnischen Theater in Breslau in Zusammenarbeit mit dem Hebbel am Ufer für das Berliner Festival »Junges Theater aus Osteuropa« und 2001 *Das Fest* von Thomas Vinterberg und Mogens Rukov, eingeladen zu den Wiener Festwochen und zum Festival d'Avignon. Eine eigene Bearbeitung von Euripides' *Medea* schrieb und inszenierte er 2006 am Wiener Burgtheater, für die er den Nestroy-Preis erhielt. Ebenfalls am Burgtheater inszenierte er 2007 *Der Löwe im Winter* von James Goldman. 2009 folgte an der Opéra de Lyon *Der Spieler* von Prokofjew nach Dostojewski, am TR Warszawa *T.E.O.R.E.M.A.T.* nach Pier Paolo Pasolini und an der Schaubühne Berlin *Wir kommen gut klar mit uns*, eine Uraufführung der Autorin Dorota Masłowska.
Grzegorz Jarzyna lebt in Warschau.

1942 in Budapest geboren, arbeitete Péter Nádas, Erzähler, Dramatiker, Essayist und Reportagefotograf, zunächst als Fotoreporter und Journalist, bevor er 1969 seinen ersten Band mit Erzählungen veröffentlichte. Obwohl Péter Nádas ausdrücklich darauf hinweist, dass er sich nicht als politischer Autor versteht, wurde die Veröffentlichung seines ersten Romans *Ende eines Familienromans*, der ins Ungarn der Schauprozesse führt, über mehrere Jahre verhindert. Er erschien erst 1977, da Péter Nádas als Chronist der totalitären Außenwelt der ungarischen Zensur als unerwünschter Autor galt. Ende der 80er Jahre entstand die Dramen-Trilogie *Ohne Pause*, die die Themen von gesellschaftlicher Repression und Zensur aufgreift.
1991 erschien Péter Nádas' opus magnum *Buch der Erinnerung*, an dem er zehn Jahre gearbeitet hatte und mit dem er sich in die Literaturgeschichte eingeschrieben hat.
Im gleichen Jahr erhielt er den Österreichischen Staatspreis für Europäische Literatur, 1995 folgte der Leipziger Buchpreis zur Europäischen Verständigung. Im Jahr 2003 wurde ihm der Franz-Kafka-Preis verliehen. Die Jury begründete ihre Entscheidung damit, dass seine Werke »vor allem von Humanismus und Toleranz geprägt« seien.
2005 erschien der dreibändige Roman *Parallelgeschichten*, an dessen Entstehung Péter Nádas insgesamt 18 Jahre gearbeitet hatte und der die Geschichte einer ungarischen und einer deutschen Familie anhand scheinbar zusammenhangloser Episoden durch das 20. Jahrhundert nachzeichnet.
Péter Nádas lebt in Budapest und in Gombosszeg.

1946 in Malatya/Türkei geboren, startete Emine Sevgi Özdamar, Dramatikerin, Erzählerin, Schauspielerin und Regisseurin, ihre Laufbahn als Schauspielerin in Istanbul.
Mit zwölf Jahren übernahm sie ihre erste Theaterrolle am Staatstheater Bursa in Molières *Der Bürger als Edelmann.* 1967–1970 besuchte sie die Schauspielschule Istanbul. Ihre ersten professionellen Rollen in der Türkei waren als Charlotte Corday in *Marat/Sade* von Peter Weiss und als Witwe Begbick in *Mann ist Mann* von Bertolt Brecht. Sie war Doktorandin an der Pariser Universität Vincennes.
Ab den 70er Jahren arbeitete Emine Sevgi Özdamar mit Regisseuren wie Benno Besson, Franz Xaver Kroetz, Matthias Langhoff, Ruth Berghaus und Einar Schleef zusammen. Sie spielte in einer Reihe von Filmen mit, etwa in *Yasemin* in der Regie von Hark Bohm, in *Happy Birthday, Türke!* in der Regie von Doris Dörrie und in *Die Reise in die Nacht* in der Regie von Matti Geschonneck.
1979–1984 war sie als Schauspielerin am Bochumer Schauspielhaus unter der Intendanz von Claus Peymann engagiert. Im Auftrag des Schauspielhauses Bochum entstand 1982 ihr erstes Theaterstück *Karagöz in Alemania*, am Schauspiel Frankfurt 1986 in eigener Regie aufgeführt.
Ihre Erzählungen, Romane und Theaterstücke spiegeln ein Leben zwischen den Kulturen. In *Sonne auf halbem Weg. Die Istanbul-Berlin-Trilogie* sind ihre Grenzgänge umfassend verzeichnet. 2006 wurde ihr preisgekrönter Debütroman *Das Leben ist eine Karawanserei – hat zwei Türen, aus einer kam ich rein, aus der anderen ging ich raus* in die Anthologie *1001 Books You Must Read Before You Die* aufgenommen. Ihren jüngsten, im Original auf Türkisch veröffentlichten Roman *Der Bucklige, der sein Schneider ist* rechnete die türkische Kritik unter die zehn besten Bücher des Jahres 2007. Für ihre literarischen Arbeiten wurde Emine Sevgi Özdamar mit zahlreichen Literaturpreisen ausgezeichnet: u. a. mit dem Ingeborg-Bachmann-Preis (1991), dem Walter-Hasenclever-Preis (1993), dem Adelbert-von-Chamisso-Preis (1999), dem Kleist-Preis (2004) und dem Kunstpreis Berlin (2009). Seit Mai 2007 ist sie ordentliches Mitglied in der Deutschen Akademie für Sprache und Dichtung. Sie lebt in Berlin.

1954 in Wels/Oberösterreich geboren, studierte Christoph Ransmayr in Wien Philosophie und Ethnologie und arbeitete in den Studienjahren als Kulturredakteur und Reisejournalist unter anderem bei *Geo, Trans-Atlantik* und *Merian*. Spätestens seit dem Erscheinen seiner Romane *Die letzte Welt* (1988) und *Morbus Kitahara* (1995) zählt er zu den wichtigsten deutschsprachigen Schriftstellern. Seine Bücher, die von Reisen, Grenzüberschreitungen und Verwandlungen erzählen, wurden in mehr als dreißig Sprachen übersetzt. Christoph Ransmayr wurde mit zahlreichen Preisen ausgezeichnet, unter anderem mit dem Franz-Kafka-Preis (1995), dem Prix Aristeion der Europäischen Union (1996, gemeinsam mit Salman Rushdie), dem Premio Letterario Internazionale Mondello (1997), dem Friedrich-Hölderlin-Preis (1998), dem Bertolt-Brecht-Literaturpreis (2004), dem Heinrich-Böll-Preis (2007) und dem Nestroy-Theaterpreis (2001) für sein bisher einziges Theaterstück *Die Unsichtbare*, das 2001 während der Salzburger Festspiele in der Regie von Claus Peymann uraufgeführt wurde. Ulrich Weinzierl schrieb über Ransmayr, er habe im Grunde »die Gabe des in unseren Breiten ausgestorbenen Märchenerzählers: Realität zur Überwirklichkeit zu verdichten und Verborgenes sehen zu lehren«.
Christoph Ransmayr lebt in Wien und West Cork/Irland.

1967 in Göttingen geboren, studierte Roland Schimmelpfennig, Dramatiker, Dramaturg, Regisseur, nach einem längeren Aufenthalt als Journalist in Istanbul, Regie an der Otto-Falckenberg-Schule in München. Er war danach zunächst an den Münchner Kammerspielen als Regieassistent engagiert. 1995 wurde er dort Mitglied der künstlerischen Leitung. Seit 1996 arbeitet er als freier Autor. Im gleichen Jahr erhielt er für sein Stück *Fisch um Fisch* den Else-Lasker-Schüler-Stückepreis. 1997 wurde ihm die Fördergabe des Schiller-Gedächtnispreises von Baden-Württemberg verliehen.
Roland Schimmelpfennig war von 1999 bis 2001 an der Berliner Schaubühne als Dramaturg engagiert, in der Spielzeit 2001/2002 als Hausautor am Deutschen Schauspielhaus in Hamburg. Es folgten Auftragsarbeiten u. a. für die Staatstheater Stuttgart und Hannover, das Deutsche Schauspielhaus Hamburg, das Burgtheater Wien, das Schauspielhaus Zürich, das Schauspielhaus Bochum. 2002 wurde er mit dem Nestroy-Theaterpreis für *Push Up 1–3* ausgezeichnet. Produktionen seiner Stücke werden regelmäßig zu den Mülheimer Theatertagen eingeladen, zuletzt *Hier und Jetzt*, das in der Inszenierung von Jürgen Gosch ebenfalls beim Theatertreffen 2009 gastierte.
Weltweit werden seine Theaterstücke in über 40 Ländern mit großem Erfolg gespielt.
Im Fischer Taschenbuch Verlag sind von Roland Schimmelpfennig erschienen: *Die Frau von früher* (Bd. 16218) und *Trilogie der Tiere* (Bd. 17724) sowie *Hier und Jetzt* in *Theater Theater 18* (Bd. 18172) und *Der goldene Drache* in *Theater Theater 19* (Bd. 18524).
Roland Schimmelpfennig lebt in Berlin.

1967 in Dublin geboren, studierte Enda Walsh, Dramatiker, Drehbuchautor und Regisseur, zunächst Film in Dublin und London. Heute ist er Mitbegründer des Corcadorca Theatre in Cork, für das er die meisten seiner Stücke schrieb.
International bekannt wurde Enda Walsh durch den Erfolg seines Stückes *Disco Pigs*, das 1996 uraufgeführt, mittlerweile in sechzehn Sprachen übersetzt und an zahlreichen deutschen Theatern nachgespielt wurde. Von Walsh erschienen außerdem die Stücke *The Ginger Ale Boy, Sucking Dublin* und *Misterman*, die als typische Texte des New Irish Drama von sozialer Kälte, gesellschaftlicher Vereinsamung und einem dagegen behaupteten Glücks- und Liebesverlangen der Figuren erzählen.
2005 wurde Walsh für *The New Electric Ballroom* von den deutschsprachigen Theaterkritikern zum Ausländischen Dramatiker des Jahres gewählt. 2007 erhielt sein Stück *The Walworth Farce* den Fringe First Award beim Edinburgh Festival. 2008 wurde sein Drehbuch für den Film *Hunger* mit dem Europäischen Filmpreis ausgezeichnet.
Im Fischer Taschenbuch Verlag sind von ihm erschienen: *The New Electric Ballroom* in *Theater Theater 15* (Bd. 16869) und *Chatroom* in *Theater Theater 16* (Bd. 17311).
Enda Walsh lebt in Cork und in London.

Quellenhinweise und Erstaufführungen

Grzegorz Jarzyna
›Areteia (Arbeitsfassung). Ein Szenarium‹
Originaltitel: ›Areteia‹
Deutsch von Olaf Kühl
Aufführungsrechte liegen beim Autor.

Uraufführung im Rahmen von *Odyssee Europa*:
Grillo Theater/Schauspiel Essen,
27. Februar 2010 um 11.30 Uhr
Regie: Grzegorz Jarzyna
Dramaturgie: Rita Czapka, Sabine Reich

Péter Nádas
›Sirenengesang‹
Originaltitel: ›Szirénének‹
Deutsch von Ilma Rakusa
Alle Anfragen für Aufführungsrechte und Nebenrechte
sind zu richten an: Rowohlt Verlag GmbH
Hamburger Str. 17, 21465 Reinbek

Uraufführung im Rahmen von *Odyssee Europa*:
Theater an der Ruhr, Mülheim,
28. Februar 2010 um 10.30 Uhr
Regie: Roberto Ciulli
Dramaturgie: Helmut Schäfer

Emine Sevgi Özdamar
›Perikızı. Ein Traumspiel‹
Aufführungsrechte liegen bei der Autorin.

Uraufführung im Rahmen von *Odyssee Europa*:
Schlosstheater Moers,
28. Februar 2010 um 11.00 Uhr
Regie: Ulrich Greb
Dramaturgie: Erpho Bell, Fabian Lettow

Christoph Ransmayr
›Odysseus, Verbrecher. Schauspiel einer Heimkehr‹
Alle Anfragen für Aufführungsrechte und Nebenrechte
sind zu richten an: S. Fischer Verlag GmbH, Hedderichstr. 114,
60596 Frankfurt am Main.

Uraufführung im Rahmen von *Odyssee Europa*:
Schauspiel Dortmund,
28. Februar 2010 um 19.00 Uhr
Regie: Michael Gruner
Dramaturgie: Barbara Winzer, Felix Mannheim

Roland Schimmelpfennig
›Der elfte Gesang‹
Alle Anfragen für Aufführungsrechte und Nebenrechte
sind zu richten an: S. Fischer Verlag GmbH, Hedderichstr. 114,
60596 Frankfurt am Main.

Uraufführung im Rahmen von *Odyssee Europa*:
Schauspielhaus Bochum,
27. Februar 2010 um 16.00 Uhr
Regie: Lisa Nielebock
Dramaturgie: Holger Weimar

Enda Walsh
›Penelope‹
Originaltitel: ›Penelope‹
Deutsch von Martin Michael Driessen

Alle Anfragen für Aufführungsrechte und Nebenrechte
im deutschsprachigen Gebiet sind zu richten an:
S. Fischer Verlag GmbH, Hedderichstr. 114,
60596 Frankfurt am Main.
Alle übrigen Anfragen bitte an Curtis Brown Group Ltd.,
28/29 Haymarket House, 4th Floor, GB – London SW1Y 4SP

Uraufführung im Rahmen von *Odyssee Europa*:
Theater Oberhausen
27. Februar 2010 um 21.00 Uhr
Regie: Tilman Knabe
Dramaturgie: Tilman Raabke

Odyssee Europa – Reiseverlauf

Samstag

11.30 Uhr
Grzegorz Jarzyna
›Areteia (Arbeitsfassung). Ein Szenarium‹
Deutsch von Olaf Kühl
Schauspiel Essen
www.schauspiel-essen.de
Regie: Grzegorz Jarzyna
Dramaturgie: Rita Czapka, Sabine Reich

16.00 Uhr
Roland Schimmelpfennig
›Der elfte Gesang‹
Schauspielhaus Bochum
www.schauspielhausbochum.de
Regie: Lisa Nielebock
Dramaturgie: Holger Weimar

21.00 Uhr
Enda Walsh
›Penelope‹
Deutsch von Martin Michael Driessen
Theater Oberhausen
www.theater-oberhausen.de
Regie: Tilman Knabe
Dramaturgie: Tilman Raabke

Sonntag

10.30 Uhr
Péter Nádas
›Sirenengesang. Ein Satyrspiel‹
Deutsch von Ilma Rakusa
Theater an der Ruhr, Mülheim
www.theater-an-der-ruhr.de
Regie: Roberto Ciulli
Dramaturgie: Helmut Schäfer

10.30 Uhr
Emine Sevgi Özdamar
›Perikızı. Ein Traumspiel‹
Schlosstheater Moers
www.schlosstheater-moers.de
Regie: Ulrich Greb
Dramaturgie: Erpho Bell, Fabian Lettow

19.00 Uhr
Christoph Ransmayr
›Odysseus, Verbrecher. Schauspiel einer Heimkehr‹
Schauspiel Dortmund
www.theaterdo.de
Regie: Michael Gruner
Dramaturgie: Barbara Winzer, Felix Mannheim

Theater

Herbert Achternbusch
Die Einsicht der Einsicht
Theaterstücke
Band 12923
Der gelbe Hahn der Nacht
Band 18173

Edward Albee
Wer hat Angst vor Virginia Woolf ...?
Band 7015

Igor Bauersima
norway.today
Band 16144

Elias Canetti
Dramen
Band 7027

Ariel Dorfman
Der Tod und das Mädchen
Band 11426

Marguerite Duras
La Maladie de la Mort
Die Krankheit Tod
Band 7092

Hubert Fichte
Ödipus auf Håknäss
Band 10843

Dieter Forte
Kaspar Hausers Tod
Band 7050

Martin Luther & Thomas Münzer oder Die Einführung der Buchhaltung
Band 7065

Fischer Taschenbuch Verlag

fi 666 039 / 2 / a

Theater

Witold Gombrowicz
Operette
Band 7075
Die Trauung
Geschichte
Band 7070
Yvonne, die Burgunderprinzessin
Band 7069

Hugo von Hofmannsthal
Elektra
Tragödie in einem Aufzuge
Band 12366
Jedermann
Band 10871
Der Schwierige
Band 7111

Thomas Hürlimann
Das Lied der Heimat
Alle Stücke
Band 14277

Eugène Ionesco
Die Nashörner
Band 7034

Helmut Krausser
Stücke 93-03
Band 15979

Jan Lauwers
Sad Face / Happy Face
Band 18220

Henning Mankell
Zeit im Dunkeln
Drei Theaterstücke
Band 15980

Fischer Taschenbuch Verlag

fi 666 039 / 2 / b

Theater

Theater

Arthur Schnitzler
Reigen / Liebelei
Zwei Stücke
Band 7009

Peter Shaffer
Amadeus
Band 17327

Neil Simon
Komödien I
Ein seltsames Paar, Plaza Suite, Der letzte der feurigen Liebhaber
Band 11986
Komödien II
California Suite,
Sonny Boys,
Gerüchte ... Gerüchte ...
Band 12456
Komödien III
Ein ungleiches Paar, Jakes Frauen, Ein Gag für Max
Band 12924

Marlene Streeruwitz
Waikiki-Beach.
Und andere Orte.
Die Theaterstücke
Band 14693

Theater Theater
Herausgegeben von
Uwe B. Carstensen /
Stefanie von Lieven
Aktuelle Stücke 3
Band 11741
Aktuelle Stücke 11
Band 15252
Aktuelle Stücke 12
Band 15664
Aktuelle Stücke 13
Band 16027
Aktuelle Stücke 15
Band 16869
Aktuelle Stücke 16
Band 17311
Aktuelle Stücke 17
Band 17718
Aktuelle Stücke 18
Band 18172
Aktuelle Stücke 19
Band 18524

Theater Theater
Odyssee Europa
Aktuelle Stücke 20/10
(hrsg. von RUHR.2010, Uwe B. Carstensen, Stefanie von Lieven)
Band 18540

Fischer Taschenbuch Verlag

fi 666 039 / 3 / d

Theater

Anton Tschechow
Drei Schwestern und andere Dramen
Band 12925

Franz Werfel
Jacobowsky und der Oberst
Komödie einer Tragödie
Band 7025

Thornton Wilder
Unsere kleine Stadt
Band 7022
Wir sind noch einmal davongekommen
Band 7029

Carl Zuckmayer
Der fröhliche Weinberg / Schinderhannes
Zwei Stücke
Band 7007
Der Hauptmann von Köpenick
Ein deutsches Märchen
Band 7002
Der Rattenfänger
Band 7114
Des Teufels General
Drama in drei Akten
Band 7019

Fischer Taschenbuch Verlag

fi 666 039 / 1 /e